KB156422

용병

용병(개역개정판)

초판 1쇄 펴낸 날 / 2017년 1월 3일

지은이 • 제리 퍼넬 | 옮긴이 • 강수백 | 펴낸이 • 임형욱 | 책임기획 • 김상훈 |
디자인 • 예민 | 영업 • 이다윗 |
펴낸곳 • 행복한책읽기 | 주소 • 서울시 종로구 명륜4길 5-2, 403호
전화 • 02-2277-9216,7 | 팩스 • 02-2277-8283 | E-mail • happysf@naver.com
인쇄 제본 • 동양인쇄주식회사 | 배본처 • 뱅크북(031-977-5953)
등록 • 2001년 2월 5일 제300-2014-27호 | ISBN 978-89-89571-96-4 03840   값 • 17,000원

JANISSARIES by Jerry Pournelle

※ 이 책은 '행복한책읽기 SF독자펀드' 에 참여하신 독자님들의 도움으로 제작되었습니다. '행복한책
읽기 SF독자펀드' 에 참여하신 분들입니다(가나다, 알파벳순):
고난주 권 금빛하늘 김명호 김보민 김준한 김지선 김지은 김효정 나나나 노혜경 루루형아 바보새 박
기효 박상준 박치헌 분도 빨간반지 세이앤드 소년H 손윤정 신용관 신재경 신해수 안태호 알렉세이
에이 우성만 유종덕 유준우 이경빈 이범희 이석규 이윤진 이정석 이정용 이주호 이주희 이터널솔로
이현상 임성희 임정진 장동성 전형진 정보라 정성원 정의준 정태원 조옥주 조은실 주지원 첫눈내린밤
쿠 표도기 홍석찬 황인성 황초아 ANKUN curok darinim dancouga Frey futurean hia hl3edw limph
mabeop scifi water_knife zamvirus

용병

JANISSARIES

제리 퍼넬 지음 ｜ 강수백 옮김

행복한책읽기

JANISSARIES

by
Jerry Pournelle
1979

톰 도허티에게 바친다

▪▪차 례

용어 해설

와낙스(Wanax): 봉건 왕국의 지배자, 왕.

에키타(Eqeta): 와낙스에게 충성을 맹세한 영지의 지배자. 백작. 여성형은 에키타사.

베로멘(Bheromen): 와낙스나 에키타에게 충성을 맹세한 장원(莊園)의 지배자. 남작.

기사(Knight): 베로멘 휘하의 전사 계급. 중기병.

제1부

용병들

1

박격포탄이 점점 가까이에 떨어지기 시작했다.

릭 갤러웨이는 적어도 다섯 문의 박격포가 발하는 날카로운 발사음을 들었다. 이윽고 짧은 정적이 감돌았다. 황혼 무렵이었지만, 열대에서 황혼은 오래 지속되지 않는다. 눈깜짝할 사이에 어둠이 밀려오며 아프리카 열대고원 특유의 소음이 들려오기 시작했다. 갑작스런 어둠 속에서, 새와 귀뚜라미 그리고 이름 모를 짐승들이 우짖는 소리. 그가 있는 언덕 위에서 미지근한 바람에 스친 마른 풀들이 바스락거렸다.

멀리서 기관총의 발사음이 들렸다. 실제보다는 훨씬 가깝게 느껴졌다.

"도로에 설치해놓은 방책이 돌파된 것 같군." 파슨즈 중위는 놀랄 정도로 침착한 목소리로 말했다. "놈들은 한 시간 내에 이리로 올 거야."

"응."

갤러웨이 대위는 야간용 쌍안경으로 언덕 남쪽 비탈을 훑어 내려가다가 부상병과 함께 헨드릭스 소령을 남겨두고 떠나온 아래쪽 교차로에 초점을 맞췄다. 아무것도 보이지 않았다. 그는 자세를 바꿔 당분간은 그의 세계 전부라고 할 수 있는 언덕 주위를 신중하게 관찰했다. 참호를 파고 있는 몇 안되는 부하들을 제외하고는 아무도 없었다. 연장이 턱없이 모자랐지만 작업은 상당히 진척되고 있었다.

"도대체 그 빌어먹을 헬리콥터는 어디로 간 거지?" 갤러웨이가 내뱉듯이 말했다. 일몰 후에 불기 시작한 서늘한 미풍에도 불구하고 그는 이마에 땀이 흐르는 것을 느꼈다. "엘리엇."

"옛."

갤러웨이가 서 있는 참호의 반대편 끄트머리에서 엘리엇 상사가 대답했다. 참호는 엄폐되어 있지 않았다. CP* 참호에 더 견고한 방어 설비를 구축할 만한 시간적 여유가 없었기 때문이다.

"사령부와 교신할 수 있나?"

"아직 응답이 없지만 워너가 계속 노력하고 있습니다."

거구의 엘리엇 상사는 이렇게 대답하고 무전기 쪽으로 몸을 돌렸다.

"차라리 부하들을 한 사람씩 탈출시키는 게 나을지도 모르겠군." 파슨즈가 제안했다. "몇 명은 성공할지도 모르니까 말이야."

그러자 릭은 고개를 가로저으면서 반문했다. "어디로 탈출하란 말인가?"

* Command Post. 지휘소

파슨즈는 어깨를 으쓱해보였다. "이대로 그냥 있다간 개죽음을 당할 판이니까…."

"고용주를 믿고 한 시간만 더 기다려보자." 내색하지 않으려 했지만 릭의 목소리에서는 씁쓸한 감정이 그대로 묻어나왔다. "도망쳐 봤자 아무 의미도 없어, 앙드레. 우린 현지어를 모르는 데다가 피부 색깔도 달라. 게다가 완전히 포위당했어. 부대원도 반은 벌써 도망치고 없는 것 같군. 상황 파악이 빠른 놈들이지. 엘리엇 상사."

"옛."

"현재 병력은 어느 정도인가?"

"오십 명가량 됩니다. 대위님."

"그렇다면 이 아무짝에도 쓸모없는 언덕에 왔을 때의 절반만 남은 셈이군."

릭도 자신의 말수가 많아졌음을 자각하고 있었다. 젊고 경험이 부족한 데다가 불안에 시달리고 있었기 때문에 자꾸 불필요한 말을 하게 되는 것이다.

파슨즈 중위는 어둠 속에서 고개를 끄덕이며 허리춤에서 플라스틱 술병을 꺼냈다. "와인 좀 마시겠나?"

"응."

릭은 1리터들이 병을 건네받아 현지산(産) 싸구려 와인을 두어 모금 마셨다. 파슨즈는 언제나 술병을 휴대하고 다녔다. 릭은 파슨즈라는 이름 자체도 본명이 아닐 것이라고 확신하고 있었다. 파슨즈는 영어 외에도 불어와 독일어를 구사했고 이따금 외인부대에서의 경험담을 무심코 입 밖에 내곤 했다.

그러나 그런 것은 아무래도 좋았다. 릭 자신도 진짜 대위가 아니었다. 이 작전은 CIA의 계획 하에 이루어졌고, 전투부대 자체도 기관에서 닥치는 대로 모병해서 급조한 것이었다.

릭은 술병을 다시 파슨즈에게 넘겼다. 파슨즈는 그것을 높이 쳐들고 자조 섞인 어조로 말했다. "몇 명 남지 않은 전우들을 위해, 건배!"

"그나저나 아직도 안 오는 걸 보니 적도 꽤나 신중하군."

"우리를 두려워하기 때문이야."

경쾌함을 가장한 파슨즈의 목소리가 어둠 속에서 공허하게 울렸다.

"물론 그렇겠지."

갤러웨이는 이렇게 대답했고, 내심 그 말이 맞을지도 모른다고 생각했다. 어쨌든 지금까지 아군이 박살낸 쿠바군 용병 부대는 한두 개가 아니지 않는가. 그들을 이곳 생트마리에 파견한 정치가들로부터 조금이라도 원조를 받았더라면 충분히 이길 수도 있었던 싸움이었다. 사실, 거의 이기기 직전까지 갔던 것이다. 웰링턴은 워털루 전투에 대해 뭐라고 말했더라? '아슬아슬했지 ── 일생 동안 한 번 볼까 말까 할 정도로 아슬아슬한 승리였다네' 라고 했던 것으로 기억한다. 릭이 처한 상황 역시 크게 다르지 않았다. 단지 아슬아슬하게 진 쪽은 적이 아닌 아군이라는 점이 문제였지만.

그들은 공식적으로는 의용병이었기 때문에 미국으로부터의 직접적인 원조는 일체 없었다. 그러나 부대원 대부분은 미군 출신이었고 그들을 조직한 것은 CIA였다. 쿠바인과 러시아인들은 릭에 적대하는 진영에 대한 그들 자신의 원조 사실을 아예 숨기려 하지도 않았다.

"사령부 나왔습니다."

엘리엇 상사가 알려왔다.

"미라빌레 딕투."*

파슨즈가 중얼거렸다.

릭은 무전기 쪽으로 포복해 가면서, 그의 기도가 하늘에 닿았을 거라는 생각을 했다. 남쪽에서는 자동화기에 의한 공격이 더 격렬해졌고, 50야드 아래의 언덕 기슭으로 박격포탄이 한 발 떨어졌다. 적은 이미 1마일 이내로 접근한 듯했다. 여기까지 오는 것도 시간문제였다.

"갤러웨이 나왔습니다." 릭은 송신기에 대고 외쳤다. "빨리 여기서 탈출시켜 주십시오."

"안 돼."

이 단 한 마디는 사형선고와도 같았다. 릭은 상대방에게 그 사실을 전하려다가 그만두었다. 그들도 그 정도는 알고 있다.

"왜 안 됩니까?"

"미안하네. 릭."

릭은 블룸펠드 대령의 목소리인 것을 알아차렸다. 블룸펠드는 그를 이 임무에 지원하도록 설득한 사람 중의 한 사람이었다.

"워싱턴이 모든 원조를 중단했네. 정부의 최고 레벨에서 내려진 결정이야. 나로서는 출세를 포기하는 한이 있더라도 헬리콥터를 보낼 작정이었지만, 지금 여기엔 단 한 대도 남아 있지 않네. 놈들

* Mirabile dictu. 라틴어로 "별 희한한 소리가(일이) 다 있군" 이란 뜻.

이 와서 모두 철수시켜버렸어."

"놈들?'

"상관들 말야."

블룸펠드는 화가 치민 듯한 목소리로 대답했다. 적어도 화난 시늉은 해야겠지, 하고 릭은 생각했다.

"항복하라는 명령이네."

"그건 말도 안 됩니다. 쿠바군에게 투항하면 우리를 용병 신분으로 공개재판에 회부시킬 게 뻔하고, 그러면 우리는 결국 모두 총살당할 겁니다."

"그쪽에서는 총살은 하지 않겠다고 말하고 있네."

"글쎄요, 대령님. 그쪽에서 무슨 방법을 강구해 주실 수는 없습니까? 하다 못해 지원 같은 것이라도?'

"안 돼."

"지옥에나 떨어져라!'

릭은 수화기를 엘리엇 상사에게 건네고 다시 파슨즈 쪽으로 돌아왔다.

파슨즈는 어둠 속에서 거의 눈에 띄지 않을 정도의 엷은 미소를 띤 채로 이 교신에 귀를 기울이고 있었다. 그는 술병을 꺼내며 말했다. "적어도 원 없이 싸울 수는 있었잖나."

릭은 술병을 건네받았다. "그럼 그걸 위해 건배하지."

"이제 어떻게 할 셈인가?'

릭은 어깨를 으쓱했다. 달리 뾰족한 방도는 없었다. 그들은 흑인의 땅에서 고립된 백인인 것이다. 릭은 외국어를 쉽게 배우는 편이었지만 그런 그조차도 현지어는 겨우 식료품을 살 수 있을 정도밖에는 알지 못했다. 이래 가지고는 어딜 가더라도 금세 정체가 탄로날 게 뻔하다.

흑인 병사들은 침투 작전을 했을 때 제퍼슨 소령이 모두 데려가 버리고 없었다. 릭은 탈출하고 싶었지만, 흑인 병사들이 빠진 지금은 인종적으로 동일 대우를 받는 부대를 가장할 수도 없었다. 앞에 나서서 그들을 대변해줄 흑인이 단 한 명도 없는 것이다. 만약 있었다면 뭐가 달라질까. 그럴 경우는 누구에게 포로로 잡히는가에 따라 상황이 달라졌을지도 모르는 일이다.

릭 갤러웨이가 부대를 지휘하는 것은 이번이 처음이자 마지막이 될 가능성이 매우 높았다. 그는 경험이 풍부한 군인이 아니었다. 주립대학에서 ROTC를 나온 신임 소위였던 그가 대위로 명예 진급한 것도 때와 장소를 탔을 뿐이지 그 이상 어떤 의미가 있다고는 본인도 믿고 있지 않았다. 아니, 아예 무의미한 것일지도 모르겠다. 파슨즈는 직업군인인 데 반해 그는 군인을 지망한 적이 없었다. ROTC에 들어간 것도 대학 교육을 받기 위한 방편에 지나지 않았다.

릭은 민첩하고 강인했기 때문에 미식축구 선수가 될 수도 있었다. 만약 선수가 되었더라면 장학금도 받을 수 있고, 스타로서의 여러 특권도 누릴 수 있었다. 그러나 그는 미식축구를 별로 좋아하지 않았다. 그것을 위해서는 모든 걸 제쳐두고 연습에 전념해야 했기 때문이다.

그대신 그는 육상팀에 들어가서 선수로 발탁되었다. 육상경기는 미식축구같은 인기 종목이 아니었다. 여학생들에게 가장 인기가 있는 것은 언제나 미식축구 선수였다. 그런 반면, 미식축구는 부상이나 훈련 규칙 때문에 기회가 있더라도 그것을 즐기지 못하는 경우가 많았다. 즉 릭 갤러웨이로서는 육상 선수가 되는 쪽이 훨씬 유리했다. 그는 되풀이해서 이런 식으로 스스로를 설득했다. 그러나 육상경기는 동창후원회에서는 그다지 중요한 종목이 아니었다. 육상 선수에게 제공되는 일자리 따위는 없었다. 결국 릭의 생활비를 대 주는 곳은 ROTC 밖에는 없었다.

졸업 후 릭은 재학중에 자신이 열중했던 것이 하나도 없었다는 사실을 깨달았다. 대학의 남학생 사교클럽에 참가한 적도 없었고, 그것에 반대한 적도 없었다. 정치적 의견도 없는 거나 마찬가지였다. 그는 이른바 중립적인 생활인이었지만, 그 이미지를 마음에 들어한 것도 아니었다.

ROTC 동급생인 존 헨리 카터는 직업군인을 지망했고 아프리카에서의 CIA 작전에 지원했다. 그리고 함께 가지 않겠느냐고 릭을 설득했다. 언젠가는 따분한 직업을 얻어 따분한 인생을 시작하더라도, 젊을 때 뭔가 경험해보지 않겠는가, 모험을 해보지 않겠느냐고 말이다. 릭은 자신이 전사할 가능성도 있다는 것을 알고 있었다. 하지만 여태까지 그는 단 한 번도 심각하게 생명의 위기를 느낀 적은 없었고, 어떤 위험도 피해 달아날 자신이 있었다.

카터는 친하게 지낸 사람들 중에서 유일한 흑인이었고, 또한 이 부대에서 유일한 친구이기도 했다. 그러나 카터는 지금 제퍼슨 소령과 함께 있다. 핸드릭스 소령은 한쪽 다리를 잃고 후방에 남아 언덕 남쪽의 도로에 설치한 방책(防柵)의 방어를 맡고 있었다. 지금 이곳에 남아 있는 장교는 파슨즈와 릭뿐이다.

처음 계획대로라면 릭이 이 언덕 정상을 점령해서 헬리콥터가

올 때까지 확보하기로 되어 있었다. 그러고 나서 부상자를 후송할 예정이었다. 릭은 이 계획에 찬성하지 않았지만 헨드릭스 소령의 명령을 따라야만 했다. 누군가가 도로 방책을 방어해야 했고, 또 누군가는 착륙지점을 확보해야 할 필요가 있었다. 헨드릭스는 부상을 당해 움직일 수 없었기 때문에 결국 릭이 언덕 쪽을 맡게 되었다.

그러나 헨드릭스 소령은 방책을 그다지 오래 방어하지 못했다. 그리고 헬리콥터가 올 가능성도 희박했다.

이제는 어쩔 수 없군. 태어난 후 처음으로 그 잘난 다리를 가지고서도 도망칠 수조차 없음을 릭은 절감했다.

그때 무언가가 릭의 주의를 끌었다. "대체 저건 뭐지?" 그는 새까만 밤하늘을 가리켰다. 별 사이를 누비며 밝은 광점이 움직이고 있었다. 점점 가까이 다가오는 듯했지만 소리는 전혀 들리지 않았다. "라봉 그 작자는 어디서 비행기를 손에 넣었을까?"

릭이 문자 파슨즈는 어깨를 으쓱해보였다.

"쿠바군이 원조해 줬겠지, 아마 — 하지만 릭, 저건 비행기가 아냐."

파슨즈의 말대로였다. 소리없는 광점은 더 가까워졌지만 지금까지 릭이 본 어떤 항공기와도 다른 기묘한 항적을 그리고 있었다. 광원(光源)이 이것 하나뿐이었기 때문에 비행체의 크기나 모양을 알아볼 수는 없었지만, 별들을 가릴 정도로 컸다. 자세히 보니 뒤에 가려서 보이지 않는 별이 상당히 많았다. 릭은 그제서야 그 물체가 얼마나 거대한지를 깨닫고 전율했다. 그것은 너무나도 빨리 움직이며 몇 번이나 급격하게 방향을 바꿨고, 그러는 동안에도 전혀 소리를 내지 않았다. 릭은 목덜미가 쭈뼛해지는 것을 느꼈다.

그 물체는 더욱 낮게 접근해왔고, 곧 이어 한 줄기의 광선이 어둠을 가르며 언덕 정상을 비췄다. 그때까지 열대의 어둠 속에 숨겨져 보이지 않았던 것들이 모습을 드러내기에 충분한 밝기였다.

"염병할, 비행접시잖아!" 부대원 중 한 명이 외쳤다. 총성이 한 발 울렸다.

"사격 중지!" 릭은 소리를 질렀다.

파슨즈가 의아하다는 듯이 릭을 쳐다보았다.

"저건 라봉의 군대하고는 상관없는 거야. 왜 멋대로 총질을 하는 거지? 그리고 쏜다고 해도 손상을 입힐 수 있을지는 의문이야." 릭이 설명했다.

"착륙하고 있는데."

"그렇군."

릭은 이렇게 대꾸한 후 갑자기 낄낄대며 웃고 싶은 알 수 없는 충동에 사로잡혔다. '상관없잖아? 우리는 전투에 패배해서 포위당한 데다가 이번주 내에 한 사람도 남김없이 총살당할 운명이야. 그런 마당에 비행접시가 나오든 뭐가 나오든 그게 무슨 상관이란 말인가?' 머리가 둥둥 떠오르는 듯한 느낌이 들었다. 그것은 조금 전에 마신 와인 때문만은 아니었다. 현지산의 대마초에 해당하는 것을 피워보지 않아서 정말 다행이다.

비행접시가 실제로 존재한다고는 생각하지 않았다. 비행접시는 SF소설에도 안 나오지 않는가. 그가 자기 애인이라고 생각하고 싶어하던 여자—이런 식으로 부르면 그녀가 분개할 것이 뻔했으므로 그녀가 듣는 데서는 절대로 입 밖에 내지 않았지만, 그는 스스로를 애인이 있었던 사내라고 생각하고 싶었다──는 SF에 흥미를 가지고 있었고 그에게 고전적 명작을 몇 권인가 읽게 했었다. 그러나 그녀도, 그녀의 친구들도 비행접시의 존재를 믿지는 않았다.

그 물체는 언덕의 정상에 착륙했다. 그것은 매우 거대했다. 아마도 보잉 707기 정도는 됨직했다. 멀리서 비스듬히 보면 원반형으로 보일지도 모르지만 실제로는 완벽한 접시 모양은 아니었다. 오히려 풋볼을 세로로 똑같이 가른 것에 가까웠고, 바닥도 거의 편평했다. 잠시 동안은 아무 일도 일어나지 않았다. 그러나 곧 한쪽 측면의 중앙 부분이 사각형 모양으로 열리고 그 안에서 밝은 주황색 빛이 새어나왔다.

엘리엇 상사가 다가왔다. 다른 부대원들도 지휘 참호로 기어 들어왔다.

"어떻게 하시겠습니까, 대위님?"

엘리엇이 물었다.

"부대원들은 각자 맡은 위치를 고수하도록. 아직 쿠바군이 천 명 정도는 남아 있으니까 말야."

릭은 빛이 새어나오는 입구를 자세히 보았지만 아무것도 알아낼 수가 없었다. 들리는 것이라고는 부하들의 쑥덕거리는 소리뿐이었고, 아무도, 아무것도 나타나지 않았다.

"여긴 자네에게 맡기겠네." 릭은 파슨즈에게 말했다. "난 저걸 잠깐 보고 올게."

파슨즈는 커다랗게 두 손을 벌렸다. 전형적인 프랑스식 몸짓이었다.

"자네 돌았군, 하지만 가겠다면 나도 같이 가겠네."

"아냐."

릭은 그 물체를 바라보았다. 한순간 희망이 솟아올랐다. 혹시 저건 우리를 탈출시키기 위해 CIA가 보낸 극비 실험기(實驗機)가 아닐까. 우리를 이런 궁지에 빠뜨린 것은 다름아닌 CIA이고, 우리가 포로로 잡히면 그자들도 곤경에 빠질 것이 뻔하니까 말이다.

"엘리엇, 사령부를 불러 봐."

"안 됩니다, 대위님. 우리가 저걸 목격했을 때부터 무전기는 작동을 멈췄습니다."

"비행접시야."

누군가가 중얼거렸다.

릭도 그런 현상에 관해 들어본 적이 있었다. 비행접시를 목격했을 때 자동차 엔진이라든지 라디오, TV 따위의 모든 전기기구가 멈춰버렸다는 얘기 말이다. 하지만 그래서 뭐 어쨌단 말인가. 그는 CIA가 그들을 구출하기 위해서 이 비행물체를 보냈다고 억지로라도 믿고 싶었다. 자기들이 파견한 군인들이 적 진영의 정치 재판에 회부됨으로써 난처한 입장에 처하는 것을 피하고 싶은 일념으로, 아직도 그 존재가 비밀에 부쳐진 항공기를 보냈다고 생각하면 충분히 아귀가 맞는다……

그러나 이런 식으로 그 물체를 계속 바라보고만 있을 수는 없었다. 혼자서 가고 싶지는 않았지만, 파슨즈는 지휘를 맡아야 했고 엘리엇도 부대원의 통솔을 위해 이곳에 남아 있어야 한다. 그는 CP로 기어들어온 병사들을 바라보았다.

"메이슨, 날 따라와."

"옛!'

메이슨은 병장이었다. 키는 작지만 단단한 몸집을 가진, 자신만만하며 침착한 사내다. 릭은 메이슨이라면 괜찮을 거라고 생각했다.

릭은 소총을 어깨에 메고 앞으로 걸어갔다. 메이슨도 양손으로 소총을 쥐고 그의 뒤를 바짝 따라왔다.

"설마 비행접시가 존재한다고는 믿지 않았습니다."

"그건 나도 마찬가지야. 지금도 믿기지가 않아. 아마 CIA에서 보낸 것인지도 몰라."

"틀림없이 그럴 겁니다."

릭은 메이슨이 속으로 무슨 생각을 하고 있는지 짐작할 수 있었다. 릭 갤러웨이 스스로도 자신이 한 말을 믿고 있지는 않았다. 이건 환영(幻影)도 아니었고, 늪에서 자연발생한 가스도 아니다. 금성이나 기상관측용 기구를 잘못 본 것도 아니었다. 이것은 아무 소리도 내지 않고 이 언덕 위에 착륙한, 실제로 존재하는 물체였다. 게다가 누군가가 개발한 비밀무기라고 하기에는 너무나도 고도로 발달한 물건이었다. 어떤 국가라도 이런 항공기의 편대를 보유하고 있다면 전 세계를 지배할 수도 있을 것이다. 소리 없이 초고속으로 날며 자유자재로 방향전환이 가능한 이 물체는, 그가 알고 있는 어떤 종류의 미사일이나 요격기로도 막을 수 없을 것처럼 보였다.

릭은 불빛이 흘러나오는 사각형의 입구 근처로 다가갔다. 그의 등을 응시하고 있는 부하들의 시선을 느낄 수 있었다. 남쪽에서 다시 사격음이 들려오기 시작했다. 아마 부대원의 반은 자기 위치를 떠나 이 물체를 보러 왔을 것이다. 그러나 나머지 반은 참호에 남아 참을성 있게 대기하고 있었다. 쿠바군이 이 언덕을 점령하려면 응분의 대가를 치러야 할 것이다. 하지만 우리는 얼마나 더 오래 지탱할 수 있을까. 릭은 물체 내부를 들여다보았다.

불이 밝혀진 사각형은 너비가 3미터 정도 되는 작은 방으로 통하는 문이었다. 방 안에는 아무도 없었다. 다만 벽의 3면에 닫혀 있는 미닫이 문 같은 것이 눈에 띌 뿐이었다. 출입구의 높이는 2미터가 채 안 되었고 키가 6피트*인 릭이 선 채로 들어가기에는 약간 낮았다. 안을 들여다보다가 마냥 그러고 있는 것이 바보처럼 느껴지기 시작했다. 결국 그는 외쳐 보았다.

"안에 누구 없나?"

"들어오시오, 갤러웨이 대위."

지극히 평범한 남자 목소리가 들렸다. 이 세상 것 같지 않다는 느낌은 전혀 없었다.

"시간은 극히 제한되어 있소, 대위. 어서 올라타시오."

"그래, 정말로 CIA에서 보내온 것일지도 모르겠군."

릭은 중얼거렸다. 그가 무엇을 기대했든 간에 보통 목소리, 그것도 악센트를 단박에 짐작할 수 없는 목소리를 들으리라고는 상상도 못했던 것이다.

그 목소리가 다시 말했다.

"무기는 밖에 두고 오는 것이 좋겠소. 필요가 없을뿐더러 섣부른 행동을 야기할 위험이 있으니까. 갤러웨이 대위, 우리가 당신을 해치려고 했다면 당신은 이미 죽었을 거요."

* 183cm

그건 사실이야, 하고 릭은 생각했다.

그 정체가 무엇이든 간에 이 물체가 쿠바인들보다 더 나쁠 가능성은 없었다. 그는 소총을 어깨에서 끌러 땅바닥에 내려놓았다. 메이슨은 총을 내려놓으며 그에게 의미심장한 눈길을 보내왔다. 릭은 고개를 끄덕였다. 둘 다 대검을 지니고 있었고 릭은 군복 상의 밑에 45구경 권총을 숨겨놓고 있었다. 아마 메이슨도 마찬가지일 것이다.

출입구는 허리보다 높은 위치에 있어서 들어가기가 곤란했다.

"건널 판자 따위는 없는가 보군."

릭은 메이슨에게 말했다. 출입구의 가장자리에 손을 대보았다. 금속 같은 감촉이었지만 손에 닿은 부분이 약간 따뜻하게 느껴졌다.

"자, 들어가자고."

릭은 문지방을 뛰어넘어 안으로 들어갔다. 메이슨도 바싹 붙어 따라왔다.

안으로 들어가자마자 출입구가 닫힐지도 모른다는 그의 예감과는 달리 아무런 일도 일어나지 않았다. 대신 왼쪽 문이 소리 없이 열리고 짧은 복도가 나타났다. 릭은 메이슨에게 따라오라고 손짓한 후 복도를 걸어갔다. 그러자 복도 끝의 문이 열렸다. 그 방의 조명은 매우 밝았다.

릭은 불안감을 짓씹으며 매우 신중한 태도로 앞으로 나아갔다. 이틀 전 그들이 쿠바군 탱크를 공격했을 때, 메이슨 병장은 주저없이 선두에 나서서 탱크에 접근한 후 휴대장약으로 캐터필러 한쪽을 날려버렸다. 그런 그가 지금은 탱크를 향해 돌격할 때와는 비교도 안될 만큼 훨씬 더 불안한 기색을 보이고 있었다. 릭은 메이슨처럼 보이지 않도록 하기 위해 허리를 펴고 표정을 가다듬었다. 장교가 부하에게 동요하는 기색을 보일 수는 없는 일이다.

곧 밝은 조명에 눈이 익숙해졌다. 그 방에는 누군가가 있었다. 모두 세 명이었고, 모두 다 인간이 아니었다.

2

　그들은 인간과 닮은 모습을 하고 있었다. 팔도 두 개, 다리도 두 개, 그리고 눈도 두 개였다. 그러나 인간과는 몸매가 전혀 달랐다. 양 어깨는 마치 목이 없는 것처럼 높이 솟아 있었고, 머리는 부자연스러울 정도로 두터운 몸통에서 불쑥 튀어나와 있었다. 세 명 모두 금속처럼 광택이 있는 일체형 커버롤을 입고 있었다. 그중 한 명은 어두운 회색, 나머지 두 명은 움직일 때마다 반짝거리는 밝은 색의 커버롤로 몸을 감싸고 있었다.

　손에 달린 손가락은 세 개뿐이었고, 그중 엄지손가락인 것으로 보이는 두 개가 두꺼운 손바닥 양쪽에서 튀어나와 있었다. 릭이 보는 한 머리카락이라고 할 만한 것은 없었다. 입술은 지나치게 얇았고 기묘하게 편평한 얼굴 윗부분에 붙어 있었다. 입의 위치는 너무 높았고, 눈의 위치는 너무 낮았다. 코는—이걸 코라고는 할 수 없겠군, 하고 릭은 생각했다—코라기보다는 세로로 난 육질(肉質)의 긴 공기구멍이었다. 그것은 거의 눈 사이를 잇는 선 가까이까지 계속되고 있었다.

상대방에게서 눈을 떼고 그가 와 있는 방을 둘러보기 위해서는 의식적으로 노력할 필요가 있었다. 방 안은 거의 비어 있었고 방의 윗부분 전체를 스크린이 둘러싸고 있었다. TV 비슷하게도 보였지만 TV치고는 너무 얇았다. 그중 몇 개에서는 영상이 나오고 있었다. 밖에 서 있는 릭의 부하들과, 뭔가를 가리키며 얘기하고 있는 파슨즈 중위와 엘리엇 상사, 기관총 총좌(銃座) 등이 보였다. 외계인들은 릭의 방어 진지 대부분을 이미 발견한 것 같았고, 밖은 칠흑같이 어두웠는데도 TV에는 부대원들의 모습이 밝고 뚜렷하게 나오고 있었다.

그 생물들은 그가 들어온 문을 향한 긴 탁자 뒤에 앉아 있었다. 탁자는 적어도 인간들이 사용하는 것보다 1피트 정도 높았고, 투명했지만 유리처럼 빛을 반사하지 않기 때문에 거의 눈에 보이지 않았다. 탁자 위에는 색색의 네모난 단추들이 달리고 불이 켜진 작은 상자가 놓여 있었다.

몇몇 스크린 밑에 달린 것은 제어용 스위치일지도 모른다는 생각이 들었다. 어쨌든 그 위치에 너비 3센티미터 정도의 납작한 정사각형 단추들이 있었다. 그중 일부는 밝게 불이 들어와 있었고, 색깔은 있지만 불이 켜지지 않은 것들도 있었다. 누르는 식의 버튼 또는 터치스크린식 스위치 같아 보였지만 그렇지 않을 가능성도 있었다. 이 방은 눈앞에 있는 생물들과 마찬가지로 이질적인 느낌을 주었다.

릭은 방 구석으로 가서 몸을 움츠리고 소리라도 지르고 싶은 충동을 억누르고 방 안을 주의 깊게 관찰했다. 그는 새로운 사실을 분석하고 이해해보려고 노력했다. 이것은 꿈이라고 스스로를 설득하려고도 해보았지만 꿈이 아니라는 사실은 잘 알고 있었다. 잠시 후 겨우 말을 꺼낼 수 있었다.

"헬로."

외계인들이 대답하자 콧구멍 양쪽이 움직였다. "시간은 극히 제한되어 있소. 갤러웨이 대위." 회색 옷의 외계인이 말했다. 극히 사무적인 말투였다. 남자 목소리처럼 들렸지만 생각해보니 이 생물들의 성별을 구별하는 것은 불가능했다. 성별이 있다면 말이다. "아마 거의 없다고 하는 편이 옳을지도 모르오. 아무래도 너무 오래 기다린 것 같군. 우리는 당신과 당신 부하들을 구출하기 위해 이곳에 왔소."

"대체 누가…."

"그런 얘긴 나중에. 시간이 없소."

그렇다. 릭은 생각했다. 외계인이 말한 대로였다. 쿠바군이 급속히 진격해오고 있었다. 그는 머릿속을 정리해보려고 했으나 지금 그가 하고 있는 일, 외계인들과 대화하고 있다는 사실 자체를 믿을 수가 없었다. 이 대변인은… 인간? 아니, 이건 인간이 아니다. 대변인도 아니다. 릭은 혼란에 빠졌다. 이 상황을 표현할 만한 적절한 개념이 존재하지 않기 때문이었다. 그는 겨우 입을 열었다.

"우리에게 원하는 것이 뭐요?"

"당신과 당신 부하들을 탑승시키는 것이오. 빨리. 모두 없어지기 전에."

외계인은 손바닥을 아래로 하고 양손을 벌렸지만 그 몸짓은 릭에게는 아무 의미도 없는 것이었다. 외계인의 어조는 변함이 없었지만 인내심을 잃어가고 있다는 사실을 알기는 어렵지 않았다.

"아까도 말했고 또 나중에도 되풀이해서 말해야 하겠지만, 만약 우리가 그럴 생각만 있었다면 지금쯤 당신들은 시체가 되어 있을 거요. 어차피 몇 시간 내에 쿠바인들이 당신들에게 할 일을 굳이 우리가 할 필요가 있다고 생각하시오?"

외계인의 말이 옳다는 데는 반론의 여지가 없었다. 그러나 그 사실이 릭의 불안을 덜어주는 것은 아니었다. '구출'이라는 말을 곧이곧대로 받아들일 기분이 아니었다.

"내 이름을 어떻게 알고 있지?"

"당신들이 무선으로 통신하는 것을 들었소. 더 이상 질문에 대답할 시간이 없소." 밝은 색의 커버롤을 입은 생물 중 하나가 대답했다. "즉각 행동해야만 하오."

"무기는 어떻게 하면 좋소?"

"가져오시오. 가지고 있는 장비 전부를." 회색 커버롤이 말했다. "하지만 쿠바군이 우리를 뚜렷하게 볼 수 있는 거리까지 접근하기 전에 우리는 여기를 떠나야 하오. 당신과 부하들이 타든 말든 간에."

"선택의 여지가 없습니다, 대위님. 쿠바군보다는 나을 겁니다." 메이슨 병장이 말했다. 억양이 없고 감정이 결여된 목소리였다.

"그건 나도 생각해봤어." 릭은 잠시 주저하다가 곧 결단을 내렸다. "좋소, 하라는 대로 하지."

"빨리."

외계인이 독촉했다.

"알았소. 자, 가자 메이슨."

"그는 약속을 지키기 위한 인질로 여기에 남아 있어야 하오."

회색 커버롤이 말했다.

"이봐, 잠깐 기다려."

"괜찮습니다, 대위님. 어차피 여기 있으나 바깥에 있으나 안전도는 마찬가지 아닙니까?"

"알았네."

릭이 문 쪽으로 걸어가자 그를 위해 문이 열렸다. 출입구가 있는 첫 번째 방에 발을 들여놓자 외계인들이 앉아 있는 방으로 통하는 문과는 반대쪽 벽에 또 다른 문이 열렸다. 길이가 15미터를 넘고 너비는 5미터쯤 되는 넓고 텅 빈 방이 보였다.

"병사들을 무기와 함께 그 방에 수용하도록."

목소리가 들려왔다. 그 소리는 벽에서 들려오는 것 같았지만 스피커인 듯한 것은 어디에도 보이지 않았다.

릭은 비행물체에서 뛰어내려 CP를 향해 달렸다. 전 병력의 반수 혹은 그 이상일지도 모르는 부대원들이 이 비행물체를 보기 위해 그곳에 모여 있었다. 그들은 조금이라도 불안을 떨쳐버리려는듯이 소총이나 수류탄 등을 꽉 움켜쥔 채로 서 있었다.

"자네를 다시 보리라고는 크게 기대하지 않았어. 귀환을 축하하네."

파슨즈 중위가 말했다.

"고마워. 하지만 꾸물거릴 시간이 없네. 부하들을 저기에 탑승시켜야 해. 인원, 무기, 식량, 장비 전부를 말야. 지금 당장."

"하지만…."

엘리엇 상사가 더듬거리며 말했다. 릭은 이 거구의 하사관이 당황하는 것을 처음 보았다.

"저건 CIA의 항공기다." 릭이 말했다. 다른 병사들에게도 들리도록 일부러 큰소리를 내고 있었다. "극비에 속하는 거야. 우리를 구출하기 위해 왔지만 절대로 쿠바군에게 목격당하면 안된다고 하니 빨리 타야 한다. 자, 빨리 움직이도록."

"옛!"

엘리엇이 박격포 포좌 쪽으로 달려가고, 몇몇 부대원들은 이미 장비를 챙겨 비행물체를 향해 가고 있었다. 그들이 그의 말을 믿었는지 안 믿었는지는 모르지만 CIA의 항공기라고 설명하는 편이 릭에게는 현사태를 해결하기 위한 가장 간단하고 빠른 수단으로 생각됐던 것이다.

파슨즈가 눈살을 찌푸리며 그를 쳐다보았다. 릭의 거짓말을 꿰뚫어 본 표정이었다. 그러나 곧 그는 어깨를 으쓱해보인 후 병사들을 독려해서 비행물체에 태우기 시작했다. 엘리엇 상사도 합류해서 탑승을 도왔다.

현명한 병사들이다. 아마 각자 같은 결론에 도달한 것 같았다. 그들은 쿠바군에게 생포될 경우 어떤 꼴을 당하게 될지 잘 알고 있었다. 최소한 저것을 타면 살아남을 기회는 있다.

박격포반이 포신과 포좌, 박격포탄이 든 상자 등을 지고 달려갔다. 병사들은 탄약상자와 탄띠를 움켜쥐고 호주머니에 수류탄을 쑤셔넣었다. 충분히 무장한 상태로 탑승하려는 것이다.

릭은 그것이 도움이 될 것이라고는 생각하지 않았다. 무기가 있다고 안전한 것은 아니다. 하지만 그것으로 얼마간 안심할 수는 있다. 지금 중요한 것은 바로 그것이다.

"이건 도대체 무슨 짓이지?" 파슨즈가 낮은 목소리로 물었다. "자네도 CIA가 저런 걸 보내지 않았다는 걸 ——"

"말하지 마. 지금은 질문할 때가 아냐."

손을 들어 남쪽을 가리켰다. 그 방향에서는 간헐적인 총성이 들려왔고, 일부는 헨드릭스 소령이 방어하고 있던 지점보다도 훨씬 더 가까운 곳에서 나고 있었다. 쿠바군이 언덕에 도착하기 전에 고립되어 있는 최후의 저항거점을 소탕하고 있는 것이다.

"헨드릭스가 당했어." 릭이 말했다. "그가 내린 마지막 명령은 될 수 있는 한 많은 병사를 탈출시키라는 거였어. 이보다 더 나은 대안이 있나?"

"아니. 하지만…."

"하지만 어쨌다는 건가? 저 비행물체는 우리를 기다려주지 않을 거고, 우리가 헨드릭스와 그 부하들을 위해 할 수 있는 일은 아무 것도 없어." 공포심과 함께 부상병들을 유기한다는 양심의 가책이 릭의 말투를 생각보다 더 날카롭게 만들었다. "입 닥치고 부하들을 탑승시켜. 지금은 한가하게 지껄일 시간이 없어."

앙드레 파슨즈는 어깨를 으쓱해보였다.

"알았네. 자네가 하라는 대로 하지. 하지만 나중에 대답해줘야 할 게 있네."

"그걸 말이라고 하나? 이봐, 앙드레. 논쟁은 나중으로 돌리고 지금은 행동할 때야. 제발 하라는대로 해 줘."

"알았어."

파슨즈는 이렇게 대답하고 경기관총 옮기는 것을 돕기 위해 다른 쪽으로 갔다.

병사들이 릭 앞을 지나 달려갔다. 배낭, 침낭, 철모, 탄약상자, 취사도구 등 행군중 보병이 통상적으로 휴대하는 각종 장비를 들고 있었다. 거의 소리를 내고 있지 않은 데다가 놀랄 정도로 일사불란한 동작이었다.

릭은 이들이 우수한 부대임을 다시금 확인했다. 미미한 지원밖에는 받지 못했는데도 정말로 잘 싸워왔던 것이다. 진 것은 우리 책임이 아니다. 전에 한 번도 같이 행동해본 적이 없는 급조한 부대치고는 아주 잘 싸워왔다고 할 수 있었다.

"이것으로 끝입니다."

엘리엇이 그에게 소리쳤다.

릭은 머리수를 세고 있었다. "아직 서른네 명밖에는 탑승하지 않았는데."

엘리엇은 당혹스러운 기색을 감추지 못했다. "더 이상은 없습니다, 대위님."

도망쳤군. 무리도 아니지. 나도 그러려고 했을 정도니까. 릭은 생각했다. "이제 자네도 타게." 엘리엇이 올라탄 후 릭도 그 뒤를 따랐다. 그들이 마지막이었다.

릭이 들어서자마자 바깥 쪽의 출입구가 닫혔다. 부하들이 있는 방으로 들어가자 그 방 문도 닫혔다. 릭은 바깥뿐만 아니라 조종실─그걸 뭐라고 부르든 간에─로부터도 차단당한 것이라고 판단했다. 메이슨은 외계인들과 함께 아직도 그 방에 있었다.

갑자기 커다란 음정이 울리더니 목소리가 들려왔다.

"모두 바닥에 앉으시오. 빨리."

"앉아! 자세를 낮춰!" 릭은 소리를 지른 후, 재빨리 바닥에 주저

앉을 수 있었다. 갑자기 몸이 실제 체중보다 훨씬 더 무거워진 느낌이 왔다. 명령에 따르지 않은 부하 몇몇은 바닥에 심하게 부딪치며 나뒹굴었다. 미처 고정하지 못한 장비들도 바닥에 굴러다니고 있었다.

기체는 옆으로 가속되고 있었다. 가속감은 오래 계속되었다. 이윽고 그 느낌이 사라지더니 다시 원래 느낌으로 돌아왔다.

"위생병!"

누군가가 외쳤다. 부대원 중 한 명이 바닥에 쓰러질 때 부러진 손목을 잡고 있었다. 맥클리브 중사가 쓰러진 병사 쪽으로 다가갔다. 맥클리브는 고참 직업군인이었고, 멕시코에서 의과대학을 졸업했지만 심한 음주벽 때문에 미국에서 면허를 취득하지 못했다는 소문이 있었다. 그 소문의 진위를 알 수는 없었지만 릭은 맥클리브가 매우 유능하다는 사실을 잘 알고 있었다.

모든 병사들이 일제히 말문을 열었다. 누군가는 욕설을 내뱉고 있었고 기도하는 병사도 한두 명 있었다. 다른 병사들은 자리에서 일어나 방 안을 돌아다녔다. 그러나 방 안에는 볼 만한 것이 아무것도 없었다.

그들이 있는 곳은 직사각형의 금속으로 만들어진 매우 넓은 방이었고, 그밖에는 이렇다 할 만한 특징이 없었다. 릭은 조명이 어디서 오는 것인지조차도 알 수 없었다. 빛은 그냥 거기 있었고, 겹겹으로 보이는 그림자도 극히 엷었다.

"탈출에 성공한 것 같다. 어떻게 그랬는지는 쿠바놈들이 걱정하게 내버려두자!"

릭의 외침에 답변이라도 하는 듯한 환성이 들렸지만 어딘가 다분히 작위적인 데가 있었다. 릭은 음울하게 웃었다. 릭 자신도 기뻐하고 싶은 심정이 아니었다.

"설명해주시지 않겠습니까, 대위님?" 겡그리치 병장이 말했다. "CIA는 어떻게 해서 이런 물건을 손에 넣은 겁니까? 이런 걸 가지고 있으면서도 ──" 그는 과장된 몸짓으로 주위를 가리키며 말했다. "── 왜 우리를 필요로 한 걸까요?"

당연한 질문이었지만 릭은 대답할 도리가 없었다.

"때가 되면 알게 돼." 파슨즈 중위가 릭을 대신해서 말했다. "때가 되면 말야. 우선은 자기 행운을 기뻐하라고."

"하지만…."

"입 닥쳐." 다시 말을 이으려고 하던 겡그리치를 엘리엇 상사가 제지했다. 엘리엇 자신이 느끼고 있는 불안감을 몸에 익고 잘 이해하고 있는 군대의 불문율에 의지함으로써 해소해보려는 듯한 태도였다. 장교의 말에 결코 토를 달아서는 안된다는 규율 말이다. 계속 그러기는 힘들 거라고 릭은 생각했다. 엘리엇은 장교에 관한 뚜렷한 지론을 가지고 있었다. 그는, 장교는 우수해야 한다고 믿고 있었고, 또 그들이 그러기를 요구했다. 물론 군대에 무능한 장교는 얼마든지 있다는 사실을 엘리엇은 알고 있었지만, 그는 자기가 속한 군대를 자랑으로 여겼고, 장교들을 보필하기 위해서라면 자기 한몸을 희생할 각오도 있었다. 그렇지만 릭은 그가 군대의 명예를 지키기 위해서라면 주저없이 무능한 장교를 제거해버릴 것이라는 사실을 의심하지 않았다.

다시 가속감이 찾아왔지만 전보다는 강렬하지 않았다. 기체가 방향을 바꾼 듯했다. 릭은 함정에 빠진 기분이었지만 의식적으로 침착하고 평온한 표정을 지으려고 노력했다. 그것이 얼마나 성공했는지는 미지수였지만 어쨌든 부하들에게는 지휘관이 자신감을 가지고 있다고 믿게 하는 일이 중요한 법이다.

서른여섯 명의 무장 병력이 몇 문인가의 중화기를 휴대한 채, 정체불명의 외계인이 조종하는 비행물체에 타고 있다…. 외계인이! 게다가 릭은 자기가 지금 어디에 있는지를 모르고, 어디로 가고 있는지도, 또 그 생물들이 뭘 원하는지도 몰랐다.

다만 릭은 자신이 우주에 와 있다고 확신하고 있었다. 그렇다면 한 가지 일만은 확실해졌다. 화기는 사용할 수 없다는 사실이다. 쏠 상대가 없기 때문만은 아니다. 무기는 얼마든지 있었고, 그중 어떤 것들을 사용하면 기체에 구멍을 낼 수 있을지도 모른다. 금속 벽은 그다지 두꺼워보이지 않았지만 그 강도가 어느 정도인지는 알 수 없었다. 만약 그들이 벽을 날려보내 출구를 만들고 공기가 있는 곳으로 나갈 수 있다고 가정하더라도, 또 우주선 안에 있는 외계인들을 모두 죽이거나 생포한다고 가정하더라도, 그 다음에 무엇을 하란 말인가. 그들은 이 물체를 조종할 수도, 착륙시킬 수도 없었다. 급식이나 급수장치, 산소공급장치의 조작조차도 할 줄 모르는 것이다.

그리고 지금까지 그들을 위협한 자는 아직 없었다.

두 시간 후 그들 모두가 지금 자기들이 우주에 와 있다는 사실을 알았다. 짧은 경보음이 울린 후 '이제부터 무중력상태가 시작된다. 모든 장비와 몸을 고정시키도록' 하는 목소리가 들려왔기 때문이다.

몸을 고정시킬 데라고는 방의 두 벽면에서 허리 높이보다 약간 높은 위치에 부착된, 발레 무용수들이 연습할 때 쓰는 것 같은 평행봉밖에는 없었다. 릭의 지시로 대부분의 병사가 그곳으로 이동했다. 그리고 될 수 있는 한 많은 장비를 평행봉에 비끄러맸다. 그 작업이 거의 끝나갈 무렵 다시 경보가 울렸다.

체중이 완전히 사라져버렸다. 고정시키지 않은 물체들이 공중에서 천천히 떠다니기 시작했다. 몇 명인가는 헛구역질을 하고 있었고, 그중 한 명이 결국 토하고 말았다. 토사물이 커다란 덩어리를 이루며 주위를 떠다녔다. 다른 병사들의 얼굴이 창백해졌다.

"빌어먹을, 난 여기서 나가야 해!"

한 병사가 비명을 질렀다.

"입 닥쳐!" 엘리엇이 그 병사를 향해 소리쳤지만 그 자신도 그다지 좋은 상태라고는 할 수 없었다. "대위님…."

그는 그 질문을 끝맺지 못했다. 기체가 다시 선회운동을 시작했기 때문이었다. 그러나 그렇게 큰 흔들림은 없었다. 이윽고 공중을 떠다니고 있던 물체 전부가 다시 바닥을 향해 천천히 떨어지기 시작했다. 체중도 점점 정상으로 되돌아오고 있었지만, 완전히 정상이라고 할 수는 없는 상태에서 고정되었다.

이번에는 부하들을 진정시키기가 훨씬 더 곤란했다. 그들은 무기를 움켜쥐고 뭔가 할 수 있는 일, 이를테면 싸울 상대 같은 걸 찾아 방안을 둘러보고 있었다. 릭은 문자 그대로 공포의 냄새를 맡을 수 있을 것 같았다. 게다가 그것은 전염력을 가진 냄새였다. 우리에 갇힌 동물이 된 심정이었다.

"도대체 우린 어디로 가고 있는 거지?" 겡그리치가 말했다.

"여행은 앞으로 두 시간 더 있으면 끝난다." 그러자 어디서 들려오는지 알 수 없는 목소리가 대답했다.

"아무래도 우리가 하는 말을 엿들을수 있는 것 같군." 파슨즈는 겨우 들릴 정도로 목소리를 낮춰 말했다. "아직도 내게 아무 할 말이 없나?"

"지금은 없어."

파슨즈는 어깨를 으쓱했다. "자네 맘대로 하게. 하지만 이런 상태가 몇 시간 후에는 끝나기를 바라네. 그 이상 계속되면 부하들을 통제하기가 힘들어질 거야." 그는 얼굴을 찡그렸다. "나도 무슨 짓을 할지 몰라."

"알아."

릭도 앙드레 파슨즈의 기분을 완전히 이해할 수 있었다.

목소리가 예고한 시간은 정확했다. 릭의 손목시계로 네 시간 오분이 경과했을 때 다시 경보음이 울리더니 몸을 고정시키라는 지시가 들렸다.

이번에는 무중력상태가 되는 일은 없었지만, 가속은 짧고 날카로웠고, 간헐적인 주기를 두고 되풀이되었다. 이 주기 사이마다 중력이 변화했다. 마지막으로 의자에서 마룻바닥으로 뛰어내린 정도의 약한 충격이 왔다. 곧 가속이 멈췄다.

체중은 원래보다 가벼워진 상태였다. 그것도 정상과는 거리가 멀었고, 그대로 그 상태가 지속되고 있었다. 놀라서 방을 둘러본 릭의 머릿속에 어떤 엉뚱한 의심이 떠올랐다. 부하들은 자기들끼리 쑥덕거리고 있었다. 갱그리치 병장이 호주머니에서 주의 깊게 실탄을 한 발 꺼내더니 바닥에 떨어뜨리고 그것이 천천히 낙하하는 것을 관찰했다.

약 6분의 1의 중력이군, 하고 릭은 생각했다. 이제는 그 사실을 무시할 수도, 그것이 의미하는 바를 숨길 수도 없었다.

갱그리치가 제일 먼저 소리쳤다. "하느님 맙소사, 우린 달에 와 있어!"

3

병사들이 갱그리치의 말에 반응할 시간은 거의 주어지지 않았다. 방문이 열리고 메이슨 병장이 들어왔기 때문이다. 얼굴은 흙빛이었고 오른팔을 가슴에 대고 있었다. 출입구로 통하는 방문은 열린 채였지만 다른 문들은 모두 닫혀 있었다.

"대체 어디 갔다 온거지?"

"어디가 아픈 거야, 아트? 무슨 일을 당한 거야?"

병사들이 일제히 외치기 시작했다. 맥클리브 중사가 응급키트를 가지고 다가갔다.

"일동, 쉬어!"

릭의 외침에 엘리엇 상사가 같은 명령을 더 큰 목소리로 복창했다. 아직도 수군거리는 소리가 들렸지만 고함은 멈췄다.

릭은 메이슨과 맥클리브 쪽으로 다가갔다.

"무슨 일이 있었나?"

"큰일났습니다, 대위님. 우린 지금 달에 와 있습니다. 그 자식들이 우리를 달로 데려온 겁니다!" 메이슨이 말했다.

"알고 있어."

"전부 이 눈으로 똑똑히 봤습니다."

병사들이 메이슨의 말을 듣기 위해 주위를 에워쌌다.

릭은 속으로 고개를 끄덕였다. 슬슬 부하들도 사정을 알 때가 된 것이다. 더 빨리 알렸어야 했을지도 모른다.

"그 스크린 비슷한 것 말인데," 메이슨이 말하고 있었다. "TV 같았습니다. 기체는 수직으로 상승했고 지구에서 점점 멀어져 가다가 곧 그 전체가 보일 정도가 됐습니다. 마치 TV로 우주여행을 중계할 때처럼 말입니다."

"팔은 어떻게 된거지?"

맥클리브가 메이슨의 전투복 소매를 찢어내고 부상을 조사하면서 물었다. 연필 두께보다 더 가느다란 완전히 동그란 모양의 구멍이 옷을 뚫고 팔을 관통해서 다시 반대편 소매로 이어지고 있었다. 출혈은 전혀 없었다.

"놈들은 제게 아무 말도 하려고 하지 않았습니다."

"누가?"

"누가 말을 안 했다는 거지?"

병사들이 큰소리로 힐문했다. 엘리엇은 그런 그들을 노려보았지만 조용히 하라고는 하지 않았다. 그도 같은 의문을 가지고 있었기 때문이다.

"그 괴물들은, 그… 대위님께서도 보셨겠지만, 놈들의 정체는 뭘까요? 인간은 아닙니다. 인간 비슷하지만 인간과는 다릅니다."

모든 사람이 흥분된 목소리로 지껄이기 시작했다.

"조용히 해! 메이슨 얘기를 끝까지 들으란 말이다."

릭이 단호한 어조로 말했다.

"놈들은 아무 말도 하지 않았습니다. 기체가 점점 지구에서 멀어져 가더니 지구 전체가 보이기 시작했습니다. 해가 비치는 밝은 부분과 바다 위에 뜬 구름, 그건 마치 스카이랩에서 보내온 TV 영상 같았습니다. 놈들은 계속 아무 말도 하지 않았습니다. 그래서 저는 권총을 뽑아 그중 회색 옷을 입은 놈에게 겨누고 지금 가는 곳이 어딘지 실토하지 않으면 쏴버리겠다고 했습니다."

"바보 같은 짓을 했군." 파슨즈가 중얼거렸다.

"맞습니다. 바보짓이었습니다. 그 괴물은 아무런 반응도 보이지 않았습니다. 단지 손을 흔드는 것 같은 동작을 했을 뿐입니다. 그러자마자 어떤 광선, 레이저 광선 같은 게 벽에서 발사됐습니다. 벽에서 직접 말입니다. 벽엔 아무 구멍도 나 있지 않는데, 갑자기 초록빛의 광선이 튀어나와서 제 팔을 관통한 겁니다. 총을 떨어뜨리자 그놈은 제게 다가와 그걸 집어들고 나서, '앉아 있는 게 나을 거요. 만약 치료할 필요가 있다면 언제든지 말하도록' 하고 말했습니다. 마치 교수가 강의하는 식의 말투였습니다. 그러고 나서 제게 알약을 하나 줬습니다. 잠시 망설이다가 큰 맘먹고 삼키니까 곧 통증이 멎더군요. 그런 다음 달에 도착했던 겁니다. 착륙하는 광경을 봤습니다. 대위님, 우리가 있는 곳은 달의 뒤쪽입니다. 거대한 동굴이 있고, 그 안엔 이런 우주선이 두 척 더 있습니다."

메이슨이 말을 멈추자 병사들이 다시 술렁거리기 시작했다.

"당신은 이게 비행접시라고 미리 알려주지 않았어!" 갱그리치가 외쳤다. 적의와 비난이 담긴 목소리였다. "CIA의 항공기라고 했잖아!"

"상대방이 서두르고 있었기 때문이야. 그렇다면 자네는 언덕에서 쿠바군이 올 때까지 기다리고 있는 편이 나았다고 생각하나? 지금도 그러고 싶은 자가 있나?"

부하들은 이 질문에 어떻게 대답해야 할지 몰랐다. 돌아가자는 사람은 아무도 없었다.

"죽으려면 언제든 죽을 수 있어. 하지만 그러는 건 적어도 이… 생물이 우리에게 원하는 게 뭔지 알고 난 다음에라도 늦지 않아."

"좋은 충고요." 사방에서 들려오는 듯하면서도 어디서 들리는지 알 수가 없는 그 목소리가 말했다. "그건 곧 알게 될거요. 이제부터 출구를 열겠소. 장비와 무기를 전부 휴대하고 우주선 밖으로 나가시오. 그러고 나면 다시 지시가 있을 거요. 움직일 때는 조심하도록. 아까 들었듯이 당신들은 지금 당신들의 위성인 달에 와 있소. 이곳의 기압은 지구보다 약간 낮지만, 난폭한 동작을 하지 않는 한 인간에게는 충분한 공기와 산소가 있소. 자, 장비를 꾸리시오."

릭은 감정이 완전히 마비되어버린 듯한 느낌을 받았다. "장비를 챙겨." 그는 명령했다.

엘리엇은 잠시 주저하다가 결국 결단을 내렸다. "장비를 모두 챙겨라. 당장 실시!"

출구 너머에는 동굴이 있었다. 출구와 동굴은 두꺼운 고무 비슷한 육중한 밀폐용 물질로 연결되어 있었다. 잠수복의 재료를 연상시키는 이 기밀 통로는 동굴 안으로 20미터가량 뻗어 있었다. 그곳을 지난 후 나타난 터널의 벽은 암석으로 이루어져 있었지만 마치

니스를 칠한 것같은 광택이 있었다. 릭은 벽에 손을 대보았다. 매우 딱딱한 느낌이었고 그가 보기에는 암석 위에 직접 뿌려놓은 듯했다. 아마 암석에 나있는 틈새로 공기가 새는 것을 막기 위한 것이리라.

우주선에서 장비를 모두 내려놓자 출구가 닫혔기 때문에 그들은 터널로 나갈 수밖에 없었다. 경사진 터널은 안쪽을 향하고 있었다. 장비를 옮기는 일은 수월했다. 모든 것의 무게가 지구에 비해 6분의 1밖에 되지 않았기 때문에 혼자 힘으로도 열 발의 박격포탄을 힘들이지 않고 옮길 수 있었다.

터널 안은 밝았지만 비행접시처럼 벽이 빛을 발하는 것이 아니라 보통 형광등으로 조명되고 있었다. 릭은 그중 하나를 조사해보았다. '웨스팅하우스'*라는 각인이 찍혀 있었다. 형광등들은 흔히 볼 수 있는 가정용 전선으로 연결되어 있었다.

그들이 터널 안으로 들어감에 따라 등뒤의 문이 차례로 닫혔다. 그 문들은 우주선과 동굴을 잇는 통로와 마찬가지로 잠수복용의 재료같은 것으로 만들어져 있었다. 벽에서 밀려나와 카메라의 조리개처럼 수축되는 원형문들은 예의 그 부드러운 물질로 되어 있다고는 보기 힘들 정도로 꽉 닫혔다.

그들은 경사로의 바닥에 다다랐다. 릭은 그들이 거의 1킬로미터 가까운 거리를 걸어왔다고 판단했다. 경사로가 끝나는 곳에는 농구 체육관만큼 거대한 동굴이 있었고, 가구가 놓여 있었다. 릭은 탁자, 의자, 그리고 책과 잡지 등이 꽂힌 책장들을 보았다. 한쪽 구

* 미국의 전기기기 제조사

석에는 침대와 군용 간이침대들이 놓여 있었다. 한 탁자 위에는 커피 끓이는 기계와 일회용 컵이 잔뜩 놓여 있었고, 그 옆에 유반사(社)의 커피 깡통이 있었다. 다른 탁자 위에는 갖가지 미제 상표가 붙은 빵과 지피사의 피넛버터, 캠벨 수프 통조림 따위가 놓여 있었다. 종이접시와 싸구려 플라스틱 포크, 연유 통조림, 치즈 덩어리, 비엔나 소시지, 정어리 통조림 등도 보였다. 신선한 식량이나 고기, 야채 같은 것은 눈에 띄지 않았지만 적어도 굶어죽을 염려는 없겠다고 릭은 생각했다.

동굴 제일 안쪽에는 TV가 놓여 있었다. 밑의 금속판에 이해할 수 없는 꾸불꾸불한 곡선이 그려져 있는 것을 제외하고는 TV에는 아무런 메이커 표시도 없었고, 그 어떤 조작 장치도 눈에 띄지 않았다. 그 화면을 통해 한 사내가 이쪽을 보고 있었다. 그 시선이나 머리가 움직이는 방향으로 미루어보건데 그 사내는 릭을 바라보고 있는 듯했다.

사내. 릭은 발걸음을 멈추고 TV를 바라 보았다. 스크린에 보이는 것은 인간의 얼굴이었다. 그는 그것을 확신할 수 있었다.

"당신이 지휘관이오?" 스크린에 비친 사내가 느닷없이 말을 꺼냈다. 그것은 정확하게는 질문은 아니었지만, 그렇다고 단정하는 말투도 아니었다. 그 목소리에는 약간의 악센트가 있었지만 릭은 그런 악센트를 지금까지 한 번도 들어본 적이 없었다.

"지휘관이 누구건 그게 무슨 상관이지?"

"그럼 당신이 갤러웨이 대위로군. 당신이 당장 내게 줘야 할 정보가 있소. 우선 당신들을 여기로 데려온 우주선에 당신들이 자발적으로 탑승했다는 것이 사실이오? 샬누크시들이 강요한 것이 아니라?"

"샬누크시들?"

"당신들을 이곳으로 데려온 자들을 얘기하는 거요. 당신들을 우주선에 타라고 강요한 적은 없소?"

"아니, 그들이 강요한 것은 아니오. 쿠바군이 우릴 궁지에 몰아넣은 탓에……."

"그게 나의 두 번째 질문이오."

사내의 표정에는 전혀 변화가 없었다. 릭은 TV 쪽으로 다가가서 주의 깊게 화면을 관찰했다.

릭이 본 것은 사십대 남자 모습이었다. 파란색 테를 에두른 V자형 깃이 달린 군복 비슷한 적동색 윗옷을 입고 있었다. 단추는 없었고 혜성과 불타는 태양을 양식화한 기장을 달고 있었다. 머리는 짧았고 피부는 릭보다 검었다. 아메리카 원주민에 가까운 빛깔이었지만 그들만큼 검지는 않았다.

"샬누크시의 우주선이 당신들을 수용하지 않았더라면 당신들은 지금 전멸해 있었을 것이라는 말은 사실이오?"

"그랬을 거요." 릭은 대답했다.

"당신 부하 중 한 명이 샬누크시에 의해 부상을 입었소. 그들 말에 따르면 그건 자신들을 방어하기 위해서였고 상처는 최소한도로 줄였다고 하는데 그것도 사실이오?"

"사실이 맞긴 한데——"

"고맙소. 이 이상의 대접을 해 줄 수 없어서 유감이오. 그곳에 있는 것들을 마음대로 사용하시오. 식사를 시작하도록. 나중에 더 얘기를 나누겠소."

"이봐——빌어먹을. 대체 뭐가 어떻게 돌아가고 있는 거지?"

릭은 힐문했지만 스크린의 영상은 이미 사라지고 없었다.

그들은 자기들이 갇혀 있는 감옥을 조사했다. 핫플레이트가 한 개 있었고, 긴 전선이 그 전기를 공급하고 있었다. 전선은 벽의 구멍에서 나와 있었고, 구멍은 예의 그 잠수복용 재료로 밀폐되어 있었다. 핫플레이트는 제너럴 일렉트릭사의 제품이었다. 커피 끓이는 기계는 일제였고 일본어 상표가 붙어 있었다. 그 방 안에 있는 것은 전부 지구에서 온 것들로, 대부분은 미제였지만 다른 나라의 물건들도 상당히 섞여 있었다. 그중 일부분은 신품이었고 아직 포장용 상자에 들어 있는 것도 많았다. 다른 장비와 비품류는 이미 쓰던 것들이었다. 라디오와 TV도 몇 대 있었지만 잡음밖에는 나오지 않았다.

반 시간 후 그들은 저녁식사를 준비하기 시작했다. 먹을 것은 얼마든지 있었다. 스프와 깡통에 든 베이컨과 햄, 채소통조림, 그리고 후식용 푸딩도 있었다. 앙드레 파슨즈는 커피 끓이는 기계 근처에서 콜러제 수도꼭지를 발견했는데 그 밑에는 배수구가 나 있었다. 다른 병사들은 미지근한 병맥주들이 든 상자 몇 개와 와인 큰 병 몇 개를 찾아냈다. 모든 사람에게 맥주 한 병과 캘리포니아 레드와인 한 컵이 돌아가기에는 충분한 양이었다. 커피는 얼마든지 있었다.

식사를 하자 모두가 기력을 되찾았다. 병사들은 침착성을 잃고 여기저기 돌아다니다가 곧 배낭을 열어 침구를 꺼내거나 아니면 근처에서 대용품이 될 만한 것을 찾아내어 잠자리를 만들기 시작했다. 엘리엇이 장교인 파슨즈와 릭 갤러웨이를 위해 일인용 침대 두 개를 한쪽으로 끌어다 놓았다. 그들은 스물네 시간 이상 먹지도, 자지도 않았기 때문에 대부분의 병사들은 곧 침대나 간이침대, 또는 바닥에 깐 에어 매트리스 위에 드러누웠다.

릭은 벽에 가까운 쪽의 마룻바닥이 고르지 않다는 사실을 깨달았다. 그러나 벽에서 떨어진 부분은 인공적으로 매끄럽고 편평하게 되어 있었다. 손을 대 보니 따뜻한 느낌이었다.

릭은 파슨즈와 함께 TV 근처의 탁자로 가서 묵묵히 식사를 마쳤다. 이윽고 파슨즈가 말했다.

"미리 설명해주지 않은 까닭을 알겠네."

"그래, 설명할래야 할 수도 없었지만 말야."

파슨즈는 어깨를 으쓱했다. "다섯 시간 전 나는 언덕 위에서 죽을 작정으로 있었네. 그런데 지금은 배도 채웠고, 와인과 커피까지 마시고 있어. 그리고 여긴 따뜻해. 나한테 총질하는 작자들도 없고 편한 침대까지 있잖나. 우린 운이 좋았어."

"그럴지도 모르겠군."

"아까 TV를 통해서 나눈 대화가 시사하는 바를 생각해봤나? 상대는 인간이었네. 그 인간이 우리에게 몇 가지 흥미로운 질문을 했어. 우리가 자발적으로 행동했는가? 메이슨 병장은 어떻게 해서 부상을 입었나? 외계인의 우주선에 탑승하지 않았더라면 우리는 아직도 살아 있었을까? 이것들은 권위적인, 마치 어떤 질문도 할 권리가 있다는 듯한 태도의 인간에게서 나온 거야."

릭은 고개를 끄덕였다. "그건 나도 생각해봤네. 그렇다면 누군가가 우리 일을 걱정해준다는 얘기가 되지. 아마 그다지 심각하게 그래 주지는 않겠지만, 어쨌든 누군가가 우리를 돌봐주고 있는 것은 사실이야. 그게 좋은 징조이기를 바라고 있네."

"흉조일 리가 없어." 앙드레 파슨즈가 말했다.

"빌어먹을, 자넨 어떻게 그렇게 냉정할 수가 있나?"

파슨즈는 웃었다. "나도 자네에게 같은 말을 하고 싶군, 릭. 두려운 건 나도 마찬가지야. 하지만 그걸 부하들이 안다면 좋을 리가 없잖나. 자네도 똑같이 느끼고 있지 않나?"

"응, 하지만 그자들이 우리에게 뭘 원하는지를 가르쳐줬으면 좋을 텐데."

"아마 아무것도 원하고 있지 않을지도 몰라." 파슨즈는 다시 과장된 프랑스식의 몸짓으로 어깨를 으쓱해보였다. "인도주의적인 이유로 우리를 구출했는지도 모르지. 우리에겐 그럴만한 가치가 있지 않을까?" 그는 파안일소했다.

"대위님! 대위님, TV가 다시 켜졌습니다. 대위님을 부르고 있습니다."

릭은 잠에서 깨어나려고 애쓰고 있었다. 손목시계를 보고 다섯 시간 동안 잤다는 것을 확인했다. 그러나 그보다는 더 오래 잔 것 같은 기분이었고, 다섯 시간만 잔 것치고는 의외일 정도로 몸이 가뿐했다.

십여 명의 병사가 TV를 에워싸고 있었다. 그들은 화면에 나온 인물—릭의 눈에는 다섯 시간 전에 대화를 나눴던 바로 그 인물 같아 보였다—에게 말을 걸어보려고 했지만 아무런 반응도 얻지 못하고 있었다. 릭이 스크린 앞에 서고 나서야 그는 처음으로 반응을 보였다.

"당신들의 입장에 대해 의논할 때가 왔소." 화면 속의 인물이 말했다. "무기를 휴대할 필요는 없소. 다른 큰 금속 물체도 포함해서 전부 두고 오시오. 이 스크린 뒤쪽 벽에서 문이 열릴거요."

사내가 이렇게 말하자 벽에 박힌 금속 플레이트가 열렸다. 그 안쪽에는 고무로 만들어진 것 같아보이는 기밀문이 있었다.

"혼자 와주시오." 스크린의 인물이 말했다. "해칠 생각은 없소."

"그렇더라도 부하 한두 명은 데리고 가서야 합니다." 엘리엇 상사가 걱정스럽게 말했다.

"고맙네, 상사. 하지만 그럴 필요는 없어. 만약 우리를 정말로 죽이고 싶다면 이 방에서 공기를 빼면 그만이야. 그리고 엘리엇, 이 부탁만은 하고 가야겠네. 내가 없는 사이에 부하들이 바보짓을 하도록 놓아두면 절대로 안 돼."

"알겠습니다, 대위님. 하지만 언제 돌아오실 겁니까?"

"그건 나도 모르겠어."

"대위님, 만약 네 시간 이내에 돌아오시지 않는다면 저 문을 날려버릴 수도…."

"안 돼. 만약 그럴 경우 파슨즈 중위를 깨워서 지휘를 맡으라고 하게. 하지만 난 꼭 돌아올거야."

릭은 실제보다 훨씬 더 확신에 찬 목소리로 그렇게 말한 후 문으로 들어갔다. 등뒤에서 문이 닫히더니 앞의 기밀문이 열렸다

눈 앞의 복도에는 인기척이 없었다. 백 미터가량 걸어가자 복도가 급격히 왼쪽으로 꺾였다. 고무로 된 기밀문을 두 개 더 지나니 다른 동굴이 나왔다. 아까 있었던 동굴보다는 훨씬 작았다. 동굴은 밝게 조명되어 있었고, 우주선이나 이전의 동굴에서 본 것 같은 TV 스크린이 적어도 열 개 이상 달려 있었다.

동굴에는 인간과 외계인이 각각 열두 명쯤 있었다. 몇 명은 TV 스크린을 바라보고 있었다. 회색 커버롤을 입은 외계인이 그에게 다가왔다. 우주선에서 그와 말을 나눴던 상대 같았다.

외계인은 릭보다 키가 15센티미터쯤 컸다. 그만큼 다리가 길기 때문인 듯했다. 몸통은 릭과 거의 같은 길이였기 때문이다. 팔도 인간보다 길었지만 다리만큼 눈에 띄지는 않았다.

"이쪽으로." 외계인이 벽 한쪽에 난 문을 가리키며 말했다. "잘… 해주시오. … 발언 내용에는… 충분히… 주의하도록."

릭은 가볍게 고개를 끄덕였다. "알았소."

그는 눈앞의 인물이 전에 보았던 그 외계인일거라고 생각했지만 그 말투에서는 이전의 유창함도 자신감도 느껴지지 않았다. 왜일까?

문은 사무실로 통해 있었다. 문 정면에는 책상이 하나 있었고 그 위에 서류가 놓여 있었다. 옆에는 키보드가 두 개 있었는데 릭이 보기에는 컴퓨터에 접속되어 있는 것 같았다. 책상에는 편평한 TV 스크린이 두 개 고정되어 있었고 벽에는 다른 스크린이 몇 개 더 붙어 있었다. 어느 스크린에도 영상은 나오고 있지 않았다. 사무실

의 벽과 바닥, 천장은 전부 금속제였다. 동굴 속에 지어진 방인 듯했다. 바닥에 깔린 양탄자는 그 양식이나 외관으로 보아 페르시아 융단인 것 같았다. 방에는 그 외에도 바다의 풍경화, 금문교의 컬러 사진, 충격파의 소용돌이 무늬가 찍힌 칼리로스코프 등, 지구에서 가져온 것으로 보이는 미술품들이 있었다.

책상 뒤에는 그가 TV 스크린에서 본 인물이 앉아 있었다. 책상 자체는 현대 덴마크풍이었고 그 또한 지구제인 듯했다. 릭이 이 방에 들어왔을 때 그는 자리에서 일어나긴 했지만 악수를 하기 위해 손을 내밀지는 않았다. 키는 178센티미터 정도였고 릭보다 5센티미터쯤 작았다. 어디를 보아도 인간으로밖에는 보이지 않았다. 피부색은 릭보다 약간 검었고 얼굴은 둥근 편이었지만 미국이나 유럽의 어느 길가에서 마주치더라도 특별히 주의를 끌 만한 용모는 아니었다. 적의가 있는 것 같지는 않았지만, 마치 뭔가에 쫓기고 있는 듯이 바쁘고 전혀 여유가 없는 표정을 하고 있었다.

사내가 입을 열었다. 그가 내는 소리는 릭의 귀에는 인간이 내는 목소리라기보다는 새가 지저귀는 소리처럼 들렸다. '고양이를 넣은 새장 속의 앵무새' 같았다고 훗날 그가 앙드레 파슨즈에게 말한 그 소리였다. 외계인이 같은 언어로 대답하자 사내가 고개를 끄덕였다.

"실례했소, 대위. 자리에 앉아주시오." 사내는 알루미늄과 플라스틱으로 된 의자 두 개를 가리켰다. 하나는 보통 높이의 의자였고, 다른 의자는 어른용의 높은 의자였다. "여러 가지로 하고 싶은 질문이 많은 줄 알고 있소."

많은 정도가 아니지, 하고 릭은 생각했다. "그렇소. 먼저 묻겠는

데, 당신은 누구요?"

사내는 입술을 꽉 다문 채 고개를 끄덕였다. 이번에도 조바심을 내는 듯한, 약간 성가신 표정을 짓고 있었다.

"당신이 내 이름을 발음하기는 어려울 거요. 대신 '아그자랄'이라고 불러주면 좋겠소. 내 직업은, 이것도 당신에겐 설명하기 어렵지만, 일종의 경찰관이라고 생각해도 좋소. 대체로 그런 일을 하고 있으니까. 자, 자리에 앉아주시오."

릭은 보통 높이의 의자에 앉았다. 회색 옷의 외계인은 높은 쪽을 택했다. 외계인에게는 딱 맞는 높이였다.

"그리고 우리의… 구조자는?" 릭은 어떤 식으로 말을 꺼내야 할지 난감했다. 적당한 용어가 생각나지 않았고, 어떤 말이 눈앞에 있는 인간이나 외계인의 감정을 해치는지를 알 도리가 없었기 때문이다. 물론 절대로 외계인을 '괴물'이라든지, '키다리 생물'이라고 부를 수는 없었다. 하지만 도대체 이 생물을 어떻게 불러야 할지 릭은 알 수 없었다.

"번역하자면 그의 이름은 '골드스미스*'요." 아그자랄이 말했다. "샬누크시의 이름 대다수는 고대의 직업에서 비롯되었소. 이것은 공업화를 경험한 대다수의 종족에게는 거의 보편적인 문화적 특징인 것 같소. 만약 원어 쪽이 좋다면 그의 이름은 '카리이이일'이오."

그 소리는 마치 새가 지저귀는 듯한 소리에 가까웠고 릭에게는 거의 발음이 불가능한 단어였다.

* Gold Smith. 영어로 '금 세공인'을 의미한다.

"만나서 반갑소." 릭은 말했다. "이 말이 언제나 글자 그대로의 의미로 쓰이는 것은 아니지만, 우리가 만난 상황을 고려하면 정말로 반가웠소, 단지……."

"다만 왜 그가 일부러 당신들을 구조했는지 알고 싶다는 거겠지?" 아그자랄이 말했다. "당신이 다른 장교와 하는 대화의 일부를 들었소." 그리고 그는 다시 새가 지저귀는 듯한 말투로 뭔가 짧게 말했다.

"우리는 당신들이 필요하오." 카리이이일이 말했다. 그의 얼굴에 난 긴 구멍이 잠시 부풀었다. "우리에겐 인간 병사들이 필요하오. 그래서 막대한 비용을 투자하고 온갖 난관을 돌파해서 당신들을 찾아낸 것이오."

"하지만 왜 우리를?"

"왜냐하면 당신들의 실종에 대해 의문을 가질 사람은 아무도 없기 때문이오." 아그자랄이 말했다. "그리고 당신들이라면 누구에게도 목격되는 일 없이 그 우주선에 탑승할 수 있었기 때문이오. 우주선은 절대로 목격돼서는 안된다는 엄격한 규칙이 있소."

"비행접시 말이오? 하지만 그것은 이미 전에도 목격된 사례가…."

"목격된 것은 다른 자들 것이오." 아그자랄이 릭의 말을 정정했다. "카리이이일의 것은 아니오. 목격된 우주선들은 연구자들에 의해 조종되던 것들이오. 다행히도 인간들은 어떤 목격담도 증명할 수 없었지만." 그리고는 한숨을 내쉬었다. 매우 인간적인 한숨이었다. "지독하게 귀찮긴 하지만, 목격당하고 보고된 우주선이 어느 것인지를 조사하는 일이 내 임무요."

"그랬었군 그럼 그런 다음엔?"

"지구에는 우리의 공작원이 있소. 그들이 그 목격의 신빙성을 무효화하는 거요."

"그러면 그 일을 아주 성공적으로 해내고 있는 거로군." 릭은 얼마 전까지 자기가 UFO나 비행접시를 믿는 사람들에 대해 어떻게 생각하고 있었는지를 기억하고 있었다. 릭은 그들을 돌대가리 광신자라고 간주했던 것이다. "그——" 릭은 익숙하지 않은 이름 때문에 잠시 주저했다. "——샬누크시들은 우리를 연구하고 있는 거요?"

아그자랄의 입술이 엷은 미소를 짓는 것처럼 일그러졌다. "아니, 지구를 연구하는 것은 다른 자들이요. 당신들과는 다른 인간들을 포함해서 말이오. 하지만 그……." 그는 무슨 말인가를 하려다가 입을 다물었다. "이제부터는 당신이 이해할 수 없는 용어가 나오더라도 일일이 설명하지는 않겠소. 대신 당신들의 어휘에서 가장 비슷한 뜻을 가진 낱말을 골라 쓰겠소. 원시적 세계, 특히 지구와의 교류를 관리하고 원주민들이 조야(粗野)한 착취의 대상이 되지 않도록 보호하는 최고 평의회 같은 기관이 있소. 이 평의회가 당신네 행성과의 교역이나 접촉을 아예 금지하고 있는 것이오."

"하지만 왜?"

릭은 내심 자신의 침착함에 놀라고 있었다. 아직도 마음 한구석에서는 양팔을 휘두르고 소리를 지르며 뛰어다니고 싶은 충동을 느끼지 않는 것은 아니었지만, 실제로는 지구인이 아닌 인간과, 그리고 목은 없고 콧구멍은 하나뿐인 키큰 침팬지를 닮은 외계인과 조용히 마주앉아 예의바르게 대화하는 데는 아무 어려움도 느끼지 않았다. 스스럼없는 말씨, 자연스러운 몸짓 —— 일상 생활에서 벗어난 것은 아무것도 없었다.

"당신의 행성은 흥미로운 발전 단계에 도달했소. 그리고 교역은 모종의… 연구가 완료될 때까지는 금지되어 있소."

"그럼 당신은 대체 우리들에게 뭘 원하는 거요?"

"아무것도 원하지 않소. 당신들은 내 입장에서 보면 골치 아픈 존재일 뿐이오. 대신 여기 있는 카리이이일이 당신들에게 어떤 제안을 할 건데, 검토해 보는 편이 나을 거요."

"빨리 털어… 아니, 말해주시오. 그 제안이란 게 대체 뭐요?"

"나의… 동료들…과 나는 무역 상인이오. 더 정확하게 말하자면 '모험상인' 이오."

카리이이일이 말했다. 얘기할 때마다 그는 자주 말을 끊었다. 혹시 그는 하고 싶은 말을 일종의 번역기계를 사용해서 영어로 바꾸고 있는 것일까. 전선이나 보청기 같은 것은 눈에 띄지 않았지만 그렇다고 그것이 존재하지 않는다고 단정할 수도 없는 일이다.

"모험상인이라."

릭은 중얼거렸다. 대영제국을 위해 인도를 정복한 동인도회사의 신사 모험가들이 자꾸 머리에 떠오르는 것을 어쩔 수 없었다. 외계인들이 지구에 대해 동일한 야심을 갖고 있지 않을까 하는 의구심이 몰려왔다.

"그렇소. 우리에게는 지금 인간 병사들이 필요하오. 용병의 가격은… 터무니없이 비싸서 우리는 인간 병사를 지구에서 조달하는 도박을 감행했고 그러는 것과 동시에… 조사관… 아그자랄의 규칙을 어기지 않는 방법을 찾아낸 것이오. 만약 당신이 협력한다면 이 계획을 성공시킬 수 있소."

"만약 우리가 협력한다면이라."

릭의 말에 아그자랄이 기묘한 몸짓으로 머리를 흔들어보였다. 릭이 아무런 반응을 보이지 않자 그는 그 동작을 멈추고 대신 고개를 끄덕였다.

"말해두지만 억지로 승낙할 필요는 없소. 그 이외의 선택에 관해서는 카리이이일의 제안이 끝난 후 말해주겠소."

아그자랄의 말이 끝나자 카리이이일이 그 제안에 대해 설명했다.

"여기서 멀리 떨어진 곳에 행성이 하나 있소. 그곳에는 당신들이 살던 곳보다 훨씬 더 원시적인 사회가 있소. 그 행성에서는 다른 곳에서 재배가 거의 불가능한 극히 귀중한 농작물을 재배할 수가 있소. 우리는 이 농작물을 심고 수확하기 위해 당신들의 협력을 필요로 하고 있소."

릭은 고개를 절레절레 흔들었다. 그 설명을 받아들일 수가 없었다.

"왜 당신들이 직접 재배하지 않는 거요?"

외계인은 왼손으로 뭔가 제스처를 했다. 얼굴에 난 긴 구멍이 넓게 열리는 것이 보였다.

"우리 종족 중 하나를 원시세계로 보내 살게 하라는 말이오?"

"하지만 우리는 농부가 아닌데 ——"

"당신들한테 농부가 되라고 할 생각은 없소. 그곳에는 원주민이 있기 때문이오. 불행하게도 그 행성은 극히 원시적인 정치 형태, 그러니까 봉건제도를 유지하고 있소. 우리가 필요로 하는 것은 농부가 아니라 그 행성의 권력 기구에 압력을 가해 우리가 요구하는 농작물을 심고, 수확해서 우리에게 바치게 만드는 군대인 것이오."

"하지만 무슨 근거로 우리가 원시세계에 살 것을 승낙하리라고 믿고 있는 거요?"

"당신들이 받을 보수는 명백하지 않소? 당신들은 아무런 방해도 받지 않고 그 사회를 지배할 수가 있소. 당신들은 부와 권력을 독점할 수 있고, 당신들이 할 일이란 단지 그 농작물의 재배를 관리하는 일뿐이오. 그 일의 대가로 우리는 사치와 안락을 제공하겠소."

"상당히 장기적인 계획같이 들리는군."

"물론이오."

릭은 아그자랄이 입을 열기 전에 이미 그가 무슨 말을 하려는지 알고 있었다.

"이 임무는 당신들의 일생에 걸쳐 실행될 것이오. 갤러웨이 대위, 당신과 당신 부하들이 다시는 지구로 돌아갈 수 없다는 사실은 이미 잘 알고 있지 않소?"

4

"어이, 잠깐 기다려!" 릭이 격앙된 목소리로 외쳤다. "네놈들은 우리를 납치해서——"

"구출한 거요. 그 점에 대해서 이미 질문했을 텐데. 내가 나서서 일일이 사건청취를 하지 않았소? 만약 카리이이일이 당신들을 우주선에 탑승시키지 않았더라면 지금쯤 당신들은 이미 죽어 있을 거라는 것은 누가 보아도 명백한 사실이오. 지금 와서 그 사실에 반론을 제기하려는 거요?"

릭의 분노가 점점 스러졌다. 공포가 그것을 대신했다.

"아니, 그 사실을 부정할 생각은 없어. 하지만 왜 우리가 고향에 돌아가지 못한다는 거요?"

"왜냐하면 지구인들이 당신들의 말을 믿을 것이기 때문이오. 우선 증인이 너무 많소. 물론 카리이이일도 그 점을 계산에 넣은 거요. 고의적으로 다수의 인간을 우주선에 태움으로써 당신들이 지구에 돌아간다면 당신들에 의해 진실이 밝혀질 수밖에 없는 상황을 설정했다고나 할까."

"아까 다른 선택에 대해서도 언급했는데?"

아그자랄은 고개를 끄덕였다. "그밖의 대안도 있소. 그러나 당
신들의 세계로 돌아갈 수 있는 길은 없소. 그 경우에는 다른 행성
으로의 수송 수단이 준비될 때까지 지금 당신들이 묵고 있는 방에
서 기다려야 하오. 당신들 중 일부는 대학에서 실험대상에 관계된
일자리를 얻을 수 있을 거요. 또 몇 사람은 다른 일거리를 찾을 수
있을지도 모르지. 하지만 대다수가 어떻게 될지는 나도 알 수 없
소. 최종적인 결론은 최고 평의회의 결정에 달려 있소. 나로서는
당신들이 취직을 알선받았지만 그것을 거절했다고 보고하는 수밖
에 없소. 우리 세계에서는 일하기 싫어하는 인간은 그다지 쾌적한
생활을 할 수 없소. 게다가 수송 수단을 찾으려면 몇 년이 걸릴지
도 알 수 없소. 당신들 전원을 수송하려면 말이오."

"그렇다면 선택의 여지는 없는 것이나 마찬가지잖아?"

"자살이라는 대안도 있소." 아그자랄이 말했다.

"그건 더 말이 안 돼."

릭은 호주머니에 넣어둔 수류탄을 만져 보았다. 신형 수류탄이
었다. 골프공보다 그다지 크지도 않고, 대부분이 플라스틱으로 만
들어져 있었다. 일단 폭발하면 몇 천 개의 파편이 튀어나가서 이
방에 있는 자들을 몰살시킬 것이다. 릭 자신을 포함해서 말이다.
따라서 이 상황에서는 그다지 유효한 무기라고 할 수 없었다.

"담배를 피워도 될까?"

"피우지 않았으면 좋겠소." 아그자랄이 말했다.

"알았소. 그런데 당신은 단 서른 명으로 어떻게 행성 전체를 지

배할 작정이지?"

"행성 전체는 아니오." 카리이이일의 어조는 변함이 없었다. 사무적이고 침착하며 태연한 목소리였다. "대부분의……." 이 다음에 그가 한 말은 새가 지저귀는 소리로 뭔가 이해할 수 없는 말이었다. "……에는 흥미도, 가치도 없소. 지배할 가치가 있는 지역은 단 하나 뿐이오. 무기라고는 창, 화살, 장검 따위밖에는 없는 원시인들을 화기와 기타 장비로 무장한 당신 부하들이 간단히 제압할 수 있다는 것은 뻔한 사실 아니오?"

물론 충분히 가능하겠지만 릭은 이 제안에는 그다지 흥미가 없었다. 만약 그 행성에 그런 원시적인 무기밖에 없다면 위생 수준이나 의학, 기타 다른 것들도 원시적일 수밖에 없을 것이다. 그런 곳에서 무슨 즐거움이 있겠는가.

릭은 아그자랄이 속한 문명에서 생활보호를 받고 사는 것을 상상해 보았다. 그다지 쾌적할 것 같지는 않았지만, 적어도 아그자랄이 그보다는 더 사치스러운 생활에 익숙해져 있다는 데는 의심의 여지가 없었다. 하지만 아무래도 그 '실험 대상' 이라는 말이 마음에 걸렸다. 아무리 생각해봐도 그다지 좋은 뜻은 아닌 것 같았다. 게다가 더 처치 곤란한 문제가 있었다.

"우린 모두 남자들뿐이야. 당신이 우리를 데려갈 행성에서 일생을 보내야 한다면……."

"아." 카리이이일이 말했다. "그것에 대해서는 걱정할 필요가 없소. 그곳에는 인간 여성이 있으니까."

"아니 그럼 여자들까지 유괴했단 말이야?"

"아니오. 규칙을 위반하지 않고 다수의 인간을 보내는 것은 불가능에 가깝소. 그 행성은, 이제부터 그걸 '파라다이스'라고 부르기로 하겠소. 행성에 붙이기에는 좋은 이름이지. 파라다이스에는 인간이 살고 있소."

"농담은 그만둬!"

한순간 침묵이 흘렀다.

릭은 자신이 외계인의 감정을 상하게 했을지도 모른다고 생각했다.

"그건 농담이 아닌 사실이오." 아그자랄이 말했다. "은하계에는 인간이 사는 영역이 다수 존재하오."

"어떻게?"

아그자랄의 얼굴에 엷은 미소가 번졌다. "지구의 과학자들 중에도 인류는 지구에서 발생한 게 아니라고 주장하는 사람이 있잖소?"

"그 이론이 진지하게 받아들여졌다는 소리는 한 번도 못 들어봤어. 인간이, 인류가 은하계 전체에 분포되어 있다는 게 사실이라면, 도대체 어떻게 그 사실을 설명할 셈이야?"

"당신이 그것을 이해할 가능성은 거의 없소." 아그자랄이 말했다. 감정을 결여한, 매우 진지한 어조였다. 곧 그는 어깨를 으쓱해 보였다. "은하계의 역사에 관해서 영어로 번역된 것은 하나도 없고, 당신에게 그것을 강의해 줄 시간도 없소. 지금은 다만 그렇게 믿어달라는 수 밖에."

릭은 얼굴을 찡그렸다. 설령 상대의 말이 사실이라고 해도 당장 받아들이기는 힘들었다. 고대에도 우주비행사가 있었다는 설에 관해서는 릭도 알고 있었다. 에제키엘과 수레바퀴, 게루빔 같은 것일지도 몰랐다. 게루빔이란 성경에 나오는, 네 개의 얼굴을 가진 날아다니는 생물을 말한다. 선정적인 상업 작가들이 즐겨 인용하는 소위 증거라는 것조차도 포함시킬 수 있다. 창세기도 알고 보면 극히 소수의 인간들—아담과 이브—이 자신들이 진화한 세계에서 지구로 옮겨졌다는 사실을 기록한 것이라는 식이다.

이 모든 것이 릭의 이해 범위를 벗어나 있었다. 그는 결코 우수한 학생이 아니었다. 그가 ROTC 과목을 열심히 공부한 것도 실은 나중에 군대에 취직해야 할지도 모른다고 생각했기 때문이었다. 그가 시종일관 좋은 점수를 받은 과목은 전쟁사(戰爭史)뿐이었지만, 그런 것이 졸업 후의 쾌적한 생활을 보장해주는 것은 아니었다.

파라다이스. 릭은 무지한 인간을 유인해서 그곳에 정착시킬 목적으로 '그린랜드' 라고 이름붙인 불모의 얼음 덩어리에 관한 얘기를 기억해내고는 쓴웃음을 지었다.

"진짜 인간이, 호모 사피엔스가 그곳에 살고 있단 말인가?"

"얼마나 지적(sapient)인지에 관해서는 논쟁의 여지가 있소. 파라다이스뿐만 아니라 다른 어느 곳에서라도. 하지만 걱정할 필요는 없소. 그곳의 여성과 맺어진다면 틀림없이 자손이 생길 거요."

릭에게는 그것 말고도 마음에 걸리는 일이 있었다.

"당신은 경찰관이라고 했어. 그리고 당신의 임무는 지구인을 보호하는 것이라고 했지. 여러 규칙에 얽매여서 어차피 죽을 운명에 있는 인간이 아니면 납치가 불가능하다는 얘기도 했고. 그런데도 당신들은 우리를 파견해서 그 파라다이스라고 하는 원시적 세계를 정복하려 하고 있어. 그럼 그 행성에 살고 있는 인간들은 어떻게 돼도 상관 없다는 말이야?"

아그자랄은 얼굴을 찡그렸다. 혹시 아픈 데를 찌른 것이 아닌가 하고 릭은 생각했다.

"파라다이스는 아니, 진짜 이름을 가르쳐주겠소. 행성의 이름은 그곳의 주요 언어로 '트란'이라고 하오. 트란에 대해서만은 지구와 동일한 규칙이 적용되고 있지 않소." 그는 말을 멈추고 잠시 입을 꽉 다물었다. "게다가 당신들이 앞으로 할 일도 행성의 주민들이 서로에게 해온 행위를 되풀이하는 데 지나지 않소. 오히려 그들의 비참한 상태를 완화시켜 줄지도 모르지."

릭은 여기에는 뭔가 숨겨진 사실이 있을지도 모르겠다고 생각했다. 아그자랄의 표정은 그가 사용한 냉혹한 표현과는 걸맞지 않았다. 하지만 무엇을 감추고 있는 것일까?

"그렇게 쉬운 일이라면 당신들이 직접 하면 될 게 아니오?"

"우리가 직접 관여할 수는 없소." 아그자랄은 카리이이일을 가리켰다. "그 행성을 발견하고, 식민화하고, 개발한 자들의 권리가 얽혀 있소. 그렇지만 당신들이 트란에 가보면, 그곳의 주민이 당신이나 나와 다르지 않은 인간이라는 것을 알게 될 거요. 갤러웨이 대위, 당신은 지금 결단을 내려야만 하오."

"시간은 얼마나 남았소?"

아그자랄은 카리이이일을 보았다.

"그렇게까지 서두를 필요는 없소." 외계인이 말했다. "스물네 시간의 여유를 주면 어떻겠소?"

릭은 부하 병사들에게 그 제안에 대해 설명했다. 긴 침묵이 흐른 후 각자가 멋대로 지껄여대기 시작했다. 그러나 그는 개의치 않았다. 그는 지금 부하들이 어떤 기분인지 잘 알 수 있었다. 카리이이일과 아그자랄과 헤어졌을 때 릭 자신도 누군가에게 말을 걸고 싶었던 것이다.

왁자지껄한 소음을 뚫고 커다란 목소리가 들렸다.

"다른 행성으로 간다고? 그건 불가능해."

다른 병사들이 '교수'라는 별명으로 부르는 래리 워너 일병은 격렬한 전투 중에도 들릴 정도로 목소리가 컸다. 그는 대학 졸업자였는데, 릭은 왜 그런 경력의 소유자가 육군의 졸병으로 지원했는지 이해할 수 없었다. 그가 CIA의 작전에 두 번째로 참가한 이유는 더더욱 이해하기 힘들었다. 워너는 논쟁하기를 좋아했고, 상대가 되어준다면 장교든 하사관이든 가리지 않고 얘기하고 싶어하는 버릇이 있었다. 그의 입을 막으려면 엄벌을 내리겠다고 위협하는 수밖에 없을 것이다. 그렇지만 그는 교양이 있는 사내였고 릭도 과거에 그의 해박한 지식 덕을 본 적이 있었다.

"초광속 항행이란 불가능해." 워너가 말했다. "다른 항성계로 갈 수 있다고도 생각하지 않아. 또 이 태양계에서 생물이 살고 있는 행성은 없어. 놈들은 거짓말을 하고 있는 거야."

"그게 사실이라면 아무 의미도 없는 거짓말을 하고 있는 게 돼." 앙드레 파슨즈가 말했다.

"입 닥쳐, 워너." 엘리엇 상사의 대처법은 더 간결했다.

"그 외계인들은 대체 어디서 온 거지?" 잭 캠벨이 외쳤다. "이 태양계는 아냐. 교수 네 입으로 그렇게 말했잖아." 캠벨은 대학을 중퇴한 후 따로 할 일이 없다는 이유로 군대에 지원한 사내였다. 그는 워너를 놀리기를 좋아했다. "이봐, 난 찬성이야! 대위님, 그 제안을 받아들이면 새로운 지위를 보장받는다는 거로군요. 우리가 이십 년간 육군에서 복무하고 제대한 경우보다 더 나은 대우를 받을 수 있다고……."

릭은 어깨를 으쓱해보였다. "그 점에 대해서는 깊이 생각해보지 않았지만, 아마 그렇겠지. 우리가 하고 싶은 대로 할 수 있다고 놈들이 말했으니까."

"난 언제나 왕이 되고 싶었어." 앙드레 파슨즈가 말했다. "우리 모두가 왕이 될 수 있을지도 모르지. 아니면 적어도 공작이나 남작 쯤은 말야. 물론 우리가 성공한다면 말이지만."

"여기서 빠져나가야 해."

누군가가 외쳤다. 그러자 모두가 술렁거리기 시작했다.

"어디로 가자는 말이야?"

"내겐 아내와 애가 둘이나 있어. 난 집으로 돌아가야 해!"

"일동 차렷!"

엘리엇이 호령하자 병사들은 잠시 조용해졌다. 그들이 다시 입을 열기 전에 릭이 먼저 말을 꺼냈다.

"우리는 이제 고향으로 돌아갈 수 없게 됐어. 그자들은 이 점을 특히 강조하더군. 우리가 우리 힘으로 돌아갈 수 있으리라고는 나도 믿지 않아. 놈들은 언제라도 이 방의 공기를 뺄 수 있으니까 말이야. 진공상태에서 호흡할 수는 없잖나."

"그럼 우린 어떻게 해야 합니까, 대위님?" 캠벨이 물었다.

"우선 단결해야 해. 놈들이 원하는 대로 하는 거야. 파슨즈 중위가 말한 대로 우린 부자가 될 수 있을지도 몰라. 고향으로 돌아갈 수는 없지만 부자가 될 수는 있는 거야. 우리가 하나로 뭉치기만 한다면."

"행성 전체를 상대로 싸우자는 겁니까?"

캠벨이 다시 물었다.

"그 정도는 아냐. 물론 그럴 능력이 없다는 뜻은 아냐. 우리에겐 그들보다 훨씬 우수한 무기와 전술이 있으니까 말이야. 다만 그곳에는 많은 인간이 살고 있다는 점을 명심해야 해. 수많은 인간이. 만약 우리가 일치 단결하지 않으면… 잠잘 때 누가 서로를 지켜줄 거라고 생각하나?"

"그렇다면 새로운 계약이 필요해. 새 계약서 말이야. 우선 위원장을 선출해서…."

워너의 말투는 릭이 듣자마자 발끈할 정도로 건방진 것이었다. 엘리엇 상사는 당장이라도 졸도할 듯한 기색이었다.

"선출한다고? 그럼 장교는 뭣 때문에 있는 거냐?"

"현 상황에서 장교는 우리를 통솔할 권리가 없어. 장교들을 임명한 것은 미합중국이지만 여긴 더 이상 미국이 아냐. 그런데 왜 우리가 그들의 명령을 따라야 하지?"

"워너, 한 번만 더 그따위 수작을 부린다면 목을 부러뜨려놓겠다." 엘리엇 상사는 그렇게 말하며 워너 일병 쪽으로 다가가기 시작했다.

"워너의 주장에도 일리가 없는 건 아냐." 앙드레 파슨즈가 말했다. "하지만 이 임무에 지원하는 자는 나와 갤러웨이 대위를 지휘관으로 인정해야 해." 앙드레 파슨즈는 릭을 향해 돌아서더니 지극히 정중한 어조로 말했다. "대위님, 저는 대위님을 이 원정의 지휘관 및 통솔자로 인정합니다." 이러고는 릭을 향해 경례했다.

　파슨즈는 부하들에게 등을 돌리고 있었기 때문에 릭만이 그의 얼굴을 볼 수 있었다. 파슨즈는 장난기 어린 눈으로 릭을 쳐다보았다. 릭이 답례하자 그는 과장된 표정으로 윙크를 보내왔다.

　릭은 파슨즈에게 외계인들, 그리고 샬누크시만큼이나 이질적인 경찰관이라고 칭하는 인물이 그들의 대화를 엿듣고 있다는 사실을 알렸다. 그 이후로는 두 사람 모두 신중해져서 그들에게 도청당하고 싶지 않은 말을 일체 하지 않기로 했다. 그러나 그 사실은 릭을 더욱 고독하게 만들었다. 그는 지구와 그가 아는 모든 사람들과 영원히 이별하려는 참이었지만, 도청의 위험을 무릅쓰지 않는 한 그것에 대해 언급할 수조차 없었다. 그러나 의외로 재미있는 경험을 하게 될지도 모른다는 생각은 했다. 파슨즈의 말대로 누구나 다 한 번쯤은 기사나 남작, 또는 공작이 되는 꿈을 가져보지 않은 사람은 없다. 왕이 되는 일조차 공상하지 않는가. 지구에서는 그 꿈이 실현될 가능성이 전혀 없지만, 파라다이스에서라면 릭 갤러웨이에게도 기회가 돌아올지도 모르는 일이다.

　또한 그는 다른 종류의 꿈도 가지고 있었다. 중세사회에서 공업사회로 이행할 때 인간이 저지른 갖가지 과오를 손꼽아 열거할 수 있을 정도의 역사 지식은 가지고 있었다. 봄베이나 켈커타의 비참한 광경을 사진으로 본 적도 있다. 따라서 그는 이 신세계가 그런 과오를 되풀이하지 않도록 도움을 줄 수 있을지도 모른다. 카리이이일과 동료 모험상인들에게 이것은 돈을 벌기 위한 상투적 수법일지도 모르지만, 릭의 입장에서는 새로운 모험을 할 수 있는 기회인 것이다.

그러나 이것은 피할 수 없는 운명이기도 했다. 그 자신과 부하들을 설득하기 위해 그가 제시한 논법의 대부분은 결국 필요에서 비롯된 핑계였다. 받아들이기 힘들더라도, 사실은 사실이다. 애당초 그들에게 선택의 여지는 없었다.

그들에게 주어진 최초의 임무는 행성으로 가기 위한 준비 활동이었다. 일단 보급 물자와 장비가 필요했다. 아그자랄은 적정 한도 내에서라면 장비는 지구에서 조달할 수 있다고 릭에게 말했다. 그러나 그는 적정한 수준이 어느 정도인지는 설명하지 않았다.

릭은 부하들에게 목록을 작성하라고 지시했다. 무기, 탄약, 특수장비, 통신장비, 생존도구, 의약품, 비누, 그리고 릭과 그 부하들의 기술로도 트란에서는 생산할 수 없는 각종 고급품과 일용 잡화 등이 포함됐다. 주문은 곧 주체할 수 없을 정도로 늘어났기 때문에 결국 적정선에서 끊어야만 했다.

트란에 관한 정보는 거의 입수할 수 없었다. 카리이이일에게 물어보자 석유산업이 존재하지 않는다는 것만은 확실하지만, 석유 자체의 산출 여부에 대해서는 모르고 또 생각해본 적도 없다는 대답이 돌아왔다. 그러므로 내연기관을 쓰는 장비는 일체 포함시키지 않았다. 그 이외의 분야에 관해서도 극히 개략적인 정보밖에는 없었다.

릭은 TV를 향해 회견을 요청했다. 이윽고 카리이이일의 모습이 스크린에 나타났다.

"정보가 더 필요해." 릭은 대뜸 말했다. "행성의 크기는 어느 정도지? 물은 얼마나 있고, 허리케인 같은 것도 존재해? 도대체 무엇에 대비해야 하는지도 모르는 상태에서 어떻게 준비를 하라는 거야?"

"타당한 질문이오. 하지만 불행하게도 당신이 요구하는 데이터의 번역이 아직 안 끝났소. 좀 더 기다려야 하겠소."

"내가 요구한 장비는 모두 구할 수 있어?"

"전부는 아니지만 대부분은."

"어떻게?"

"구입할 수도, 훔칠 수도 있소. 그리고 지금은 당신과 얘기하고 있을 시간이 없소. 나중에 상담원을 만날 수 있을 거요. 그때까지는 더 이상 나를 귀찮게 하지 마시오."

"상담원이라니 누구——"

"인간이오. 내게 목록을 주면 어떤 품목이 입수 가능한지 알아보겠소."

스크린의 영상이 사라졌다. 릭과 파슨즈는 얼굴을 서로 마주보았다. "지구에 공작원이 있는 거로군." 파슨즈가 말했다. "아까 구입이 어쩌고 하지 않았나."

"응." 갤러웨이는 잠시 그 사실을 음미하다가 웃었다. "지구인 사이에 외계인들이 숨어 있는 거야. 은하 연맹의 공작원이 돌아다니며 우리를 연구하고 있다는 식이지. 훨씬 전부터 그렇게 주장하는 책은 많았네. 알고 보니 전부 사실이었어."

앙드레 파슨즈도 웃었다. 그렇지만 둘 다 속으로는 웃고 싶은 심정이 아니었다.

제2부

우주선

1

그웬 트리메인은 사랑에 빠졌다. 그녀는 스무 살이었고 매력이 없지도 않았기 때문에 특별히 놀랄 만한 일은 아닐지도 모른다. 그러나 그녀 입장에서는 놀라는 정도가 아니라, 도저히 그 사실을 믿을 수가 없었다.

그웬 본인은 자기 앞에 가로놓인 고독한 인생을 받아들이고 이미 체념한 상태였다. 친구가 없어서 고독하다는 뜻은 아니다. 친구라면 몇몇은 있었으니까. 그렇지만 그녀는 자기가 사랑에 빠지는 일은 결코 없을 것이라고 확신하고 있었다. 아니, 확신하는 정도가 아니라 사랑에 빠진 사람이 정말로 존재할까 하고 의심하는 지경에 이르렀던 것이다. 그녀는 사랑에 빠진 연인들의 감정을 노래한 모든 시와 서정적 산문 따위는 한 번도 사랑을 경험해본 적이 없는 시인과 소설가에 의해 쓰여진 것이 아닌가 하는 강한 의구심마저 품고 있었다.

육체적인 욕망에 대해서는 그녀도 알고 있었다. 몇 번인가 정사

경험도 있었고 그때마다 쾌락을 느낄 수도 있었다. 그러나 그녀 자신이나 상대방에게 시인이 노래하는 것 같은 연애감정이 싹튼 적은 한 번도 없었다.

사랑을 하고 싶다는 생각을 하기도 했고 실제로 그런 일이 자신에게 일어나고 있다고 생각하던 시절도 있었다. 그러나 그 이상으로 감정이 발전하지는 않았다. 몇 안 되는 동성 친구들에게서 목격한 것처럼 누군가가 곁에 있어줬으면 하는 강한 감정을 느낀 적도 없었다. 이따금 그것 비슷한 감정을 느낄 때가 있었지만 오래 지속되지는 못했다. 일반적으로 이런 식으로 드물게 나타나는 감정의 고양은 육체적 접촉 후에 가끔 느끼는 수가 있었지만, 그것도 아침의 차가운 햇빛이 비칠 때쯤이면 사라져버리는 것이 보통이었다. 한때는, 태어나서 한 번도 남자와 사랑에 빠진 일이 없는 것을 자기 자신의 무능 탓으로 돌린 적도 있었다. 그것은 전혀 근거없는 생각은 아니었다. 그녀가 이때까지 교제했던 사내들이란 한 꺼풀 벗겨보면 모두 냉소적이거나 비열했고, 그게 아니면 너무나도 평범했기 때문이었다. 친구들도 곧잘 그 사실을 지적하곤 했다. 그러나 처음 만난 상대를 정확히 알기는 힘들었다. 그녀는 고등학교 시절 반에서 가장 인기가 있는 남자애를 좇아다닌 적도 없었고, 모든 여학생의 인기의 표적인 스포츠맨을 열렬히 동경해본 적도 없었다. 그런 남자들보다는 안경을 낀, 독서가 취미인 조용한 남자애와 데이트하는 쪽을 택했다. 그런 아이들 중에는 한 번도 데이트라는 걸 해본 적이 없다는 치도 있었다. 그러나 그들은 그녀와의 교제를 통해 다른 여자애들에게 데이트 신청을 할 정도의 자신감이 생기면 예외 없이 그녀의 곁을 떠났다.

사실을 말하자면, 그웬은 그녀를 진지하게 사귀려고 하는 상대에게 두려움을 느끼게 하는 경향이 있었다. 그녀는 총명했고 달변가였으며 모든 일에 흥미를 느꼈다. 학교신문에도 글을 곧잘 기고하곤 했다. 또한 그녀는 공부에도 최대한의 노력을 기울였기 때문에 설령 기말고사에 백지 답안을 제출하더라도 전 과목에서 A를 받을 수 있을 정도였다. 게다가 그녀는 곰팡이가 핀 빵을 사서 양계업자들에게 파는, 여자답지 않은 아르바이트를 해서 돈을 벌기까지 했다. 다시 말해 그녀는 어떤 남자와도 맞먹는 실력이 있었고, 그녀가 좋아하는 타입의 남자들은 그런 그녀에게 위압감을 느끼고 사귈 의욕을 잃었던 것이다.

　존 마셜 고등학교의 최상급생이었던 열여섯 살 때 그녀는 학교 도서실에서 프레드 링커를 만났다. 프레드는 태어나서 한 번도 데이트를 해본 경험이 없었고 여자애들을 무서워하고 있었다. 그웬은 그즈음 남성에 대해 조금은 냉소적이었지만, 아직 사회 통념을 무시하고 데이트를 단념할 정도는 아니었다.

　프레드는 완벽해 보였다. 약간 소심한 구석은 있었지만 결코 못난 용모는 아니었다. 그는 독서를 좋아했고, 『실버록』 같은 작품에 대해서 아는 게 많았다. 그가 언급한 책들을 읽어보자마자 그녀는 그것들에 푹 빠졌다. 프레드는 남의 얘기를 주의 깊게 경청했고, 그들은 여러 가지 면에서 공통된 점이 많았다. 그래서 그녀는 그가 데이트를 신청하도록 끈기있게 유도했고, 그 후 세 번 정도 데이트를 했다. 그때쯤 그는 헤어질 때 키스를 할 만큼 대담해졌다. 그는 어떻게 키스를 해야 할지 잘 모르고 있었다. 그러나 그웬은 좋은 선생이었다. 그녀는 이미 책을 통해서 잘 알고 있었기 때문이다.

프레드는 작가 지망생이었다. 그는 끊임없이 뭔가를 써나갔다. 언젠가는 글을 써서 돈을 벌 작정이었다. 그는 그것이 틀림없이 팔릴 것이라고 확신했다. 실제로 잡지사에 몇 편의 원고를 보냈고, 거절 쪽지를 받은 적도 있었다.

그웬은 프레드가 애독하는 잡지들을 읽어보고 3주 후에 그중 하나에 단편을 파는 데 성공했다. 그녀는 이것이 그를 기쁘게 할 것이라고 생각했고, 또 성공할 수 있는 요령을 그에게 가르쳐줄 요량이었다. 요컨대 편집자의 취향을 알아내기만 하면 된다. 그런데 일주일 후에 프레드는 다른 여자애와 함께 댄스파티에 참석했다. 그는 훗날 자력으로 세 편의 단편을 팔았지만 다시는 그웬에게 데이트 신청을 하지 않았다.

대학 생활도 별 차이가 없었다. 그웬의 육체적 욕구는 점점 강해져만 갔고 어떤 때는 방에 혼자 있기보다는 차라리 24시간 영업하는 레스토랑에서 책을 읽으며 밤을 새는 쪽을 택할 정도로 고독한 날도 있었다. 고독에 못 견딘 나머지 다음에 사귈 남자한테는 절대로 잘난 척 하지 않겠다는 다짐을 하고 그 결심을 실행에 옮기기까지 했다. 하지만 사귀는 남자 친구가 자기만의 특기라고 생각하는 일이라도, 그럴 생각만 있다면 그녀쪽이 훨씬 잘 할 수 있다는 사실이 언젠가는 드러나기 마련이었다.

하지만. 그녀는 강박적일 정도로 깔끔하게 정돈된 그녀의 원룸 아파트에서 옷을 갈아 입으며 생각했다. 하지만 내 생각이 틀렸는지도 몰라. 아예 처음부터 모두가 나를 싫어했는지도 모르지. 아마 내게 무슨 결함이 있는 건지도 몰라.

난 못생기지 않았어. 그웬은 거울 속의 자신을 바라보았다. 키가 작은 것은 사실이었다. 5피트 2인치*에 푸른 눈이라고 하면 노래가사로는 듣기 좋을지 모르지만, 사실 그건 꽤 작은 키였고 눈색깔도 파랑이라기보다는 초록빛이 도는 갈색이라고 하는 편이 정확했다. 코는 너무 뾰족하고 얼굴선도 약간 모난 듯했지만 그녀보다도 길고 뾰족한 코와 모난 얼굴을 가진 여자들도 얼마든지 있었고 그런 여자들이 특별히 못생겼다고 느낀 적도 없었다. 특별히 뛰어나다고는 할 수 없지만 몸매도 괜찮은 편이었다. 유방은 브래지어를 착용하지 않아도 될 정도로 충분한 탄력이 있었고, 히프도 야윈 편은 아니었다. 마른 체격 때문에 옷이 썩 잘 어울리는 편은 아니지만 결코 남보다 못한 용모는 아니었다. 남자들이 그녀에게서 시선을 돌린 적은 한 번도 없었다.

그리고 누구나 다 그녀가 대화에 능하다고 했다. 총명하고 재치가 있다는 말도 했다. 그들은 그녀와 처음 만나면 언제나 그런 소리를 했고, 그녀에게서 떠날 때에도 같은 말을 남겼다.

하지만 이번만은 다르다.

그웬은 정성들여 몸치장을 마쳤다. 이번만은 틀림없어, 하고 그녀는 생각했다. 오늘 밤에는 특별한 일이 일어날 것 같은 느낌이야. 기대감과 함께 감미로운 흥분을 느꼈다. 이번엔 오래 계속될지도 몰라. 제발, 이번만은 오래 계속되기를.

* 약 158센티미터

그녀는 거울 속의 자신을 보고 웃었다. 난 누구에게 빌고 있는 걸까? 그녀의 세계관에는 신의 존재도 포함되어 있었지만, 이런 식의 기도에 대해 주의를 기울여주는 신은 아니었다. 만약 기도가 정말로 효험이 있다면 수없이 많은 사람들이 그웬 트리메인보다도 더 나쁜 상황에서 벗어나기 위해 기도하고 있을 터이다. 그들의 기도가 아무 소용이 없는 마당에 그녀의 소원이 이루어질 리가 없었다.

그렇지만 기회는 있었다. 레스는 달랐다.

그녀가 그를 처음 만난 곳은 대학 도서관 근처의 24시간 영업 커피숍에서였다. 밤이 이슥한 시간이었고 그녀는 슬슬 집에 돌아가려고 생각하고 있던 참이었다. 그녀는 여섯 권 정도의 책을 들고 있었고, 그중 인류학 신간이 그의 눈길을 끌었다.

"새로 나온 책 같군요. 아직 본 적이 없는데, 한 번 봐도 되겠습니까?"

둘은 그것을 계기로 이야기를 나누게 되었다. 이야기하는 것을 조금 듣자마자 그웬은 곧 상대가 매우 총명한 청년임을 알아차렸다. 하지만 그는 그녀의 얘기를 듣는 쪽을 더 좋아했다. 그는 그녀가 하는 이야기라면 전부, 무엇이든지 듣고 싶어했다.

그가 캐묻는 대로 그녀는 아이오와 주에서 자란 이야기, 열네 살 때 캘리포니아로 가족이 이주한 일, 고등학교와 대학에서의 생활, 연애에 실패한 이야기, 그리고 역사와 물리학, 수학 등에 대한 그녀의 의견, 특히 인류학에 대한 흥미 등을 이야기했다.

그는 그웬에게 호감을 품었다. 그녀가 하는 말을 듣고 그녀에게 호감을 품었다는 뜻이다. 이 사실을 깨닫고 그녀는 망연자실했다.

그러나 그웬은 그와 경쟁할 필요가 없었다. 그랬던 이유 중 하나는 그가 무슨 일을 하는지를 몰랐기 때문이었다. 본인이 직접 말한 건 아니지만 그웬은 그가 최신 물리학을 공부하고 있다는 인상을 받았다. 한 번은 그가 우주의 기원에 대해 의견을 물은 적이 있었다. 그녀가 의견을 말하자 그는 종이 냅킨 위에 방정식을 몇 개인가 끄적거렸다. 그녀로서는 전혀 이해할 수 없는 것이었다. 그녀는 다음날 아침 커피숍 뒤에 있는 쓰레기통에서 그가 버린 종이 냅킨을 찾아내서 도서관으로 가지고 갔다. 하루 종일 그것과 씨름했지만 방정식을 풀 수는 없었다. 방정식에서 사용된 몇몇 기호는 아예 책에 나와 있지도 않은 것이었다.

그렇다면 그는 엉터리 방정식을 쓴 것일까? 그러나 레스는 그녀에게 거짓말을 해야 할 이유가 없었다. 그는 언제나 그녀가 간청을 해야만 자신에 관한 얘기를 했고, 그녀에게 좋은 인상을 주려고 허풍을 떠는 일도 없었다. 레스와 처음 만난 날 밤, 그웬은 그가 지금까지 발간된 인류학 서적의 대부분을 읽었을뿐만 아니라 모든 주요 학설을 이해하고 있다는 사실을 깨닫고 그의 지적 능력에 깊은 감명을 받았던 것이다. 그웬이 간곡히 부탁하자 레스는 교실에서 배우려면 한 달이 걸리는 것을 한 시간 만에 가르쳐주었다.

3주 동안은 커피숍에서만 그를 볼 수 있었다. 레스는 밤늦게야 나타났는데, 언제나 자정이 지나서였고 어떤 때는 새벽이 되어서야 모습을 보이는 경우도 있었다. 레스는 용돈을 벌기 위해 트럭 운전을 하고 있었기 때문에 일정한 스케줄이 없었다. 그러나 레스는 언제나 돌아왔고, 그웬도 언제나 그를 기다렸다. 서로 입 밖에 낸 적은 없었지만, 그웬은 레스가 그녀를 만나기 위해서 온다는 것을 잘 알고 있었다.

3주일 동안 그들은 커피숍에서 이야기를 나눴다. 밤이 깊어져서 그녀가 집으로 (또는 아침 수업에) 가야 할 때가 되면 그는 손을 흔들고 그녀와 헤어졌다.

하지만 그것도 어제까지의 일이었다. 어제 그는 그녀가 자리에서 일어났을 때 함께 일어나 계산을 끝내고 그녀의 집까지 따라왔다. 그들이 잠자리를 같이 한 것도, 또 그가 그녀의 정열에 불을 당긴 것도 어쩌면 극히 당연한 일이었다.

그는 정오까지 그녀와 함께 있었다.

그리고 다시 돌아와서 어딘가로 그녀를 데리고 갈 예정이었다. 그녀는 주름이 지지 않는 치마를 골라 조심스럽게 입었다. 차 속에서 날 원하지는 않을 거야. 언제든지 기꺼이 침대로 맞이할 생각이니. 하지만 절대로 그러지 않으리라고도 장담할 수도 없지. 그웬은 거울에 비친 자신의 모습을 보고 씩 웃었다. "마치 치장하고 나선 바람둥이 같아." 그녀는 말했다.

그러자 거울 속의 이미지가 그녀를 향해 웃어보였다. "그래도 무슨 상관이니? 안 그래?"

"맞아, 바로 그거야. 설마 이런 날이 오리라고는 상상도 못했지만……." 그웬은 대꾸했다.

이러는 자기 자신이 우스웠지만, 그럼에도 그녀는 그녀의 조촐한 보석류와 향수들을 찬찬히 살펴보았다. 그는 어떤 것을 마음에 들어할까.

"독립되고 해방된 여성을. 그 이 앞에서 예뻐 보이려고 죽어라고 노력하는 나를." 그녀는 거울을 향해 말했다.

"이번에는 놓치지 마." 거울속의 그녀가 대답했다.

"물론이야." 그럴 수만 있다면 제발 이번만은 잘 되게 해주세요. 이번만은 오래 가게 해 주세요.

자정에서 한 시간쯤 지난 시각에 초인종이 울렸다. 그웬은 문으로 달려가려다가 퍼뜩 멈춰섰다. 그녀가 그를 좋아한다는 사실은 그도 잘 알고 있었지만, 뛰어나가 맞이할 정도로 쏙 빠져 있다고 생각하게 하고 싶지는 않았다. 그래도 문을 열었을 때는 조금 숨이 가쁜 상태였다.

'혹시 나한테 달려들지는 않을까. 그대로 침대로 안고 갈 가능성은? 물론 그런다고 해서 저항할 생각은 추호도 없지만―'

레스는 그녀에게 키스했다. 그러나 사태가 더 이상 발전하기 전에 몸을 떼더니 씩 웃었다.

"나중에. 시간은 얼마든지 있어."

"좋아."

"드라이브하러 갈까?"

"물론. 어디로 갈 건데? 코트가 필요할까?"

"실은 주말여행을 계획했거든. 지금 짐을 꾸려 주겠어?"

그웬은 얼굴을 찌푸렸다. 어떻게 이 정도로까지 자신만만할 수 있을까. 하지만 전혀 근거가 없는 자신감도 아니었다. 그리고 여행을 하지 말라는 법도 없지 않는가.

"이삼 일 정도라면 여행을 갈 수 있어. 하지만 집주인 아줌마한테는 말해둬야….”

“메모를 남겨두고 가면 되잖아. 직접 얘기하기엔 너무 늦은 시각이고.”

“가방에 뭘 넣어가야 해? 수영복? 스키복?”

“배는 좋아해? 요트 타 본 적 있어?”

“한 번도 타본 적이 없어. 하지만 배멀미는 안 해. 그건 전에도 얘기한 적이 있는 것 같은데.”

“그랬었지.”

바로 저거야. 저 미묘한 악센트. “대체 당신은 어디서 자랐어?”

“그 정도는 이미 내 발성 패턴에서 일찌감치 추정했을 줄 알았는데.” 그는 씩 웃었다.

멋진 미소다. 멋진 얼굴에 멋진 미소. 그웬은 그에게 다가갔다.

“날 달콤한 소리로 유혹해 줘.”

레스는 그녀를 끌어당기고 잠시 껴안고 있었다.

“당신은 딱 맞는 사이즈야.” 그웬이 말했다.

“무슨 뜻이지?”

그웬은 어깨를 으쓱해보였다. “내 눈에는 충분히 키가 커 보이지만 그렇다고 올려다봐야 할 정도는 아니라는 뜻이야. 그리고 다른 데도 그렇게까지 큰 건 아니고…. 무슨 말인지 알지?”

레스는 웃음을 터뜨렸다. “서로 어울리는 한 쌍이란 말이로군.”

“맞아. 어울리는 한 쌍. 요트용 옷을 챙겨가지고 올게. 오래 걸리진 않을 거야.”

"산 속에 배를 정박시키는 사람이 있는 줄은 몰랐어." 그웬이 말했다. "날 지금 어디로 데려가고 있는 거야?"

이것은 당연한 질문이었다. 길은 바다와는 반대편인 엔젤레스 산맥 쪽을 향하고 있었다. 처음에는 해안을 옆에 끼고 산타바바라 쪽으로 가는 줄 알았다. 하지만 레스는 차를 동쪽으로 돌렸던 것이다.

트럭은 낮은 소리를 내며 질주하고 있었다. 포드사의 육중한 픽업트럭이었고, 짐칸에는 방수포에 덮인 기묘한 모양을 한 물건들로 꽉 차 있었다. 이 또한 이상한 일이었다. 주말 데이트에 왜 짐을 가득 실은 트럭이 필요한 것일까?

"지금 우린 어디로 가고 있어, 레스?"

"날 못 믿겠어?"

"자… 잘 모르겠어. 그건… 레스, 부탁이야. 확실히 설명해 줬으면 좋겠어."

"당신을 속일 생각은 없어. 그웬." 매우 진지한 목소리였다. "하지만 내겐 선택의 여지가 없었어." 그는 잠시 주저했다. "전에 당신은 모든 걸 공부해보고 싶다고 한 적이 있었지? 당신이 인류학에 흥미가 있는 것도 그것 때문이라고 말이야. 여행을 하면서 낯선 사람들과 접하고, 그들의 생활방식을 연구해 보고 싶다고……."

"그랬지만……."

"난 당신에게 바로 그런 기회를 제공하려는 거야. 지금 당장. 하지만 긴 여행이 될 거야. 나와 함께 떠나 주겠어?"

"지금 당장? 이런 식으로? 아무에게 얘기도 안 하고?"

"그래."

"레스, 난 그럴 수가 ──"

"당신이라면 그럴 수 있어. 전에도 내게 얘기했잖아. 당신한테 무슨 일이 일어나도 상관할 사람은 없다고 말이야. 당신 어머니는 이미 돌아가셨고 아버지에게선 몇 년 동안이나 아무 소식도 없다고도 했지. 물론 당신은 그럴 수 있어. 누가 걱정해준단 말야? 대학 사람들이? 아니면, 집주인 아줌마가? 그럴 가능성은 없어."

"하지만, 당장? 이런 식으로? 대체 어디로 가는 건데?"

"그건 말할 수 없어. 이국 정서로 가득 찬 먼 나라로 가는 거야. 그것만은 당신에게 약속할 수 있어."

"당신도 함께?"

"그래, 나와 함께."

레스는 양손으로 운전대를 잡고 앞만 바라보며 운전을 계속했다. 마치 자기가 운전하는 트럭을 두려워하고 있는 듯한 태도였다. 그러다가 잠깐 운전대에서 손을 때더니 그녀의 손을 꼭 쥐었다. "나와 같이 가는 거야. 약속할 수 있어."

그웬은 잠시 생각에 잠겼다. 아무리 생각해 보아도 이 상황 자체가 너무 기묘하게 느껴졌다.

"트럭에 실린 건 뭐야? 당신의 여행용 장비? 도대체… 당신은 누구야? CIA?"

"그렇다면 어쩌겠어?"

"난… CIA 같은 건 싫어."

"그렇다면 난 CIA가 아냐. 좋아. 다른 질문에 대답해주지. 트럭에 실려 있는 건 여행용품이지만 날 위한 건 아냐. 딴 사람들을 위해 입수한거야. 내가 조달해서 배달해주는 거지."

"하지만 언제나 밤에 그런 일을 하던 것 같은데…."

"보통 그랬지."

"레스, 우린 지금 어디로 가고 있는 거지? 아까는 멕시코일지도 모른다고 생각했지만 지금은 북동쪽으로 가고 있어. 도대체 어디로…."

"지금 말할 수는 없어. 하지만 나와 함께 가 주겠어?"

"내가 싫다고 하면?"

그는 트럭의 속도를 늦췄다. "차를 돌려 집으로 데려다 주는 수밖에."

"그런 다음엔?"

"그런 다음엔 난 떠나야 해. 난 가는 수 밖에 없어. 그웬. 확실한 설명을 해줄 수 없는 건 유감이지만 그건 나도 어쩔 수 없는 일이야. 당신이 나와 함께 가줬으면 정말 좋겠지만, 당신을 설득할 만한 충분한 시간이 내겐 없어."

"얼마나, 얼마나 오랫동안 여행할 건데?"

"아주 오랫동안. 몇 년 가지고서도 모자랄 정도로. 하지만 당신은 이국적인 장소들을, 멀리 떨어진 곳들을 볼 수 있어. 나와 같이 가지 않으면 절대 볼 수 없는 곳들을 말이야."

"짐을 충분히 싸 오지 않았는데. 그렇게 오래 걸릴 거라고는 상상도 못 했거든. 나중에 풀잎 치마라도 사 주겠어?"

트럭은 일 초쯤 더 달리다가 멈췄다. 그는 몸을 돌려 그녀에게 키스했다. "고마워." 그리고 트럭은 다시 달리기 시작했다. "시간이 얼마 남지 않았어. 그들도 밤새워 기다려주진 않을거야."

"그들? 그들이 누군데?"

한 시간 후에 그녀는 그 대답을 얻었다.

2

그웬은 달에 와 있었다. 그녀는 그 사실을 계속 자신에게 되풀이해서 이해시켜야만 했다. 그녀는 달에 와 있었고, TV를 향해 말하고 있었다.

스크린 속의 얼굴은 인간이었다. 기묘한 일이었지만 인간의 얼굴이었다. 우주선 내에서 본 얼굴들을 생각하면 인간이라면 누구라도 환영하고 싶은 심정이었다.

그 사내는 싫증난 듯한 표정을 하고 있었다.

"당신은 자발적으로 이곳에 왔소?"

그녀로서는 곤란한 질문이었다. TV 스크린이 양 방향으로 작동된다는 사실을 깨달았을 때 그녀는 몸에 두른 침대 시트를 제외하면 알몸이었다. 그녀는 스크린에 나타난 적동색의 윗옷을 입은 사내와 말하기 위해 침대 가장자리에 앉았다. 레스는 몸의 일부만 가린 채로 침대에 누워 있었다. 마치 —— 걱정하고 있는 듯한 표정이다.

뭘 걱정하고 있는 것일까, 하고 그웬은 생각했다.

"네, 자발적으로 왔습니다. 레스가 함께 와달라고 했어요. 신기하고 이국적인 세계로 갈 수 있다고 하면서."

"그럼 자발적으로 우주선에 탑승했다는 말이군." 스크린 속의 사내가 말했다. "당신이 사라졌다고 걱정할 사람은 있소? 당신이 행방불명이 된 후 경찰이 광범위한 조사를 벌인다거나 해서 일이 복잡하게 꼬일 가능성은?"

"그런 일은 없을 거예요. 집주인 아주머니에게 주말여행을 다녀오겠다는 메모를 남겨 뒀거든요. 주말이 지난 후에도 내가 돌아오지 않으면 걱정이 돼서 경찰을 부를지도 모르지만."

"경찰은 아마 당신이 살해당한 것으로 간주할 거요. 그건 나와는 상관없는 일이오."

스크린의 영상이 사라졌다.

"이걸로 끝이야." 레스가 말했다. 안도하는 것 같은 눈치였다.

왜 안도하는 것처럼 보일까. 그리고 뭘 걱정하고 있었던 걸까.

그웬에게는 모르는 일이 너무 많았다. 그러나 그녀에게는 이곳에 잘 왔다는 확신이 있었다. 그녀가 있는 이 방만 해도 경이로울 정도였다. 방은 호화스럽게 치장되어 있었다. 지구에서도 본 적이 있는 종류의 가구와 물건이 대부분이었지만 처음 보는 신기한 물건도 꽤 있었다. TV에는 기묘한 컨트롤박스가 달려 있었고, 갖가지 책이나 지도, 기타 모든 종류의 흥미로운 영상을 나오게 할 수 있었다. 문제는 글자를 한마디도 읽을 수 없다는 점이었다. 그녀는 외계인들과도 만나보았고 우주에서 지구를 바라보는 체험도 했다. 지금 그녀는 달의 약한 인력을 느낄 수 있었고, TV를 통해 달

표면을 볼 수도 있었다. 두렵기도 했지만 그 모두가 경탄할 만한 것들이었다.

"지금 그 사람은 누구?"

"경찰관이야." 레스가 대답했다.

"만약 내가 당신한테 유괴당했다고 했으면 무슨 일이 일어났을 까?"

"아마 당신 말을 믿지는 않았을 거야. 하지만 만약 당신이 샬누크시들에게 유괴당했다고 했다면 문제가 됐을지도 모르지."

그웬은 몸을 부르르 떨었지만 공포심에서 그런 것은 아니었다. 모든 것이 신기하기만 했다. 외계인들, 우주선. 게다가 모두가 그녀를 친절하게 대해 준다. 레스는 그녀에게 옷가지와 보석을 선물했다. 선물 자체에 무슨 의미가 있는 것은 아니었지만, 그녀는 그가 일부러 그녀를 위해 그런 것들을 준비했다는 사실이 기뻤다. 그는 그녀를 사랑하고 있었다. 그녀는 확신할 수 있었다. 그가 그녀를 사랑한다는 사실을.

"당신은 지구에서 태어나 자란 게 아니라고 했지?" 그웬이 물었다. "아직도 난 그 사실이 믿기지가 않아."

"하지만 그건 사실이야. 내 고향은 이곳에서 20광년 떨어진 곳에 있어."

"지구엔 얼마나 오래 있었는데?"

"4년. 그보다 좀 오래 있었는지도 몰라."

"그런데도 당신은 영어를 완벽하게 할 수 있잖아! 당신 악센트로 출신지를 알 수 없었던 것도 무리는 아니었어. 어떻게 4년 만에 그렇게 영어를 잘 할 수 있게 됐어?"

"타고난 재능이야. 난 많은 인간 언어를 알고 있어. 지구의 4개 국어를 포함해서."

"많은 인간 언어… 레스, 이 —— 외계인들을 위해서 당신이 하는 일이라는 건 대체 뭐야?"

"일종의 공무원이라고 생각하면 될 거야. 우주선을 조종하고, 원시인들을 연구하고, 장비를 구입해서 우주선에 싣는 일 등을 하고 있지. 무역 상인들이나 〈연맹〉이 필요로 하는 모든 활동을 말이야."

"공무원?"

"그와 대동소이한 거야. 대다수의 인류는 〈연맹〉을 위해 일하고 있어. 하지만 다른 인간들과 관계가 있는 임무가 발생하면 우리를 무역 상인들에게 빌려주는 식이지. 그래서 난 지금 샬누크시들을 위해 일하고 있어."

"하지만 왜 워싱턴에 가서 당국에게 사실을 털어놓지 않는 거야? 왜 그것을 비밀로 해야 해?"

"질문할 시간은 나중에도 얼마든지 있어. 얼마든지 시간이 생길 거야. 지금 이 순간 우리는 함께 있고, 나중에 다른 우주선에 옮겨 탈 때까지는 아직 몇 시간 남아 있어."

"다른 우주선?"

"응. 다른 사람들도 거기 태울 예정인데, 모두 지원한 지구인들이야. 그 군인들을 다른 행성으로 데려가야 해. 도중에 그들에게도 사정을 설명해줘야 하고."

"군인들, 지원병. 용병을 말하는 거야?"

그웬은 경멸 섞인 말투를 감추려는 노력을 전혀 하지 않았다.

레스는 웃었다. "군인이 싫어? 하지만 조금은 그들을 동정해줄 필요가 있어. 그들은 적임자야. 그치들 자신이 생각하고 있는 것보다도."

"그 사람들은 누구와 싸우는 건데? 무슨 임무를 띠고 있는 거지?"

"때가 되면 모든 걸 알 수 있을 거야. 트란에 도착할 때면 그들에 대해 당신이 알고 싶은 것 이상을 알게 될 거야. 하지만 지금은……." 레스는 그녀에게 손을 뻗쳤다.

그녀는 한순간 저항했지만 그의 절박한 욕구를 느낄 수 있었다.

왜 저항해야 하지? 그의 요구를 거절할 하등의 이유가 없었다. 레스는 나를 원하고 있잖아. 나를 사랑하고 있는 거야. 나도 이이의 품속에서 모든 걸 잊고 싶어하잖아. 그리고 이이는 언제나 약속을 지켰어.

그는 이미 그녀에게 상상을 초월한 경이로움을 보여 주었다. 앞으로 또 어떤 체험이 나를 기다리고 있을까? 그녀는 기대감에 몸을 떨었다.

부대원들이 점심 준비를 하고 있었을 때 스크린에 영상이 떠올랐다. 릭 갤러웨이는 새로 작성한 필요한 장비 목록을 들고 스크린으로 다가갔다. 필요한 것은 많았지만 전에 부탁한 물품은 아직 대부분이 도착하지 않은 상태였다.

"지금은 시간이 없소." 아그자랄이 말했다. "전혀 없는 거나 마찬가지요. 장비들을 모두 챙기시오. 당신들은 그 동굴에서 즉각 나와야 하오. 우주선이 바깥에서 기다리고 있소. 가져가고 싶은 것은 하나도 빠짐없이 휴대하고 탑승하도록 하시오. 두 시간 이내에 작업을 완료하도록." 아그자랄은 매우 흥분한 기색이었다. "서두르시오."

"왜? 우린 지금 떠날 수 없어. 우리가 주문한 장비는 아예 도착하지도 않았는데 ──."

"일부는 이미 우주선에 실려 있소. 나머지는 나중에 받을 수 있을 거요. 하지만 서두르시오. 낙오하는 자에게는 불쾌한 운명이 기다리고 있을 거요."

"왜?"

"나중에 알 수 있을 거요. 하지만 지금 우주선에 탑승하지 않으면 영원히 탈 수 없을 것이오. 내가 당신에게 얘기했던 대안을 음미해보시오. 그건 바뀌지 않았소."

"이건 미친 짓이야. 도대체 이유를 알 수 없지 않나?"

아무 대답도 없었다. 아그자랄은 스크린 너머에서 이쪽을 쏘아볼 뿐이었다.

적어도, 적어도 예의 권태로운 듯한 표정은 아니로군, 하고 릭은 생각했다. 그걸 좋은 징조로 받아들여야 할까? 실제로는 두려움이 앞섰다.

"아무래도 난 마음에 들지 않아." 앙드레 파슨즈가 말했다. "하지만 나도 뾰족한 대안은 생각나지 않는군." 그는 스크린을 향해 몸을 돌렸다. "왜 우리가 당신 말을 믿어야 하는 거지?"

"당신들이 무슨 짓을 해도 나는 개의치 않소." 아그자랄이 말했다. "하지만 우주선에 탑승하지 않으면 후회하게 될 거요."

파슨즈는 어깨를 으쓱해보이고는 릭을 보았다. "아무래도 탑승하는 수밖에는 없는 것 같군."

"동감이야." 릭은 대원들을 돌아보았다. "짐을 싣도록. 엘리엇, 작업을 개시해. 지금 당장 우주선에 탑승한다."

"장비는 위층 복도로 옮겨주시오." 아그자랄이 말했다. "우주선에는 곧 탑승할 수 있을 거요. 모든 소지품을 휴대하고 에어로크 앞에 집합하시오."

그들은 땀을 뻘뻘 흘리며 무기와 기타 장비들을 복도로 옮겼다.

"자, 이제 다른 물건도 가져와." 릭이 명령했다. "동굴 속에 남아 있는 물건 전부를."

"아니 왜?" 워너가 의아하다는 표정으로 반문했다. "휘발유를 넣는 잔디 깎는 기계가 무슨 소용이 있습니까?"

"그건 나도 몰라. 하지만 그건 다시는 손에 넣을 수 없는 물건이잖아. 자 교수, 빨리 옮기라고."

"옛써." 워너가 대답했다. "그럼 토스터도 가져갈깝쇼?"

"몽땅 가져와." 릭도 커피 끓이는 기계를 집어들었다.

그들이 동굴을 떠나자 등 뒤에서 출입구가 닫혔다.

우주선에서는 악취가 풍겼다. 우주선 내부를 그리 많이 본 것은 아니었지만 그들을 여기로 싣고 온 우주선이 아니라는 사실은 명백했다. 벽은 더러웠고 곳곳에 페인트가 벗겨져 있었다. 바닥도 얼룩투성이였다.

그들이 마지막 장비를 싣자 우주선의 출입구가 닫혔다. 아무런 예고도 없었다. 그들의 체중이 늘어나기 시작했다. 우주선이 움직이고 있는 것이 틀림없었다. 릭은 가속도가 달의 인력의 두 배쯤 된다고 추정했다.

두 시간이 지난 후 릭은 외치기 시작했다. "대체 뭐가 어떻게 돼 가고 있는 거지?" 대답해 주는 사람은 아무도 없었다. 단 하나 있는 TV 스크린은 꺼진 채였다. 아무것도 없는 공간에 대고 소리치는 것은 바보짓이었지만 아무 일도 하지 않는 것은 더 바보짓이었다.

아무 일도 일어나지 않았다. 부하 병사들 몇몇은 그들이 돌아다닐 수 있는 곳 전부를 돌아다녔다. 그들은 열 수 있는 문들을 발견했다. 그 문들 너머로는 화장실, 창고, 빈 방 따위가 있었다. 다른 두 방에서는 식량을 찾아냈다.

그 이외의 통로는 전부 닫혀 있었다. 따라서 우주선 내부의 다른 장소로는 가고 싶어도 갈 수가 없었다.

"도대체 뭐가 어떻게 된 거지?" 릭은 중얼거렸다.

앙드레 파슨즈는 어깨를 으쓱했다. "창고에 와인과 위스키가 있네. 한잔 하는 게 어떨까?"

"자넨 그런 생각밖에 못 하나?"

"그런 건 아니지만 지금은 아무 생각도 떠오르지 않아."

50시간 이상이 흘렀다. 아직 아무런 지시도 없었다. 가속은 그 사이에도 계속되고 있었다. 릭은 가속도를 달 중력의 두 배라고 가정하고 이동 거리를 계산해보았다. 상식적으로는 말이 안 되는 해답이 나왔기 때문에 다시 계산을 해보았다. 3천 2백만 마일. 지구에서 태양까지의 거리의 3분의 1에 해당하는 거리다.

TV에서는 여전히 아무런 영상도 떠오르지 않았다. 워너는 고용주가 계약을 위반했다며 불평불만을 늘어놓기 시작했다. 개인적으로는 릭도 동감이었지만 그걸 입밖에 내어봐야 득될 것은 없었다. 만약 샬누크시들이 그들의 말을 엿듣기라도 하면 곤란해질 수도 있다. 결국 엘리엇이 워너를 제지했다.

부하 병사들 중 두세 명이 고주망태가 되었기 때문에 릭은 술이 저장된 방문 앞에 보초를 세워야 했다. 문제는 보초로 누구를 신뢰할 수 있느냐는 점이었다. 규율은 엉망진창이 되어가고 있었고 그로서도 어떻게 할 도리가 없었다.

40시간이 더 흘렀다.

"앞으로 10분." 목소리가 방 안에 울려퍼졌다. "무중력상태가 될 때까지 10분 남아 있어. 10분이야."

그들은 창고에 있던 그물을 장비 위에 뒤집어 씌웠다. 그러나 무기는 그대로 몸에 지니고 있었다. 소총을 창고에 넣어두고 싶어하는 사람은 아무도 없었다.

가속이 멈추고 자유낙하 상태가 찾아왔지만 오래 가지는 않았다. 우주선은 짧게 경련하듯이 움직이고 있었다. 그리고 나서 낮은 톤의 소리가 울렸다. 그때까지 스피커에서 들려왔던 경보와는 전혀 다른 소리였다. 깊은 저음은 우주선 전체를 꿰뚫고 있었고, 마치 선체 전체가 그 리듬에 맞춰 진동하고 있는 듯했다.

릭은 시야가 흐릿해지는 것을 느꼈다. 전혀 안 보이는 것은 아니었지만 마치 극도로 도수가 높은 난시용 렌즈를 통해 보는 것처럼 앞이 잘 보이지 않았다. 소음은 더 커지고 그 강도도 높아져 갔다. 이윽고 소음이 점점 사라지더니 그의 시력도 정상으로 돌아왔다. 다시 그들의 체중은 원상태로 돌아왔지만, 예전보다 더 무거워진 느낌이었다. 거의 지구의 중력과 같은 정도였다.

TV가 켜졌다. 카리이이일이 높은 의자에 앉아 있었다. 그 모습은 어딘가 우스꽝스러운 느낌을 주었다 몇몇 병사는 불안한 듯한 웃음소리를 냈다.

병사들은 스크린을 에워싸고 이런저런 욕설을 내뱉기 시작했다. 반응은 없었다. 대신 카리이이일은 단조로운 목소리로 말하기 시작했다.

"유감이지만 이것은 녹화된 메시지요. 주의해서 듣도록."

"모두 조용히 해!' 릭이 이렇게 명령하자 소란은 멈췄지만 그는 처음 몇 마디를 미처 듣지 못했다.

"……은 피할 수 없었소. 당신들은 지금 트란으로 향하고 있고, 적절한 장비를 갖추지 못한 것에 대해서는 당신들보다 우리가 더 유감으로 여기고 있소. 당신들의 성공은 우리에게는 극히 중요한 일이지만, 피치 못할 사정 때문에 이런 불완전한 준비밖에는 안 된 상태에서 당신들을 파견하게 되었소."

외계인은 침착하고 냉정한 어조로 말하고 있었지만, 릭은 아그자랄의 사무실에서 회견을 했을 때 목격한 것보다 외계인의 입과 콧구멍 부근이 더 부풀어올라 있다는 사실을 깨달았다.

"우리는 될 수 있는 한 많은 정보를 당신들에게 제공하겠소. 이 우주선의 조종사는 당신들과 같은 인간이고, 그가 가진 테이프에는 행성의 상태에 대한 정보가 포함되어 있소. 그가 그것을 번역해서 당신들에게 제공할 것이오.

당신들은 그 수송선에서 지구 시간으로 약 40일 동안 지내야 할 것이오. 그 도중에 점차 가속도를 늘려서, 도착할 즈음이면 당신들은 파라다이스의 중력에 익숙해져 있을 것이오.

유감이지만 파라다이스의 언어에 대한 정보는 극히 오래된 것밖에는 없소. 하지만 당신들은 현재 그곳에서 사용되는 언어를 익힐 수 있을 거요. 배울 필요가 있는 언어는 단 하나뿐이오. 우리는 행성의 극히 작은 일부 이외에는 흥미가 없소. 또한 농작물을 심고 수확하기 위해 필요한 모든 정보가 당신들에게 주어질 것이오. 수리노마즈의 재배는 복잡하니까 당신들은 우리의 지시를 충실히 따를 필요가 있소. 수확된 농작물은 우리에게 아주 귀중한 것이고, 따라서 당신들에게도 귀중한 것이오. 다음에 우리가 파라다이스를 방문할 때는 각종 사치품과 일용잡화 등을 가지고 가겠소. 당신들은 우리가 요구하는 농작물을 키우고 우리에게 제공하기만 하면 아무 걱정도 할 필요가 없소.

다시 말해두지만 당신들이 우리에게 팔 것을 만들지 않는 한 우리도 당신들에게 물건을 팔지 않을 거요.

그럼, 성공을 바라오"

스크린의 영상이 사라졌다. 곧이어 인간의 얼굴이 나타났다.

그의 피부색은 아그자랄만큼 검지는 않았고 눈 색깔도 더 밝은 편이었지만 어딘가 아그자랄을 닮은 데가 있었다. 그의 발음에는 아무런 악센트도 없었다.

"내 이름은 레스라고 하네. 내가 조종사야. 질문에 대답해 주지."

"우릴 돌려보내줘!" 워너가 소리쳤다. "이런 식으로 계약을 변경할 권리는 당신들에겐 없어! 우리는 특정 조건하에서 지원하는 일에 동의했는데도 당신들은 그걸 맘대로 변경했어. 다 때려치우겠어!"

조종사는 웃음을 터뜨렸다. "트란에 도착하면 얼마든지 그럴 수 있네. 위상(位相) 항해 도중 우주선에서 사람이 뛰어내렸다는 얘기는 아직 못 들어봤지만, 정 그러고 싶다면 맘대로 해도 좋아. 그러면 당신이 어떻게 될지 우리에게 알려줄 통신 수단은 유감스럽게도 아직 발견되지 않았지만 말이야. 흐음, 텔레파시라면 어떨까? 혹시 텔레파시 능력을 갖고 있어?"

"그만둬, 워너!" 릭은 말했다. "엘리엇, 깔고 앉는 한이 있더라도 저 녀석의 입을 틀어막아."

"옛!" 엘리엇 상사가 씩 웃어보였다. 그들이 달을 떠난 후 그가 완전히 이해할 수 있었던 명령은 이번이 처음이었다. 뭔가 유익한 일을 하고 싶어서 몸이 근질거리던 참이었던 것이다.

"장비 말인데, 우리는 필요한 장비를 아직 받지 못했어." 릭은 말했다. "뭐가 필요한 것인지조차 모르는 상태야."

"알고 있네. 나도 유감이고, 그 점에 대해선 카리이이일도 매우 유감으로 생각하고 있어. 실은 그치들은 정부의 관리들이 탄 우주선이 위상 항법에서 벗어나 달을 방문한다는 연락을 받았던 거야. 만약 그때까지도 당신들이 달에 있었더라면 당신들의 여행은 몇 개월, 또는 그 이상 지연됐을지도 몰라. 아예 중지될 가능성도 있었고. 이 우주선은 현재 카리이이일의 무역 회사가 전세 낸 상태라서, 만약 그 동안 달에 그대로 죽치고 있는다면 당신들은 상상할 수도 없을 만큼의 비용이 들었을 거야."

"하지만—— 우리가 그곳에 도착한 후 뭘 하면 될지 우리는 모르는데." 릭은 항의했다.

"필요한 정보는 전부 제공해 줄게. 그러니까, 지금 우리가 갖고 있는 정보 전부를 말이야. 이건 이미 전에도 되풀이되었던 일이니까 그렇게 걱정 안 해도 돼."

"이건 말이 안 돼." 앙드레 파슨즈가 말했다. "장비는 거의 없다시피 하고 탄약조차 얼마 남아 있지 않은 우리가 도대체 어떻게 한 지역을 지배하고 농작물을 생산할 수 있단 말인가?"

"그건 나도 모르겠어. 하지만 노력해 보는 편이 나을 걸. 카리이이일은 계약의 의무 조항을 지키겠지만, 만약 당신들에게 거래할 물건이 없다면 아무것도 내놓지 않을 테니까 말이야."

"여전히 이해하기 힘들군." 파슨즈가 말했다. "그자들이 그렇게 그 농작물을 필요로 한다면 왜 우리를 아무런 장비도 없이 보내는 거지?"

"안 됐다고밖에는 할 수 없군." 레스가 대답했다. "하지만 카리이이일의 회사는 손실을 감당할 수 있어. 반면 그치들이 감당할 수 없었던 건, 당신들이 있었을 때 평의회 관계자들이 도착할 경우에 야기될 시간적 손실이었지. 자칫 그랬더라면 당신들도 불쾌한 경험을 했을 걸. 청문회, 위원회, 그리고 또 청문회. 게다가 그러는 내내 그치들은 오직 당신들의 복지에만 관심이 있다고 계속 주장했을 거고."

"그럼 좀 설명해주겠나?" 릭이 물었다. "당신들의 태도는 어쩐지 우리가 항성간 문명에서 연상하는 것과는 좀 차이가 있는 것 같아."

레스는 웃음을 터뜨렸다. "나도 거기에 대해서 지구인들이 쓴 글을 좀 읽은 적이 있지. 왜 우리가 당신들과 크게 다를 거라고 생각했어? 영국이 인도를 짓밟았을 때 보인 태도와 지구에 대해 우리가 보이는 태도에 차이가 있을 것이라고 생각했나? 아, 이제 실례해야겠군. 할 일이 있어서 말이야. 우선 이 자료를 전부 번역해야하거든."

"컴퓨터로는 할 수는 없는 거야?" 릭이 물었다.

"그건 당신이 생각하는 것만큼 간단한 게 아냐. 그러기 위해선 특수한 프로그램을 짤 필요가 있지. 나중에 다시 연락할게." 스크린이 꺼졌다.

앙드레 파슨즈는 생각에 잠겨 있는 것처럼 보였다. "동인도회사는 현지의 인도인 용병들을 뭐라고 불렀더라?"

"세포이(Sepoy)." 릭이 대답했다.

파슨즈는 고개를 끄덕였다. "세포이. 맞아, 이제 우리 입장을 확실히 알겠군."

3

컴퓨터의 제어 시스템은 복잡했지만, 그웬은 얼마 지나지 않아 사진이나 서류를 검색하는 일 따위의 간단한 작업 정도는 할 수 있게 되었다. 그나마 할 일이 생겨서 다행이었다. 그렇지 않았더라면 따분함을 견디지 못했을 것이다.

물론 레스와 함께 있을 때는 예외였다. 그는 세심하고 친절했다. 그는 십여 개에 달하는 행성의 이국적인 음악과 와인과 증류주 등을 즐길 수 있는 로맨틱한 분위기의 저녁식사를 하기 위해서 몇 시간이나 준비를 하곤 했다. 그래서 둘이서 함께 지낸 저녁 시간—그리고 밤!—은 그녀의 상상을 초월할 정도로 즐거운 것이었다.

그러나 그런 일은 하루 중 몇 시간만으로 한정되어 있었다. 그런 식으로 황홀한 시간을 보내는 일에도 한계가 있는 법이다. 침대에서도 마찬가지였다. 레스에게는 할 일이 있었다. 그는 용병들을 위해 서류를 번역하고 있었다. 그래서 그녀는 아침과 오후에는 (물론 이것은 선내 시간이었다. 태양계를 떠난 후 우주선 바깥에 보이는 것은 아무것도 없었기 때문이다. 날짜나 계절의 표시가 될 만한 별이나 태양조차도 보이지 않았다) 아예 할 일이 없었다. 레스는 그녀가 용병들과 접촉하는 것을 꺼렸다. 그녀가 우주선에 탑승해 있다는 사실을 그들이 알면 안 된다는 것이 이유였다.

바로 그 사실이 그녀의 호기심을 자극했다. 그들은 누구일까. 왜 그들은 트란이라고 불리는 원시적 세계로 가야 하는 것일까.

처음에 그녀가 컴퓨터의 정보검색 시스템을 쓰는 법을 배웠을 때는 사진을 바라보는 일밖에는 할 수 없었다. 화면의 언어를 전혀 이해할 수가 없었기 때문이다. 그러나 사진만으로도 충분히 경이로웠다. 별과 성운들, 다중(多重) 항성계의 놀랄 정도로 인접한 별들 탓에 소용돌이치며 우주공간으로 흘러나가는 성간물질의 저속 촬영 사진. 블랙홀이 바로 옆에 있는 별을 흡수하는 광경을 찍은 저속 사진도 있었다. 충분히 가까운 거리에서 긴 시간을 들여 촬영한 것이었기 때문에 그녀는 실제로 눈앞의 별이 점점 작아지다가, 갈가리 찢어발겨져서 가스화한 후, 급기야는 소용돌이치며 낙하해서 무(無)로 변하는 광경을 똑똑히 볼 수 있었다. 백 개도 넘는 행성에서의 생활을 묘사한 흥미진진한 사진들도 있었다. 그녀는 한 다스가 넘는 종족을 찾아냈다. 샬누크시를 위시해서 켄타우로이드, 옥토포이드 등등. 인간을 닮았지만 명백하게 파충류에서 진화한 종족도 있었다. 어떤 세계에서는 인간들이—진짜 인간들이—아무리 보아도 작은 드래곤으로밖에는 보이지 않는 날개 달린 파충류를 애완용으로 기르고 있었다.

그러나 그녀는 욕구불만에 빠져 있었다. 레스가 질문에 대답해 주지 않았기 때문이다. 물론 딱 잘라 거절하는 것은 아니었고, 거꾸로 그녀가 이때까지 본 것에 대한 그녀의 감상 등을 묻는 식으로 질문을 회피하고는 했다. 결국 그의 질문에 대답하는 새에 밤이 다 지나가버리곤 했다. 지구에 대한 레스의 지식욕은 끝이 없었다. 그는 사소한 일이나 심원한 사실을 막론하고 뭐든지 다 알고 싶어했다. 아무리 하찮은 부분이라도 결코 무시하는 법이 없었다.

인류학자로서 그녀를 연구하고 있는 것일까. 하지만 연구를 하는 중에도 레스만큼 매력적인 인류학자는 없을 것이다.

결국 그녀는 트란에 관한 파일을 찾아냈다. 용병들의 목적지이다. 물론 거기 쓰인 글을 읽을 수는 없었다. 그러나 그녀는 스크린에 나온 단어를 컴퓨터가 발음하게 하는 방법을 알고 있었다. 그것을 이용해 그녀는 〈연맹〉에서 쓰이는 표음문자를 터득했다. 언어 자체를 배우는 데는 거의 진전이 없었다. 전혀 생소한 장소와 인물들, 물건이나 사상을 나타내는 단어가 너무 많았기 때문이다. 물론 그 사실에 그녀는 놀라지 않았다. 정말로 충격을 받은 것은 컴퓨터가 트란에서 사용되는 언어를 보여주었을 때였다.

그녀는 그 사실을 확인하기 위해 꼬박 하루를 썼다. 그날 저녁 레스와 함께 아몬티라도술을 (레스는 "이것은 지구에서 산출되는 최량의 상품 중 하나야. 어딜 가나 이것에 견줄 만한 건 없어. 아직 지구와 정식 무역이 허락되지 않는 것이 유감이로군" 하고 언급한 적이 있다) 마시고 있었을 때 그녀는 더 이상 입을 다물고 있을 수가 없었다.

"트란에서 쓰이는 말을 들어 보았어." 그녀는 말했다.

레스는 눈썹을 추켜올렸다. "당신이 흥미를 가질만한 것은 아닐 텐데."

"그 반대야. 전에 들어본 단어가 있었어! 그것도 많이. 트란어는 고대 인도유럽 어족에서 파생된 거야. 미케네 왕조 때의 그리스어와 똑같은 단어까지 있더라고!"

"그런 것까지 알아내다니 대단하군. 당신 말이니까 옳겠지."

"레스, 날 놀리지 말아 줘. 당신도 이 사실이 뭘 의미하는지 알잖아. 그러니까, 4천년 전부터 트란과 지구 사이에서는 인류의 이동이—언어까지 고스란히 가져왔을 정도로 많은 사람의 이주가—이루어졌다는 얘기가 돼."

"방향이 반대야. 지구에서 트란으로의 이주라는 편이 옳아."

"물론 나도 그런 뜻으로 말한 거야. 인간이 트란에서 진화하지 않았다는 것은 명백하지 않아? 트란은 식민지에 불과해. 하지만 왜 그렇게 원시적이지? 지구와 비교하더라도 원시적이잖아. 당신들 표준으로 보자면 지구도 원시적일 텐데—레스, 혹시 지구도 식민지인 거야?"

"아냐." 생각에 잠긴 듯한 표정이었다. "아니, 이 대답은 옳지 않을지도 모르겠군. 당신이 말한 대로일지도. 지구는 식민지이고……."

"레스, 무슨 말인지 모르겠어. 인간은 지구에서 진화한 게 맞아?"

"당신은 어떻게 생각해? 당신도 다윈과 아드리, 리키의 저술을 읽었잖아. 셰리주 한 잔 더 어때?"

"내가 원하는 건 셰리주가 아니라 설명이야!"

그는 그녀의 잔에 셰리주를 따르며 말했다. "그렇게 심각해질 필요는 없어. 당신은 분명히 인간은 지구에서 진화했다고 믿는 것 같군. 그 이유를 들려주지 않겠어?"

한 시간 후 저녁을 먹을 때가 됐다. 그는 여전히 그녀의 질문에 대답하지 않았다.

저녁식사는 항상 그랬듯이 이국적이었지만 그녀는 음식에는 흥미가 없었다.

"이봐, 당신 울고 있잖아. 왜 그러지? 나스타리는 싫어?"

"당신은 날 어린애 취급하고 있어."

"아냐. 어른 취급하고 있어." 레스가 말했다. 매우 진지한 말투였다.

"난─그게 무슨 뜻이야?"

"당신은 총명한 여자야. 그리고 당신이 하는 질문들은 아주 흥미로워. 그 해답을 당신이 직접 찾아볼 생각은 없어?"

"하지만 해답을 알고 있는 당신에 비해서 나는……."

"내가 해답을 알고 있단 말이야?"

"그럼 모른다는 거야? 인류가 어디서 진화했는지?"

"인류가 진화했다는 사실에 대해서조차 난 아는 바가 없어."

"하지만…." 레스가 한 말의 중대성에 그녀는 넋을 잃었다. "하지만 당신은─당신들의 문화는─당신들은 4천년간 우주여행을 했잖아." 그녀는 고집스럽게 말했다. "답을 모르겠다면 적어도 데이터는 훨씬 많을 것 아냐? 그 일부분이라도 가르쳐 줬으면 좋겠어."

"지금 그러고 있잖아. 불과 몇 주일 만에 얼마나 많은 걸 이해할 수 있다고 생각해?"

"아." 그녀는 오랫동안 아무 말도 하지 않았다.

"그웬." 레스의 목소리는 매우 부드러웠고 표정도 심각했다. "그웬, 받아들여 줘. 이 모든 것을 말이야. 날 믿어줘. 당신을 사랑한다는 걸. 그리고 내가 우리 둘을 위해 최선을 다하고 있다는 것을 말이야." 그는 웃음을 터뜨렸다. "아, 어쩌다가 이렇게 둘 다 심각해져 버렸지? 디저트가 다 녹아버리잖아."

점차 그녀도 깨달았다. 그녀가 무슨 생각을 하는지 레스가 알고 싶어한다는 것을. 그는 그녀의 의견을 알고 싶어했고, 또 그녀가 습득한 내용에 대해 그녀가 어떻게 반응하는지에 대해서는 더 깊은 흥미를 가지고 있었다. 하지만 그 탓에 그녀는 다시 혼잣말을 하기 시작했다.

"나는 뭘까?" 그웬은 거울을 향해 말했다. "연인, 아니면 실험동물? 인류학자를 위한 정보 제공자? 그게 아니라면……." 그녀는 말꼬리를 흐렸다. '아내' 라고 말하려다가, 그녀에게는 그런 일을 상상할 권리조차도 없다는 사실을 깨달았기 때문이다.

레스는 정말로 모든 것을 알고 싶어했다. 그녀가 사진에서 본 지적 종족 중 어떤 것들은 지구의 고대신화에 기술된 것과 똑같다는 지적을 했을 때—이를테면 켄타우로스라든지, 인어로밖에는 보이지 않는 수서인(水棲人), 미노타우로스 전설에 영향을 끼쳤는지도 모를 파충류 종족 등에 관해 언급하자—그는 열심히 귀를 기울였을뿐만 아니라 그 전설상의 생물들을 묘사하고 그려달라고 그녀를 재촉했을 정도였다.

그는 또 트란에 대해 연구해 볼 것을 권했다. 그녀가 뭔가 유익한 사실을, 즉 용병들에게 참고가 될 만한 것을 찾을 수 있을지도 모른다는 것이 그가 댄 이유였다.

"만약 당신이 그럴 수만 있다면 큰 도움이 될 거야."

"왜?"

"만약 그치들이 성공한다면 무역 상인들은 떼돈을 벌 수 있기 때문이지. 무역 상인들은 〈연맹〉 정부의 평의회에 영향력을 끼칠 수 있어. 그럼 내 경력에도 도움이 되겠고."

그웬은 믿을 수 없다는 듯이 그를 응시했다. "난——난 당신이 그런 말을 할 줄은 몰랐어. 그럼 트란에 살고 있는 사람들한테는 관심이 없단 말이야? 그 사람들도 인간이잖아. 그들이 어떻게 돼도 좋단 말이야?"

"기묘한 일이지만 나도 그들에게 책임감을 느끼고 있어. 유혈사태를 최소화하고, 용병들이 성공할 수 있도록 하려면 어떻게 할까 하고 깊이 고민할 정도로. 왜냐하면 무슨 일이 있더라도 그들은 성공해야 하기 때문이야."

"왜?"

레스는 이 질문을 무시했다. "성공에 도움이 될 만한 아이디어는 없을까?"

"모르겠어. 지금까지 조사해본 정보라고는 모두 옛날 것들뿐이라서——."

"6백 년쯤 된 거야. 그 뒤로 그곳에 간 사람은 아무도 없어. 극히 최근에 한 우주선이 그 근처를 지나간 걸 제외하면 말이야. 아직도 매우 원시적인 상태에 있다는 것은 알아. 철도도, 공업도, 포장도로도 없어. 기술문명 자체가 존재하지 않는 상태야."

"정말로 6백 년간 아무도 착륙한 사람이 없어?"

레스는 고개를 끄덕였다.

"하지만 그 농작물이 그토록 귀중하다면……."

"귀중해. 하지만 샬누크시들이 트란에 가까이 가지 않는 데는 충분히 그럴 만한 이유가 있기 때문이야." 그는 잠깐 생각하는 기색이었다. "당신도 알고 있는 편이 낫겠군. 실은, 트란은 〈연맹〉 평의회의 데이터뱅크에 아예 들어 있지 않아. 샬누크시와 그들을 위해 일하는 몇몇 인간들을 제외하면 그 행성이 존재한다는 것을 아는 자는 아예 없어."

레스는 매우 심각한 표정을 하고 있었고, 그녀에게 이 사소한 정보를 가르쳐준 것을 벌써 후회하고 있는 것 같았다. 그웬은 자기한테는 어떤 비밀도 털어놔도 되고, 그가 무슨 일을 하든 간에 그녀는 언제나 그에게 충실할 것이라는 사실을 그에게 알리고 싶었다. 그녀는 화들짝 놀랐다. 그런 생각은 지금까지 한 번도 한 적이 없었기 때문이다. 애당초 그가 한 말은 사실인지 확신할 수도 없었다. "만약 그 사실을 ─ 평의회가 안다면 어떤 일이 벌어지는데?"

레스는 고개를 가로저었다. "나도 모르겠어." 그는 잠시 침묵했다.

그웬은 그가 다시 그녀를 신뢰해 주기를 바라며 기다렸다. 그러나 그는 이렇게 말했을 뿐이었다.

"하지만 내게 유리하게 작용할 리는 없겠지. 샬누크시들은 지배력을 잃을 거고, 수확된 농작물도 절대로 손에 넣을 수 없을 거야.”

“하지만 아무 자료도 없이 어떻게 소수의 용병들이 성공하는 걸 기대할 수가 있어?”

“아마 실패할지도 모르지.” 조종사의 목소리에는 걱정하는 기색이 완연했다. “하지만 이건 정말 중요한 일이야. 뭔가 좋은 아이디어가 없을까?”

“이해가 안 돼.” 그웬이 말했다. “문제의 농작물이 귀중한 것이라고 하면서도, 샬누크시들이 몇 백 년 동안이나 그 원산지에 발을 들여놓지 않았다는 건——.”

“아, 그것 말이군. 하지만 거기엔 이유가 있어. 진짜 수리노마즈는 트란에서도 보통 조건 하에서는 자라지 않아. 그 조건이 들어맞는 시기는 6백 년 동안에도 불과 몇 년뿐이야. 하지만 앞으로 2년이 지나면, 5년 동안은 수리노마즈의 성장이 활발해지는 때야. 이 사실을 용병들이 깨닫는다면 그걸 비싸게 팔아넘길 수도 있겠지.” 그는 한숨을 쉬었다. “아마 가장 좋은 방법은 지리적 조건이 맞는 작은 마을 근처에 그들을 내려놓고 나머지는 그들 능력에 맡기는 거겠지.”

“하지만 현지 언어를 아예 모를 텐데…….”

“억지로라도 배워야 할 거야.”

“왜 6백 년인데?”

“궤도 때문이야. 트란에는 두 개의 주요한 태양이 있어. 둘 다 지구의 태양보다는 약간 더 크고, 더 뜨겁지. 하지만 행성 자체는 그 태양들과는 멀리 떨어져 있으니까 그렇게 덥지는 않아. 사실, 인간이 살기에 적당한 기후라고 봐야겠지. 하지만 이 두 태양의 열만으로는 수리노마즈는 제대로 자라지 않아. 평시에는 보통 잡초에 불과하지. 하지만 세 번째 태양이 접근해오는 짧은 기간 동안만은 은하계에서 최고의 수확물로 변하는 거야."

"도대체 수리노마즈라는 게 뭐야?"

"아카풀코 골드*란 말을 들어봤어?"

"마리화나잖아 —— 마약이란 뜻이야?"

"그런 셈이지. 지구에서도 최근 대뇌 마약 물질의 존재가 발견됐잖아? 무슨 얘긴지 알겠어? 모르겠다고? 간단히 말하자면 뇌 자체에서 진통 효과나 도취 효과를 가진 물질이 분비된다는 사실이 밝혀진 거야. 모르핀 비슷한 화학물질이 말야. 그게 체내에서 일정량 이상 분비되면 자연발생적인 도취 상태에 빠지는 거지. 수리노마즈도 그런 물질을 만들어 내. 그것도 대량으로 말이야. 그것이 샬누크시에게 끼치는 효과는 인간의 경우와 마찬가지이고, 그치들은 미국인들이 알코올을 소비하는 것과 마찬가지로 그걸 쓰고 있어. 트란제의 자연산 수리노마즈는 최고 가격을 받을 수 있지. 이를테면 탈리스카 스카치라든지 희귀한 와인 따위처럼 말이야."

그웬은 그를 빤히 쳐다보았다.

"찬성할 수 없다는 표정이군." 레스가 말했다. "하지만 샬누크시들이 마약을 하든 안하든 그게 나와 무슨 상관이 있지? 또는 당신하고?"

하지만 이유는 그것뿐만이 아냐, 하고 그웬은 생각했다. 틀림없이 뭔가 다른 이유가 있어. 혹시 난 마약 상인과 사랑에 빠졌다는

* 멕시코산의 극상 대마초

114

사실을 받아들이기가 싫은 걸까. "이 모든 게 불법은 아냐?"

레스는 어깨를 으쓱했다. "마약 거래는 엄밀하게 말하면 합법적인 것은 아니지만 그런 것에 신경쓰는 사람은 아무도 없어. 트란의 존재를 숨기고 있다는 사실 —— 이건 엄청난 불법 행위이지만 말야."

"하지만 그 농작물은 당신한테도 중요하다는 거야?" 그웬이 말했다.

레스는 매우 진지한 표정이었다. "용병들이 성공한다는 건 당신이 상상하는 이상으로 중요한 일이야."

"그럼 당신도 그 행성에 머무르면서 그들을 도와주는 편이 낫지 않아?"

"그럴 수는 없어. 이 우주선은 손상을 입기 쉽고, 또 이 항행은 극비리에 이루어져야 해. 바꿔 말해서, 가능한 한 빨리 귀환해야 한다는 얘기야."

이윽고 그는 언제나처럼 화제를 바꿨다.

트란에 관한 컴퓨터 파일은 불충분하고 개략적이었다. 그웬이 아는 한 수확기를 제외하면 아무도 이 행성을 방문한 적이 없었고, 체계적인 연구조차도 되어 있지 않았다. 아무도 그런 행동에 나설 정도로 흥미를 느끼지 않았던 것이다. 다만 몇몇 무역 상인 그룹만이 지구에서 데려온 용병들에게 행성의 특정 지역을 제압하게 하고, 그들이 재배한 수리노마즈를 나중에 온 우주선에 팔아넘기도록 했다는 기록만이 남아 있었다.

그런 일이 시작된 것은 그웬이 언어를 통해 추측한 대로 인도유럽 어족 시대부터였다. 그녀는 컴퓨터 기록에서 그 사실을 확인하고 만족감을 느꼈다. 최초에 트란으로 인간들이 보내어진 이유는 트란의 지배적 생명 형태인 켄타우로이드는 (이것들의 외모는 그리스 신화의 켄타우로스를 좀 닮았지만, 트란과는 하등 관계가 없으며 신화의 이미지에 훨씬 더 가까운 지적 켄타우로이드 종족들도 존재한다는 사실을 그녀는 사진으로 보아서 알고 있었다) 침팬지 정도의 지능밖에는 없어서 경작이 가능한 수준까지 훈련시킬 가능성이 없다는 사실이 판명되었기 때문이었다. 그들이 하필 왜 인류를 선택했는지는 알 수 없었고, 또 일단 인류를 선택한 후 하이테크 식민지를 건설하는 대신 아카이아*의 병사들과 그 노예들을 데리고 온 이유도 알 수 없었다.

최초의 이주는 매우 비싸게 먹혔다. 샬누크시 무역 상인들은 아카이아인들 뿐만이 아니라 지구의 갖가지 동식물을 가지고 와서 행성의 광범위한 지역에 뿌렸다. 그리고 몇 년 후에 다시 와서 더 많은 동물과 곤충을 퍼뜨렸다. 이런 행위에는 과학적인 근거도 없었고 균형잡힌 생태학상의 배려도 없었다. 적응하지 못하면 죽으라는 식으로 모든 것을 즉석의 자연도태에 떠맡긴 느낌이었다.

기록에 확실하게 나와 있는 것은 아니었지만, 수리노마즈의 재배가 점점 더 곤란해진 이유는 지구에서 수입된 동식물과 곤충과 경합하기 시작한 탓이 아닌가 하는 생각이 들었다. 트란의 토착 생

* 고대 그리스

물들은 지구의 생물과 마찬가지로 좌선성(左旋性) 아미노산과 우선성(右旋性) 당으로 구성되어 있었기 때문에 서로가 비슷한 영양소를 섭취하기 위해 경쟁해야 했던 것이다.

트란의 역사와 진화는 그 항성들의 지배를 받아왔다. 두 개의 주성(主星)은 최적의 조건에서도 지구의 태양이 보내오는 에너지의 90퍼센트를 조금 넘는 양밖에는 주지 못했다. 전체적으로 말해서 트란은 한랭한 행성이었고, 적도에 가까운 부분만이 인간에게 쾌적할 정도였다. 그러나 6백 년 중 세 번째 항성이 주기적으로 접근하는 20년 동안 평균 일조량은 20퍼센트 이상 증가한다. 이 기간에는 지구가 받는 광량의 무려 110퍼센트가 행성 위에 내리쪼인다.

이 서염기(暑炎期)에는 극지의 얼음이 녹는다. 기후는 급격히 변화하며 대부분의 지역에서 건기와 우기가 주기적으로 되풀이된다. 보통 때는 인간이 살기에는 너무 추운 알래스카의 툰드라를 닮은 고위도 지역이 온난화되어, 짧지만 찬란한 생명의 꽃을 피우는 것이다.

이 〈침략자〉 항성의 침입은 트란의 인간 문명에는 괴멸적인 영향을 끼쳤다. 그 탓에 트란의 문화는 철기 시대의 봉건제도 이상으로는 발전하지 못했다. 그웬은 이 사실에 호기심을 느끼고 레스에게 물어보려고 했지만 왠지 몸 상태가 그리 좋지 않아서 일찍 잠자리에 들었다.

다음날 아침 그녀는 아침에 먹은 것을 다 토했다.

1주 뒤에는 확신을 가질 수 있었다. 그웬은 레스를 찾아 나섰다. 그는 제어판 앞에 앉아 용병들을 위한 메모를 작성하고 있었다. 그녀가 들어가자 그는 눈살을 조금 찌푸리며 그녀를 올려다보았다. 일하고 있을 때 방해하면 곤란하다는 듯한 표정이었다.

"무슨 일이지?"

"임신했어요."

레스의 얼굴에 복잡한 표정이 떠올랐다. 놀라움이 대부분이었지만 그것만은 아니었다. 거의 공포에 가까운 표정이었다. 그녀에게는 영원으로 느껴질 정도로 긴 시간 동안 그는 아무 말도 하지 않았다. 이윽고 그는 침착한 어조로 말했다.

"이 우주선에는 거의 완벽한 의료용 로봇이 있어. 낙태 수술을 할 수 있는지 컴퓨터에게 물어볼게."

"너무해!" 그녀는 외쳤다. "이 나쁜 놈!"

"하지만 그웬……."

"내가 왜 낙태를 원한다고 생각했어? 당신에게는 이게 성가신 일이 될지도 모르지만 내겐——"

"조용히 해. 당신이 모르는 사정이 얽혀 있어."

심각한 표정이로군, 하고 그녀는 생각했다. 죽도록 심각해. 죽도록이라니 너무 딱 들어맞는 표현이잖아. "레스 난 당신이 기뻐할 거라고 생각했어." 필사적으로 참으려고 했지만 눈물이 솟구쳤다. 왜 내 마음을 왜 몰라주는 걸까.

"당신이 모르고 있는 일이 굉장히 많아. 알아서는 안 되는 일이. 그웬, 우리는 가정을 가질 수 없어. 당신이 생각하는 것 같은 그런 가정 생활은……."

"당신 이미 누군가와 결혼한 거로군. 진즉 깨달았어야 하는 건데." 또다시 외톨이가 되어 버렸다. 게다가 이제는 집으로 돌아갈 수도 없었다.

레스의 반응은 그녀를 깜짝 놀라게 했다. 웃음을 터뜨렸던 것이다. "아니, 난 결혼하지 않았어." 그는 자리에서 일어나 그녀 쪽으로 다가왔다. 그웬은 뒷걸음질쳤다. 그의 표정이 바뀌었고, 안색이 부드러워졌다. "그웬, 걱정할 필요는 없어. 당신 말에 좀 놀랐을 뿐이야. 아무 문제도 없어. 두고 보라고."

그녀는 필사적으로 그를 믿으려고 했다. "레스, 사랑해……."

레스는 더 가까이 다가왔다. 그웬은 두려웠다. 그를 포함해서 모든 것이 두려웠다. 하지만 어떻게 해야 할지 알 수 없었다. 그녀는 절망감을 느끼며 그에게 매달렸다.

그로부터 2주가 지났다. 레스는 두 사람의 미래에 대해 더 이상 언급하지 않았다. 우주선은 트란 항성계로 진입했고, 레스는 용병들을 내려줄 적당한 장소를 찾는 일에 몰두했다.

제3부

틸라라

1

틸라라 도 타마에르손은 과거의 수많은 전투에서 노획한 군기와 갑옷 등이 장식된 벽 아래에 놓인 길고 커다란 회의용 목제 탁자의 상석에 앉아 있었다. 그녀는 자기 눈동자 색깔에 어울리는 수레국화빛의 푸르고 아름다운 비단 윗옷을 걸치고 있었고, 그 밑에는 쇄자갑*을 입고 있었다. 허리의 벨트에 찬, 보석으로 장식된 단검의 칼자루는 갈매기 머리 모양으로 조각되어 있었다. 훌륭한 예술품이었지만 칼날은 루스텡고제였고 칼 끝은 날카롭게 연마되어 있었다. 땋아내린 칠흑 같은 머리카락 위에는 단철(鍛鐵)로 만든 머리장식이 얹혀 있었다.

그녀는 젊고 아름다웠다. 방 안에 있는 모든 사내들 모두가 그녀의 존재를 의식하고 있었다. 갑옷을 입고 허리에는 단검을 차고 있었지만 그녀의 몸은 작고 가냘퍼보였고, 보호를 받을 필요가 있는

* 鎖子甲. chain mail. 철사 고리를 엮어 만든 갑옷

것처럼 보였다.

드라반 성의 대(大)접견실에서는 모든 것이 작아보였다. 트란의 오래된 성들이 다 그렇듯이 드라반 성도 얼음 동굴 위에 세워져 있었다. 그때 견습 제관(祭官) 하나가 발 밑의 지하에서 거대한 문을 연 탓에 홀 내부까지 희미한 암모니아 내음이 풍겼다. 머리 위에서는 돌 아치와 거대한 대들보가 뻗어나가고 있었다. 요새의 다른 방들은 화려한 태피스트리와 나무 벽판 등으로 장식되어 있었지만, 이곳에서만은 성의 뼈대와 심줄이 그대로 드러나 있었다. 유일한 장식은 승전을 기념하는 전리품뿐이었다.

전리품은 많았다. 수백 리그 또는 그 이상 떨어진 곳에서 노획해 온 군기들은 드라반의 힘과 이곳을 지배해 온 영주들의 수완을 무언중에 증명하고 있었다. 틸라라는 마치 그것들에게서 힘을 얻어보려는 듯이 고개를 들어 서까래에 걸린 전리품들을 바라보았다.

틸라라가 전체 회의를 주최하는 것은 이번이 처음이었지만, 그녀는 이 서부인들을 거의 신뢰하지 않았다. 그들은 그녀의 남편과 닮은 곳이 전혀 없었다! 게다가 회의에 출석한 베로멘은 단 두 명뿐이었다. 나머지는 기사와 상인, 곡물의 산지인 헤스티아 지방에서 온 제관(祭官) 한 명, 어디에나 있는 야타르의 제관들, 자작농 대표 두 명, 그리고 길드의 우두머리 몇 명으로 이루어져 있었다. 그들은 그녀를 '그레이트 레이디'라고 불렀고, 일단은 첼름의 에키타사로서 존중하고 있었다. 그러나 그녀는 그들 사이에서 살아본 적이 없는 외부인일 뿐이었다.

틸라라가 진정한 친구로 여기는 사람들은 타마에르손에서 데려온 가신(家臣)들뿐이었지만, 그들은 이 서쪽 나라의 의석에서는 발언권이 없었다.

사자(使者) 한 명이 회의용 탁자 끄트머리에 서 있었다. 그가 읽어내려간 통첩은 온갖 미사여구와 찬사로 꾸며져 있었지만, 그 통첩이 의미하는 바에는 의심의 여지가 없었다. 그녀는 조바심을 내며 그의 말이 끝날 때까지 기다렸다가 손을 흔들어 사자를 내보냈다. 그가 사라진 후 그녀는 육중한 나무 탁자 앞에 있는 얼굴들을 둘러보았다.

"지금 들은 와낙스 사라코스의 제안에 대한 경들의 의견은 어떻습니까?"

좌중에는 깊은 침묵만이 감돌았다. 틸라라는 엷게 미소 지었다. 이 침묵은 어떤 말보다도 더 뚜렷하게 그들의 기분을 대변해 주고 있었다. 그녀 휘하의 베로멘들은 그 제안을 받아들이고 싶어했다. 또는 적어도 아직 교섭할 여지가 남아 있을 때 사라코스와 교섭하고 싶어했다. 그러나 자작농이나 길드의 대표자들도 그렇게 느끼고 있을까. 틸라라는 그들의 무표정한 얼굴을 바라보았지만 아무것도 읽을 수가 없었다. 그녀는 이들에 대해 아는 것이 거의 없었고 그들은 귀족들에게 자신들의 생각을 감추는 데 익숙해 있었다.

하지만 만약 베로멘 중 한 사람이 사라코스의 제안을 받아들이자고 한다면 다른 자들도 동조할 것이다. 아니면 그 반대일까. 이들은 그녀의 남편의 신하였지만, 어떻게 이렇게까지 남편과 다를 수가 있을까. 남편에 관한 기억이 그녀의 마음을 아프게 했다. 얼굴이 볕에 그을은 그가 웃으며 그녀에게 다가오는 모습이 아직도 눈에 선하다. 틸라라는 눈물이 나오기 전에 그 환영(幻影)을 마음속에서 쫓아냈다. 전에도 이런 꿈을 꾼 적이 있었고, 그것은 언제나 관 속에 누워있는 현실—싸늘하게 식고 경직된 남편 라밀의 모습—과 함께 끝났던 것이다.

틸라라는 자신의 젊음과 경험 부족을 통감했다. 그녀는 이곳 나이로 치면 겨우 열두 살이었다. (그녀의 고향인 타마에르손에서는 어린애가 태어나자마자 한 살로 쳤고, 또 아홉 살이 되면 네 살을 더 추가했기 때문에 고향의 계산법으로는 열일곱 살이었다.) 그녀는 지금까지 이 철의 산지와는 멀리 떨어진 곳에서 자랐기 때문에 이 나라 사람들을 잘 알지 못했다. 그런데도 그들이 그녀에게 복종하는 이유는 남편과 그 일족의 강력한 지배력 때문이었다.

"카미손 장군." 그녀가 말했다. "아무도 의견을 말하고 싶지 않은 것 같군요. 경의 의견을 듣고 싶습니다."

카미손은 3대에 이르는 첼름의 에키타들을 받들어왔다. 그러는 동안 그의 턱수염은 희끗희끗해지고 몸은 흉터투성이가 되었다. 창에 찔려 난, 거의 눈에 닿을 정도로 긴 흉터가 뺨을 가로지르고 있었고, 이 사나워보이는 용모는 전쟁 회의 등에서는 극히 위압적인 느낌을 주곤 했다. 그는 마치 피로가 골수에 사무친 듯한 모습으로 등을 구부리고 일어섰다. 일어서면서 그는 거의 1년 가까이 들르지도 못한 자기 영지에 관해 뭐라고 중얼거렸다. 그러나 그의 입에서 흘러나온 목소리에는 동요가 없었다.

"찬탈자는 2천 기(騎)의 기병과 다수의 보병을 이끌고 진격해오고 있습니다. 그것에 비해 우리 쪽은 1백 기밖에는 없습니다. 게다가 이곳은 와낙스 사라코스의 진격로에 해당됩니다."

틸라라는 일족의 회합 때 그녀의 아버지가 그랬던 것처럼 근엄하게 고개를 끄덕였다. 하지만 속마음은 소리를 지르고 싶은 기분이었다. 카미손은 출중한 군인으로 널리 알려져 있었고 또 그녀도 그 사실을 인정하고 있었지만, 그는 모든 것을 최소한 열 번 이상 검토해보지 않으면 결코 결론을 내리지 않았다.

틸라라는 내심 느끼고 있던 초조함을 자연스럽게 감췄다. 아무도 그녀의 속마음을 알아차리지는 못할 것이다. 그녀는 극기심까지는 아니더라도 최소한 참을 줄은 알았고, 지금 같은 상황에서 필요한 것은 바로 그것이었다.

"드라반은 견고합니다." 카미손이 숙고 끝에 말했다. 그는 이전에 자기가 드라반 성의 방어에 걸출한 공을 세운 사실을 모두에게 생각나게 하려는 듯이 얼굴의 흉터를 만지작거렸다. "에키타사께서는 곡물 창고와 무기고를 잘 간수하셨습니다. 잘 하신 일입니다. 이 오래된 성은 지금까지 다섯 개의 군대를 격파했습니다. 하지만 단 백 기만으로 이 성을 방어한 적은 일찍이 없었고, 외부 원조가 이토록 완전히 차단된 적도 없었습니다."

"마치 받을 원조가 있다는 듯한 말투로군." 길드 대표 중 한 명이 조그맣게 중얼거렸다.

카미손의 장검은 탁자 위에 펼쳐진 지도 위에 놓여 있었다. 그는 검을 들어 지도의 한 지점을 가리켰다.

"섭정은 여기서 북서쪽으로 열흘 걸리는 지점에 우리측의 와낙스 갠턴과 함께 계십니다. 병력은 1천 기 정도밖에 안 되고, 또 아무리 우리 측의 성이 견고하다 한들 섭정이 젊은 왕과 성 안에서 농성하는 쪽을 택하리라고는 생각할 수 없습니다. 따라서 섭정이 우리를 구하기 위해 이리로 오는 것을 기대할 수는 없습니다. 우리를 위해 병력을 따로 차출할 여력이 있는지도 의문입니다."

틸라라는 소리를 지르고 싶은 기분이었다. 그런 건 누가 봐도 뻔하잖아. 그녀는 속으로 외쳤다. 그러나 그러는 대신 그녀는 미소를 짓고 말했다.

"경에게는 백 기의 병력이 있지만, 나의 타마에르손 궁수(弓手)들의 존재를 잊은 것은 아닙니까? 찬탈자 사라코스도 같은 우를 범한다면 좋겠군요. 그걸 후회할 틈조차도 없을 테니까."

그녀의 등뒤에서 찬동의 웅성거림이 들려왔다. 틸라라의 가신들은 회의 탁자에 앉을 수는 없었지만 그녀 가까이에서 경청할 수는 있었다. 그리고 타마에르손의 자작농들은 어떤 회의에서도 자기 의견을 말하는 데 주저하지 않는다. 산에 둘러싸인 해변의 고원에 사는 그들은 서부의 영주와 베로멘들의 지배 아래서 생활하는 소작농들과는 달랐다.

틸라라는 고향을 떠올리며 한순간 가슴이 미어질 듯한 향수를 느꼈다. 동쪽에 푸른 바다를 낀 높은 능선과, 황혼 녘과 새벽 녘에는 감청색으로 빛나는 높고 황량한 산들을 보고 싶었다. 고향에 돌아가는 것은 어렵지 않았다. 이 성을 사라코스에게 내주고 유복한 귀부인 자격을 유지한 채로 타마에르손으로 돌아갈 수도 있는 것이다. 남편의 토지를 그대로 물려받고 여기서 살 수도 있다. 사라코스는 그런 제안에 응할 것이고, 이 회의의 참석자들도 찬성할 것이다. 다만 그렇게 말하기만 하면 된다…….

"1백 기의 기병과 2백 명의 궁수를 합치더라도 아군의 총 병력은 5백이 채 안 됩니다." 카미손이 말했다. 마치 그 사실을 자랑스러워 하는 듯한 말투였다. "실제로는 더 적을지도 모릅니다. 왜냐하면 기사 모두가 종자(從者)와 부하 병사를 거느리고 있지는 않기 때문입니다. 그리고 성벽이 극히 견고한 것은 사실이지만, 수비 범위가 너무 넓습니다. 예비대는 한 명도 없고 배치돼 있는 병사들은 꼭 그 자리를 지켜야 할 자들뿐입니다. 만약 그들이 지쳐 쓰러진다면 누가 그들을 대신하겠습니까?"

지금이야, 지금 그 말을 꺼내야 해, 하고 틸라라는 생각했다. 하지만 그럴 수가 없었다. 그녀는 이미 맹세를 했기 때문이다. 그리고 어떻게 남편을 살해한 자를 자기 집으로 받아들이고, 그의 영지인 첼름을 사라코스의 영지로 인정하라 말인가. 그녀 입장에서는 생각조차 할 수 없는 일이었다.

하지만 ―― 달리 어찌 하란 말인가. 만약 카미손 장군에게 싸울 의사가 없다면 틸라라도 어떻게 할 도리가 없었다. 그녀는 땋아내린 머리를 쉴 새 없이 만지작거렸다.

"하지만 우리의 명예를 지키기 위해서는 싸워야 합니다." 카미손이 말했다. 그는 탁자에 앉아 있는 자들의 얼굴들을 둘러보았다. "이 점에 대해 이의 있는 자가 있소?"

이의를 제기하고 싶은 자는 몇 명 있겠지만 발언하는 사람은 아무도 없었다.

"저는 지금까지 오직 명예만을 위해 싸운 적은 없습니다." 카미손이 말했다. "싸우는 이상, 이겨야 합니다. 다른 곳에 적당한 거점이 없으므로 결국 우리는 드라반 성을 방어하는 수밖에 없습니다. 이 성은 남쪽으로 통하는 유일하게 좋은 도로 위에 있습니다. 성을 점령하지 않는 이상, 사라코스는 젊은 와낙스 갠턴의 수색에 전력을 쏟을 수가 없습니다. 우리가 여기서 싸우면, 섭정에게 시간을 벌어줄 수 있다는 뜻입니다."

"우리가 벌어준 시간을 섭정이 어떻게 할지는 오직 야타르만이 알고 계시겠지." 베로멘 트라콘이 말했다. 너무 크고, 너무 신경질적인 목소리였다. 그러나 트라콘은 곤경에 빠진 선대 와낙스를 주저없이 도왔고, 그 탓에 많은 것을 잃기도 한 충신이었다.

"그건 공정치 못한 말씀입니다." 카미손이 반박했다. "섭정은 드란토스 최고의 무인(武人)이고, 전에도 절망적인 상황에서 승리한 적이 있습니다."

"그리고 〈낮의 아버지〉께서 기적을 내려주실지도 모르지." 트라콘이 이렇게 말했지만, 굳이 몸을 돌려 야타르교의 수석 제관인 야눌프의 벌개진 얼굴을 보려고는 하지 않았다. "하지만 우리에게 어떤 선택이 있단 말인가? 나는 사라코스를 전혀 믿을 수가 없어. 사라코스 편에 붙은 베로멘의 반수는 이미 그의 심복들에게 영토를 빼앗겼잖나."

"그게 알려진 뒤에도 몇 십 명은 여전히 그자에게 가서 붙었지만 말이야." 직공(織工) 길드의 우두머리가 중얼거렸다. "베로멘들의 반 이상, 아니 4분의3 이상이 이미 사라코스를 맞아들였습니다. 이런 상황에서는 설령 싸운다 해도 아무 의미가 없습니다."

"그럼 항복하자는 말인가?" 카미손이 되물었다.

뚱뚱한 길드의 우두머리는 어깨를 으쓱해보였다. "항복해 봤자 좋은 결과는 나오지 않을 겁니다. 사라코스에겐 사라코스의 직공들이 있으니 앞으로도 우리와 경쟁하는 걸 쾌히 받아들일 리가 없으니까요. 하지만 절망적인 싸움이라는 건 틀림없습니다."

"절망적인 정도가 아니오." 지금까지 무표정하게 침묵을 지키고 있던 야눌프가 일어서더니, 경멸 어린 어조로 말했다. "우매한 자들이여. 〈때〉가 다가오고 있는데 기껏 사소한 왕가끼리의 전쟁을 논하고 있다니."

"그건 전설에 불과하지 않나." 트라콘이 말했다.

야눌프는 엷게 미소 지었다. "전설이라고 하셨소? 밤하늘에서 〈악마의 별〉이 점점 커지고 있는 것이 전설이오? 바닷가의 수위가 오르고 있는 것도 전설이오? 해수(害獸) 라밀이 대량으로 번식하고, 광초(狂草)가 당신들 밭에 우거져 있는 것도 전설이란 말인오? 우리가 지금 불기가 없는 회의장에 앉아 있는데도 전혀 추위를 느끼지 않는 것도 전설이오?"

"이번 여름은 더웠잖소." 트라콘이 대답했다. "단지 그뿐이오. 하늘에서 쫓겨난 〈불도둑〉이 자정이면 언제나 천장(天頂)에 오르니 더운 것도 당연한 일이오."

자작농과 길드 우두머리들이 수군대기 시작했다. 야눌프는 목소리를 높였다. "그리고 이 땅에는 서염기(暑炎期)가 다가올 것이다." 읊조리는 듯한 말투였다. "그때 바다는 연기를 뿜고 땅은 밀랍과 같이 녹으리라. 대양의 물은 산맥을 에워싸리라. 대비하지 않는 자들에게는 화가 닥치리라. 믿지 않는 자들에게도 화가 닥치리라." 그는 껄껄 웃었다. "그리고 그대, 베로멘들에게도 화가 닥칠 것이오. 하지만 자비하신 야타르께서는 그대들을 용서해주실 것이오. 레이디 틸라라, 지금은 전쟁을 할 때가 아니오. 지금은 식량을 모아서 성스러운 동굴에 채워놓아야 할 때란 말이오. 〈보존자〉의 숨결을 느끼지 못하겠소? 〈폭풍을 몰고오는 것〉이 다가올 때가되면 야타르는 그 종들에게 경고를 내릴 것이오. 그 첫 번째 징표가 〈보존자〉의 숨결인 것이오."

"맞아." 자작농 대표 한 명이 중얼거렸다. "내 조카는 견습 제관인데, 그가 말하기로는 지난 40일 동안에 얼음이 반 피트나 자랐다고 하더군. 〈불도둑〉이 자정에 머리 꼭대기에 나타났는데도 얼음이 자랐다고 했어!".

"앞으로 얼마나 남았습니까? 〈때〉가 되려면?" 틸라라가 질문했다.

"문헌에도 정확하게는 기록되어 있지 않소. 하지만 최악의 시기는 앞으로 12년 동안에는 오지 않는다고 보아도 좋을 것이오. 우선, 다른 징조가 나타날 것이오. 〈악신(惡神)〉들이 우리를 찾아와 소마[聖體]를 얻는 대가로 마법을 제공할 것이오. 기묘한 무기를 갖고 기묘한 말을 하는 기묘한 이방인들이 우리를 찾아올 것이오."

트라콘은 웃음을 터뜨렸다.

야눌프는 그에게 경멸의 시선을 보냈다. "그렇게 기록되어 있단 말이오. 우선 크리스천들이 왔고, 그 뒤에는 〈군단〉이 왔소. 그리고 그 다음에 그대들의 조상이 온 것이오. 그대들이 이 얘기를 믿든 말든 그건 문제가 되지 않소. 이 모든 일은 〈불도둑〉이 〈진정한 태양〉을 다섯 번 지나가기 전에 실현될 것이오."

"그렇다면 아직 시간은 많이 남아 있다는 얘기가 되는군." 트라콘이 말했다.

"아니오. 조짐이 보이면 모든 자들은 큰 성들로 도망칠 것이오. 그대들의 무익한 전쟁은 잊혀지고, 맨 바위 위에 성을 건설한 자들은 그제서야 자신들의 어리석음을 깨닫고 군세를 동원해서 이를 막으려 할 것이오. 머지 않아 모든 자들은 〈보존자〉의 동굴 이외에는 안전한 장소 같은 것은 없다는 사실을 깨닫게 될 것이오."

틸라라는 참석자들이 자유롭게 말하도록 내버려두었다. 누군가가 새로운 의견을 내놓을 경우에 대비해서 반쯤 귀를 기울이면서 말이다. 그러나 그런 기대가 실현될 가능성은 거의 없었다. 종교만 제외한다면 사태는 단순 명쾌했기 때문이다.

그러나 종교를 무시할 수는 없었다. 야타르 숭배는 보편적이었다. 특정한 지역에서 어떤 신이 숭배되든 간에 야타르교의 신자는 인간이 가는 곳이라면 어디든지 있었다. 그녀의 고향에서도 암반 깊숙한 곳에 얼음 동굴이 존재했고, 야타르의 승려가 하는 이야기를 믿는 사람은 거의 없었지만 얼음 동굴에는 〈서염기〉에 대비해서 곡물과 육류로 이루어진 제물이 저장되어 있었다. 만약 그 〈때〉가 온다면…… 배가 항해할 수 없는 폭풍의 시기가 오고, 바다가 언덕 기슭까지 차 오르며, 타마에르손이 섬이 되고, 불덩어리가 하늘에서 떨어지고, 비도 내리지 않으며, 그러다가 죽음의 비가 폭포수처럼 쏟아지는 〈때〉가 온다면…….

틸라라도 이런 이야기를 들은 적은 있었다. 그녀가 아는 한 이런 이야기를 믿는 사람은 제관 계급을 제외하고는 아무도 없었다. 그러나 누구나 이 이야기를 알고 있었다.

어쨌든 아직 시간은 있다. 종교는 나중에 생각하기로 하자.

그밖의 상황은 매우 간단했다. 와낙스 로론은 좋은 통치자가 아니었고, 그가 죽기 3년 전에 내란이 발발했다. 정의는 그에 대항해 반란을 일으킨 베로멘들 쪽에 있었다. 첼름조차도 흔들리고 있었다. 와낙스 로론이 그와 적대하는 베로멘들에게 쫓겨 피난처를 찾아 나섰을 때 드라반 성은 성문을 닫아 걸었지만 직접 반란에 참가

하지는 않았다. 이것은 라밀의 아버지 시대, 그가 역병에 걸려 죽기 이전의 일이었다.

(역병, 전설에 의하면 〈악마의 별〉이 다가옴에 따라 역병이 모든 곳에 만연한다고 한다. 실제로 최근 들어서는 매년 역병이 돌았고, 사망자는 증가 일로를 걷고 있었다…….)

그러나 로론은 용병을 고용해서 베로멘들을 궁지에 몰아넣었다. 급기야는 이 땅의 유력한 베로멘들조차도 금기를 깨고 외부의 원조를 요청했다. 드란토스의 왕좌를 토리스의 아들 사라코스에게 이양하겠다고 제안했던 것이다. 사라코스는 〈5대 왕국〉의 지배자인 토리스의 아들이었고, 그 자신 이미 5대 와낙스 중 한 명이었다.

사라코스의 침략이 시작되기 전에 로론은 죽었다. 소년왕을 옹립한 드란토스는 재정이 고갈된 상태로 뒤에 남겨졌다. 베로멘들은 동료 중 한 사람을 신임 와낙스의 섭정으로 임명하고 반격에 나섰지만 이미 엎질러진 물이었다. 사라코스는 계속 자기 권리를 주장했던 것이다. 20년 전에 드란토스의 평의회는 와낙스 로론의 아버지의 여동생인 드란토스의 라나와 〈5대 왕국〉 전체의 지배자인 동시에 와낙스이기도 한 토리스와의 왕족 결혼을 주선했다. 그 당시 이것은 뛰어난 외교상의 성과로 간주되었다. 그러나 이 혼인에서 비롯된 혈연이 현재의 사라코스에게 가장 합법적인 성인 왕위 계승자로서 드란토스의 왕좌를 요구할 수 있는 근거를 마련해 주었던 것이다. 이제는 단지 몇 분만 더 토의하면 그가 유일한 계승자가 될 듯한 상황이었다.

베로멘들 일부가 소년왕을 옹립해서 전쟁에 돌입하기보다는 사라코스에게 가담함으로써 평화를 유지하는 쪽을 택했다 하더라도 그들을 비난할 수 없는 일이었다. 특히 지금은 밤하늘의 〈악마〉가 눈에 띄게 그 광채를 더해가고, 야타르의 제관들은 곰팡내 나는 책들을 읽고 드디어 〈때〉가 다가왔다고 고하고 있지 않은가. 소년왕에 연연하고 있을 때가 아니었다. 라밀이 사라코스와 손을 잡았더라면! 그럼 그는 아직도 살아 있을 것이고——

"싸웁시다." 악센트가 있는, 투박한 목소리가 말했다. 긴 탁자의 말석에 앉아 있던 대장장이었다. "〈5대 왕국〉의 신민들이 어떻게 살고 있는지는 풍문으로 들었습니다. 저 같은 사람은 차라리 죽는 게 나을 겁니다. 제 대장간을 친구들의 목에 끼울 노예의 칼라*를 만드는 데 쓰게 할 수는 없습니다."

"지당한 말이네." 베로멘 트라콘이 말했다. "맞아, 옳은 말이야. 우리는 우리의 명예를 위해 싸울 거야. 하지만, 명예는 우리더러 모든 것을 잃을 때까지 싸우라고 하지는 않을 거야. 나도 성벽 위에서 함께 싸울 작정이지만, 사라코스가 공성탑(攻城塔)이나 그밖의 공성 장비를 동원하기 시작하면 그때 가서 가장 유리한 조건으로 교섭에 응하면 그만이야. 우리들 모두를 위해서라도."

"교섭도 좋지만, 〈악마〉가 대낮에도 높이 뜨기 시작하면 우리 평민들은 어떻게 해야 합니까?" 대장장이가 말했다. "사라코스는 자기 수하들을 위해서라면 드라반 성 안에 충분한 자리를 확보해 두겠지만 우리 가족들까지 시원한 성 안으로 들어오게 해줄까요?"

"사라코스가 그걸 보장한다고 맹세하지 않는다면 교섭에 응하

* collar. 목에 끼우는 철제 계구(戒具)

지 않겠네." 트라콘이 말했다. "우리 첼름인들은 신에게 대항하는 한이 있더라도 언제나 서로를 지키는 법이니까 말이야. 하지만 자네는 필요 이상으로 제관들이 하는 말을 두려워하는 것 같군."

"〈악마〉가 크게 성장하고 하늘에서 불이 떨어지기 시작하면, 그대는 틀림없이 지금 한 말을 후회할 것이오." 야눌프가 말했다.

"싸우겠습니다." 틸라라가 말했다. "다른 일들에 관해선 기다릴 수 밖에 없지만, 우리는 싸워야 합니다. 방어 태세를 갖추고, 희망하는 자들 모두를 성벽 안으로 들여보내십시오. 성 안으로 들일 수 없는 가축은 모두 산으로 쫓아내십시오. 사라코스가 이용할 만한 것은 아무것도 남겨두지 말라는 뜻입니다. 식량도 일체 남기지 말고, 모든 재화(財貨)를 감춰둬야 합니다. 이 땅에서는 결코 마음놓고 지낼 수 없다는 사실을 사라코스가 통감하도록."

"식량을 버린다는 것은 사악한 일이오." 야눌프가 말했다. "절대로 낭비해서는 안 되오."

탁자의 말석 쪽에서 수군거리는 소리가 들렸지만 농민들도 결국은 그 필요성을 깨달을 것이다. 길드 우두머리 중 한 사람이 성민과 소작인들을 대표해서 말했다.

"사라코스를 못 견디게 한다면 그자는 여길 떠나고 우리는 자유로워질지도 모릅니다." 그는 자기 목을 어루만졌다. "그게 아니라면 우리는 목에 두꺼운 칼라를 두르게 됩니다. 저는 그럴 생각은 없습니다."

"그럼 계획을 실행에 옮기십시오." 틸라라가 명령했다.

"알겠습니다." 카미손 장군이 대답했다. 그는 다른 베로멘들이 자리를 뜰 때까지 기다렸지만, 그가 그녀에게 한 말을 그들이 듣지 못했을 정도로 오래 기다리지는 않았다.

"돌아가신 우리 주군께서는 틀린 선택을 하지 않으셨습니다. 틸라라님은 드란토스의 베로멘들의 반수보다 더 사내다우십니다."

거대한 대접견실에는 틸라라와 그녀의 궁수대 지휘관을 제외하고는 아무도 없었다. 카다릭은 카미손 장군과 거의 비슷한 연배였다. 그의 피부는 바람과 태양에 그을었고 뺨은 오래된 가죽처럼 갈라져 있었다. 그는 전통적 민속의상인 가죽 조끼와 킬트를 입고 있었다. 그들 사이에서 바지는 인기가 없었다.

"틸라라님의 선택은 옳았습니다." 카다릭은 만족한 듯이 말했다. "그 서부인들에게 타마에르손의 화살 맛이 어떤 것인지 보여주겠습니다."

"그런 얘기는 그자들을 다 쏴 죽여버린 뒤에나 해." 틸라라는 대꾸했다. 다른 사람들이 모두 나간 덕에 이제는 마음놓고 의자 위에서 축 늘어져 있었다. 이제 그녀는 작고 상처받기 쉬운 존재처럼 보였다. 그녀는 두려웠지만, 그 사실을 카다릭에게 숨길 필요는 없었다. 그는 틸라라를 그녀가 태어난 날부터 알고 있었고, 오래 전부터 그녀의 아버지와 오빠를 섬겨온 충복이었다. 틸라라가 완전히 신뢰할 수 있는 사람은 5백 리그 내에서는 이 사내밖에는 없었다. "옛친구를 낯선 나라에서 죽게 하기 위해 데려온 기분이 들어."

카다릭은 으쓱해보였다. "고향에서 죽는 것이 여기서 죽는 것보다 나을까요? 고향의 산에서 죽든 여기서 죽든 간에 〈선택자〉가 우리를 데려가기는 매한가지입니다. 그가 그의 집으로 저를 맞이할 때가 왔다면, 저는 기꺼이 그 청을 받아들이겠습니다. 하지만…….” 그는 언뜻 생각에 잠겼다. “하지만 여기서는 〈낮의 아버지〉의 영향력이 더 큰 것처럼 보입니다. 혹시 〈외눈의 선택자〉는 이 땅을 보지 못하는 게 아닐까요? 그 해답을 알 수 있다면 좋을 텐데.”

“전해진 바에 의하면 그는 넓은 세계를 보고 있다고 하더군. 카다릭, 오늘 모인 자들은 나를 신뢰하고 있지 않는 것 같아.”

“그들은 틸라라님에 관해서 잘 모릅니다. 그들에게 당신은 어린 소녀에 지나지 않는 겁니다. 그들이 아는 거라고는 단지 그들의 주군이 틸라라님을 선택했다는 사실뿐입니다. 그리고 바로 그 이유만으로도 그들은 당신을 경애하고 있습니다. 아, 용서를. 아직도 부군의 죽음을 슬퍼하고 계시다는 걸 잊었습니다.”

부정할 길이 없는 진실이었다. 틸라라는 뺨에 손을 대고, 다시는 눈물을 흘리지 않으려고 노력했다. 그녀는 신부가 되기도 전에 미망인이 되었다. 음유시인들이 즐겨 노래하는 종류의 일이 현실이 되어버린 것이다.

라밀이 그녀를 사랑했다는 점에는 의심의 여지가 없었다. 첼름의 에키타이자 드란토스에서 가장 유력한 영주 중 한 사람이었던 그는 백 명의 귀부인들 중에서 결혼 상대를 마음대로 고를 수도 있었다. 그러나 그가 탄 배가 암초가 많은 타마에르손의 해안에서 좌초되고, 그곳에서 부득이 한 여름을 보낸 후에 (유별나게 더운 여름이었던 것을 기억한다 —— 제관들의 말은 역시 사실일까?) 그는 타마에르손의 한 씨족장의 딸을 배필로 택했다. 틸라라에게는 지참금도 없었고, 결혼식에 가져갈 만한 보물도 없었다. 다만 2백 명의 궁수를 데려올 수 있었을 뿐이었다. 게다가 그중 백 명은 5년이 지난 후에는 첼름을 떠나갈 자유가 있었다. 하지만 라밀은 고향의 쟁쟁한 귀부인들을 제쳐두고 그녀를 택했던 것이다.

틸라라는 그를 바라보기를 좋아했다. 젊고 힘센 라밀. 날씬한 다리에서 굵은 밧줄처럼 튀어나온 장딴지의 화강암처럼 단단한 근육, 그의 피부는 뜨거운 햇볕에 적동색으로 그을어 있었다. 밤이 되면 그들은 〈불도둑〉의 빛을 받으며 높은 언덕에서 말을 달렸다. 낮이 되면 그는 해변으로 나와서 웃음을 터뜨렸고, 독수리 새끼를 찾아 바다 위에 솟은 암초 위로 기어올랐다. 그리고 다시 웃음을 터뜨리곤 했다. 라밀의 웃음소리는 틸라라에게는 가장 소중한 추억이었다. 그는 웃으면서 서로의 장래를 약속할 상대는 그녀밖에는 없다고 맹세했다. 처음에 틸라라는 그 말을 듣고도 믿지 않았다. 라밀은 그가 드란토스나 〈5대 왕국〉의 유력한 귀부인들과의 결혼을 거부했을 때 일어난 소동을 바라보며 또 웃었다.

그렇다고는 해도, 이것은 결코 의미 없는 혼인은 아니었다. 틸라라는 지참금으로 아무것도 가져오지 않았다. 따라서 그 누구도 첼름령(領)이 정략 결혼을 통해 영토를 확대하는 것을 걱정할 필요가 없었다. 세도가의 딸이 드란토스에서 최고의 신랑 후보였던 그와 맺어진 것도 아니었기 때문에 질투하는 사람도 없었다. 그리고 틸라라는 라밀이 그녀를 사랑한다는 사실을 알고 있었다.

틸라라는 라밀이 타마에르손을 떠나기 전에 이미 그와 결혼식을 올렸다. 그러나 그녀는 그와 함께 가기에는 너무 어렸다. 결혼이 성립하기 위해 법률은 그들이 함께 신방에 들 것을 요구하고 있었으므로 그들은 그 법률에 따랐다. 하지만 신랑 신부는 두꺼운 장막으로 양분된 침상 위에서 첫날밤을 보내야 했다. 게다가 그녀 아버지의 음울한 부하가 밤새도록 침상 곁을 지키고 있었다.

〈불도둑〉이 〈진정한 태양〉을 통과하는 겨울 동안 그녀는 이 군세고 잘생긴 남편이 있는 새집으로 갈 채비를 했다. 그녀는 겨울 내내 기쁨의 노래를 불렀고, 심지어는 아버지가 짐짓 넌더리를 내는 시늉을 할 정도로 들떠 있었다. 정오에 그림자가 두 겹이 되고 얼음이 얇아지는 봄이 찾아왔을 때, 그녀는 일 년에 한 번 떠나는 무역 선단의 배를 타고 북쪽으로 향했다. 매우 강력한 선단이었기 때문에 해적의 습격을 걱정할 필요도 없었다. 그들은 먼저 북쪽으로 항해하다가 서쪽으로 항로를 바꿔 몇몇 군도와 호수를 통과한 다음 강을 거슬러올라갔다. 그녀는 배가 상륙하자마자 쉬지도 않고 바로 출발했을 정도로 열심이었다. 틸라라가 너무나도 길을 서두른 탓에 시녀들은 완전히 지쳐버렸고, 궁수들은 외설적인 농담을 주고받았다.

그들이 드라반 성에 도착한 것은 소식이 닿기 겨우 몇 시간 전이었다. 라밀이 소년 와낙스인 갠턴 편이 되는 쪽을 선택했고, 그 뒤에 일어난 큰 전투에서 전사했다는 소식이었다. 라밀 휘하의 병사들 대부분은 소년왕과 섭정의 퇴각을 엄호하기 위해 거의 전멸했다고 했다. 카미손 장군이 그녀에게 전한 바에 의하면 에키타 라밀은 사라코스에게 돌격해서 그의 투구에 일격을 가했지만, 곧 근위병들에 의해 말안장에서 끌어 내려졌다고 한다. 그리고 열 명이 넘는 적병이 그를 붙들고 있는 사이에 사라코스가 직접 처형했다고 했다.

"그이의 죽음을 애도하고 있어요." 틸라라는 말했다. 얼음장처럼 차가운 목소리로. "카다릭, 화살 직공들을 불러 가장 좋은 화살을 만들라고 하십시오. 사라코스란 자가 타마에르손의 재갈매기 깃털 맛을 볼 수 있도록."

2

드라반 성의 대접견실에 모인 사람들은 군인들뿐이었다. 더 이상 회의를 열 필요가 없었기 때문이다. 이번에는 카다릭과 궁수대의 부지휘관 세 명도 기사와 베로멘들과 함께 긴 탁자에 앉아 있었다.

틸라라가 입장했을 때 그들 모두가 자리에서 일어나 경의를 표했다. 설령 궁수가 갑옷을 입은 기사와 대등하게 앉아 있는 것을 불쾌하게 느끼고 있다 해도 베로멘들은 내색하지 않았다. 그녀와 함께 지낸 몇 주일 동안 그녀의 불같은 성격을 경험한 데다가, 궁수대의 화살의 위력을 통감했기 때문이었다. 그들은 틸라라가 회의용 탁자의 상좌에 앉을 때까지 기다렸다가 일제히 말문을 열었다.

"기다려! 조용히 하시오!" 베로멘 트라콘이 단검 자루로 탁자를 두드렸다. "자, 조용해졌습니다. 말씀하십시오." 그는 미소 지으며 틸라라에게 말했다.

틸라라는 감사의 뜻으로 고개를 끄덕여 보였다. 최근 들어 가장 예의바른 태도를 보이는 사람은 트라콘이었다. 그의 처는 열 달 전에 역병으로 죽었다. 그는 틸라라보다 두 배나 나이가 많았지만, 마음에 걸리는 점은 그뿐이었고, 용모도 잘 생긴 축에 속했다. 그녀도 언제까지나 처녀인 채로 이 나라를 지배할 수는 없다. 물론 라밀 같은 상대를 만나는 일은 영원히 없겠지만, 일단 복상 기간이 끝나면 트라콘은 다른 누구와 비교하더라도 손색이 없는 배우자가 되어 줄 것이다. 하지만 이렇게 빨리, 이렇게도 빨리……

"적이 다가오고 있습니다." 카미손이 말했다. "행군 거리로 이미 이틀 걸리는 곳까지 와 있습니다."

"빨리 올 경우 이틀 걸린다는 얘기겠지." 트라콘이 말했다. "적은 약탈품을 터질 듯이 싣고 있으니, 한 시간에 2천 보를 행군할 수 있다면 양호하다고 해야 할 거요."

"하지만 모든 부대가 오고 있다, 이겁니까?" 틸라라가 물었다.

"그렇습니다." 카다릭이 대답했다. 그는 타마에르손의 궁수 나부랭이가 의견을 내놓는 것이 괘씸하다고 말하는 자가 있으면 즉각 반론하겠다는 듯이 좌중을 노려보았다. 그러나 토를 다는 사람은 아무도 없었다. 트라콘과 카다릭, 그리고 카미손은 진격중인 적군을 실제로 보았지만 다른 사람은 그러지 못했던 것이다. "적의 선봉대에서만 군기를 오백 개 보았습니다."

"지형을 잘 정찰했습니까?" 틸라라가 물었다.

"예." 카다릭이 대답했다. "예상했던 것 이상으로 아군에게 유리한 지형입니다. 그곳에서라면 적의 진격을 막을 수도 있고, 잘만 하면 한 사람도 잃지 않고 놈들을 궤멸시킬 수도 있습니다."

또다시 좌중이 술렁거렸다. 트라콘은 다시 탁자 위를 두들기며 질서를 회복했다. 기사 하나가 외쳤다.

"적의 진격을 막을 수 있다고? 그게 무슨 미친 소린가?"

틸라라는 트라콘이 불길하게 미소 짓는 것을 보았다. 정찰을 마치고 돌아온 후 트라콘은 카다릭의 의견에 귀를 기울이는 데 그리 주저하지 않았다. 유능한 인물이야, 하고 틸라라는 생각했다.

"고개는 좁습니다." 틸라라가 말했다. "지도를 보면 고향 생각이 날 정도로. 그리고 좁은 고갯길에서는 한 명의 병사가 열 사람 역할을 할 수 있습니다."

"좁기는 하지만 그 정도로 좁은 것은 아닙니다." 카미손 장군이 말했다. 자존심이 상한 듯한 말투였다. 마치 전략은 직업군인의 영역이고, 법률적으로 남편과 동침할 수도 없는 어린애가 논할 일은 아니라고 말하고 싶은 듯했다. "우리가 백 기를 가지고 고갯길을 지킨다고 한다면 적의 예봉을 꺾을 수는 있겠지만, 결국은 머릿수에 밀려서 전멸당하고 말 겁니다. 그럼 누가 남아서 드라반 성을 지키겠습니까?"

트라콘의 미소가 한층 더 커졌다. "레이디 틸라라는 고개를 방어하라고는 하지 않으셨네."

"그럼 야타르의 열두 번째 이름에 걸고, 우린 지금 도대체 뭘 의논하고 있는 거요?" 카미손이 힐문했다.

카다릭이 씩 웃었다. "타마에르손이 타하코스 및 주위의 탐욕스러운 적들을 상대로 어떻게 자유를 쟁취했는지를 서부인들은 들어보지 못한 것 같군요. 틸라라님이 허락하신다면, 그대들을 위해 발라드 한 곡을 부르고 싶소."

틸라라는 고개를 끄덕였다. 곧 누가 이의를 제기할 틈도 주지 않고 젊은 궁수 한 명이 노래를 부르기 시작했다.

처음에는 불만스럽게 중얼거리는 소리가 들렸지만, 이 젊은이의 노래 솜씨는 뛰어났다. 일동은 군사 회의 도중에 느닷없이 노래가 시작되었다는 사실에 경악하고 있었지만, 결국 모두 말없이 귀를 기울이기 시작했다. 노래가 계속되면서 카미손은 매료된 듯이 상체를 내밀었고, 베로멘 트라콘은 공공연히 미소 짓기 시작했다. 곡이 끝나기도 전에 기사들과 지휘관들은 지도 위에서 머리를 맞대고 있었다. 대접견실에서는 최근 몇 주 이래 처음으로 밝은 웃음 소리가 울려퍼졌다.

틸라라는 말 안장 위에 앉아 있었다. 그것만으로도 충분히 충격적이었지만 더 충격적인 것은 그녀가 탄 말이 온순한 암말이 아닌 거대한 숫말, 기사라면 누구든지 자랑으로 여길 만한 군마라는 사실이었다. 그녀는 작은 언덕 위에서 열두 명의 병사와 같은 수의 궁수들에게 둘러싸여 있었다.

직접 전투를 보기 위해서라면 부득이 병사들과 동행하는 수밖에 없었다. 그녀가 오는 것에 찬성한 사람은 아무도 없었지만 틸라라는 그들의 의견을 무시하고 이곳까지 왔다. 그녀를 막을 용기를 가진 자는 아무도 없었다. 트라콘의 명령을 받고 그녀의 말고삐를 끌고 드라반 성으로 데려가려고 한 병사의 몸에는 그녀의 말채찍에 맞아 생긴 자국이 몇 주 동안이나 남아 있을 것이다. 틸라라는 남편을 죽인 상대가 일격을 받는 광경을 무슨 일이 있더라도 자기 눈으로 보고 싶었던 것이다.

언덕 밑에는 병사뿐만 아니라 관목을 자를 낫과 도끼를 지닌 수백 명의 농부들이 와 있었다. 그들은 이 도구를 써서 언덕에 무성하게 자라 있는 키가 작고 삐죽삐죽한 가연성의 납초(蠟草)를 잘라 고개 위까지 운반하고 있었다. 고개 정상에서 5백 보가량 아래쪽에 펼쳐진 넓은 평지로 이어지는 좁은 도로는 새로 잘라낸 관목으로 뒤덮여 있었다. 도로 양쪽에는 한층 더 높이 쌓여 있었다.

베로멘들과 기사들과 병사들은 마지막 덤불이 쌓여 있는 곳에서 백 보 떨어진, 고개 폭이 넓어지는 지점에서 대기하고 있었다. 갑옷을 입은 기사들은 맨 땅에 앉아서 전투가 시작되기 전까지 말들을 쉬게 하고 있었다. 몇몇은 각자의 쇄자갑(鎖子甲)이나 판금갑*을 닦고 있었고, 나머지는 주사위 노름을 하고 있었다.

기사의 약 반수는 말을, 나머지는 켄타우로스에 타고 있었다. 켄타우로스는 말만큼 신뢰할 수 없을 뿐더러 길들이기도 힘들었고, 위험을 느끼면 줄행랑을 칠 가능성이 높았다. 말 쪽이 훨씬 우수했지만 그만큼 비용도 더 들었다. 곡물이나 건초를 먹여야 하기 때문이다. 말은 풀을 먹이는 것만으로는 기를 수 없는 동물이다.

제관들이 전하는 전설에 의하면 말도 인간과 마찬가지로 악신(惡神)들에 의해 이 땅으로 보내진 것이라고 한다. 그렇게 설득력은 없었지만 하늘을 나는 배 이야기와 마찬가지로 이 전설은 널리 퍼져 있었다. 제관들은 이렇게 말하곤 했다. "만약 우리가 이 땅에

---

* 板金甲. plate armor. 곡면 가공한 철판으로 전신을 감싸는 갑옷

살고 있는 것이 〈낮의 아버지〉의 뜻이라고 한다면, 왜 우리는 먹기 위해 이토록 힘들게 일해야 하는가?' 그들은 밤하늘의 별들은 모두 태양이며 나그네 별들은 다른 세계라고 주장했다. 그 나그네 별들 중 하나가 인간의 진정한 고향이라는 것이다. 그게 사실이든 아니든 간에 인간이 켄타우로스와 함께 있는 것보다 말과 함께 있는 쪽을 편하게 느끼는 것은 사실이다. 틸라라도 더 많은 기사들이 말을 가질 수 있기를 바라고 있었다.

고개의 정상과 그녀의 기사들이 대기하고 있는 넓은 지대를 잇는 길은 매우 좁았다. 폭이 불과 백 보 정도밖에는 안 되는 곳도 있었다. 길 양쪽은 가파른 산허리로 이루어져 있었다. 농부 하나가 덤불 자르는 낫을 가지고 비탈을 올라갔다. 그러나 튀어나온 관목 한 그루를 자르기도 전에 열 명이 넘은 사람이 발한 목소리가 그를 제지했다.

"거기가 아냐, 이 바보 멍청아!" 길드의 도제 한 명이 뛰어 올라가서 적절한 장소를 가리켰다. 이 좁은 고갯길 위의 언덕에 인위적인 흔적을 남기는 일은 절대로 피해야 한다.

기수 하나가 말굽 소리를 내며 능선 꼭대기까지 올라갔다. 그는 장검을 빼서 힘차게 휘둘러댔다.

"적이 보입니다." 장교 한 명이 이렇게 보고하자 틸라라는 고개를 끄덕였다.

기사와 기병들은 갑옷을 입은 몸을 힘겹게 일으켜서 서로가 안장에 오르는 것을 도왔다. 그러기까지는 꽤 시간이 걸렸다. 갑옷은 무거웠고 켄타우로스는 무거운 짐을 좋아하지 않기 때문이다. 다만 그중 몇 마리는 주인이 타는 것을 도와줄 정도로 잘 훈련되어 있었다. 전원이 말에 오르기도 전에, 전망이 트인 지점에 있던 틸라라는 진격해 오는 사라코스의 선봉대를 볼 수 있었다.

와낙스 사라코스의 군대는 능숙하게 전개중이었다. 선봉은 전투병만으로 이루어져 있었고, 길이 좁아지기 시작하자 그들은 잘 훈련된 동작으로 서로 부딪치거나 뭉치지 않고 횡대로 진형을 재정비했다. 말을 탄 기수들이 가장 선두에 있었고 켄타우로스를 탄 부대가 그 뒤를 따랐고, 그 뒤로는 또 말을 탄 부대가 이어졌다. 그들은 20열 횡대—긴 종대—를 짜고 고개로 통하는 구불구불한 길로 올라왔다. 높게 치켜든 군기가 차가운 아침 바람에 나부낀다.

그 뒤를 따라오는 무리는 선봉대만큼 질서정연하지는 못했다. 노새나 아로크가 끄는 짐마차, 노궁병과 창병, 그리고 비전투원인 요리사, 매춘부, 제관 등이 뒤죽박죽으로 섞여 있었다.

나팔소리가 울리자 카미손 휘하의 중기병들이 고개 정상으로 통하는 길에 깔린 관목 위를 나아갔다. 그들은 군기를 높이 치켜들었다. 관목 덤불을 베고 있던 농부들은 그들 뒤로 돌아 도로로 내려간 다음 엷은 먼지구름을 일으키며 드라반 성을 향해 뛰어갔다.

사라코스의 선봉대에서 또다시 나팔이 울리자 대열이 멈췄다. 그 뒤를 따르던 집단은 뒤에서 따라오는 행진에 밀려나오며 한층 더 무질서한 집단으로 변했다. 틸라라는 휘하의 기사들을 그 집단 속으로 돌격시킬수 없는 것이 유감이었다. 만약 10분 동안만이라도 그럴 수만 있다면 사라코스군에게 상당한 손실을 입힐 수 있을 것이다. 그러나 선봉대는 잘 통제되어 있었고 수적으로도 그녀의 전 병력을 훨씬 능가하고 있었다.

또다시 그녀는 불안과 공포를 느꼈고, 혹시 전조가 보이지는 않을까 생각하며 붉은 빛이 도는 푸른 하늘을 올려다보았다. 그러나 아무 징조도 보이지 않았다. 구름 한 점 없는 산악지대의 추운 날이었다. 드물게도 〈낮의 아버지〉가 장엄할 정도의 빛을 발하고 있다. 그러나 은총의 징후는 어디에도 없었다. 혹시 오늘을 지배하는 자는 태곳적의 〈외눈의 선택자〉이고, 승리는 가장 용감한 자를 선택해서 하늘로 맞이하는 그의 변덕에 달려 있는 것일까.

사라코스의 대열에서 다시 나팔소리가 들려오기 시작했다. 선봉대의 기사들이 40열 횡대로 산개했다. 처음에는 보통 걸음으로 전진해오다가 곧 속보로 속도를 올린다. 기사들이 창을 아래로 내리면서 대열에 마치 잔물결이 이는 것처럼 보였다. 다시 한 번 나팔이 울리자 속보는 구보로 바뀌었다. 적 기병들이 일제히 돌진해왔다.

"지금이야." 틸라라는 빌었다. "지금이야. 야타르의 이름에 걸고, 바로 지금이야!"

아군의 나팔이 울려퍼졌다. 틸라라의 기사들은 드라반 성 쪽으로 일제히 말머리를 돌렸고, 각자의 말에 박차를 가해 농부들이 낸 먼지구름 뒤를 쫓아 드라반 성으로 향하는 도로를 질주하기 시작했다.

틸라라는 〈낮의 아버지〉에게 감사하며 중얼거렸다. 이것은 실패로 돌아갈 가능성이 있었던 여러 일들 중 첫 번째 관문이었다. 만약 기사들이 예정대로 도망치지 않았더라면, 만약 적을 눈앞에 두고 도망치는 것을 불명예로 여기고 가망 없는 돌격을 감행했더라면⋯⋯. 기사도의 명예에 맹목적으로 집착한 나머지 패전한 경우는 결코 드물지 않다. 이번에도 똑같은 일이 일어나지 않으리라고는 장담할 수 없다.

"놈들이 도망친다! 비겁자들이 도망치고 있다!" 돌격해 오는 사라코스의 기사들 사이에서 그렇게 외치는 소리가 들렸다.

아군의 기사들이 가버린 후 길가의 관목 사이에서 작은 움직임이 있었다. 관목 밑에 판 구덩이에 숨어있던 사내들이 횃불을 위로 쑥 밀어올린 다음 고개의 비탈을 향해 도주하기 시작했다. 엷은 연기가 피어오르면서 여기저기서 불길이 오르기 시작했다. 납초 더미에는 금세 불이 옮겨붙었다.

아군 기사들은 아까 대기하고 있던 넓은 지대에 다다랐다. 그들은 일제히 방향을 바꿔 다시 적군을 마주보고 섰다. 창 끝이 일제히 땅을 향했다.

"비겁자들은 불길 뒤에 숨어 있다!" 적 대열에서 누군가가 외쳤다. "박살을 내 주지!" 적 기병은 한층 더 빠르게 돌격하며 장작을 쌓아놓은 고개길 위로 백 보가량 더 들어왔다. 2백 보까지 들어온 뒤에도 돌격은 멈추지 않았다. 틸라라는 숨을 죽였다.

적의 선봉대가 장작이 깔린 길을 따라 3백 보, 고개 정상에서는 백 보가량 되는 지점에 이르렀을 때 아군의 나팔이 울렸다. 고갯길 양쪽의 산허리에서 전광석화 같은 움직임이 있었다. 선명한 색상의 킬트, 어두운 색깔의 가죽 조끼, 흙빛으로 칠해진 쇠투구의 무딘 광택. 전에는 전혀 사람의 모습이 보이지 않았던 곳이었다. 덤불이나 바위 뒤에서 마치 땅에서 솟아오른 것처럼 이백 명 가까운 궁수들이 잇달아 모습을 드러냈다. 그들은 활을 들어올려 화살을 메긴 후 활 시위를 눈과 뺨 근처까지 잡아당겼다.

사라코스군 사이에서 놀라 외치는 소리가 들렸지만, 돌격을 멈출 수 없다는 것은 아무리 머리 나쁜 자라도 알 수 있는 명명백백한 사실이었다. 그들 입장에서는 오히려 앞쪽이 더 안전했다. 선봉대 사이를 누비고 점점 거세지는 불길을 돌파하면 궁수의 사정거리에서 벗어날 수 있기 때문이다. 선두의 기사들은 한층 더 세게 박차를 가했다.

한 박자 뒤에 비탈진 산허리에서 누군가의 외침이 울려퍼졌다.
"재갈매기를 날려라!"

화살은 치명적인 소리를 발하며 일제히 날았다. 한순간 하늘이 화살로 새까맣게 뒤덮였다. 첫째 화살이 목표에 도달할 무렵에는 이미 두 대째가 공중을 가르고 있었다. 키가 큰 남자의 팔만큼이나 긴 살대 끝에 강철제의 촉을 단 화살이, 어릴 때부터 활을 다뤄온 사내들의 손으로 잇달아 발사된다.

이는 끔찍한 살육으로 이어졌다. 화살은 말을 꿰뚫었고, 안장을 꿰뚫었고, 갑옷마저도 꿰뚫었다. 말들은 뒷걸음질쳐 도망치려고 했고, 서로 부딪치며 발을 헛디디다가 이미 쓰러져 있는 다른 말 위로 겹치듯이 넘어졌다. 켄타우로스들은 공포와 고통의 비명을 질렀다. 뭉뚝한 팔을 마구 휘두르며 반쯤 진화된 손으로 미친 듯이 몸에 박힌 화살을 뽑아내려고 했고, 목을 비틀어서 상처를 핥으려고 했다. 기수를 붙잡아 떨어뜨리는가 하면 관목 위로 쓰러져 몸을 구르는 놈들도 있었다. 길에서 벗어나 산허리로 올라가려고 하는 켄타우로스들도 있었지만 멀리 가기도 전에 화살을 맞고 굴러떨어졌다.

화살은 계속해서 공중을 갈랐다. 돌격하던 적의 기병들은 뿔뿔이 흩어졌다. 설령 대열을 유지하더라도 기껏해야 서너 기(騎)에 불과했다. 갑옷을 두르고 창을 꼬나잡은 기사들의 대열이 아니라, 혼란에 빠진 오합지졸에 불과했던 것이다. 그들은 궁수들에게서 도망치기 위해 거센 불길을 빠져나와 앞의 넓은 지역으로 무작정 돌진했고——

틸라라 휘하의 기사들의 역습에 그대로 노출되었다. 백 보 정도를 달려 가속도를 붙인 아군 중기병들은 사라코스군의 선봉대를 향해 돌진했고, 활활 타오르는 불길과 비처럼 쏟아지는 화살 속으로 다시 적을 몰아넣었다. 아군 돌격대의 제1파는 말머리를 돌려 두 번째 돌격대에게 길을 내 주었다. 제2파도 공격을 마친 후 말머리를 돌려 전우들과 합류했고, 멈춰서서 말에서 내렸다.

불평하지 않고 말에서 내려 주었던 것이다. 오늘 애꾸눈의 신 보탄은 틸라라에게 미소 지었다. 기사들을 얼마든지 그녀의 통제에서 벗어나게 할 수도 있었으면서도, 그러지 않았으니까 말이다. 기사들은 그녀의 명령을 따랐다. 대부분의 서부 기사들은 말에서 내려 싸우려고 하지 않을 것이다. 첼름의 에키타들이 부하들을 잘 훈련시켰다는 증거였다.

기사들은 창을 수평으로 거머쥔 채로 불타는 나뭇더미 바로 뒤에 서 있었다. 이 관통 불가능한 벽을 향해 사라코스의 병사들은 돌격에 이은 돌격을 감행했지만 돌파하지는 못했다. 그렇다고는 해도, 아군은 적 기마 부대의 조직적인 돌격까지는 막지는 못했을 것이다. 그러나 그럴 위험은 전혀 없었다. 사라코스군은 연기와 불길에 휩싸인 채로 우왕좌왕하고 있었고, 비처럼 쏟아지는 끊임없는 화살의 공격에 고통받으며, 불길과 전우의 시체들 사이에서 옴짝달싹도 못하는 상태였다. 말에서 내린 틸라라의 기병들은 연기에서 탈출한 소수의 적들을 별로 힘들이지 않고 처치할 수 있었다.

강한 바람이 불어오며 불길을 부추겼다. 불길은 점점 더 강하고 높게 타오르기 시작했다. 급기야는 5백 보 안의 모든 지역이 진짜 지옥으로 보일 지경이었다. 연기와 불, 절규하는 병사들, 낙마한 자들, 죽어가는 말 등이 뒤죽박죽으로 얽혀 있었고, 기수를 잃고 불길에 놀라 미쳐 날뛰는 켄타우로스는 상대를 가리지 않고 돌진했다. 그 사이를 가르고 끊임없이 날아오는 타마에르손의 재갈매기들은 그 치명적인 독니로 적들을 궤멸시켰다.

사라코스군의 미친 듯한 나팔소리는 퇴각을 명하고 있었다. 하지만 그들은 후퇴하기에는 너무 깊숙이 함정에 빠져 있었다.

이제 화살은 비오듯 쏟아지지는 않았다. 그러는 대신 궁수들은 개개의 목표를 노리기 시작했고, 아직도 말에 탄 자들을 쏴 떨어뜨리고 적을 불타는 관목 속에 고립시키는 데 주력하고 있었다. 산길은 고통과 공포의 절규로 가득했다.

틸라라는 입을 꽉 다물고 차가운 표정으로 말안장 위에 앉아 있었다. 그녀는 이 광경을 보고 기뻐해야 마땅했다. 눈 앞에서 고통으로 몸부림치는 자들은 그녀의 남편을 살해한 자들이 아니던가. 그들의 고통은 그녀의 즐거움이 아니던가.

그러나 전혀 즐겁지가 않았다. 그녀가 느끼는 것은 구토감과 공포뿐이었지만, 이 감정을 그녀 주위에서 함성을 지르고 있는 부하 병사들에게서 숨겨야 했다. 살육은 이제 막 시작되었을 뿐이라는 사실이 그녀의 마비된 듯한 마음에 떠올랐다. 전투는 앞으로도 몇 주 동안이나 계속될 것이다.

말이 저렇게까지 비명을 지를 줄은 몰랐어. 병사들이 죽으리라는 것은 예상했지만, 말 생각까지는 미처 하지 못했어.

그녀는 눈앞에서 펼쳐지는 광경에 구토감을 느끼면서도 매료된 듯이 눈을 떼지 못했다. 그러다가 문득 치명적인 실수를 저지를 뻔했다는 사실을 깨달았다.

사라코스도 자신의 궁수대를 투입하고 있었다. 대부분은 노궁병이 아니면 가슴까지밖에 잡아당기지 못하는 단궁(短弓)을 지닌 기마 궁수들이었다. 그들은 타마에르손 궁수들의 적수가 되지는 못했지만, 2백 명의 장궁병들로 천 명이나 되는 기마 궁수들에게 대항하는 것은 무리였다. 후퇴할 때가 된 것이다. 틸라라는 손을 들어 힘껏 휘둘렀다.

아군의 나팔소리가 고개 위에 울려퍼졌다. 카다릭은 팔을 들어 이에 응답하고 휘하의 궁수들에게 후퇴를 명했다.

후방에 있는 궁수들이 엄호하는 사이에 최전방의 궁수들은 뒤로 물러났다. 그들은 후퇴 중에도 불길 뒤에 밀집한 사라코스의 병사들을 향해 끊임없이 화살을 퍼부어댔다.

다시 한 번 나팔소리가 울려퍼졌다. 그러나 그녀의 기사들은 고개 위에 계속 서 있었다. 몇 명인가는 대열을 떠났지만 그것은 다시 말에 타기 위해서였고, 말을 탄 뒤에 그들은 다시 대열로 돌아왔다.

"이게 무슨 우매한 짓인가!" 틸라라가 외쳤다. 그녀는 말에 박차를 가해 첼름의 기사와 베로멘들이 서 있는 곳까지 달려내려갔다. 그녀가 그러는 사이에도 그들은 계속 안장 위에 오르고 있었지만, 그 자리에서 움직이려는 기색은 전혀 보이지 않았다.

"후퇴하라!" 틸라라가 외쳤다. "불이 꺼지고 적의 전 부대가 몰려오기 전에! 지금 후퇴해야만 한다. 경들은 지금까지 뛰어난 전과를 올렸고 애꾸눈의 보탄 신은 오늘 그대들에게 미소 짓지 않았는가. 사라코스도 이 날을 결코 잊지 못할 것이다. 자, 〈낮의 아버지〉의 이름에 맹세코, 제발 후퇴하란 말이다!'

베로멘 트라콘은 꿈쩍도 않고 말 위에 앉아 있었다. "불길은 우리를 보호하는 것과 마찬가지로 적들을 지켜주고 있습니다. 적의 선봉대 뒤에는 보병밖에는 없습니다. 오늘 우리가 해야 할 일들이 더 남아 있습니다."

"그건 사실이 아닙니다." 틸라라가 외쳤다. "내가 보는 사이에도 기마 궁수들이 투입되고 있었고 노궁병들도 오고 있습니다. 지금 돌격하면 그대들은 적의 일제사격을 받을 것이고, 거기서 살아남는다 하더라도 적의 잔류 기병의 밥이 될 겁니다."

트라콘은 여전히 움직이지 않았다.

"트라콘 경." 틸라라가 말했다. 낭패한 기색을 보이지 않도록 주의해야만 했다. "만약 경이 오늘 여기서 죽을 작정이라면 나도 여기 남겠습니다. 여기서 얼마나 많은 적을 죽이든 간에 사라코스에게 드라반 성을 내준다면 승리라고는 할 수 없으니까요. 만약 우리가 여기서나 성 바깥에서 교전하는 일이 있다면 우리는 끝장입니다.

나는 드라반 성으로 돌아가 그것이 사라코스의 수중에 떨어지는 것을 보기보다는 차라리 여기 남아 내 남편의 기사들과 죽는 쪽을 택하겠습니다. 이것이 그대의 소원입니까?'

트라콘은 잠시 안장 위에서 꿈쩍도 하지 않았다. 이윽고 그는 아침 안개와도 같은 미몽(迷夢)에서 깨어나려는 듯이 세차게 머리를 흔들었다. "옳으신 말씀입니다, 틸라라님. 우리가 여기서 죽는다면 그건 승리가 아닙니다." 그는 등자에서 무릎을 펴고 일어서며 명령을 외쳤다. "전사자와 부상자를 말에 실어라. 사라코스에게는 아무것도 남기지 말도록. 선봉대의 4분의1이 아무 성과도 올리지 못한 채로 유령한테 잡아먹혔다고 사라코스가 믿게 만들란 말이다." 트라콘은 말머리를 돌려 고개를 내려갔다. 잠시 후 틸라라도 그 뒤를 따랐다.

왜 내가 뒤따라야 하는 걸까. 틸라라는 생각했다. 이것은 나의 승리인데도 나는 그의 뒤를 따르고 있어. 그녀는 한숨을 쉬었다. 이 광경을 본 모든 자들이 어떻게 생각할지를 알고 있었기 때문이다.

1주 후 사라코스의 본대가 드라반 성에 도달했다. 성을 향한 첫 번째 습격은 격퇴당했다. 이때의 공격과 수비는 마치 종교 무용의 첫 스텝 같은 것이었다. 곧이어 다음 단계가 시작되었다. 사라코스는 참호를 파고 큰 천막을 세웠고, 성 주위에 방어물을 구축했다.

그 탓에 드라반 성에는 이제 입구도 출구도 없어졌다. 사라코스와 그의 군대는 공성 장비가 도착하기를 기다렸다.

3

공성용 망루가 천천히 앞으로 밀고 들어왔다. 날카로운 갈퀴 끝이 마치 마치 드라반 성의 성벽과 문을 자진해서 공격하고 싶다는 듯이 튀어나와 있었다. 이 괴물을 앞으로 밀기 위해 몇 백 명의 병사가 분투하고 있었다. 지휘자가 박자를 맞추고 소년들은 바퀴 축에 녹인 유지(油脂)를 부었다. 오후까지는 성벽에 다다를 것이다.

"때가 됐습니다. 틸라라. 이제 어떻게 할 도리가 없습니다."

트라콘이 말했다. 그녀는 절망적인 표정으로 트라콘과 다른 사람들을 바라보았다. 곁에 있는 사람은 카다릭과 그의 아들 카라독, 그리고 야눌프였다.

"다른 의견은 없습니까?" 그녀가 물었다.

"제 의견은 이미 아실 줄 압니다." 카다릭은 이렇게 말하고 자기 활을 꽉 거머쥐었다. "이제는 화살이 없습니다. 저는 죽어도 상관없습니다만, 헛된 죽음이 될 겁니다."

카다릭의 아들 카라독이 뭐라고 말하려다가 아버지의 눈을 보고 입을 다물었다. 젊은 그는 증오에 찬 표정으로 적의 공성탑을 내려다보았다.

야눌프는 사려 깊은 표정으로 고개를 끄덕였다. "달리 어떤 선택을 할 수 있단 말이오? 그들은 하루 안에 성으로 들어올 것이고, 적의 강습에 성이 함락되면 백성들이 비참한 꼴을 당할 것은 명백하오." 그는 잠시 말을 멈췄다가 말을 이었다. "레이디 틸라라께서 여기 머무를 필요는 없소. 나는 견습 제관들과 함께 〈보존자〉의 동굴 안에 가 있을 것이고, 그대를 그곳에 숨겨줄 수도 있소."

"아니오. 그보다는 나은 대우를 받으실 수 있을 거요." 트라콘이 말했다.

야눌프는 고개를 숙였다. "그럼 기다리지 않겠소." 야눌프는 몸을 돌려 흉벽을 떠나려고 했다.

"내 아들을 그대와 함께 보내겠소." 카다릭이 말했다. "야타르 신의 가호로 타마에르손으로 돌아갈 수 있을지도 모르니까."

"혹은 못 돌아갈지도 모르오. 하지만 젊은이를 견습 제관으로 맞아들일 수는 있소." 나이 든 제관은 성벽 밑에 집결한 군대를 향해 손을 흔들었다. "모두 어리석은 자들이오. 〈때〉가 다가오는데도 서로 싸우고만 있다니."

"하지만 그것도 오래 가지는 않겠지요." 틸라라가 말했다. 그녀는 몸을 돌려 트라콘을 보았으나 뭐라고 말해야 할지 알 수 없었다. 이윽고 그녀는 말했다. "우리 영민들을 위해 잘 교섭해주십시오."

"그러겠습니다. 최선을 다해서."

틸라라는 흉벽 위에 서서 트라콘이 성문으로 가서 휴전의 표시인 푸른 나뭇가지를 거는 것을 보고 있었다.

틸라라는 시녀들의 도움을 받아 옷을 갈아입었다. 사라코스의
장교 한 사람이 그녀를 회의실로 데려갔다. 쇄자갑과 투구를 착용
하지 않으니 기분이 묘했고, 무장하지 않았다는 사실은 한층 더 묘
하게 느껴졌다. 그러나 가장 묘했던 것은 그녀의 자리였던 탁자 상
좌에 앉아 있는 사라코스의 모습이었다.

사라코스는 강력한 권력자치고는 너무 젊어보였다. 거구였지만
비만체는 아니었다. 눈빛은 매우 강했다. 미남이었지만, 틸라라는
그가 졸개들에게 붙들려 꼼짝도 못하던 남편을 살해한 원수라는
사실을 한시도 잊지 않았다.

그의 미소는 기분좋은 것이 아니었다. "잘 오셨소." 그러면서
빤히 쳐다보는 그의 시선에 그녀는 전율했다.

회의장에는 사라코스 혼자만 있는 것이 아니었다. 위병들이 베
로멘 트라콘을 붙들고 있었다. 셔츠는 찢어지고 맨가슴에는 피가
묻어 있었다. "이건 대체 무슨짓이오?" 틸라라는 힐문했다.

"네놈들은 모두 역적이야. 당신들도 곧 깨닫겠지만 역적을 간단
히 처형할 수는 없는 노릇이니." 사라코스가 이렇게 말하고는 위
병들에게 손짓했다. "이 더러운 놈을 끌어내 다른 놈들과 함께 죽
이라."

트라콘은 위병들을 뿌리치고 비틀거리며 일어서서 말했다. "이
게 일국의 와낙스가 약속을 지키는 방법인가? 당신은 틸라라와 나

를——"

"결혼시킨다는 약속이었지." 사라코스는 트라콘의 말을 가로챘다. "역적들을 처형한 다음에 말야. 물론 그 소원을 들어주겠네. 영원히 맺어지도록 말야." 사라코스는 몸을 돌려 틸라라를 음미하듯이 훑어보며 말했다. "네놈이 그녀를 원한 것도 무리가 아니군. 내가 먼저 맛볼 때까지는 기다려야 하겠지만, 때가 되면 전부 네놈에게 주겠다." 사라코스는 손을 흔들어 위병들을 내보냈다.

그로부터 한 시간 동안 드라반 성은 단말마의 비명으로 가득 찼다. 틸라라는 강제로 창문가에 세워져 자신의 병사들이 처형당하는 것을 바라보아야만 했다. 어떤 자들은 목을 베였고, 그녀의 궁수들은 사라코스의 노궁 사수들의 표적이 되었다. 장교들은 흉벽 아래로 내던져졌다.

그러고 나서 그녀는 사라코스의 침실로 끌려갔다. 곧 새로운 종류의 공포가 시작되었다.

그녀는 육중한 문이 열리는 소리를 듣고, 훌쩍이며 양 무릎을 더 세게 가슴에 끌어안으려고 했다. 눈은 계속 감고 있었다. 이번엔 어느 쪽일까. 채찍을 가진 노파일까, 아니면 사라코스일까. 그녀는 그가 방에서 나가며 한 말을 기억해냈다. "그대는 나를 전혀 즐겁게 해주지 않았어. 차라리 시체와 자는 것이 나을 정도군. 하지만 그대는 죽기 전에 나를 즐겁게 해줄 거요. 그럴 기회를 달라고 그쪽에서 애원할 정도로."

"틸라라님."

목소리가 달랐다. 귀에 익은 젊은 목소리였다. 사라코스가 아니었다.

"틸라라님, 시간이 없습니다. 빨리 오십시오."

그녀는 두려웠다. 혹시 함정이 아닐까? 하지만 상대는 서두르고 있었다. 그녀는 용기를 내서 눈을 뜨고 고개를 돌렸지만 희망은 품지 않았다.

킬트—그녀의 일족의 격자무늬였다—가 보였다. 그녀는 얼굴을 들어 위를 올려다보았다.

"카라독!"

그녀는 외쳤다. 그는 그녀에게 손을 뻗었고 그녀는 그가 자신을 일으키게 내버려두었다. 그는 그녀의 등을 보고 충격을 받았다. 그녀가 몸을 기대오자 그는 그녀의 몸을 부축하고 다급하게 침실에서 데리고 나왔다. 문가에는 두 위병의 시체가 널브러져 있었다.

아직 이른 아침이었다. 뒤쪽 계단을 통해 커다란 수조가 있는 지하로 내려갔을 때도 그들은 아무와도 마주치지 않았다. 그들은 육중한 문을 지나 더 아래쪽으로, 〈보존자〉의 동굴로 내려갔다. 코를 찌르는 암모니아 내음이 더 강해졌다. 동굴 앞에서 그녀는 잠시 주저했지만 카라독이 그녀를 안으로 밀어넣고 문을 닫았다. 그러자 횃불을 든 견습 제관 두 명이 나타나 그녀를 부축했다. 그러나 그들의 얼굴 표정에는 자신들만의 영역에 외부자가 침입했다는 사실을 불만스러워하는 기색이 역력했다.

일행은 어두운 터널을 나아갔다. 몇 번이나 방향을 바꾸는 사이에 그녀는 방향감각을 상실했다. 이윽고 일행은 횃불이 밝혀진 커다란 방에 다다랐다. 그곳에는 야눌프가 있었다.

"위병들은 술에 취해 있었습니다." 카라독이 말했다. "네 명 죽였습니다. 그 외에는 아무도 깨어 있지 않습니다."

"그 시체들이 발견되기 전에 여기를 떠나야 하오." 야눌프가 말했다. 그는 견습 제관들을 돌아보며 명령했다. "방광을 가져오라."

그들은 공포에 가까운 표정을 떠올리며 그를 보았다.

"그대들은 야타르 신께서 고난에 빠진 친구들을 저버리면서까지 비밀을 지킬 것을 원하신다고 생각하는가?" 야눌프가 화난 듯이 내뱉었다. "여기 계신 귀부인께서는 호의를 가지고 우리들을 대해주셨다. 여기서 뭘 보더라도 그것을 외부에 발설하지는 않으실 것이다. 카라독도 마찬가지다."

견습 제관들은 잠깐 더 주저하다가 곧 방에서 나갔다. 돌아왔을 때 그들은 공기로 부풀어오른 양의 방광을 가지고 왔다.

야눌프는 방에 나 있는 문 중 하나를 가리켰다. "이 문으로 나갈 것이오. 호흡은 이 방광만을 통해서 해야 하고, 또 될 수 있는 한 숨을 아껴야 하오. 길은 가파르고, 터널을 지나 반대편에 나 있는 문으로 나갈 때까지는 도중에서 멈춰 쉴 수도 없소. 게다가 어두울 것이오. 알겠소?"

틸라라는 당혹한 얼굴로 그를 바라보았다. 당장 자리에 누워서 잠에 몸을 맡기고, 등과 사타구니의 끔찍한 통증을 잊고 싶었다. 고통이 기억을 여과시켜 주었지만, 완전히 그런 것은 아니었다.

"그럴 필요는 없습니다. 단검을 빌려주시기만 하면……."

"어리석은 소리는 하지 마시오." 야눌프가 말했다. "사라코스가 야타르의 성스러운 집을 더럽힐 것을 각오하고 내가 그대를 데려온 이유가, 그대를 여기서 그대로 죽게 하기 위해서라고 생각하시오?"

"사라코스의 아이를 가졌는지도 모릅니다. 그러는 바에는 차라리 죽는 게 낫습니다."

"그것을 확인할 시간은 나중에도 얼마든지 있소. 하지만 그럴 것 같지는 않군." 야눌프는 이렇게 말하고, 잠시 생각에 잠긴 듯 했다. "그대가 동정녀였다는 사실을 고려하지 않더라도, 회임했을 가능성은 거의 없소."

야타르의 제관은 여자가 언제 회임할 수 있는지를 알고 있다고 전해지고 있었다.

"살아 있는 한 복수의 기회는 있습니다." 카라독이 말했다. "틸라라님과 우리 아버님을 위해 복수할 기회가. 사라코스가 재갈매기 깃털 화살을 맞고 죽는 것을 볼 때까지 저는 살아남을 작정입니다."

"이제 오시오." 야눌프가 그녀에게 방광을 건넸다. "그것을 쓰기 전에 깊이 숨을 들이키시오. 여러 번." 그는 실제로 심호흡을 해보였다. "더 해 보시오." 마침내 그녀의 심호흡에 만족한 그는 견습 제관들에게 육중한 문을 열라고 손짓했다.

그 문 너머에도 또 몇 개인가의 문이 있었다. 문들은 모두 가죽으로 밀폐되어 있었다. 암모니아가 틸라라의 눈을 따끔거리게 했고, 마지막 문이 열렸을 때는 방광을 입에 대고 있어도 톡 쏘는 자극적인 냄새를 맡을 수 있었다.

동굴에서 냉기가 솟구쳤다. 그녀는 견습 제관이 그녀의 손을 잡고 암흑 속으로 이끌도록 내버려두었다.

빛은 전혀 없었다. 앞으로 나아가면서 그녀는 벽을 만져 보았다. 광주리가 얹힌 선반이 계속되었고 그 아래에는 고깃덩어리들이 매달려 있었다. 선반 사이에는 끈적거리는 구근(球根) 같은 것이 튀어나와 있었고, 손을 대 보니 차가웠다. 이윽고 얼음이 주위를 에워쌌다.

터널은 영원히 계속되는 것처럼 느껴졌다. 방광 속의 공기는 곰팡내가 났고, 그녀의 허파는 다른 통증을 잊어버릴 정도로 쑤셨다. 호흡 곤란 때문에 기절하기 직전이라고 느꼈을 때, 그들은 걸음을 멈췄다. 앞에 있는 열린 문에서 환한 빛이 쏟아져 들어왔다. 그들은 서둘러 그 문을 지나, 밤의 태양의 빛이 스러져가고 있는 동굴 바깥으로 나왔다. 동쪽 하늘은 여명의 붉은 빛에 물들어 있었다.

말들이 보였다. 그녀는 자신의 몸이 카라독 뒤로 끌어올려지는 것을 느꼈다. 그녀가 카라독에게 매달리자 그들은 출발했다. 잠시 후 그녀는 궁수를 껴안은 채로 잠이 들었다. 꿈속에서 그녀는 사라코스의 가죽을 산 채로 벗기는 광경을 보고 미소 지었다.

그들이 십자로에서 멈췄을 때 〈진정한 태양〉은 머리 위에 높이 솟아 있었다.

"서둘러야 하오." 야눌프가 말했다.

"이 말을 쉬게 해 줘야 합니다." 카라독이 대답했다. "이 먼 곳까지 두 명을 태우고 왔기 때문에 거의 쓰러지기 직전입니다."

카라독은 손을 뻗어 틸라라가 말에서 내리는 것을 도왔고, 돌무더기 곁에 놓인 물통으로 말을 끌고 갔다. 그는 말에게 물을 먹이기 전에 돌무더기를 향해 고개를 숙였다.

틸라라도 고개를 숙였다. 십자로는 〈망자의 안내자〉를 위한 신성한 장소이기 때문이다. 그러고 나서 그녀는 야눌프를 향해 몸을 돌렸다.

"감사합니다."

"나보다 그에게 감사하시오." 야눌프는 카라독을 가리켰다.

"이미 그랬습니다. 하지만 우리가 탈출할 수 있었던 것은 제관께서……." 그녀는 퍼뜩 말을 멈췄다.

"침묵의 맹세를 어겼기 때문이라는 것이오?" 야눌프가 말했다. "그렇소. 내가 언젠가 그 대가를 치를 거라는 데는 의심의 여지가 없소. 하지만 내가 견습 제관들에게 한 말은 진심이었소. 야타르는 그런 희생을 치뤄가면서까지 비밀을 지키는 것을 원하시지는 않을 것이오."

"우리는 어디로 가고 있습니까?" 틸라라가 물었다.

카라독이 등 뒤에서 대답했다. "이 길은 동쪽으로 이어지는 길입니다. 따라서 이 길로 가면 아마 젊은 와낙스와 섭정을 만날 수 있을 겁니다. 만나지 못한다면 고향으로 돌아갈 수도 있습니다."

고향. 그녀는 동쪽을 바라보았다. 그러나 타마에르손까지 가려면 소금 벌판과 해적이 날뛰는 지역을 지나 백 리그 이상을 가야 한다.

"누군가가 이리로 오고 있습니다." 틸라라가 동쪽을 가리키며 말했다. 두 남자와 한 여자가 길을 따라 걸어오고 있었다. 여자는 일행 남자들처럼 바지가 윗옷에 붙은 묘한 옷을 입고 있었다.

제4부

십자로

1

눈 아래에 펼쳐진 행성은 지구를 닮지는 않았다. 극지의 만년빙(万年氷)은 너무 컸고, 바다가 극히 넓은 데 비해 육지는 너무 작았다. 광대하고 막막한 대양이 펼쳐져 있는데도—아니, 바로 그 대양 탓인지도 모르겠지만 릭에게는 추측할 수 있는 재료가 거의 없었다—산맥으로 둘러싸인 거대한 사막이 존재했다.

높은 궤도에서는 인간의 흔적을 전혀 볼 수가 없었다.

조종사인 레스는 그들을 두려워하고 있는 듯 했다. 그는 로켓 발사기 및 박격포의 포탄과 해당 화기들을 각각 다른 로커에 분리 보관하도록 했다. 그리고 착륙시에도 무기와 탄약은 각각 상당한 거리를 두고 따로 내려놓을 것임을 뚜렷하게 밝혔다.

마지막 몇 시간 동안은 TV를 통한 조종사와의 브리핑이 이어졌다. 조종사는 릭 갤러웨이와 앙드레 파슨즈 두 사람이 모두 브리핑에 참가하라고 요구했다. 그들은 수리노마즈의 복잡한 생태와 그 것보다 더 복잡한 수확법을 전수받았다. 또 수확기에 도착할 상인들과 연락하기 위한 통신기의 사용법도 배웠다. 세부 설명은 끊임없이 이어졌고, 그럴 때마다 트란의 주민은 인간이므로 그에 상응하는 대우를 해 줘야 한다는 경고조의 암시를 받았다.

착륙 장소는 이미 결정되어 있었다. 적도에서 충분히 떨어져 있기 때문에 방랑하는 제3의 태양이 가까이 접근해 오더라도 그럭저럭 견딜 만한 기후를 유지할 수 있는 토지였다. 극지에서도 충분히 떨어져 있었기 때문에, 세 번째 태양이 이 항성계에서 멀리 떨어져 있던 과거 몇 세기 동안에도 인간들이 살던 곳이다. 게다가 나중에 극지의 얼음이 녹아서 해수위가 100미터 이상 올라가더라도 물에 잠기지 않을 만한 고지대였다. 이러한 조건에 맞는 곳은 몇 군데 있었지만 어느 곳이 가장 좋은 곳인지 릭은 판단할 수가 없었다. 그는 착륙하기 전에 며칠 동안 행성을 관찰하도록 해달라고 조종사에게 간원했지만, 결국 그 요청은 받아들여지지 않았다. 조종사는 필사적으로 일을 서두르고 있는 것처럼 보였다. 릭은 그 이유를 알고 싶어했지만, 아무 설명도 들을 수가 없었다.

그들이 저궤도로 진입하자 TV 스크린이 토지의 풍경을 보여주기 시작했다. 몇 안되는 큰 도시를 제외하면 대부분 작은 마을과 농경지로 이루어진 곳이었다. 대다수의 마을과 모든 도시에는 거대한 성이 솟아 있었다. 도로는 거의 없었다.

파슨즈는 도시 근처에 착륙하기를 희망했지만 릭은 해당 지역의 성에서 15킬로미터 떨어진 주요 도로 옆에 있는 마을을 택했다.

궤도상에서 촬영한 사진을 보니 성 밖에는 진을 친 군대와 거의 완성된 공성용 망루들이 있었다.

"만약 전투가 벌어지고 있다면 거기 참가할 수도 있겠지." 릭이 말했다. "물론 그 전에 현지의 정치 상황을 파악해야 하지만 말야."

"내 생각으로는 도시 근교가 더 나을 것 같은데." 파슨즈가 말했다. "그리고 만약 저 성을 점령할 생각이라면 왜 행군해서 하루나 걸리는 곳에 착륙하자는 건가?"

릭은 정보가 아직 충분하지 않으므로 분쟁 지역에서 충분히 떨어진 안전한 장소에 착륙해야 한다는 그의 주장을 되풀이했다. 결국 파슨즈는 더 이상의 논쟁을 포기했다.

그들은 황혼 녘에 착륙을 감행했다. 첫 번째 태양이 진 직후였고, 두 번째 태양이 뜨기 전이었다. 두 번째 태양이 완전히 뜨면 보름달을 천 개 합친 것만큼 밝은 빛이 행성의 밤을 비춘다. 지구에서 구름이 두텁게 깔린 날의 낮과 거의 차이가 없을 정도이다. 그들이 착륙했을 때는 첫 번째 태양의 스러져가는 빛과 두 번째 태양이 발하는 새벽빛이 어우러져 그들 앞에 기묘한 형상과 그림자들을 떨어뜨리고 있었다.

그들은 우선 소총과 공용화기를 내려놓았고, 첫 번째 지점에서 거의 1킬로미터 떨어진 지점에 탄약을 내려놓았다. 릭이 마지막으로 내리려고 했지만 그가 밑으로 뛰어내리기도 전에 승강용 해치가 닫히더니 우주선이 이륙했다.

"기다려! 아직 안 내렸어!" 릭이 외쳤다. "알고 있소." 조종사는 무덤덤하게 대답했다. 우주선은 반 킬로미터 더 나아간 곳에서 다시 착륙했다. 릭은 붕붕거리는 기계음을 들었지만 승강용 해치는 몇 분 동안이나 열리지 않았다. 이윽고 다시 조종사 목소리가 들려왔다. "자, 이제 내려도 좋소."

릭이 땅에 뛰어내리자마자 우주선은 이륙했다. 릭은 그것이 구름을 뚫고 완전히 사라질 때까지 보고 있었다. 그때까지만 해도 우주선이 자신들을 남겨두고 떠나버리리라고 진심으로 믿고 있던 것은 아니었다. 릭은 완전한 고독감에 사로잡혔다.

"정말로 가버렸어."

곁에서 들려온 목소리가 여자 목소리인 것을 깨달은 릭은 한순간 전율했다. 그는 뒤를 돌아보았다.

젊고 자그마한 여성이었다. 저녁의 어둠 속에서는 그리 미인으로 보이지는 않았다. 릭이 입은 것과 비슷한 커버롤을 입고 있었다.

"당신은 인간이군." 릭이 말했다.

"마치 자신이 없는 것 같은 말투군요."

"실은 자신이 없어."

"난 인간이에요. 내 이름은 그웬 트리메인이고, 산타바바라에서 왔어요."

"산타바바라? 캘리포니아에 있는? 지구의?"

"그래요." 그녀는 웃어보이려고 했지만 결국 그러지 못했다. "그래요. 난 지구인이에요."

"일단 빨리 일행과 합류해야 하겠군." 이렇게 말하고 그녀에게 다가간 릭은 그녀 눈에 고인 눈물을 보았다. "당신 괜찮아?"

"무서워 죽을 지경이에요." 여자가 말했다.

"그건 나도 마찬가지야. 어 그런데……."

"난 조종사의 애인이었어요." 그웬이 말했다. "지금 그걸 물어 보려고 했죠. 안 그래요? 실은 난 임신했어요. 하지만 낙태를 원하지 않았기 때문에 그이는 날 이곳에 내려놓은 거예요." 이번에 그녀는 그럭저럭 웃을 수 있었다. 릭의 눈에는 되려 끔찍하게 보였다. "꽤 편리하지 않아요? 혹시 이게 비행접시 조종사들이 필요 없는 짐을 처분할 때 쓰는 전통적인 수법이냐고 그에게 물어봤지만, 아무 대답도 하지 않더군요."

"맙소사!" 릭은 중얼거렸다. 그는 그녀를 데리고 관목림—미국 서부의 덤불을 닮았지만 그것과는 달리 기묘한 자극취를 풍겼다—을 지나 파슨즈와 총기를 내려 놓은 지점에 보이는 먼 빛을 향해 걸어갔다. 어떻게든 그녀를 위로해 주고 싶었지만, 무슨 말을 해야 할지 알 수 없었다. 하느님 맙소사, 하고 그는 생각했다. 그녀는 일찍이 그 누구도 경험한 적이 없는 고독감에 시달리고 있는 것일까.

"당신은 뭔가 알고 있어? 왜 우리가 여기에 왔는지?"

"아마 당신보다는 많이 알 거예요." 그녀가 말했다. 그와 함께 걷고 있기는 했지만, 마치 그를 혐오하는 듯이 몇 걸음 거리를 두고 따라오고 있었다.

"만약 나보다 아는 게 많다면 그걸 가르쳐 줬으면 고맙겠어."

"아직 시간은 충분해요. 내게 이 상황에 적응할 시간을 좀 주겠어요? 내게 트란의 자료를 읽으라고 말했을 때, 그이는 나를 여기에 두고 떠나가버리기 위해서라고는 하지 않았거든요."

"언제 얘기했는데?"

"날 버리겠다는 얘기 말이에요? 5분쯤 전에요."

"그건······."

릭은 뭔가 말해보려고 했지만 아무 말도 할 수 없었다.

"악랄한 처사라고 말하고 싶은 거죠?" 그녀가 말했다. "물론 그래요. 난 그와 사랑에 빠졌다고 믿고 있었으니까." 그녀는 앞으로 몇 발자국 걸어나갔다. "혹시 내 말투도 당신 말투처럼 들리나요?"

"무슨 말투?"

"죽도록 무서워서, 생각 같아서는 양팔을 새처럼 퍼덕거리면서 제자리에서 빙빙 돌고 싶지만, 겉으로는 필사적으로 냉정을 가장하고 있는 말투."

"내 목소리가 그렇게 들린다는 거야?"

"그래요."

"그럴지도 모르겠군." 릭은 말했다.

파슨즈는 언덕 정상에 부하들을 집합시키고 있었다. 그웬을 본 것만큼이나 릭을 보고 놀란 기색이었다.

"난 자네가 비행접시와 함께 그대로 가버린 줄 알았네." 파슨즈가 말했다.

릭은 파슨즈의 날카로운 말투가 마음에 들지 않았다. 또 그가 M16 소총을 쥐고 있는 태도도 불쾌하게 느껴졌다.

"난 가지 않았어." 릭이 말했다. "아무래도 미스 트리메인의 호위 역으로 뽑혔던 것 같아." 릭은 그녀가 누군지를 설명했다.

"그랬었군. 그럼 이제 어떻게 할까?" 파슨즈가 물었다.

"할 일은 잔뜩 있어." 릭이 말했다. "이제 날이 더 밝으면 마을까지 내려갈 수 있어. 우선 현지의 언어를 배워야 해. 그리고 우리가 우주선에서 목격했던 전쟁에서 어느 편에 붙을지도 정해야 하고. 그러고 나서는——."

"그보다 더 긴급한 용무가 있네." 파슨즈가 말했다.

"그게 무슨 뜻이지?" 릭이 물었다.

"슬슬 지휘구조를 개편할 때가 온 것 같아." 파슨즈는 이렇게 말하며 소총의 총구를 돌려 릭을 향하게 했다. 거의 그를 겨냥했다고 해도 좋을 정도로.

"그게 무슨 개소리야?"

"자네는 경험을 쌓은 장교가 아냐. ROTC를 갓 나온 애송이에 불과하고, 실전 경험도 거의 없어. 이런 상황에서 정말로 지휘를 맡을 자격이 있다고 생각하나?"

"자격이라면 자네 못지않게——"

"아냐, 군인은 내 직업이야. 자네에게는 우연의 산물이겠지만."

"그래서 자네가 지휘권을 접수하겠다는 거군."

"그래." 파슨즈는 어깨를 으쓱해보였다. "원한다면 일대일로 결투를 해도 좋아."

"그건 좀 야만스럽지 않나?" 릭은 힐문하듯이 말했다.

파슨즈는 태연하게 미소지었다. "물론 야만적이지. 우린 지금 야만적인 곳에 와 있지 않나? 실은 자네에겐 중대한 결점이 하나 있다네, 릭. 자넨 이곳에서 생존하기 위한 적절한 본능을 결여하고 있어. 특히 툭하면 관대해지려고 하는 유감스런 경향이 있다는 걸

난 오래 전부터 느껴왔다네. 그건 아프리카에서도 문제였지만 여기서는 글자 그대로 치명적일 수밖에 없어."

병사들이 두 사람을 에워싸고 있었다. 릭은 그들은 처다보았다.

"엘리엇……."

"대위님, 정말로 유감입니다. 파슨즈 중위가 우주선에서 처음 이 일을 제안한 이래 저는 많은 생각을 해 봤습니다. 중위님 말이 옳습니다. 대위님은 경험이 부족합니다."

'정말로 유감인 듯한 말투로군,' 하고 릭은 생각했다. 아마 사실일 것이다. 단 하나 확실한 것은, 만약 엘리엇과 다른 하사관들이 파슨즈의 반란을 인정했다면 이제는 어쩔 수가 없다는 점이다. 릭이 노력해 보았자 기껏해야 지휘권을 약화시키는 것이 고작이다. 모두가 릭을 처다보고 있었다.

빨리 뭔가 말하지 않으면 안 된다. 파슨즈가 총을 쏘기로 결심하고 그것을 실행에 옮기기 전에. "아무래도 자네 말이 옳은 것 같군. 앙드레, 자네가 나보다 경험이 풍부하다는 지적은 사실이야. 좋아, 자네가 지휘하게."

그렇게 말한 후 릭은 안도감을 느꼈다. 이런 귀찮은 일은 차라리 다른 사람에게 맡기는 편이 낫다.

"이해해 줘서 고맙네." 파슨즈가 말했다. "엘리엇 상사, 사주경계를 실시하게."

"옛."

"그리고 너희들도 모두 산개해." 파슨즈는 다른 병사들이 모두 물러가기를 기다렸다. "릭, 문제가 하나 더 있어. 잘 알겠지만 자네를 여기에 머무르게 할 수는 없네."

"왜 안 된다는 거지?"

"자네는 지휘관이었잖아. 부하들 중에는 내가 명령을 내릴 때마다 자네 안색을 살피는 자들이 있을 거야. 그래서야 어디 일이 제대로 되겠나?" 파슨즈의 목소리는 낮았고, 거의 간원하는 투였다. "망설이지 말고 자네를 쏴 버렸어야 했던 건지도 모르겠군. 그 쪽이 더 현명했던 건지도."

"농담 말아. 그런 짓을 하면 부하들이 가만히 있을 줄 아나?" 릭이 말했다.

"바로 그거야. 이제 알겠나? 부하들 중 일부는 자네를 존경하고 있네. 그래서 지휘관은 오직 한 명이어야 하는 거야."

"그래서 나 혼자만 추방하겠다는 거로군."

파슨즈는 어깨를 으쓱했다. "내게 무슨 선택의 여지가 있겠나? 이봐, 난 자네가 죽는 걸 원하지 않아. 개인 화기를 가지고 가도 무방하네."

"아주 관대하시군."

"물론 관대한 조치이고, 자네 자신도 그걸 잘 알고 있을 거야. 그리고 그건 내게는 위험한 선택이라네, 릭. 처음에 난 자네에게 지휘권을 건 결투를 제의했고 자네는 그걸 거부했어. 현명한 선택이었지. 하지만 다시 한 번 우리가 얼굴을 맞대는 일이 있다면 난 자네가 마음을 바꿨다고 간주하겠네. 그때 난 자넬 죽일 거야, 릭. 그 점에 대해서만은 의심하지 말게."

"진심으로 말하는 거야, 앙드레?"

"그래." 파슨즈는 발을 움직여 옆에 놓인 군용 배낭을 가리켰다. "자네를 위해 한 세트 준비해 놓았네. 소총 한 자루. 실탄 이백

발. 이건 자네 몫보다도 많은 양이야. 응급 키트, 1주분의 레이션, 쌍안경을 가져가도 좋아. 그리고 권총도. 권총 탄약도 한 상자 넣어두었네. 난 인색한 인간이 아니니까."

"빌어먹을……."

"릭, 부탁일세." 파슨즈가 항의하듯이 말했다. "관대한 조치를 취한 것을 후회하게 만들지 말아 줘. 도로는 저쪽이야." 그는 손으로 그곳을 가리켰다. "성으로는 가지 말게. 동쪽으로 가."

"난 이 사람을 따라가겠어요." 이렇게 말한 그웬의 목소리는 딱딱하게 굳어 있었다.

파슨즈는 깜짝 놀란 기색이었다. 릭과 마찬가지로 그녀가 곁에서 이 대화를 듣고 있다는 사실을 까맣게 잊고 있었던 것이다.

"설마 진담은 아니겠지?" 파슨즈가 말했다.

"진담이에요." 그웬은 고개를 가로저으며 말을 이었다. "당신은 제정신이 아니에요. 난 몇 주 동안 당신들이 하는 말을 듣고 있었어요. 둘 중 하나를 선택하라면 난 갤러웨이 대위를 선택하겠어요."

"그건 왜지?" 파슨즈가 물었다.

"그냥 그렇게 하고 싶어서요. 혹시 나를 여기에 묶어둘 생각인가요?"

파슨즈는 얼굴을 찌푸렸다. "아니, 그럴 생각은 없어. 좋아, 그럼 출발하라고. 난 할 일이 많아."

"그런 것 같군요." 그웬은 사탕처럼 달콤한 목소리로 말했다. "그런데 당신은 당신이 원하고 있는 것만큼 일이 잘 풀릴 거라고 생각하나요? 자, 그럼 가시죠, 갤러웨이 대위."

언덕 밑의 도로 근처에는 나무들이 자라 있었다. 옹이가 많고 비틀어진 상록수 비슷하게 보였지만 잎이 너무 넓었고, 아까 본 관목들과 마찬가지로 묘한 냄새를 풍겼다. 릭은 숲속으로 들어가고 난 뒤에야 입을 열었다.

"당신 미쳤어?" 릭이 물었다.

"안 미쳤어요." 여자의 말투는 강했고, 거의 시끄러울 정도였다.

"그때 놀란 척 하지도 않던데 — ."

"놀라지 않았어요. 아까 말했듯이 난 몇 주 동안이나 당신들의 대화를 엿듣고 있었어요. 그래서 아까 그 언덕에 올라가기 전에 무슨 일이 일어날지 이미 알고 있었어요."

"그럼 미리 경고해줄 수도 —"

"왜 그런 일을?" 그녀가 되물었다. "경고를 했더라도 당신에겐 방법이 없었을 거예요. 대등한 결투였다면 당신은 그에게 졌을 거고, 그렇다고 해서 당신이 경고 없이 그를 쏠 수 있을 것 같지도 않았으니까요. 당신 성격에, 그럴 수 있었겠어요?"

"그래. 당신 말이 옳아. 그래, 내 부하들이 반란을 일으킬 걸 미리 알고 있었다 이거지. 조종사도 알고 있었나?"

"예, 알고 있었어요. 당신은 당신의 길을 가고 또 그들도 그들의 길을 갈 거라고 예측하더군요."

"그리고 당신은 나와 함께 오는 걸 선택했어. 이유가 뭐야? 어, 조심해, 여긴 미끄러워." 릭은 손을 내밀었다.

여자는 그에게서 몸을 뺐다. "확실하게 해둘 일이 있어요." 여자가 말했다. "지금까지 난 애인을 두고 있었지만 새로운 남자가 필요한 건 아니에요."

"나는 그런……."

"알아요. 그런 뜻이 아니었다는 건. 하지만 일단은 확실하게 해두고 싶었어요. 그러면 내가 왜 당신을 선택했는지 당신도 조금은 이해할 수 있을지 모르겠군요. 난 당신이 저기 있는 짐승들보다는 조금은 더 인간적이라는 인상을 받았어요."

"저 친구들은 짐승이 아냐. 군인이야. 그것도 꽤 유능한. 그웬, 그건 바보같은 생각이야. 만약 강간당하는 게 무서워서 그랬다면 차라리 파슨즈와 함께 있는 게 나아. 내가 당신에게 덤벼들겠다는 뜻은 아니고, 단지 여기서 난 오래 살 수 있을 것 같지가 않아서야."

"그건 그들도 마찬가지예요."

"도대체 그게 무슨 뜻이지?" 릭은 힐문했다.

"아무 뜻도 아녜요." 그녀는 비탈길을 재빨리 내려가기 시작했다. "저기 도로가 있어요. 어느 쪽으로 가야 되죠?"

"왼쪽."

"성과는 반대 방향이군요. 아까 내가 한 말의 뜻을 이제 알겠어요? 적어도 당신은 싸움을 피할 분별력을 갖고 있어요."

그녀는 걸음을 멈추고 그의 얼굴을 뚫어지게 쳐다보았다. "그렇다고 해서 당신의 사내다운 체면이 구겨졌다고 생각하진 말아줘요. 난 당신을 비겁자라고 생각하지 않으니까."

"하지만 아픈 데를 찔린 기분이야."

"왜요?"

릭은 대학에서 풋볼 대신 육상을 택한 내력을 그녀에게 설명했다. "그렇다고 해서 그게 분별 있는 선택이었다고 하진 말아 줘. 분별 있는 선택이었는지는 모르지만, 지금도 그일 때문에 고민하고 있으니까 말이야."

2

　도로는 매우 훌륭했다. 릭은 유럽에서 본 적이 있는 로마 시대의 도로를 떠올렸다. 내려앉는 것을 방지하기 위해 바닥에 바위조각을 채우고 그 위에 자갈을 깐 도로였다. 자갈이 닳아 없어진 정도로 보아 이 도로는 오래 전, 최소한 몇 세기 전에 만들어진 듯했다. 로마 도로와 한 가지 다른 것은 이 도로가 낮은 언덕과 숲 사이를 구불구불 누비고 있다는 점이었다. 로마의 군용도로는 앞에 무슨 장애물이 있든 간에 언제나 일직선으로 뻗어 있었다.

　나무와 덤불은 기묘하게 보이기는 했지만 특별히 이질적이지는 않았다. 릭이 아프리카에 처음 도착했을 때만큼도 이상하지 않았다. 새는 없었지만—적어도 그의 눈에 띄지는 않았다—날다람쥐는 두 번 목격했다. 옛날에 교과서에 실린 사진에서 본 큰 박쥐를 닮았군, 하고 그는 생각했다 지구에서는 한 번도 실물을 본 적이 없었는데.

　그웬은 아직도 간격을 두고 옆에서 걷고 있었다.

"당신은 나와 함께 오기로 결정했어. 그래서 말인데," 릭은 갑자기 목소리를 낮췄다. "누군가 우리 뒤를 따라오고 있어."

그들은 가장 가까운 길모퉁이를 돌아보았지만 아무것도 보이지 않았다. 릭은 그웬에게 숲속으로 들어가라고 손짓했다. 그들은 덤불에 몸을 감췄다. 릭은 소총을 들어올리고 사격자세를 취했다. 지금 다가오는 인물이 누구든 간에 그자는 발소리를 죽이려는 노력은 전혀 하고 있지 않았다. 자갈 위를 터벅터벅 걸어오는 소리가 들려온다.

길모퉁이를 돈 메이슨 병장이 나타났다. 그는 그 자리에 멈춰 서서 앞을 주시했다. 그런 다음 그는 주의깊게 소총을 어깨에 메고 양손을 펼쳤다.

"대위님." 메이슨이 큰 소리로 말했다.

"여기야." 릭이 말했다.

"거기 계십니까? 발자국 소리를 들으실 거라고 생각했습니다. 총에 맞고 싶지는 않았으니까요."

릭은 그웬과 함께 다시 도로로 나왔다. 그는 소총을 어깨에 멨지만 겨드랑이 밑에 찬 권총집의 안전띠를 푸는 것을 잊지 않았다.

"왜 나를 따라왔지?"

"십여 명이 대위님을 따라오겠다고 지원했지만 파슨즈와 엘리엇이 허락하지 않았습니다. 하지만 엘리엇이 한 사람 정도는 가도 된다고 해서 카드로 제비를 뽑았습니다. 그래서 제가 온 겁니다."

"고맙군."

릭이 말했다. 내심 신빙성이 있는 얘기라고 생각했다. 그러나 파슨즈가 자객을 보낸 것이라고 생각할 수도 있었다. 파슨즈는 주의 깊은 사내였으므로.

파슨즈라면 충분히 할 만한 일이었지만 메이슨이 그런 제안을 수락하리라고는 믿기 힘들었다. 다른 자라면 그럴 수도 있겠지만, 메이슨은 달랐다. 갑자기 릭은 자신이 이 원기 왕성한 작은 몸집의 병장을 다시 만난 것을 기뻐하고 있다는 사실을 깨달았다. 이 기이한 땅에서 그의 배후를 지켜 줄 친구가 적어도 한 명 생긴 것이다.

"잘 왔네." 릭은 말했다. "하지만 자초지종을 얘기해 줄 수 없을까." 릭이 말했다.

메이슨은 땅에 침을 뱉었다. "파슨즈는 외인부대 타입입니다. 외인부대는 병사를 소모하죠. 전 외인부대 출신의 사내들을 몇 명 알고 있습니다만 그런 인간이 되고 싶지는 않습니다."

"파슨즈는 자네를 도망병으로 간주하고 찾고 있지는 않을까?" 릭이 물었다.

"그럴 가능성도 있습니다." 메이슨은 수긍했다. "떠나도 된다고 한 사람은 엘리엇이었고, 파슨즈에게 미리 양해를 구한 것 같지도 않았으니까요."

"아마 나중에도 얘기하지 않았겠지." 릭은 덧붙였다. 골치거리가 하나 더 생겼다. "앞으로는 등 뒤를 조심하는 편이 낫겠군."

"그것 말고도 이유가 또 있습니다. 파슨즈의 그 빌어먹을 부대에서 탈주하고 싶어하는 부대원들이 더 있을지도 모릅니다."

"그럼 여기서 기다려보는 게 좋을지도 모르겠군요." 그웬이 말했다. "하지만……." 그녀는 생각에 잠긴 듯했다. "너무 많이 따라오는 것도 안 좋을지 몰라요."

"그건 왜?"

그웬은 고개를 가로저었다. "여자의 직감 같은 것일지도."

"농담하지 마. 당신은 내가 모르는 일을 알고 있다고 자기 입으로 벌써 몇 번이나 말했잖아. 이제 비밀을 알려 줄때도 되지 않았어?"

"아뇨. 아직 때가 안 됐어요." 그웬은 매우 진지한 표정으로 대답했다.

"그럼 언제 얘기해 줄 건데?"

"그건 나도 모르겠어요. 하지만 병사들이 탈주해서 당신과 합류하려고 하는 한 당신이 파슨즈를 위협하는 존재로 남을 것만은 확실해요."

"그럼 숨으면 그만……."

"그런 뜻으로 말한 게 아녜요. 당신이 그의 허를 찌를 가능성은 없어요. 하지만 그가 당신을 죽이려고 한다면 당신은 죽는 순간까지도 알아차리지 못할 거예요. 그의 수중을 벗어나서 안전하게 살려면 당신이 어디 있는지 모르게 하는 수밖에 없어요."

그럴지도 모른다. 그다지 사내다운 행동은 아닐지도 모르지만, 아귀가 맞는 얘기다. 릭은 그 생각을 입밖에 내어 말했다.

"그리고 문제가 하나 더 있어요."

"무슨 문제?"

"만약 샬누크시의 무역 상인들이 당신이 있는 곳을 알아낸다면 파슨즈에게 그 사실을 알릴 거예요."

"당신이 정말로 걱정하고 있는 건 바로 그거로군? 당신은 〈연맹〉의 외계인들한테 자기 존재를 들키고 싶지 않은 거야. 이유가 뭐지?"

"꼭 이유가 있어야 하나요? 당신은 그들과 교섭할 일이 없어요. 혼자서 마약을 재배하는 것은 불가능하니까……."

"마약?"

"나중에 설명해 줄게요. 릭, 당신은 그들과 교섭하지 않을 거예요. 또 파슨즈가 우리를 찾지 못하도록 숨는 편이 낫다는 건 확실해요. 내가 말할 수 있는 건 누구의 주의도 끄는 일이 없도록 조심해야 한다는 거예요. 이 지방에서 벗어나서, 흔적을 남기지 않고 행방을 감춰야 해요. 무슨 말인지 알겠어요?"

"내가 생각하기에는——"

"내가 원하는 건 그게 전부예요."

"그것만으로도 벅차. 우린 지금 어디로 가고 있는지도 모르고 있잖아. 그건 그렇다 치고, 얼마 안 있어 식량이 떨어질 거야. 아까 사슴 같은 동물을 본 것 같은데——."

"아마 사슴이었겠죠. 이 행성에서는 지구산 동물이 많이 방목됐어요."

"빌어먹을, 또 그런 식으로 말하는군! 우리가 목숨을 부지하기 위해서 또 뭔가 알아야 할 일은 없어?"

그웬은 아무 말도 하지 않았다.

그들은 또 다른 길모퉁이를 돌았다. 초가지붕을 얹은 작은 오두막이 있는 십자로가 나타났다. 지붕의 홈통에서 떨어진 물이 수조(水槽)와 말구유에 고여 있었다. 그들이 걸어온 도로를 가로지르고 있는 옆길은 흙길이었고, 마차 바퀴와 편자를 박은 말발굽 자국 투성이였지만 지금은 인적이 끊겨 있었다.

메이슨이 수조를 점검해보았다. 수면에 나뭇잎이 떠 있다. "이런 걸 마셔도 되겠습니까?"

"언젠가는 마셔야겠지. 아직 우리가 맞은 감마글로불린*이나 다른 예방주사의 효력이 남아 있을 때 이곳 물을 마셔보는 편이 차라리 나을 거야. 하지만 영속적인 근거지가 생길 때까지 하루나 이틀 정도는 기다릴 수 있겠지. 정수 정제는 가지고 있나?"

"예, 가지고 있습니다. 이 물에 써보죠. 대위님 수통도 주십시오."

수통에 물을 채우는 동안 릭은 그들이 놓인 상황에 대해 생각해 보았다. 포장도로 쪽이 붐빌지도 모르지만, 걷기 편한 것도 사실이었다. 그다지 떨어지지 않은 옆길은 물이 괸 웅덩이와 진흙탕투성이였다.

"말이 옵니다." 메이슨이 말했다. 그는 그들이 지금까지 걸어온 길 쪽을 가리켰다.

"길에서 나가." 릭이 명령했다. 그는 일행을 십자로 너머의 숲 속으로 유도했다.

메이슨이 H&K 자동소총의 안전장치를 푸는 금속음이 들렸다. "속도를 늦추고 있습니다." 메이슨이 나직하게 말했다.

"상대방이 우리와 다투는 걸 원하지 않는다면 우리도 마땅히 그래야 해." 릭이 말했다. 두 마리의 말이 나타났다. 한 마리에는 노

---

* 항체 혈장

란 장의(長衣)를 걸친 노인이 타고 있었다. 옷의 가슴 부분에는 푸른 원 위를 양식화된 번개가 가로지르는 도안이 붙어 있었다. 다른 말에는 두 사람이 타고 있었다. 앞에 탄 기수는 킬트를 입고 철제 투구를 쓰고 있었고, 왼쪽 허리에는 짧은 검을 차고 있었다. 함께 탄 인물은 망토를 입고 두건을 뒤집어 쓰고 있었다. 그들은 십자로에서 말을 멈췄다. 장의 차림의 노인은 힘들이지 않고 말에서 내리더니 물이 담긴 말구유 쪽으로 말을 끌고 갔다. 그러고는 그곳에 있던 돌무더기를 향해 고개를 숙였다.

다른 두 사람도 말에서 내렸다.

그웬은 이 광경을 흥미롭게 바라보고 있었다. "저 경건한 태도를 좀 봐요." 그녀가 속삭였다. "헤르메스 신, 즉 〈망자의 안내자〉예요. 원래 그는 십자로의 신이었어요. 저걸 보니 여기서는 아직도 그 기능을 잃지 않은 것 같군요."

두 번째 기수가 두건을 뒤로 넘기고 망토를 벗었다. 메이슨은 거의 들리지 않을 정도로 나직한 휘파람 소리를 냈다. "굉장한 미인이군!" 그는 속삭였다.

릭은 조용히 하라는 시늉을 했다. 메이슨의 말이 옳다. 여자는 젊었고—릭의 눈에는 스무 살 정도로 보였다—머리카락은 칠흑처럼 검고 길었다. 이만큼 떨어진 거리에서도 놀랄 정도로 푸르고 아름다운 눈이 보였다. 그녀의 얼굴 윤곽은 고대의 스칸디나비아인을 연상시켰고, 그녀가 입은 모직 드레스는 지구의 고급 점포에서도 고가에 팔릴만한 것이었다.

킬트를 입은 기수만이 무장한 것처럼 보였다. 릭은 그 사내의 무기를 주의 깊게 관찰했다. 가죽 케이스를 안장에 비끄러매 놓았다.

그 모양으로 판단하건데 아마 장궁이 들어 있는 듯했다. 그것을 제외하면 투사(投射) 무기는 없었다. 허리에 찬 검은 매우 짧았다. 그것 말고도 그는 릭이 지닌 거버사(社)의 마크II 전투용 나이프만한 크기의 단검을 차고 있었다.

"원주민들과 말을 나눌 좋은 기회인지도 몰라." 릭이 말했다.

"그렇지만 저들은 우리를 말도둑이라고 생각할지도 몰라요." 그웬이 경고했다.

"그럼 말 가까이로는 다가가지 말기로 하지. 메이슨, 어쩔 수가 없는 경우를 제외하곤 절대로 일을 벌이지 말게, 그리고 우리가 온 길을 감시하고 있어. 만일에 대비해서."

"알겠습니다."

"파슨즈 때문만은 아냐." 릭은 말했다. "저 여자는 뭔가에 불안해 하고 있어. 저자들 모두가 아까부터 자꾸 뒤를 바라보고 있다는 걸 알아? 말들이 얼마나 지쳐 있는지도? 지금까지 쉬고 싶어도 쉬지 못했다는 증거야. 자, 이제 가서 원주민들과 접촉해 보자고."

제일 먼저 그들을 본 것은 여자였다. 그녀는 손가락으로 그들 쪽을 가리켰다. 젊은 사내가 말 쪽으로 다가갔다.

"총을 어깨에 메게, 메이슨." 릭은 이렇게 명령하고 빈 양손을 펼쳐 보였다. "그웬, 우리가 친구라는 것을 그들에게 전해 줄 수 없을까?"

"내가 공부한 트란의 언어는 가장 최근 것도 6백년 전의 거예요." 그웬은 대꾸했지만, 곧 큰 소리로 시작했다.

"아미치. 필로스. 제보스…… 안돼요. 안 통해요. 릭, 돌무더기를 보고 머리를 숙여요. 적어도 우리에게도 신앙심이 있다는 것을 보여줄 수는 있으니까."

"알았어. 메이슨, 자네도 그러게. 그리고 손은 계속 비워둬."

"알겠습니다."

그들은 돌무더기를 향해 경의를 표했다. 이것은 효과가 있는 듯했다. 원주민들은 방심하지 않았지만, 릭이 다가가도 아무 일도 하지 않았다.

킬트를 입은 전사는 강한 호기심을 숨기려고 하지도 않고 릭을 응시했다. 릭이 어깨에 맨 소총이 무기라는 것을 알고 있는 듯했다. 그는 릭의 장비고정용 군용 멜빵에 거꾸로 매달려 있는, 칼집에 든 마크II에 특별한 관심을 보였다.

긴옷을 입은 노인이 조롱박에 물을 떠서 그들에게 내밀었다.

릭은 잠시 주저했다. 이 정화되지 않은 물속에는 온갖 아메바가 섞여 있을지도 모른다고 생각했기 때문이다.

"이 사람은 제관(祭官)이예요." 그웬이 말했다. "푸른 하늘과 번개의 상징. 제우스? 주피터?"

제관은 그웬이 한 말을 알아들은 것 같았다. 그는 고개를 끄덕이고 말했다. "야타르."

"역시 옳았어요." 그웬이 말했다. 매우 기쁜 기색이었다.

"제우스 파터(Zeus Pater)라는 말은 '하늘의 아버지'라는 뜻이에요. 푸른색은 하늘의 색깔을 나타내고, 또 번개는……."

릭은 제관이 주는 대로 조롱박을 받아들고 마른 침을 한 번 꿀꺽

삼킨 후 물을 마셨다. 그러면서 피할 수 없는 복통이 찾아오더라도 지금 당장 오지는 않기를 속으로 빌었다.

"메이슨, 와인을 가지고 있나?" 릭이 물었다.

"예, 대위님."

"이리로 건네줘."

메이슨은 벨트에서 플라스틱으로 된 1리터들이 플라스크를 끄집어냈다.

"와인." 릭이 말했다. "어——비노(Vino)."

제관은 이 말에 흥미를 보이더니 그의 일행에게 뭔가 말했다. 그들도 흥미를 느낀 표정이었다.

릭은 휴대용 술병을 기울여 한 모금 마셨다. 마시고 보니 와인이 아니라 스카치 위스키였다.

위스키로도 괜찮을까, 하고 그는 생각했다. 일행은 몸짓으로 여자 쪽을 가리켰고 그녀는 기대에 찬 표정으로 손을 내밀었다. 릭은 그녀에게 플라스크를 건넸다.

"독한 술이야. 푸에르테(Fuerte). 너무 많이 마시면 안 돼. 아……. 천천히……."

그녀는 술을 한 모금 마셔보고 깜짝 놀란 표정을 지었지만, 잠시 후에 다시 천천히 마시기 시작했다. 그녀가 그다지 심한 충격을 받지 않은 걸 보면 아마 이 세계에도 증류법이 존재하는 것인지도 모른다. 그녀는 릭에게 뭐라고 말했다. 릭은 이것을 감사의 말로 받아들였다.

"대위님, 그들이 이 여자한테 술을 마시게 한 것도 무리가 아닙니다." 메이슨이 말했다. "드레스의 등이 온통 피투성이입니다."

"그래? 그웬, 좀 봐주겠어?"

"보여주면은요. 저 여자의 남자친구에게서 눈을 떼지 말아요." 그웬은 이렇게 대꾸하고 여자 쪽으로 다가갔다. "페르미소 (Permiso)? 어, 메디코."

그렇게 말하며 그웬은 가볍게 자기 가슴을 두드렸다.

"마지스트로(Magistro)?" 여자가 말했다. 그녀는 존경이 섞인 눈초리로 그웬을 쳐다보았고, 그웬이 블라우스를 벗겨내려고 했을 때도 가만히 서 있었다.

"세상에." 그웬이 중얼거렸다. "릭, 누군가가 이 아이를 지독하게 학대했어요."

이 여자를 보고 아이라니, 하고 릭은 생각했다. "어떻게?"

여자는 드레스 앞으로 손을 뻗어 단추를 끌렀다. 옷이 밑으로 흘러 내리면서 등과 가슴이 드러났다. 이곳에서 상반신을 드러내는 것 정도는 창피한 일이 아닐지도 모른다. 이 완벽에 가까운 용모에서 눈을 떼기는 힘들었다. 그러나 그녀는 평상시에는 옷으로 몸을 감싸고 있는 듯했다. 볕에 그을은 곳이 전혀 없었기 때문이다.

그리고 그녀는 릭이 쳐다보아도 전혀 거리끼는 기색이 없었다. 그는 그녀에게 다가가서 등의 상처를 조사했다. 누군가가 그녀를 지독하게 때린 듯했다. 등 전체가 타박상 투성이였고, 찰과상은 그 두 배는 되어 보였다. 피부에는 흉터가 남을 것이다. 릭은 응급 키트를 꺼냈다.

"사용법을 아나?" 릭이 그웬에게 물었다.

"몰라요." 그웬은 조금 창백한 얼굴을 하고 있었다.

"그럼 내가 하는 편이 낫겠군." 릭은 면봉을 꺼냈다. "소독을 해야 하는데 조금 아플 거야. 그웬, 남자친구 쪽을 감시해 줘." 릭은 자신의 가슴을 두드리고 말했다. "마지스트로, 메디코." 면봉이 상처에 닿자 여자는 움찔했지만 비명을 지르지는 않았다. 릭은 상처 위에 메르티올레이트*를 바르고 찢긴 피부 위에는 헐겁게 가제를 댔다.

"여기엔 파상풍 접종 따윈 없으니까 상처에 공기가 닿는 걸 막으면 절대로 안 돼. 차라리 공기 감염의 위험 쪽이 나아. 길가에 널린 말똥 때문에 파상풍에 걸릴 확률이 높으니까 말이야." 릭은 경고하고 뒤로 물러섰다. "자, 이제 옷을 입어도 좋아." 그는 괜찮다는 몸짓을 해 보였다. "그리고 한 모금 더 마시는 게 어때? 이때까지 잘 참았으니까 말이야."

여자는 약간 주저하는 듯한 미소를 짓더니 스카치를 한 모금 더 들이켰다. 그러고는 자신의 가슴을 두드리고 말했다.

"틸라라 도 타마에르손, 에키타사 도 첼름."

"무슨 뜻인지 알겠어, 그웬?" 릭이 물었다.

"알 것 같아요. 에키타사라는 것은 미케네어에서 쓰던 말 같군요. 내가 틀리지 않았다면, 아마 그녀는 여백작일 거예요. 그렇다고 하면 그녀의 이름은 틸라라가 되고, 아까 그 후두음(喉頭音)이 섞인 단어는 그녀의 고향일 거예요."

"틸라라." 릭이 말했다. 여자는 기쁜 듯이 고개를 끄덕였다. 릭은 자기 몸을 가리키며 말했다. "릭 갤러웨이, 용병대의 대장이오."

* 살균 소독제

만약 긴 이름이 높은 지위의 증거라면 그로서는 소작농으로 보이고 싶지는 않았다.

"릭." 틸라라가 조심스럽게 발음했다. 그녀는 긴옷을 입은 제관을 가리키고 말했다. "야눌프, 사케르도스 푸 야타르." 제관은 고개를 숙였다. 그녀는 다른 남자도 가리켰다. "카라독."

"라틴어와 그리스어, 그리고 미케네어가 뒤범벅된 말이군요." 그웬이 말했다.

"미케네?" 야눌프가 물었다. 그는 릭의 일행을 가리키고 있었다.

"노." 그웬은 고개를 가로저었다. 제관은 의아스러운 표정을 지었다.

킬트를 입은 사내는 말빗을 꺼내 말의 몸을 손질하기 시작했다. 그는 가끔 릭과 메이슨을 흘끔흘끔 쳐다보았지만 특별히 그들을 의심하는 것 같지는 않았다.

상서로운 시작이군, 하고 릭은 생각했다. 그리고 저 여자! 이 행성의 여인들은 모두 저 여자만큼이나 아름다운 걸까?

3

"대위님, 누가 옵니다. 말 여러 마리가 맹렬하게 달려오고 있습니다."

다른 사람들도 그 소리를 듣고 있었다. 릭은 길가의 수풀을 몸짓으로 가리켰다. 말까지 숨길 자리는 없었고, 들려오는 소리로 판단하건대 그럴만한 시간적 여유도 없었다. 틸라라가 뭐라고 외치자 카라독은 자기 말을 향해 달려갔다. 그는 가죽 케이스를 말에서 내리고 장궁을 꺼내 시위를 끼웠다. 겉보기에는 쉬워 보였지만, 그 광경을 보기만 했던 릭의 근육이 욱신거렸을 정도로 힘이 들어가 있었다.

말에 탄 열두 명의 기마병들이 200미터쯤 떨어진 길모퉁이를 지나 모습을 나타냈다. 릭은 쇠망치로 얻어맞은 것 같은 충격을 받았다. 기마병들 모두가 말에 타고 있지는 않았다. 그중 세 마리는 켄타우로스에 타고 있었다. 기수들은 쇄자갑을 입고 있었고, 투구의 흰 깃털을 바람에 휘날리고 있었다. 장창을 가지고 있던 선두의 병사들은 창끝을 아래로 내렸고, 다른 자들은 기병도를 뽑아들었다. 우호적인 태도는 눈을 씻어도 찾아볼 수가 없었다.

틸라라가 소리쳤다. 릭은 전혀 이해할 수 없었지만 '사라코스'라는 단어가 몇 번 되풀이되는 것을 들었다. 그녀는 카라독에게 달려가 그의 단검을 뽑아들었다. 마치 그 사용법에 통달해 있는 듯한 느낌이었다. 카라독은 시위에 화살을 메겼다. 그리고 다른 한 대를 눈앞의 지면에 박아넣었다. 화살은 두 대뿐이었다.

화살 두 대, 짧은 검, 그리고 단검. 하지만 릭의 이 새로운 친구들은 그걸 가지고 열두 명의 기병을 상대로 싸울 생각인 것이다. 야눌프는 무표정한 얼굴로 수조 옆에 서서 하늘을 향해 양팔을 벌리고 있었다.

"어떻게 할까요?" 메이슨이 외쳤다.

릭은 즉시 대답하지는 않았다. 숲속으로 들어갈 작정이라면 아직 시간 여유가 있었다. 이것은 그들의 싸움이 아니었다. 복장으로 판단하건대 지금 달려오고 있는 기수들은 이 지방의 경찰에 해당할지도 모른다. 그런 식으로 생각하자면 야눌프는 사기꾼이고 틸라라는 그 공범이 아니라는 증거도 없었다. 잘못하면 릭도 범죄자로 몰릴 위험성이 있는 것이다. 이미 그렇게 몰리고 있는지도 몰랐다. 아직 도망갈 시간은 있다······.

빌어먹을, 하고 그는 생각했다. 이제 도망다니는 데는 지쳤어. 때로는 누군가에게 가담해서 그 편을 들 필요가 있는 법이다. 지금 그러지 말라는 법이 어디 있단 말인가? "싸우자." 릭이 말했다.

"그녀가 노파였어도 똑같은 소리를 했을까요?" 그웬이 반문했다.

"시끄러워. 메이슨, 두세 발 위협사격을 해 봐."

H&K 자동소총이 전자동으로 발사되었다. 다섯 발의 탄환이 공기를 가르는 소리를 내며 다가오는 기수들의 머리 위를 통과했다. 그러나 기수들은 속도를 늦추지 않았다.

카라독은 활시위를 뺨까지 당기고 매끄러운 동작으로 화살을 날려보냈다. 선두의 기수가 이 화살을 가슴에 직통으로 맞고 낙마했다.

이젠 어쩔 수 없군, 하고 릭은 생각했다. 그는 자신의 H&K 소총을 들어올리고 반자동으로 한 발씩 쏘아대기 시작했다.

낯선 자들이 다가오는 것을 보았을 때, 틸라라는 그들의 기묘한 복장에도 불구하고 처음에는 인근 마을 사람들일 것으로 생각하고 있었다. 그러나 곧 그녀는 그것이 사실이 아님을 깨달았다. 그들이 이 고장 사람이 아니라는 것을 알자 그녀는 순간 공포에 사로잡혔다. 이자들은 누구일까.

옷차림으로 보아 그들은 유복해보였다. 그들이 가지고 있는 것이나 벨트에 찬 물건들의 용도는 짐작할 수 없었지만, 저 정도로 많은 금속을 쓰고 있으니까 매우 비쌀 것임에는 틀림없다. 그리고 세 명 모두가 대등한 입장에서 말을 나누고 있었다. 무슨 말인지 알아들을 수는 없었지만 말투만 들어도 확실히 알 수 있었다.

"사악한 신들이오." 야눌프가 중얼거렸다. "〈때〉가 가까워온 것이오."

카라독은 가호를 받기 위해 황급히 돌무더기를 향해 시선을 돌렸다.

"그대의 전설은 그들이 어떻게 우리의 혼을 훔칠 것이라고 말하고 있습니까?" 틸라라가 물었다. "내게는 그들이 신으로는 보이지 않습니다만." 입 밖에 내어 말하지는 않았지만, 키가 큰 사내가 신이 아니라면 적어도 영웅 전설에서 튀어나온 듯한 미남이라는 생각은 들었지만 말이다. "그들과 우정을 맺는다고 해서 우리가 잃을 것이 있습니까?"

"거의 없소." 야눌프는 시인하고, 전통적인 의례를 위해 물을 푸러 갔다.

상대방은 놀랄만한 반응을 보였다. 틸라라는 와인을 얼린 후 얼음을 제거해서 만드는 강한 술에는 익숙해 있었지만, 그 사내가 건넨 병에 들어 있던 술은 지금까지 한 번도 마셔본 적이 없는 것이었다.

병 자체에도 강한 흥미를 느꼈다. 그것은 금속제도, 도기제도 아니었고, 그녀가 전혀 본 적이 없는 물질로 만들어져 있었다. 그들은 가까이 다가오더니 그녀의 등을 보았고, 잘생긴 남자가 상처를 치료해주었다. 처음에는 아팠지만 곧 통증은 사라졌다. 치료를 받는 동안 그녀는 그를 가까이에서 관찰했다. 그가 전사라는 데는 의심의 여지가 없었다. 칼집에 넣어둔 채로 가슴에 찬 칼의 용도는 명백했다. 기묘한 곳에 매달려 있었지만, 다루기 쉬워 보였고 또 쉽게 뺄 수 있도록 되어 있었다. 그는 자주 싸워야 하는지도 모른다. 그러나 그가 어깨에 멘 무기는 어떻게 쓰는 물건인지 도통 알 수가 없었다. 노궁을 닮았지만 활이 달려 있지 않은 데다가, 전부 금속으로 만들어져 있었던 것이다.

그녀가 보는 한 갑옷은 입고 있지 않았다. 윗옷과 바지가 붙어 있고 숲을 닮은 얼룩무늬로 염색된 옷을 입고 있을 뿐이었다. 그는 펠트제 베레모를 쓰고 있었는데, 이것과 닮은 것은 그녀도 이전에 본 적이 있었다. 장화는 초록색이었고 바닥에 검은 가죽을 대 놓았다. 전사의 장화라기보다는 농부의 신발에 더 가까웠다. 그리고 영문을 모를 물건들이 그의 벨트와 양 어깨에서 내려온 띠에 매달려 있었다. 이 모든 것이 공들여 만들어진 쓸모 있는 물건처럼 보였지만, 그것들을 어디에 쓰는지는 완전한 수수께끼였다.

릭. 그녀는 이것이 그의 이름임을 알았다. 하지만 그 뒤에 붙은 지위는 무슨 뜻인지 알 수 없었다. 그리고 그의 동료—그도 전사였고, 역시 유복해 보였다—의 이름은 메이슨이라고 했다. 적어도 기사로 보였고, 베로멘일지도 모른다. 젊은 여자는 자신을 그웬이라고 소개했다. 유감스럽게도 틸라라는 왠지 그녀가 싫었다. 틸라라가 보기에 그녀는 릭의 애인이었고, 그 사실을 불쾌하게 여길 이유는 전혀 없는데도 왠지 불쾌했다. 단 하나 확실한 것이 있었다.

"이들은 신이 아닙니다." 틸라라는 야눌프에게 말했다.

"그럴지도 모르겠군." 야눌프는 불만스럽게 말했다.

틸라라는 이 제관이 늙어서 둔해진 거라고 생각했고, 이내 그렇게 생각한 것을 후회했다. 야눌프는 그녀를 구하기 위해 모든 것을 버렸다. 그녀가 아는 한 야타르의 제관이 서약을 한 견습 제관 이외의 인간이 지하의 동굴에 들어가는 것을 허락했던 적은 일찍이 없었다. 그녀 남편의 아버지조차도 드라반 성의 지하 동굴에 발을 들여놓지는 못했던 것이다. 지금 사라코스는 그 동굴을 수색하고 있을까.

아까 마신 술 덕택에 그녀의 기분은 좀 나아졌다. 아니, 훨씬 나아졌다. 그녀는 어젯밤의 공포도 반쯤 잊은 채로 이방인들에게 열심히 말을 걸었다. 이윽고 메이슨이라는 사내가 경고를 발했고, 사라코스의 경기병 열두 명이 전속력으로 그들을 향해 돌진해왔다.

그녀는 카라독의 단검을 빌리기 위해 돌진했다. 만약 릭에게 그의 단검을 빌려달라고 했다면, 그가 어떤 반응을 보였을까? 빌려주었을까? 일단 단검을 손에 쥐자 그녀는 아무런 공포도 느끼지 않았다. 그들은 그녀를 죽일 수 있을지도 모르지만, 절대로 다시 끌고 가지는 못한다. 한편, 이방인들은 자기들의 무기를 어깨에서 내린 다음 노궁과 같은 자세로 겨누더니 ─

틸라라는 메이슨의 무기가 천둥 같은 소리를 냈을 때 깜짝 놀랐고, 아무런 효과도 나타나지 않은 걸 보고 한층 더 놀랐다. 카라독의 화살은 적을 한 명 죽였지만, 메이슨의 천둥은 아무도 죽이지 않았다. 이윽고 릭이 자신의 무기를 들어올렸다.

그것은 믿을 수 없는 결과를 가져왔다. 릭의 무기가 소리를 낼 때마다 적의 기수가 한 명씩 떨어졌던 것이다. 곧 메이슨도 그 전투에 참가했다. 카라독은 화살을 시위에 메긴 채로 서 있었지만 활을 쏘는 것조차 잊고 틸라라가 그랬던 것처럼 깜짝 놀라 보고만 있었다.

전투는 채 시작되기도 전에 끝났다. 도로 위에서는 적의 병사가 죽거나 신음하며 쓰러져 있었고 주인을 잃은 말과 켄타우로스들이 그들 앞을 지나쳐갔다. 틸라라에게는 말고삐를 낚아챌 만한 판단력이 있었고, 카라독도 한 마리 붙잡았다. 메이슨도 고삐를 잡으려다가 실패했지만, 릭에게는 그럴 생각이 없는 것 같았다. 왜?

카라독은 틸라라에게 자신이 붙잡은 말의 고삐를 넘기고 쓰러진 병사들에게 마지막 자비를 베풀기 위해 다가갔다. 그러나 카라독이 처음 병사의 목을 땄을 때 릭은 마치 공포에 질린 듯이 신음했다. 그의 동료가 뭔가 말했고, 여자도 뭔가 더 말했다. 결국 릭은 아예 등을 돌려버렸다. 그렇다면 그는 사라코스의 병사들을 증오하고 있는 것일까. 그 정도로까지? 왜? 상대가 사라코스였다면 그녀는 그가 녹색의 악취가 나는 고름투성이가 되어 죽는 것을 기꺼이 원했을 것이다. 하지만 그의 부하들에게까지 그런 잔인한 형벌을 내리고 싶지는 않았다. 릭의 동료들이 그를 설득했다는 점에는 의심의 여지가 없었다. 왜냐하면 그는 더 이상 아무 말도 하지 않았기 때문이다. 하지만 그가 적에 대해서 무자비하고 냉혹한 인간이라는 것을 기억할 필요가 있었다.

그러나 그는 인간이었다. 그 점만은 그녀도 확신하고 있었다.

"그냥 내버려두십시오, 대위님. 로마에서는 로마인이 어쩌고 하는 말도 있잖습니까. 또 죽은 자는 말을 못 한다는 점도 고려하셔야 합니다."

메이슨의 말에 릭은 깊게 숨을 들이마셨다. 지구의 고전(古典) 시대에는 아군일지라도 부상자는 죽이는 것이 보통이었다. 군대가 의무병을 채택한 것은 마케도니아의 필립포스왕 이후의 일이다. 필립포스 2세는 위생병이 병사를 한 명 구할 때마다 상당한 보상을 내렸다.

릭은 말을 한 마리도 붙잡지 않은 것을 후회했다. 그들에게는 말이 필요했기 때문이다. 다루기 힘들고 험상궂어 보이는 켄타우로스에게는 흥미가 없었다. 그렇다고 그가 말에 대해 잘 알고 있는 것은 아니었지만, 걷는 것보다는 말에 타는 편이 훨씬 낫다.

이 문제는 몇 분 후에 해결됐다. 카라독이 (이건 웨일즈의 왕 이름이 아니었던가? 이 행성에서의 언어 발달에 관한 그웬의 이론에는 어딘가 잘못된 부분이 있었다) 부상한 병사들 상대로 예의 소름끼치는 작업을 마친 후, 자기 말을 타고 도로를 달려가 몇 분 후에 새로 잡은 네 마리의 말을 끌고 돌아왔기 때문이다. 그는 그 모두를 릭에게 제공했다.

릭은 안장을 조사해보았다. 가죽을 덧대고 일체형 나무 등자가 달린 목제 안장이었다. 말들은 크고 튼튼해서 지구에서도 상당한 가격을 호가할 듯하다.

"말 탈 줄 알아?" 릭은 그웬에게 물었다.

"그리피스 공원의 승마장에서 타본 적이 있긴 한데." 그웬은 불안한 표정으로 말들을 훑어 보았다.

"천천히 가기로 하지. 그런데 죽은 자들의 물건을 가져가면 우리의 새로운 친구들이 반대할까? 쓸모있는 장비들이 많아."

"모르겠어요."

"나도 모르겠어." 릭은 말했다. 호메로스의 서사시에 등장하는 영웅들은 언제나 죽은 적들의 소지품을 약탈했다. 때로는 시체를 훼손하는 일도 있었다. 심지어 자기들이 사용할 수 없는 무기나 갑옷으로 기념품을 만들기까지 했다. "메이슨, 가서 뭐가 있는지 찾아보도록. 장검, 그리고 우리 몸에 맞는 갑옷이 있으면 가져와. 하지만 투구의 깃털은 떼어내도록." 그는 잠깐 생각해본 뒤 말했다. "그리고 궁수가 쏴 떨어뜨린 병사에는 손대지 말게."

이것은 적절한 명령이었던 듯했다. 메이슨이 지시받은 일을 끝내자 카라독도 같은 일을 했기 때문이다. 카라독은 화살을 회수했고, 그가 죽인 병사의 소지품을 모두 턴 다음에는 메이슨이 남겨둔 것들 일부에도 손을 댔다. 그는 전리품을 수조 앞으로 가져와서 야눌프에게 뭔가 말했다. 노(老)제관은 장검과 흉갑(胸甲), 그리고 가죽백을 가리켰고 카라독은 그것들을 경건한 태도로 돌무더기 앞에 쌓았다.

"흐흠. 메이슨, 우리 것도 야눌프에게 가져가게."

제관은 메이슨이 가져간 전리품에서 훨씬 더 많은 물건을 골라냈다.

"몇 퍼센트나 빼는지 모르겠군." 릭이 말했다. "그리고 저게 결국 누구 것이 되는지도 모르겠고."

"재분배 시스템이에요. 고대 사회에서는 흔히 볼 수 있는 관습이죠. 가장 먼저 이 오래된 돌무더기 앞을 지나는 사람이 선물을 받는 식이에요. 그리고——이런 말을 하고 싶지는 않지만 시체들을 도로 위에서 치우는 것이 나을 거예요. 그럼 그들은 그냥 사라져버린 게 되고, 설령 발견되더라도 어떻게 죽었는지 자세하게 들여다보지는 않을지도 모르니까."

"우리가 지나간 흔적을 지우자는 얘기야?"

"그래요."

타당한 의견이다. 릭은 그웬을 만난 이래 몇 번이나 이와 같은 생각을 했다는 느낌을 받았다. "메이슨, 시체를 감추러 가세. 아마 카라독도 눈치를 채고 협력해줄지도 몰라."

카라독도 결국 그들을 도와주기는 했지만, 그 의도를 이해하는 것 같지는 않았다. 도로에서 100미터 정도 떨어진 숲속에 시체를 모두 쌓아놓은 뒤에 릭은 뭔가를 상징하는 듯한 몸짓을 하고 시체 위에 흙을 뿌렸다. 메이슨이 의아한 표정을 지어 보이자 릭은 설명했다. "왜 시체를 옮겨야 했는지 의심받는 것보다는 차라리 우리가 괴상한 종교를 믿고 있다고 생각하게 하는 게 나아."

그들이 남은 말 한 필에 짐을 비끌어매는 동안 카라독도 자기 전리품을 제관이 타고 왔던 말 위에 실었다. 그 일을 마치자 그는 새 말을 타고 어디론가로 사라졌다가 말 두 필을 더 끌고 돌아왔다. 괜찮느냐는 듯이 릭을 흘끗 본 그는 새 말들의 고삐를 야눌프와 틸라라에게 건넸다. 그들은 말에 올라탔다.

"대위님, 우릴 기다리고 있습니다." 메이슨이 말했다.

"응, 말에 타자고." 릭은 안장에 뛰어오른 다음 시험삼아 살짝 박차를 가해 보았다. 말이 조금 움직였다. 말은 잘 훈련되어 있었고 거의 릭이 생각한 대로 고삐의 움직임에 반응했다. "처음엔 내가 앞서서 당신 말을 유도하겠어." 그는 그웬에게 말했다. "내가 그래도 좋다면 말이야."

"부탁해요."

릭은 자기 말을 틸라라가 탄 말 옆으로 몰고 갔다. "어디로 가?" 릭이 물었다. "쿠오 바디스? 돈데?"* 릭은 난처한 표정으로 사방팔

---

* 각각 라틴어와 스페인어로 "어디로 갑니까?", "어디?"라는 뜻이다.

방을 가리켜 보였다.

틸라라는 잠시 의아해하다가, 곧 무슨 뜻인지 알아차렸다. 그녀는 도로 너머를 가리켰다. "타마에르손."

"당신의 고향이야?" 릭이 물었다. 그는 그녀를 가리켰고, 다시 도로를 가리켜 보였다. 틸라라 도 타마에르손. 그녀는 이렇게 말했으니 필시 그곳이 고향임이 틀림없다. "당신. 타마에르손?"

틸라라는 열심히 고개를 끄덕이더니 손을 크게 움직여 일행 모두를 가리켜 보였다.

"타마에르손."

그녀가 말했다. 결의에 찬 목소리였다.

제5부

타마에르손

1

  떠나 있던 기간은 일 년도 채 안 되었지만 틸라라는 그녀의 고향이 얼마나 작은지를 잊고 있었다. 타마에르손 전체가 첼름의 그녀 영지의 두 배 정도밖에는 안되고, 가리오크에 있는 그녀 아버지 토지는 유복한 기사에게는 적당할지는 몰라도 베로멘의 영지라고 하기에도 부끄러울 정도였다. 또 아버지 저택의 대(大)접견실은 드라반 성에 있는 그녀의 회의실보다 별로 크지도 않았다. 사실, 아버지는 이 접견실을 회의용으로 썼다. 회의라고는 해도 보통— 이때도—심복부하 몇몇과 밀담을 나누는 정도였다.

  틸라라가 실망한 이유는 그뿐만이 아니었다. 그녀가 받은 환영은 도저히 열렬하다고는 할 수 없는 것이었다. 그녀의 아버지 드루몰드는 그녀를 고위의 귀부인 자격으로 시집보냈다. 무리를 해서 많은 궁수와 재산을 지참금으로 딸려 보냈던 것이다.

  접견실 밖에서는 마을 여자들이 틸라라와 함께 먼 땅으로 가서 죽어야 했던 아들과 연인들의 죽음을 슬퍼하며 통곡하고 있었다.

"딸아, 나는 네가 내게 말과 기사들을 보내줄 것을 기대하고 있었다." 아버지가 말했다. "그리고 황금도. 하지만 네가 데려온 것은 무장한 남자 세 명과 제관 한 명뿐이 아닌가."

"제게 어떤 선택이 있었겠습니까? 하지만 제가 데려온 사람들은 보통 병사가 아닙니다." 틸라라는 십자로에서의 전투에 관해 설명했다. "그밖에도 산적과 피난민들이 저희를 두 번 습격했을 때도 그들은 우리를 위해 싸워줬습니다. 두 번 모두 아무도 살려보내지 않았습니다."

틸라라는 그들이 어깨에 메고 다니는 노궁(弩弓)을 닮은 큰 무기와 윗옷 속에 숨기고 다니는 한 손용의 작은 무기에 대해 설명했다.

"하지만 그자들은 어디서 온 것인가?" 그녀의 아버지가 물었다.

"별에서 왔소." 야눌프가 대답했다.

드루몰드는 제관을 쳐다보다가 다시 딸에게로 시선을 돌렸다. "불과 천둥의 무기…… 그렇다면 전설은 사실이었단 말인가?"

"그렇소." 야눌프가 대답했다. "그대도 볼 수 있을 것이오. 〈악마의 별〉이 한 십일(十日)마다 점점 커지는 것을."

"그렇소. 밤의 태양이 낮아지는 새벽에 나도 그것을 보았소." 드루몰드가 동의했다. "그러나 전설은 사악한 신들에 대해 경고하고 있소." 그는 새로 온 자들에게 숙소로 제공된 석조 가옥을 불안한 눈초리로 흘낏 보았다. "혹시 그자들은……."

"신은 아닙니다." 틸라라가 말했다. "그들은 인간입니다. 위대한 무기를 가지고 있긴 하지만 인간임에는 틀림없습니다. 며칠간 그들은 병에 걸려 빈사 상태였습니다. 동행한 부인은 아직도 회복하지 못했습니다."

"그 여성은 회임했소." 야눌프가 말했다. "누구의 아이인지는 알 수 없지만 말이오."

"신은 아니라는 얘기로군." 드루몰드는 생각에 잠겼다. "인간이라. 그리고 그들은 그대의 친구가 됐단 말이군. 그들과 같은 힘이 있다면……." 그는 한층 더 골똘히 생각하는 기색이었다.

"나도 그런 생각을 안 해본 게 아니오." 야눌프가 말했다. "그들이 가진 무기의 위력을 보고, 나는 섭정과 드란토스의 소년 와낙스를 찾아갈 생각이었소. 〈별에서 온 자들〉의 힘을 빌면 사라코스를 드란토스에서 몰아내고 틸라라님을 복귀시킬 수도 있었을 테니까 말이오."

"하지만 그들은 협력하지 않았단 뜻인가?" 드루몰드가 물었다.

"아니, 그럴 수가 없었던 것이오. 우리가 열흘간 섭정의 군대를 찾아 헤매는 동안 섭정은 사라코스를 찾고 있었소. 양군의 전투가 벌어진 지 사흘째 되는 날 우리는 피난민으로부터 그 얘기를 들었소. 기병은 사라코스군 쪽이 더 많았지만 병력은 서로 대등하다고 여겨지고 있었소. 그러나 전투가 시작되자 사라코스는 그의 적을 불과 천둥의 무기로 격파했소."

제관은 양손을 벌렸다.

"별에서 온 것은 여기 있는 우리 친구들뿐만이 아니오. 릭이 가지고 있는 것보다 더 끔찍한 무기를 가진 이십 명 넘는 인간이 사라코스와 동맹을 맺고 드란토스를 지키고 있는 것이오."

"릭은 이전에 그들과 함께 있었습니다." 틸라라가 말했다.

"그럼 왜 그자들과 헤어진 것이냐?" 드루몰드가 물었다.

그녀는 당혹한 표정으로 양 어깨를 으쓱해보였다. "그것은 저도 모르겠습니다. 레이디 그웬에게서 들은 바에 의하면 릭은 이전에는 〈별에서 온 자들〉의 대장이었다고 합니다. 그러나 그자들과 다시는 만나지 않겠다고 말하고 있습니다."

"그게 사실이라면 그를 받아들이는 게 현명한 일일까?" 드루몰드가 물었다. "우리 일족에게는 위험한 존재가 아닌가?"

"그는 우리 손님입니다." 틸라라가 말했다. "그는 저를 사라코스로부터 한 번 지켜주었고 산적들로부터는 두 번이나 지켜주었습니다."

그녀의 아버지는 그녀의 얼굴을 주의 깊게 관찰했다. "아무래도 그는 너에게 그 이상의 영향을 끼친 것 같군. 너의 복상 기간이 끝나면 나는 또다시 맥 클라란 뮤어의 딸이 이방인과 혼인하는 것을 보게 될까?"

틸라라는 그 질문에 대답할 수가 없었다. 그보다도, 그런 것보다도 알고 싶은 게 하나 더 있어. 그웬 아이의 아버지는 누구일까? 그녀는 릭에 대해 여자가 애인에게 취하는 태도는 보이지 않지만 〈별에서 온 자들〉의 행동은 우리에겐 불가사의에 가까워. 나는 그들을 이해할 수가 없어. 특히 릭을. 그는 내 곁에 있고 싶어하면서도 지금까지 상처를 치료할 때를 제외하면 내게 손을 대지 않았잖아……

그리고 또 하나 기억에 남는 일이 있었다. 사라코스가 그녀에게 한 짓을 듣자 릭은 분노를 못 이기고 고함을 질렀던 것이다. 다시 돌아가서 사라코스를 찾으려고 했을 정도였다. 하지만 그웬이 오랫동안 그와 말을 나눴고, 그들은 결국 다시 길을 떠났던 것이다.

하지만 그때 그는 틀림없이 분노했어. 나에게 상처 입힌 자를 증오했던 거야.

"실은 여기서도 곤란한 일이 벌어졌어." 드루몰드가 말하고 있었다. "계절에 걸맞지 않은 큰비가 쏟아져서 농작물을 망쳐놓았지. 네게 많은 궁수를 딸려보낸 탓에 우리는 많은 목초지를 잃었어. 나, 맥 클라란 뮤어는 이미 네가 출발했던 당시 가졌던 만큼의 권세를 가지고 있지 않아. 네가 나를 돕기 위해 천 명의 기병을 보내지 못한다는 사실이 알려진다면 사태는 더 악화되겠지. 게다가 네가 데려온 손님들의 존재가 사라코스의 군세를 여기로 끌어들일지도 모르겠군. 이것은 결코 네 잘못이 아니지만 일이 곤란하게 된 것만은 틀림없다."

드루몰드는 침묵하고 있는 그의 심복들을 쳐다보았다. 그들은 아무런 충고도 하지 않았다. 곧 그는 우울한 눈초리로 난롯불을 바라보았다. "그러나 그들은 손님이고 내 환영을 받아 마땅해. 그게 그들에게 무슨 도움이 될지는 모르겠지만."

"언제까지 기다리게 할 작정일까요?" 메이슨 병장이 물었다. "뱃속에서 꾸르륵거리는 소리가 날 정돕니다. 적어도 식사 정도는 대접해줘도 좋을 텐데."

"아마 그것 때문에 논쟁하고 있는지도 몰라요." 그웬이 말했다. "손님으로 맞이한다는 것은 일부 문화권에서는 매우 중요한 의미를 가진 행위거든요. 만약 그들이 우리에게 식사를 대접하면 그들은 우리를 손님으로서 맞이해야 하고, 또 외적으로부터 보호할 의

무가 생기는 거예요."

"어쨌든 빨리 결론을 내려줬으면 좋겠습니다."

"불행 중 다행이라고 생각해야 해." 릭이 말했다. "최소한 여기서는 따뜻한 불을 쬘 수 있고 하룻밤은 안전하게 잘 수 있으니까."

그렇다, 지금까지 그들이 몇 주일 동안이나 드란토스를 가로질러 도주했을 때 겪은 고난에 비하면 여긴 천국이나 마찬가지였다. 게다가 사라코스와 그의 새로운 동맹자들이 파상적으로 보내오는 점령군의 추격 부대를 따돌려야 했던 것이다.

말도 관습도 모르는 상태에서 전형적인 몬테주마의 앙화(殃禍)*에 시달리며 감행했던 악몽과도 같은 여행이었다…….

"하지만 우린 결국 도망치는 데 성공했어." 릭은 큰소리로 말했다. "게다가 흔적도 남기지 않고. 이제 우린 어떻게 해야 할까?'

"주민들과 어울려야 해요. 이곳의 공동체에 뿌리를 내리는 거죠."

"맞아."

릭은 창 밖을 가리켰다. 아름다운 경치였다. 마을은 고산지대의 편평한 목초지에 자리잡고 있었고, 꼭대기가 눈에 덮인 산이 삼면을 에워싸고 있었다. 남동쪽의 해안선을 제외하면 마치 그림엽서에서 보는 스위스의 경치 같았다.

"하지만 경작지는 거의 보이지 않고, 그나마 황폐화된 땅이 많아. 공업은 존재하지 않고 목초지도 거의 없군. 그웬, 당신은 나보

---

* Montezuma's Revenge. 여행자가 외지의 음식물을 섭취함으로써 걸리는 박테리아성 이질 증세. 여행자 설사.

다 더 많은 것을 알아차렸겠지만 내가 봐도 여기가 무인(武人) 사회라는 데는 의심의 여지가 없어. 아마 자기들이 생산하는 것보다 근처의 비옥한 평야지대에서 약탈해오는 식량에 더 의존하고 있을 거야. 메이슨과 내가 여기서 먹고살려면 방법은 단 하나밖에 없어. 다행히도 우리에게는 익숙한 직업이지만."

"그것도 탄약이 남아 있을 동안의 얘깁니다." 메이슨이 말했다. "아마 오래가지는 못할 겁니다."

"그럼 전장식(前裝式) 소총을 제조하느라 바빠지겠군. 난 흑색 화약의 제조법을 배운 적이 있어. 다시 기억해낼 수 있을 거야."

"릭, 안돼요!" 그웬이 말했다.

"왜? 이들의 문명을 이기로 더럽히고 싶지 않아서인가? 활에 맞아 죽는 쪽이 총에 죽는 것보다 더 고상하다고 생각하고 있나?"

"그런 뜻이 아녜요." 그웬이 말했다. "아아, 제발 이 두통이 사라져줬으면. 릭, 만약 당신이 화약 무기를 사용한다면 파슨즈에게 편지를 보내는 것만큼 확실하게 우리 위치를 알리는 꼴이 될 거예요."

메이슨이 목에서 으르렁거리는 듯한 소리를 냈다.

"대위님, 대위님께서는 어떻게 생각하시는지 모르겠지만 전 파슨즈 중위 일로—하, 지금쯤이면 파슨즈 장군이 됐겠군요—고민하는 데는 이제 진절머리가 납니다. 여기까지 오느라고 지나와야 했던 곳들을 대위님도 보셨을 겁니다. 5백 명의 부하만 있으면 여기로 통하는 길을 영원히 지킬 수도 있습니다. 파슨즈와 그의 부하들을 무서워할 필요는 없습니다. 오히려 여기로 와줬으면 할 정돕니다."

"맞는 말이야. 도망가는 데 지친 건 자네 혼자가 아냐."

"샬누크시들이 파슨즈를 도울 가능성을 벌써 잊었나요?" 그웬이 말했다. "아마 도울 거예요. 당신, 그들을 상대로 싸울 수 있나요? 그런 짓을 하면 틸라라의 아버지를 이 행성에서 가장 강력한 적과의 싸움에 끌어들이게 된다는 것을 잊었어요?" 그웬은 콧방귀를 뀌었다. "당신이 그런 짓을 할 만큼 바보라고는 생각하지 않았는데."

"그럼 우리들 보고 어쩌라는 거야?" 릭이 힐문했다.

"우리가 이미 합의했던 대로 하는 거예요. 우리의 행방을 알리는 단서를 최소한도로 줄여야 해요. 적어도 샬누크시들이 교역을 마칠 때까지는. 그들이 떠나면 파슨즈만을 상대할 수 있으니까요."

릭은 생각에 잠겼다. 이번에도 그웬의 의견은 타당하다는 생각이 드는군. 하지만 그녀는 아직도 내게 뭔가를 숨기고 있는 것 같아. 도대체 왜?

2

　동굴은 추웠고 암모니아 냄새를 풍겼다. 릭은 야눌프의 안내를 받으며 구불구불 계속되는 복도를 내려가면서 몸을 떨었다.

　"이것은 절대 비밀이오." 야눌프가 말했다. "여기서보다는 서부 쪽에서 비밀이 더 잘 지켜지고 있지만 말이오. 그래도 비밀은 비밀이오."

　"뭐가 비밀이라는 겁니까? 여기 동굴이 있다는 사실을 모르는 사람은 없을 텐데."

　"그러나 그 크기와 입구의 위치, 통로 등에 대해서는 모르고 있소."

　"왜 내게 보여주는 겁니까?" 릭은 암모니아 증기와 추위 탓에 기침을 했다.

　"그들은 그대의 말이라면 믿어 줄지도 모르기 때문이오……. 내가 하는 말은 먹혀들지가 않소. 그리고 난 당신들 〈별에서 온 자들〉이 자기가 본 것을 자기 나름대로 해석한다는 사실을 깨달았소."

"내겐 모두 기묘하게 보이는 것들뿐이군요. 여기가 이렇게 추운 이유는 뭡니까?"

야눌프는 동굴의 벽 한쪽을 뒤덮고 있는 진흙투성이의 구근(球根) 덩어리 같은 것 가까이에 횃불을 들이댔다.

"〈보존자〉의 뿌리 때문이오. 이건 식물이오. 〈악마의 별〉 얘기가 진실이라고 믿은 것도 바로 이것 때문이오. 〈보존자〉가 사람의 몸보다 더 커진 것을 본 것은 난생 처음이오. 이것이 자라기 시작한 것은 최근이고, 지금은 하루가 멀다하고 성장하고 있소. 성장이 시작된 것은 〈악마의 별〉이 밤하늘에 보이기 시작했을 때부터이고, 바로 전설에 전해오는 대로였소."

"어떻게 식물이 얼음을 만들 수 있단 말입니까?" 릭은 큰소리로 의문을 입밖에 냈다. "그렇다면 땅 위에 나와 있는 부분이 있을지도……."

"그렇소. 〈보존자〉는 매우 큰 식물이오. 서부의 성들은 동굴 위에 세워져 있고, 〈보존자〉는 성벽과 흉벽 위로 무성하게 자라 있소. 이 식물은 성이 거의 없는 이 척박한 곳에서는 바위 위에서 자라오. 당신도 본 일이 있을 거요."

"그랬었군요." 릭은 굵은 줄기에 폭넓은 잎사귀와 볼품 없는 흰색 씨가 달린 덩굴 식물을 본 것을 머리에 떠올렸다. "고향의 과학자들, 그러니까 자연을 연구하는 직업을 가진 사람들이 이걸 본다면 어떤 대가를 치르더라도 손에 넣고 싶어할 겁니다."

햇빛은 암모니아를 만들고, 그 암모니아가 어떤 식으로든 이 추위를 만들어내는 것이다. 트란의 삼중항성계(三重恒星系)에서 이러한 식물이 갖는 진화론상의 의의는 명백했다.

"내게 보여주고 싶다는 것이 뭡니까?"

"이 동굴의 크기와 비어 있는 저장실을 봐주시오. 〈때〉가 왔을 때 안전한 피난처는 이 동굴뿐이오. 그해와 그 다음해는 곡물을 수확할 수 없고, 그 뒤로도 흉작이 2년간 계속될 거요. 적어도 전설은 그렇게 말하고 있소. 당신이 그려준 태양들의 위치를 본 후 난 그 전설을 믿을 수 있었소."

"놀라운 일이군요. 당신은 이우스 파터(Ius Pater), 즉 〈낮의 아버지〉의 제관이 아닙니까? 별들이 곧 신이라고 생각하던 게 아니었습니까?"

"왜 신이 아니란 말이오?" 야눌프가 되물었다. "당신 입으로 별들은 세계들보다 더 오래 존재해왔고 영원히 타오르고 있다고 하지 않았소?"

'그냥 그렇다고 해 두자.' 릭은 생각했다. '그건 그렇고, 왜 모든 것을 비밀에 부치지 않으면 안 되는 걸까? 누구에게서 비밀을 숨기고 있단 말인가?'

야눌프는 육중한 나무문을 열었다. 암모니아 냄새가 더 강해졌고 그 탓에 횃불의 불길도 더 약해진 것처럼 보였다. 제관은 횃불을 높이 치켜들고 기침을 하며 말했다.

"보시다시피 여기엔 빈약한 공물(供物)밖에는 없소. 몇 십일(十日)을 견딜만한 육류와 곡식이 저장되어 있기는 하지만 한겨울을 지낼 수 있는 정도는 못 되오. 〈때〉가 오면 이곳 사람들이 어떻게 할 수 있을 것 같소?"

전설에는 세 번째 태양의 접근은 불행한 시절의 전조로 간주되고 있었다. 불, 홍수, 기아, 그리고 태풍의 시기인 것이다. 그것에 대비하지 않는 자는 죽는 수밖에 없다는 뜻이다. 그런 전설에는 신들의 전쟁, 황당무계한 괴물의 출현, 그리고 하늘에서 온 사악한 신들과의 교섭이 얼마나 무익한 일인지를 경고하는 혼란스런 이야기 등이 뒤죽박죽으로 섞여 있었다. 우화(寓話)에서 진실을 구별해내는 것은 곤란했지만, 릭은 앞으로 어려운 시기가 닥쳐올 것이라는 사실은 의심하지 않았다. 아마 기후 전체가 뒤바뀔 것이다.

"야타르 신은 제물을 요구한다고 전해지고 있소." 야눌프가 말했다. "저장된 제물들은 제관과 견습 제관들에 의해 관리를 받는 식이오. 어떤 지방에서는 저장실은 언제나 가득 차 있소. 하지만 이 동굴은 그렇지 않소."

잠시 후 야눌프는 릭을 동굴 밖으로 안내했다. 릭은 자신들이 지하도를 얼마나 멀리 걸어왔는지를 깨닫고 놀랐다.

"타마에르손에 있는 다른 동굴들도 마찬가지요. 제관과 견습 제관들의 말에 의하면 그곳의 저장실도 이곳과 마찬가지로 비어 있다고 하오."

"그들의 말을 믿겠습니다." 릭은 헐떡이며 대꾸했고, 바깥 공기와 햇빛을 향해 빠른 걸음으로 걸어갔다.

드루몰드는 전율했다.

"2년 동안이나 수확이 없단 말인가? 그렇다면 우리는 파멸이오. 일년만 흉작이더라도 우리는 봄이 되기 전에 굶주리게 된단 말이오." 악운을 피하기 위해 그는 회의실의 벽난로에서 불타고 있는 장작 위에 침을 뱉았다.

"그러기 전에 풍작인 시기가 올 겁니다."

릭이 말했다. 적어도 그랬으면 좋겠다고 그는 생각했다. 기상학에 대해 아는 건 별로 없지만, 전설은 그렇게 말하고 있었고 또 전혀 타당성이 없는 이야기도 아니었다.

"그대는 타마에르손에 관해 별로 아는 게 없나 보군." 드루몰드가 말했다. "가장 풍작인 해에도 우리 땅은 충분하지 않고, 결국 위험을 무릅쓰고 〈제국〉에 침입하는 수밖엔 없소. 이제는 어쩔 수 없게 됐소. 신들이 우리를 미워하여 이런 시기에 우리를 태어나게 한 것이오. 나는 전설이 거짓이기를 바라고 있었소."

"하지만 우린 뭔가 해봐야 합니다." 틸라라가 말했다. "아버님께서는 맥 클라란 뮤어이십니다. 일족을 수호해야 할 의무가 있습니다."

"내가 의무를 소홀히 했단 말이냐! 우리가 〈제국〉으로부터 자유롭지 않단 말인가? 지난 20년 동안 〈제국〉의 노예 사냥꾼들이 우리 산에 발을 들여놓은 적이 있었나? 딸아, 나는 할 수 있는 일은 모두 하고 있어. 하지만 나는 마법사가 아냐. 바위 위에 곡식을 자라게 할 수는 없어!"

"우리가 도움을 줄 수 있습니다." 그웬이 말했다. "우리는 수확을 늘릴 수 있는 경작법을 알고 있습니다."

"젊은 여인이여, 말해두지만 경작할 토지 자체가 여기엔 없소." 드루몰드는 우울한 어조로 말했다. "우리가 가지고 있는 제일 좋은 농토가 마르고 갈라진 것을 보지 않았소."

"맞아요. 생각지도 않았을 때 큰비가 내린 거예요." 그웬이 릭에게 영어로 말했다. "등고선 식 경작법을 쓰면 어떻게든 침식을 막을 수 있다는 것을 가르쳐주면 어떨까?"

"늦기 전에 그럴 수 있다는 거야?" 릭이 말했다. "우리 추측이 맞다면 이들은 다음 봄부터 죽어라 일하지 않으면 안돼."

드루몰드는 그들을 미심쩍은 듯이 바라보며 말했다. "그대들끼리만 그렇게 대화하는 것을 나는 좋아하지 않소."

"실례했습니다." 릭이 말했다. "그럼 더 이상 경작할 농토가 없다는 말씀입니까?"

그 말을 듣고 틸라라가 웃었다. "로마 제국에는 남아돌 정도로 충분한 토지가 있습니다. 카이사르를 위한 공원으로 남겨진 땅, 카이사르의 수렵용 숲, 카이사르의 신들을 위한 가축 떼. 그곳에는 풍부한 식량과 농지가 있습니다."

"잔인한 농담이로군." 드루몰드가 말했다. "옳아, 그곳에 식량과 땅이 있는 것은 사실이다. 그러나 군단이 그것을 지키고 있고, 또 카이사르의 허가 없이 〈제국〉에 들어오는 자들을 위한 노예시장이 존재하는 것도 엄연한 사실이 아니던가."

"아버님께서는 릭이 가진 〈별의 무기〉를 잊으셨습니까?" 틸라라가 이렇게 말하고 릭을 돌아보았다. "당신의 동료들은 그들의 무기로 드란토스 전역을 제압했습니다. 〈제국〉을 상대로 같은 일을 하는 것은 불가능할까요?"

제발 그런 식으로 나를 바라보지 말아줬으면 좋겠어, 하고 릭은 생각했다. 나는 신이 아니라고.

"그건 무리야. 그리고 틀림없이 전쟁보다는 더 나은 방법이 있을 거야. 현재의 카이사르와 협상할 수는 없을까?"

릭의 말에 드루몰드와 틸라라는 웃음을 터뜨렸다.

"쇠사슬로 묶어놓지 않고는 카이사르는 우리 일족을 보려 하지 않을 것이오. 양털을 제외하고는 우리가 팔 만한 것은 아무것도 없소. 그러므로 우리가 원하는 것을 칼과 창으로 빼앗는 수밖에 없소."

만약 카이사르가 협상에 응하지 않는다면 그의 주의를 끌 다른 방법이 있을지도 모른다.

"〈제국〉은 어느 정도까지 강합니까?" 릭이 물었다.

"지도를 가져오라." 드루몰드가 외쳤다. 그는 심복이 양피지로 된 지도를 펼칠 때까지 기다렸다가 다시 입을 열었다. "〈제국〉은 나의 조부 때만큼은 크지 않소. 하지만 그들은 비옥한 저지(低地)와 구릉지대 여기저기를 소유하고 있소. 그리고 요새에는 4천 명의 용병으로 이루어진 군단이 대기하고 있소."

드루몰드는 타마에르손으로 통하는 구릉지대가 험준한 산으로 바뀌는 곳에서 20마일가량 떨어진 지점을 가리켰다.

"그들은 열흘 이내에 두 군단을 보충할 수 있고 또 열흘이 지난 후에는 추가로 세 군단을 파견할 수 있소."

그리고 우리들이 가진 소총탄은 약 백 발 정도로군, 하고 릭은 생각했다. "그러면 적은 상당한 우위에 서 있다는 얘기군요." 릭은 조심스럽게 말했다.

"다른 〈별에서 온 자들〉은 드란토스 전역을 제압했습니다." 틸라라가 말했다. "당신도 같은 일을 할 수는 없습니까?"

"그들이 그러기 위해서는 사라코스 군대의 협력이 필요했어."

그리고 내게는 사라코스가 그 계약을 후회하게 될 것이라고 믿을 만한 충분한 이유가 있다. 이대로 간다면 사라코스는 아마 앙드레 파슨즈의 꼭두각시로 끝나는 게 고작일 것이다. 사라코스 같은 자에겐 걸맞는 운명이지만.

저지대. 앞으로 5년 혹은 그 이내에 신(新) 로마 제국은 로마시 자체를 제외하고는 모조리 물에 잠겨버릴 것이다. 그리고 그때 타마에르손의 전 인민은 아사 직전까지 갈 것이다. 맥 클라란 뮤어와 그의 가족을 제외하고 말이다. 야눌프의 말에 따르면 일족의 두령들과 그들의 자식들은 신들의 노여움을 달래기 위한 희생양으로서 자기들의 목숨을—이론상으로는 자발적으로—바치는 것으로 되어 있었다. 드루몰드의 조부 시절에는 흉작이 3년 연속해서 이어진 후에 그런 일이 일어났다고 한다. 드루몰드의 조부는 그렇게 해서 타마에르손의 씨족장 자리를 차지했던 것이다.

뭔가 그가 할 수 있는 일을 찾지 않으면 안 된다. 틸라라가 절벽 위에서 바다로 자진해서 뛰어내리는 것을 말릴 수 있을 가능성은 별로 없었다. 그녀는 의무를 충실히 수행하는 성격의 여성이었기 때문이다.

"당신들은 과거에도 〈제국〉에 침입한 적이 있습니까?" 릭이 물었다.

"있소." 드루몰드가 대답했다.

"〈제국〉에 관해 더 상세하게 설명해주십시오. 군단은 어떤 무기로 무장하고 있습니까?"

"창과 검으로. 그것 말고 또 뭐가 있단 말이오?"

"창과 검……. 그렇다면 그들은 기병입니까?"

드루몰드는 릭의 이 말에 놀란 기색이었다. "그렇소. 말과 켄타우로스에 탄 기병이오. 대부분은 말에 타고 있소."

"그렇다면 보병은 아니란 말이군요."

릭은 사각 방패와 투창, 그리고 히스파니아 검으로 무장한 고전적인 로마 군단에 관해 설명했다.

"내가 아는 한 그런 군대가 있다는 얘기는 들어보지 못했소. 제관이여, 그대가 사는 서부에는 그러한 군대가 있소?"

"아니, 없소." 야눌프는 릭의 얼굴을 찬찬히 뜯어보았다. "그대는 왜 그런 군대가 있다고 생각하는 거요?"

릭이 판단하는 한 샬누크시가 지구에서 원정군을 데려온 것은 기원 후 200년 경이었고, 그때는 셉티미우스 세베루스*의 시대였을 것이다. 신 로마인의 조상이 이곳으로 온 것은 그 시대여야만 했다. 세베루스는 그때도 고전적인 보병 군단을 채용하고 있었다. 카이사르 시대의 보병과 비교하면 약간 약체화됐던 것은 사실이지만 화약이 발명되기 전까지는 지구상에서 가장 강력한 보병이었을 것이다. 그후 지구에서 일어났던 일이 이곳의 군단에서도 일어났다는 데는 의심의 여지가 없었다. 중점이 중기병으로 옮겨가고 그에 따라 군기도 해이해졌던 것이다. 그 결과 중기병은 그들이 갈 수 없는 곳을 제외한 모든 지역을 지배하기에 이르렀다. 이 로마 제국의 성격은 신성 로마 제국 쪽에 더 가까운 듯했다. 아, 그렇다. 기원 후 800년 경, 샤를마뉴의 시대에 다른 원정군이 왔을 것이다. 이곳의 로마는 틀림없이 신성 로마 제국이다. 하지만 지금 그

---

* Septimius Severus(146-211) 로마 제국의 제20대 황제.

것을 일일이 설명할 여유는 없었다.

"우리들의 역사에 등장하는 최대의 왕국 중 하나가 그런 식으로 무장하고 있었습니다. 그런데 ──〈제국〉인들은 어떤 종교를 믿고 있습니까?"

"그들은 자신들을 크리스천이라고 부르고 있소." 야눌프가 말했다. "하지만 서쪽 땅에 사는 크리스천들은 로마인들은 크리스천이 아니라고 말하고 있소."

"그럼 로마에서 야타르교는 번성하고 있지 않습니까?"

"그렇소."

"그럼 그곳에도 얼음동굴이 있습니까? 그런 게 아니라면 로마는 어떻게 〈때〉로부터 살아남을 수 있었을까요?"

야눌프는 양손을 펼쳐보였다. "그들은 방문자를 환영하지 않소. 아니, 그렇다기보다는 노예상인들은 방문자들을 너무나도 열렬히 환영한다고 하는 쪽이 옳을지도 모르겠군. 로마 제국에도 동굴이 있다는 얘기는 들어보았지만 그것을 관리하는 자가 누군지 나는 모르오. 또한 로마에는 과거의 〈때〉에 관해 방대한 기록이 보존된 거대한 도서관이 있다는 얘기도 들어보았지만 그것 역시 내가 직접 본 것은 아니오."

그웬은 아까부터 점점 놀라는 표정으로 이 대화에 귀를 기울이고 있었다. "릭, 당신 지금 무슨 생각을 하고 있죠?" 그웬은 힐문했다.

그러자 드루몰드는 그웬에게 날카로운 시선을 던졌다. 여자가 이런 식으로 나서는 일에 익숙하지 않은 것이다.

"북쪽은 불모지야." 릭이 말했다. "서쪽은 염성(鹽性) 소택지이고 또 그보다 더 서쪽에는 파슨즈와 사라코스가 있어. 남쪽은 대부분이 바다고. 만약 우리가 〈때〉에 대비해서 저장할 식량을 손에 넣으려면 로마에서 그걸 획득하는 수밖에 없어."

"지금 제정신으로 하는 소리인가?" 드루몰드가 말했다. "우리가 이전에 〈제국〉에 침입한 것은 사실이오. 그리고 소나 말을 빼앗아 온 적도 있었소. 그렇지만 군단에게 보복을 받지 않은 적은 거의 없었소."

"그는 미치지 않았습니다." 틸라라가 항의했다. "이 사람이라면 할 수 있습니다. 저는 그가 이때까지 치른 수많은 전투에 관해 얘기하는 것을 들었습니다. 쿠바인들과 싸워 이긴 적도 있었는데——"

맞아, 난 당신이 있을 때는 언제나 좀 허풍을 떠는 경향이 있어, 하고 릭은 생각했다.

"어떤 종류의 보복을 말하는 겁니까? 군단은 어떤 식의 반응을 보입니까?"

"어떤 때는 전혀 보복하지 않을 때도 있었소. 하지만 우리의 약탈이 도를 넘으면 군대가 이 구릉지대까지 진격해왔소."

"그럼 당신들은 그들에게 반격했습니까?"

"시도는 해보았소. 몇몇 전투에서는 이기기도 했었소. 하지만 그들의 진격을 막을 수는 없었고, 그들은 결국 마을과 곡식을 불태운 다음 우리의 가축을 도살했소. 대개 얻은 것보다 잃은 것이 더 많았지. 〈제국〉은 건드리지 않고 그냥 놔두는 것이 상책인 거인이오"

"하지만 당신들은 그들과의 전투에 이기지 않았습니까?" 릭이 반문했다. "이기지 않았더라면 타마에르손은 〈제국〉에게 점령당하고 그걸로 끝장이 났어야 하지 않습니까."

"그렇소. 산길에서는 우리가 이겼지." 드루몰드가 말했다. "좁은 산길, 그리고 산에서는 말이오. 하지만 군단과 평지에서 싸워 이긴 자는 아무도 없소. 마지막으로 평지에서 군단과 싸우는 것을 시도한 자가 누구였는지를 기억하는 사람조차 없소."

지금까지 릭이 들은 바로는 이것은 스코틀랜드 국경 지대의 역사와 똑같았다. 스코틀랜드는 가까스로 외적으로부터의 독립을 유지할 수 있었다. 그러나 배넉번 전투* 후에는 스코틀랜드가 잉글랜드를 공포에 떨게 한 시대도 있었던 것이다……. 소총의 위력으로 아마 한 번쯤은 로마 군단을 이길 수 있을지도 모른다. 그래 봤자 국경 지방의 속주(屬州) 하나의 약탈에 성공하는 게 고작이겠지만, 맥 클라란 뮤어에게는 죽느냐 사느냐의 문제였다. 틸라라 입장에서도 마찬가지였다.

조직적인 침입. 약탈한 곡물을 운반하기 위한 짐마차대와, 그것이 산악지대로 돌아올 때까지 군단의 추격을 막아 줄 적절하게 조직된 군대가 있다면 성공할 가능성이 있었다.

"얼마나 많은 병력을 〈제국〉과의 전쟁에 투입할 수 있습니까? 일찍이 들어본 적도 없을 정도로 큰 규모의 침공 작전에 말입니다. 그건 앞으로 백 년 후에도 노래로 남을 정도의 큰 전투가 될 겁니

---

* 1316년의 스코틀랜드 독립 전쟁시에 스코틀랜드왕 로버트 1세가 이끄는 스코틀랜드군이 잉글랜드 왕 에드워드 2세가 이끄는 잉글랜드군의 침공을 스털링 시 인근의 배넉번에서 무찌른 유명한 전투

다."

드루몰드는 얼굴을 찡그렸다. "모든 일족이 소환에 응하리라고 는 장담할 수 없소. 아마 기병이 3백 명, 궁수가 2천 명, 그리고 장검으로 무장한 병사가 3천 명은 올 것이오. 또 잡다한 무기를 가진 해방노예가 천 명은 참가하겠지. 하지만 그 이상 모으는 것은 무리요."

"그리고 제일 가까운 곳에 있는 군단의 병력은 불과 4천 명이라고 하셨죠." 릭은 생각에 잠겼다.

"4천 명 모두 군단병이오." 드루몰드가 항의하듯이 말했다. "미늘 갑옷을 입고 좋은 군마를 탄 군단병들은 평지에서는 우리를 간단히 짓밟을 수 있소."

2천 명의 궁수. 에드워드 왕은 크레시 전투*에서 그 네 배가 되는 궁수들을 이끌고 싸웠다. 그러나 에드워드는 최소한 3만 명에 달하는 프랑스의 기사들 전원을 상대해야만 했다. 비율상으로는 타마에르손은 에드워드 이상의 병력을 가지고 제국과 싸울 수 있다는 얘기다.

그러나 여기엔 커다란 차이점이 존재했다. 궁수들만으로는 절대로 기병에 대항할 수 없기 때문이다. 크레시에서 에드워드군의 주력은 말에서 내린 기병과 완전무장한 기사들이었다. 릭이 본 바에 의하면 타마에르손이 보유한 3백 기(騎)는 기사와 그 종졸을 합쳐도 5백 명이 채 되지 않았고 그나마 갑옷을 입은 자는 그 반수에

---

* 백년전쟁 초기인 1346년에 에드워드 3세가 이끄는 잉글랜드군이 필리페 6세가 이끄는 프랑스군을 상대로 대승리를 거둔 전투

불과했다. 이 5백 명만으로 궁수대를 지킬 진형(陣形)을 짠다는 것은 무리였다. 군단의 기병은 이들을 단박에 박살낼 게 뻔하고, 백병전으로 내몰린다면 궁수들은 결딴이 날 것이다.

화약은? 아니다. 샬누크시들이 파슨즈를 도울 가능성이 있다는 그웬의 예상이 설령 빗나간다 하더라도 화약을 제조할 시간적 여유는 없었다. 이길 생각이 있다면 적어도 일천 정의 화승총과 1톤의 화약이 필요했다. 총에 꽂을 외장식 총검도 필요하다. 그리고 그것들을 준비하자면 몇 년이나 걸린다. 만일의 경우에 대비해서 일족의 젊은 병사들을 동원해서 조직적으로 황을 찾게 할 필요는 있을지도 모르지만 화약은 현 상황에 대한 해답이 아니었다.

그러나 다른 방법도 있다. 지구의 중기병은 화약이 출현하기 훨씬 전에 사라지지 않았던가. 화약은 어차피 무용지물이 되어 가던 그들에게 최후의 일격을 가한 것에 지나지 않는다.

"당신 일족들 중에 파이크(Pike)를 쓰는 자가 있습니까?"

"파이크라니?" 드루몰드가 되물었다.

"금속제의 날카로운 촉을 단 긴 나무막대기입니다."

"창을 말하는 거군. 창이라면 우리에게도 있소."

"아니, 창이 아니라 파이크를 말하는 겁니다. 일족이 쓰는 창의 길이는 어느 정도입니까? 또 그걸 가지고 어떤 진형을 짜고 싸웁니까?"

이 질문의 대답을 얻는 데는 시간이 좀 걸렸다. 결국 심복 한 명이 창의 견본을 가지고 왔다. 창의 길이는 6피트 정도였고 기병대에 대항하기에는 너무 짧았다. 스위스인들, 그리고 나중에 독일계 용병인 란츠크네흐트(Landsknechts)들이 사용한 파이크의 길이는

18피트*나 됐다. 타마에르손군의 진형에 관해 언급하자면, 전쟁에서 창을 쓰는 자들은 농민들이었으므로 진형 따위는 아예 존재하지도 않았다. 그냥 떼를 지어 몰려가서 떼를 지어 죽는 식이다.

"당장 전투를 하지 않을 경우에는 소집한 일족의 병사들을 얼마나 오래 붙잡아둘 수 있습니까?" 릭이 물었다. "훈련을 하는 동안 말입니다." 여기서 그는 훈련이라든지 교련이라는 개념에 대해 설명해야 했다. 이즈음에는 틸라라까지 그가 제정신인지를 의심하고 있었다.

"그런 일을 하면 밭과 가축을 돌볼 손이 없어지지 않소." 드루몰드가 반대했다. "게다가 그런 규모의 병력을 한꺼번에 먹일 식량 따위는 없소."

"식량이라면 동굴에 있습니다."

"그건 〈때〉를 위해 저장된 것이오." 야눌프가 항의했다. "게다가 충분하지도 않소."

"〈때〉에 대비한 것으로는 모자랄지도 모르지만, 훈련중인 군대를 먹이기에는 충분한 양입니다. 불충분한 식량을 보존한다고 해서 무슨 소용이 있습니까? 적절한 훈련을 받은 군대라면 군단을 격파할 수 있습니다. 우리가 진격을 개시하는 것은……." 여기서 릭은 재빨리 생각했다. 정식으로 훈련하기에는 시간이 모자라지만, 전투도 없이 병사들을 너무 오래 구속하면 사기가 떨어질 위험이 있었다. "60일 후가 될 것입니다."

"지금은 수확기요." 드루몰드가 외쳤다. "역시 그대는 제정신이

* 약 5.5미터

아니로군. 수확기에 사내들을 모두 징집할 작정인가?"

"아까 금년은 흉작일 거라고 말하시지 않았습니까. 수확은 여자와 아이들에게 맡기십시오."

"그럼 겨울에 우리는 뭘 먹으란 말이오?"

"제국에서도 지금이 수확기일 겁니다. 그들의 곡물을 빼앗아오는 겁니다. 게다가 그곳엔 곡식 창고도 있을 겁니다. 비축 식량 없이 요새에 정규병을 주둔시키지는 못할 테니."

"그러면 그때 가서 그대의 〈별의 무기〉로 군단을 이길 수 있다고 진정으로 믿고 있단 말이오?" 드루몰드가 말했다.

아니, 나 혼자서 그럴 수는 없겠지, 하고 릭은 생각했다. 그러나 로마 군단은 절대로 이길 수 없는 적은 아니다…… 처음부터 이기지 못할 거라고 단정하지만 않으면 승산은 충분히 있다. 그리고 그렇게 하려면 방법은 단 한 가지밖에 없었다.

"물론입니다. 우리에겐 당신들이 아직 모르는 무기가 또 있습니다. 하지만 메이슨과 나 둘만으로는 성공할 수 없습니다. 일족의 부하들부터 적절한 훈련을 받고, 적절한 무장을 갖출 필요가 있습니다." 그만두려면 지금이다. 이 이상 나아가면 후퇴할 수도 없다. "이 계획을 실행할 생각이 있다면 늦은 수확기가 절호의 기회입니다."

"대담한 계획이로군." 드루몰드가 말했다.

그때까지 말없이 듣기만 하던 틸라라의 오빠가 자리에서 일어나 말했다.

"저는 제국인들 때문에 많은 전우를 잃었습니다. 이번에야말로 복수할 기회라고 생각합니다."

틸라라도 기쁜 듯이 미소지으며 덧붙였다. "〈때〉가 닥쳐온 뒤에 굶어죽느니 차라리 전쟁에서 싸우다가 죽는 편이 낫습니다. 하지만 릭의 도움이 있으면 패하지는 않을 겁니다."

"당신들은 미쳤어요." 그웬이 영어로 말했다. "모두 어리석고, 피에 굶주린——"

"그럼 우리 모두 굶어 죽는 편이 낫단 말이야? 타마에르손도, 〈제국〉도? 혹시 이것보다 더 나은 제안을 갖고 있어?"

"우리가 꼭 여기 머물러야 할 이유는 없잖아요——"

"맞아." 릭은 말했다. "우리가 여기에 꼭 머물러야 할 필요는 없지. 하지만 나는 더 이상 도망치지 않을 거야. 도망치는 데는 넌더리가 났어."

3

드루몰드는 가리오크 일족의 수석 족장인 맥 클라란 뮤어의 자격으로 성장(盛裝)하고 있었다. 화려한 킬트 차림에, 은제 기장으로 뒤덮인 갑옷을 입고 있다. 그웬은 몇몇 기장의 상징을 이해할 수 있었다. 큰 솥 위에 그려진 크레타의 뿔난 황소. 유럽의 거의 모든 청동기 유적에서 발견되고, 야눌프의 말에 의하면 태곳적 혼돈에서 생겨난 질서를 상징한다는 고대의 소용돌이 무늬, 그리고 드래곤. 그밖에도 전설상의 생물처럼 보이는 것도 몇 개 있었지만, 그녀는 우주선의 데이터뱅크를 본 적이 있기 때문에 그것들이 정말로 상상의 산물일 뿐이라고 단정할 수가 없었다.

다른 씨족장들도 모두 성장하고 드루몰드 주위에 자리잡고 있었다. 밝은 격자무늬의 어깨걸이 중 어떤 것은 지구의 달마티아에 있는 고대 켈트족의 분묘에서 발굴된 것과 비슷했다. 족장들의 화려한 의상은 부하 전사들의 우중충한 의상이나, 그것보다 더욱 어두운 색깔의 옷을 걸친 제관들의 모습과 뚜렷한 대조를 이루고 있었다.

그웬은 제관들이 무슨 신을 섬기는지 일일이 기억할 수가 없었다. 실로 수많은 신들이 있었고 그들 모두가 제각기의 교단을 가지고 있었기 때문이다. 야눌프와 같은 풀타임 성직자도 있었지만 대다수의 작은 신들은 따로 직업이 있는 남녀들——즉 직공, 지주, 가정주부 등에 의해 숭배되고 있었다.

그들 모두가 이 의식에 참가하고 있었다. 일동은 높은 산 위에 솟은 화강암 절벽 안에 뚫린 무덤 비슷한 석실(石室)의 문을 경건한 태도로 열었다. 거기서 돌로 된 상자를 꺼내더니 복잡한 의식을 거친 후 뚜껑을 연다. 드루몰드의 장남 발크하인이 상자 속에서 도끼 한 자루를 꺼냈다.

그 도끼는 양날이었고 청동 비슷하게 보이도록 다듬어진 돌로 만들어져 있었다. 그웬은 등골이 오싹해지는 것을 느꼈다. 저 도끼는 4천년 전의 지구에서 온 것일지도 모른다!

드루몰드는 아들에게서 도끼를 건네받아 모두가 볼 수 있도록 그것을 높이 쳐들었다. 그런 다음 그는 마을의 풀밭 한 가운데에 세워진 통나무 제단으로 향했다. 그곳에 숫양 한 마리가 줄로 묶여 있었다. 드루몰드는 도끼로 일격을 가해 양을 쓰러뜨렸다.

그는 흐르는 피에 도끼를 적셨다. 두 명의 제관이 불타는 송진을 넣은 돌그릇들을 가지고 앞으로 나와 도끼날 위에 비끄러맸다. 드루몰드는 활활 타오르는 도끼를 머리 위에서 휘두르며 영창(詠唱)을 시작했다. 모두가 입을 맞춰 이에 응했다.

그웬은 어디선가 이 광경을 본 기억이 있었다. 어디서 보았을까? 곧 그녀는 기억해냈다. 로더릭 두가 알파인 족을 소환했을 때의 광경을 묘사한 스코트*의 시에서였다. 로더릭은 불타는 십자가를 언덕으로 보내 전쟁을 선포했다. 왜냐하면 그곳은 명목상으로는 크리스천의 토지였기 때문이다. 이곳 타마에르손에서 그들은 두 개의 불과 돌도끼 하나로 전쟁을 선포했다. 스코트가 묘사한 의식은 그가 생각한 것보다도 더 오래된 시대의 관습이었던 것이다.

제관 하나가 이 상징에 불복하는 자에게 저주가 있으라고 영창했고, 심복 한 명이 도끼를 들고 협곡 밖으로 달려갔다. 가리오크의 씨족들은 전장으로 소환되었다.

〈방랑성〉은 이제 동튼 후 한 시간 동안 모습을 보였고, 매일 밤 몇 시간 동안은 어둠이 지속되었다. 트란의 두 태양은 서로에게 가까이 접근했다. 여름이 지나간 것이다.

"준비는 끝났습니까, 대위님?" 메이슨이 물었다.

"아니. 하지만 이 이상 준비해도 결과는 마찬가지야. 이 작자들을 이렇게 오래 한 군데 묶어둘 수는 없으니까 말야."

메이슨은 고개를 끄덕였다. "맞습니다. 이자들은 훈련받는 걸 별로 좋아하지 않습니다. 하지만 이미 충분히 쓸모가 있는 수준에는 도달했습니다. 대위님, 대위님께서 매일같이 설파하는 과거의 전투들은 정말 일어났던 일들입니까?"

"대부분은 정말이야. 다소 뒤섞이기는 했지만 말야. 실은 장궁

* Walter Scott(1771-1832). 스코틀랜드의 소설가, 시인

과 파이크의 혼성부대가 있었다는 얘기는 나도 들어본 적이 없어. 하지만 파이크와 머스킷총의 혼합은 백 년에 걸쳐 계속된 극히 일반적인 방식이었지." 릭은 이렇게 말하고 씩 웃었다. "어쨌든 그런 얘기는 병사들의 사기를 올리는 데 도움이 돼."

그들의 사기를 고무할 필요가 있었다. 아무리 무훈담―릭의 말을 곧이곧대로 믿는다면 역사에 길이 남은 승리의 반은 그가 지휘했다는 얘기가 된다―을 들려 주어도, 또 마법의 무기의 위력을 직접 실연해 보였음에도 불구하고 대다수의 병사들은 자기들이 정말로 〈제국〉의 군단과 정면으로 싸워 이길 수 있으리라고는 믿지 않았다. 제관들의 이야기와 그것을 뒷받침하는 〈방랑성〉의 출현에 공포를 느끼고, 노력은 하지만 실제로 전쟁에 이길 생각으로 있는 자는 그다지 많지 않았다.

릭 자신도 100퍼센트 확신하지는 못했다.

협곡은 기묘할 정도로 조용했다. 여름 내내 망치 소리가 울려퍼지던 곳이었다. 열 명 이상의 대장장이를 징집해서―어떤 자는 칼을 들이대고 끌고 와야만 했다―파이크의 쇠촉을 만들고 있었던 것이다. 어떤 숲의 묘목들은 모두 파이크 자루를 만들기 위해 잘려나갔다.

지금은 망치 소리도 사라지고 교관들의 고함소리나 욕설도 들리지 않았다. 훈련 기간은 끝났다. 지금은 진군할 때였다.

그웬은 비참한 기분이었다. 배가 부풀어올라 보기 흉한 모습인 것은 본인도 잘 알고 있었다. 산파도, 야눌프까지도 모든 것이 순조롭게 되어가고 있다고 그녀를 안심시키려고 했지만 그녀를 설득하지는 못했다. 그녀의 상상력은 너무 왕성했던 데다가, 최신 시설을 갖춘 병원에서 아이를 낳더라도 얼마든지 위험한 일들이 있을 수 있다는 사실을 너무나도 잘 알고 있었기 때문이다. 지구에서는 자연분만에 열성인 친구들도 있었다. 하지만 이 정도로 자연 상태에 가까운 분만을 원한 것은 아닐 것이다.

바깥에서 군대가 도열하는 소리를 들을 수 있었다. 그들은 이제 〈제국〉을 향해 진격할 참이었고, 그 상황에서 그녀가 할 수 있는 일은 아무것도 없었다.

그녀는 도망칠 수조차 없었다. 릭의 권고에 따라 드루몰드가 무장한 부하들에게 명해 모든 도로를 봉쇄해버렸기 때문이다. 아무도 타마에르손을 떠날 수 없었다. 릭은 특히 그웬 트리메인이 떠나지 못하도록 잘 감시하라는 엄명을 내려놓았다. 릭은 그웬이 그에게 알려준 것보다 훨씬 더 많은 사실을 알고 있다고 확신하고 있고, 절대로 그녀가 그의 곁에서 떠나지 못하도록 할 작정이었다.

사실 그웬이 그에게 알려줄 수 있는 일은 많았지만 말하면 안 된다고 레스에게 경고를 받았다. 설령 릭에게 진실을 알린다고 해도 그가 할 수 있는 일은 어차피 없었다. 원래 계획대로라면 그녀는 숨을 곳을 찾은 후 보통 사람들 사이에 섞여서 기다리고 있어야만 했다.

하지만 그것은 그웬 혼자서 할 수 있는 일이 아니었다. 그녀는 내심 자신의 행동을 부끄럽게 여기고 있었다. 이들은 인간이지 단순한 인류학 연구의 대상이 아니지 않는가. 게다가 이들은 기아나 그것보다도 더 나쁜 사태에 직면해 있었다. 틸라라가 릭을 신뢰하는 만큼 그녀도 릭을 신뢰할 수만 있다면…….

문에서 긁히는 소리가 났다.

"누구?"

그녀가 물었다.

카라독이 방으로 들어왔다. "이제 출진합니다. 레이디." 그는 입구에서 침착하지 못한 태도로 서 있었다.

"따로 작별 인사를 할 상대가 없나요?" 그웬이 물었다.

"없습니다, 레이디."

"벌써 몇 번이나 얘기했지만 내 이름은 레이디가 아니라 그웬이에요……."

"예." 카라독은 잠시 주저하다가 말했다. "그웬, 사랑스러운 이름입니다. 저의 행운을 빌어주시겠습니까?"

"물론입니다."

무슨 말을 해야 할지 떠오르지 않았다. 카라독이 그녀에게 관심을 보인다는─아니, 관심 이상일지도 몰랐다─사실을 그녀가 느낀 것은 이번이 처음이 아니었다. 왜 그러는 걸까. 그녀는 의아해했다. 그녀는 지금 상태로선 도저히 예쁘다고 할 수 없었고, 궁수대의 대장 중 한 사람인 카라독은 어떤 여자라도 자유롭게 고를 수 있었기 때문이다.

그러나 카라독은 그웬에게 매료된 것처럼 보였고 될 수 있는 한 그녀 곁에 오래 있고 싶어했다. 그는 그녀를 마치 여신처럼 대했고 그것은 그녀에게도 기분 나쁜 일이 아니었다. 게다가 카라독은 매우 매력적인 남자였다.

남자라면 지긋지긋하다. 남자란 남자는 모두. 하지만 그녀는 고독했고, 누군가 자기만의 상대를 가지고 싶다는 욕구는 거의 육체적인 아픔이 되어 다가오고 있었다.

"이리 와요, 카라독. 내 곁으로 와줘요."

"기꺼이 그러겠습니다." 그는 잠시 주저하다가 그녀에게로 더 가까이 다가갔다. "기꺼이."

그웬은 두 발자국 앞으로 나아가 그의 품속으로 뛰어 들었다. 그에게 안기며 그녀는 부푼 배가 남자몸에 눌리는 것을 느꼈다. 그웬은 두려웠다. 누군가를 사랑하게 되는 것이 두려웠고, 그리고 싶어하는 자기 자신이 미웠다.

제6부

전쟁 지도자

1

대부분의 별채와 노예 숙사들은 이미 다 타버리고 없었지만 저택은 아직 그대로 남아 있었다. 릭은 그것을 보고 놀랐다. 그의 꾸준한 노력에도 불구하고 군대를 따라온 비전투원들에게 그들의 목적은 전리품을 얻는 것이지 약탈이나 방화가 아니라는 점을 깨닫게 하는 것은 불가능에 가까웠다. 군인들 자신이 대열에서 이탈해 약탈에 앞장서는 것을 막는 데만도 전력을 기울여야 했다. 〈제국〉의 경계석(境界石)에서 30마일이나 안으로 들어온 곳에 그들을 버려두고 가겠다고 끊임없이 위협하는 것만이 낙오자를 막는 유일한 방법이었다.

저택 안에서는 백 개의 양초가 타고 있었고 장교들 대부분은 이미 메인홀에서 술에 취해가고 있었다. 릭이 상급 지휘관들을 집합시킨 작은 방에도 와인은 얼마든지 있었다.

"저 작자들은 아침이 돼도 아무런 쓸모가 없을 겁니다." 릭은 불만을 토로했다. "저 소음을 좀 들어보십쇼."

"걱정할 필요는 없소." 드루몰드가 말했다. "저것이 저자들이 축하하는 방식이니까."

"지금은 축하할 때가 아니라 자신들이 보인 추태를 부끄러워해야 할 때입니다." 릭이 대꾸했다.

"하지만 우리는 이겼잖아." 발크하인이 항의했다.

그러자 틸라라는 자기 오빠를 경멸 섞인 눈초리로 쳐다보고 말했다. "예정에도 없었던 전투에 참가해 이긴 거잖아요. 현지의 민병대를 쫓아낸 대가로 병사를 세 명이나 잃었습니다. 주력부대가 도착할 때까지 기다리라는 명령을 듣지 못했습니까?"

"나는 전투에 등을 돌리지는 않아." 발크하인이 항의했다.

"다음 번에는 무조건 등을 돌려줘야 해." 릭이 말했다. "아니면 짐마차대의 호위병으로 임명해서 돌려보내겠네."

"어떻게 감히 ——"

"이 사내라면 감히 그러고도 남는다." 드루몰드가 말했다. "우리 모두가 릭의 지휘에 따라 싸우겠다고 맹세하지 않았느냐. 그 맹세는 지켜져야 한다."

"내일 제가 말을 타고 기마 척후들과 동행하겠습니다." 틸라라가 말했다. "오라버니는 릭의 명령을 이해하지 못하더라도 저는 이해하고 있으니까요."

릭과 발크하인이 동시에 입을 열었다. "그럴 필요는 없 ——"

"그럴 필요가 있어요. 오늘 입수한 지도는 아무 쓸모가 없습니다. 우리에겐 더 나은 지도가 필요합니다." 틸라라는 릭을 도전적인 눈초리로 쳐다보았다.

문제는 그녀의 말이 옳다는 데 있었다. 중세의 군대가 그 작전지역의 지형에 관한 지식이 전혀 없었던 탓에 전쟁에 진 실례는 얼마든지 있다. 릭은 십자군의 지휘관들이 자기 부대의 현재 위치조차도 파악하지 못했다는 이야기를 책에서 읽고 코웃음친 적이 있었지만, 이제는 그들이 직면한 문제가 어떤 것이었는지를 그도 이해할 수 있었다. 이곳에서는 지도가 거의 존재하지 않았고, 릭 휘하의 그 누구도 지도가 다른 무기들 못지않게 중요한 것이라는 사실을 이해하지 못했다.

그러나 틸라라는 달랐다. 그녀는 서부에서 지도를 사용한 경험이 있었고, 거리와 세세한 지형에 대해 확실한 관찰 안목을 가지고 있었다. 그리고 그녀의 부하들은 그녀에게 완전히 심취하고 있었다. 그러므로 틸라라가 직접 지휘하는 기마 분견대라면 약탈을 위해 몇 번이나 멈춰서는 일이 없이 실제로 척후 역할을 수행할 수 있을 것이다. 하지만…….

지금은 어느 쪽을 선택할까 고민할 때가 아니다. 그들은 〈제국〉의 영토 깊숙이 들어와 있었고, 요새 주둔군의 현 위치도 모르고 이대로 진격했다가는 전멸당할 것이 뻔했다.

"틸라라는 내일 기마 정찰대를 지휘하도록." 릭이 말했다. "발크하인은 중기병들과 함께 여기에 남아 있게."

발크하인은 이 명령에 이의를 제기하려 했지만 아버지의 표정을 보고 그만두었다.

"그건 중요한 임무야." 릭은 말했다. "중기병은 자네나 자네 아버지 명령에만 따를 테니까 말이야."

솔직히 말해서 중기병들은 골칫덩어리였고 그럴 수만 있다면 고향으로 모두 돌려보내고 싶은 심정이었다. 그러나 그럴 수는 없었다. 문제는 갑옷을 입은 자들은 모두 귀족이라는 점이었다. 바꿔 말해서, 명예를 위해서라면 언제나 앞장서서 싸워야 한다는 순진한 신념을 가지고 있다는 뜻이다. 이래 가지고서는 전투 개시 5분 만에 장교의 대부분은 전멸해버릴 것이 뻔했고, 그 결과 보병의 사기까지도 꺾어놓을 것이다.

릭의 입장에서는 어떻게든 파이크대와 궁수대가 결말을 볼 때까지 갑옷을 입은 2백 기(騎)의 중기병을 전투에서 떼어놓아야만 했다.

"드루몰드, 당신은 아들에게 군기를 넘겨주는 것이 좋겠습니다. 그건 갑옷을 입은 기사들만이 수행할 수 있는 명예로운 임무니까 말입니다."

드루몰드는 진지한 표정으로 고개를 끄덕였고, 발크하인도 만족해 하는 눈치였다. 틸라라는 오빠에게 보이지 않도록 작게 웃었다. 릭은 가끔 그의 전술 강의에 귀를 기울이는 사람은 이 군대 전체를 통틀어 틸라라뿐이 아닌가 하고 생각할 때가 있었다.

그들은 비스듬한 대열을 짜고 행군했다. 오른편 선두에서는 1천 명의 제1파이크 연대가 나아가고 있었다. 그들의 왼편 후방에서는 제1궁수대와 제2파이크 연대가 행군하고 있었다. 제2파이크 연대는 2천 명을 넘는 병력을 보유한 릭의 주력부대였다. 제2궁수대와, 역시 천 명의 병력을 보유한 제3파이크 연대가 그 뒤를 따랐다. 릭은 중기병들과 함께 제1파이크 연대 바로 뒤에 있었다. 이렇게 하면 언제든지 중기병들을 감시할 수가 있기 때문이다. 누군가가 바보짓을 할 가능성이 있다면, 그것은 바로 이 갑옷을 입은 '쇠투구'들이었다.

짐마차와 사역마의 무리가 맨 뒤를 따랐다. 메이슨이 지휘하는, 헌병 역할을 맡은 기마 궁수들이 이 수송대를 호위했다. 〈제국〉의 영토 안까지 식량을 가져와야 한다고 드루몰드와 그의 부관들을 설득하는 데는 릭도 상당히 애를 먹었다. 몇 번이나 고함을 지르고 화난 표정을 지어야 했을 정도였다. 이제 릭도 화가 난 척하는 데는 이골이 나 있었다. 릭은 그의 의견이 채택되지 않았을 경우를 상상해 보고 몸을 부르르 떨었다. 수송대에 실린 식량이 없었다면 식사 때마다 식량 징발을 위해 부대 전체가 뿔뿔이 흩어져야 했을 것이다.

틸라라의 기마 정찰대가 산개대형으로 대열의 전방을 나아가고 있었다. 릭도 그녀와 동행하고 싶었지만 도저히 그럴 수가 없었다. 릭의 병사들은 이제는 폭도라기보다는 군대에 더 가까워보였지만, 그들은 아직도 릭이 가진 마법의 〈별의 무기〉가 그들을 보호해줄 것이라고 믿고 있었다. 진정한 의미에서의 자신감을 결여하고 있는 것이다. 이것은 나중에 치명적인 결함이 될 가능성도 있었다.

로마 제국의 서부 변경(邊境)의 총독 카이우스 마리우스 마르셀리우스는 짜증을 내고 있었다. 부디 앞으로 2년만 골치 아픈 일이 일어나지 말아 달라고 빌고 있었던 것이다. 2년 후에는 로마 근교의 영지로 은퇴해서 속주를 관리하는 귀찮은 일은 다 후계자에게 미룰 심산이었다. 지방 민병대의 병사가 구릉지대에 사는 야만인들이 침입해 왔다고 보고했을 때 그는 놀라지 않았다. 그러나 짜증을 낸 것도 사실이었다.

그는 신중한 성격이었다. 민병대의 장교가 목격한 것은 경기병들로 이루어진 전위대(前衛隊)뿐이었지만 그는 적의 전위대 뒤를 따르는 야만인들의 대규모 주력부대의 존재를 의심하고 있었다. 그러나 그 전위대를 뚫고 나가 사실을 확인하는 것은 불가능했다.

이 기묘한 사실이 마르셀리우스의 주의를 끌었다. 야만인들은 파도처럼 몰려와서 닥치는 대로 약탈을 자행한 후 도망치는 것이 보통이었다. 앞뒤 일은 전혀 생각하지 않았던 것이다. 마르셀리우스는 혹시 망명한 로마 장교가 이 야만인들을 지휘하고 있지 않나 하는 생각이 들었다. 특별히 떠오르는 인물은 없었지만 불가능한 일은 아니었다.

"구릉지대로 진격해서 놈들에게 예절을 가르쳐줄 필요가 있어." 마르셀리우스는 참모들 앞에서 선언했다. "국경 너머로 원정대를 파견한 지 벌써 10년이 지났으니 슬슬 때가 온 건지도 모르겠군."

참모장이 신기하다는 듯이 그를 쳐다보았다. 마르셀리우스는 엷게 미소지었다. 그는 상대가 무슨 생각을 하고 있는지 알고 있었다. 황제는 휘하의 지방 장관들이 자주적으로 행동하는 것을 탐탁지 않게 여겼다. 유능한 간부는 언제 반란을 기도할지 모르기 때문이다. 카이사르는 군단병에게 자신보다 더 많은 존경을 받는 장군을 필요로 하지 않는다.

아마 참모장의 생각이 옳을지도 모르겠다. 마르셀리우스는 자신이 카이사르에 대해 위협적인 존재가 아니라는 것을 알고 있었다. 그는 다만 은퇴하고 싶을 뿐이었다. 하지만 카이사르가 그의 말을 믿어줄까?

언젠가 〈제국〉은 이런 식의 의문 탓에 몰락할 것이다. 마르셀리우스는 그렇게 확신하고 있었다. 속주(屬州)의 총독들이 기본적인 의무를 수행하는 것을 두려워하기 시작한다면…….

"구릉지대로 진격하든 말든 간에 우리는 이 야만인들을 섬멸해야 해." 마르셀리우스가 말했다. "단순히 패주시키는 것이 아니라, 그자들이 카이사르의 이름을 머리에 떠올리기만 해도 공포에 질릴 정도로 철저한 살육을 감행해야 한다는 뜻이네. 그러기 위해서는 완전 편성된 군단이 필요하니 예비군을 소집하고 현지의 기사들을 소환하도록. 카라코룸과 말레베누툼에 주둔해 있는 분견대들도 소환하게. 전 부대가 집결한 후 진격하겠어."

"그때까지 기다린다면 야만인들에게 약탈할 시간을 주게 됩니다만." 참모장이 말했다. "약탈을 허용한다면 많은 지주가 파산하게 되고 그들은 로마에 항의할 것입니다."

"항의하도록 내버려 둬. 국경의 구릉지대에는 귀족이 거의 살지 않아. 신이시여, 저는 왜 카이사르의 노여움을 영원히 두려워하며 살아야 합니까?"

참모장은 아무 말도 하지 않았다. 말할 필요가 없었기 때문이다.

나흘 후, 마르셀리우스는 새로운 보고를 받으며 더 크게 놀랐다. 야만인들이 산기슭 지역에서 약탈을 위해 멈추는 일이 없이, 속주를 향해 곧바로 진군해 오고 있었던 것이다.

"적은 해가 지기 전에 파트로클루스 셈프로니우스의 장원(莊園)에 도달할 겁니다." 정찰대 지휘관이 보고했다.

"그렇게 멀리까지?"

이것은 큰 문제였다. 셈프로니우스는 황후의 사촌이었다. 더욱 안 좋은 소식은 그 바로 앞에 센티니우스라는 중요한 성시(城市)가 있다는 사실이다. 카이사르는 로마의 도시가 야만인들에게 약탈당하는 것을 방치한 속주의 총독을 결코 용서하지 않을 것이다. 무슨 수를 쓰더라도 야만인들을 막아야 한다. 그것도 당장.

"현재의 군단 병력은 어느 정도인가?" 그는 참모장에게 물었다.

"3천 명입니다, 총독 각하."

이것은 정규군 모두와 상당수의 지역 예비군을 합한 숫자였다. 마르셀리우스는 한숨을 쉬었다. 주둔지에 완전 편성된 4천 명의 정규군이 있었던 시절이 생각났기 때문이다. 이 속주에서는 10년 동안이나 평화가 지속되었던 탓에, 정규 병력은 반으로 삭감되었다. 반란을 두려워하는 황제는 외지에 필요 이상의 병력이 주둔하는 것을 원하지 않았기 때문이다.

"3천 명이면 충분해." 마르셀리우스가 말했다.

보좌관은 고개를 끄덕이고 씩 웃었다. "놈들은 야만인에 불과합니다. 갑옷도 입지 않은 데다가 말도 얼마 가지고 있지 않습니다. 그런 놈들이 우리 군단의 기사들에게 어떻게 대항할 수 있겠습니까?"

"맞는 말일세. 전군에게 나팔 신호를 보내게. 〈진정한 태양〉이 지기 전에, 센티니우스와 야만족 군대 사이로 군단을 보내는 거야.

내일 아침 두 태양의 그림자가 뚜렷하게 보일 때 공격을 개시하겠네."

틸라라가 기병대의 선두에서 말을 달리며 돌아오는 것을 보고 릭은 안도의 한숨을 내쉬었다. 그녀를 척후로 내보내는 것은 여전히 내키지 않았지만, 그녀가 정찰대 지휘관으로서 가장 유능하다는 사실은 인정하지 않을 수 없었다.

그가 지금 와 있는 저택이 좋은 예였다. 저택은 넓고 쾌적했다. 틸라라는 아군의 선봉이 도착할 때까지 이 저택을 방어하고 있던 소수의 무장 가신(家臣)들을 공격하지 않고 기다렸을 뿐만 아니라, 부하들이 약탈하거나 건물에 불을 지르는 것을 막았다. 그 덕에 릭은 이 저택의 귀중품들을 조직적으로 몰수할 수가 있었다. 곡식 창고에는 천 부셸* 이상의 밀이 저장되어 있었고, 헛간에는 그것을 운반하기 위한 짐마차와 말들도 있었다.

릭은 넓은 계단을 내려가서 틸라라가 말에서 내리는 것을 도왔다. 그녀는 말에서 내리기 위해 딱히 도움을 필요로 하는 것은 아니었지만 될 수 있는 한 그녀 가까이에 있고 싶었기 때문이다.

"적의 군단을 목격했습니다." 그녀가 말했다. 조용한 목소리였기 때문에 다른 사람들에게는 들리지 않았다.

"어디서?"

---

* 곡물 1부셸은 약 27kg에 상당한다

"30스타디아 떨어진 곳입니다."

로마인들은 군단병의 천 보를 기준으로 한 로마마일 단위를 쓰고 있었다. 그러나 틸라라의 일족은 아직도 고대 그리스의 단위를 쓰고 있었다. 1스타디아는 약 4분의 1킬로미터였다.

"군단병들은 뭘 하고 있어?"

"말에서 내린 후 천막을 세우고 있었습니다. 감시를 위해 그곳에 부하를 다섯 명 남겨두고 왔습니다. 그중 두 명은 로마군의 야영지 가까이까지 접근해 있습니다. 만약 로마인들이 말에 안장을 얹기 시작한다면 금방 연락이 올 겁니다."

난 지금 당신과 사랑에 빠진 것 같아, 하고 릭은 생각했다. 오래 전에 이미 그러지 않았다면 말이지만. 릭은 태양들을 올려다보았다. 햇빛이 비치는 시간은 앞으로 한 시간, 그리고 지금보다는 약간 어둡지만 〈불도둑〉의 빛으로도 충분히 앞을 볼 수 있는 밤이 세 시간 있다.

"여기서 싸우겠어." 릭은 말했다. "여긴 딴 곳과 비교해봐도 손색이 없으니까 말이야."

남쪽으로 5백 미터가량 떨어진 곳에 호수가 있었다. 별로 크지는 않지만 중기병을 막기에는 충분한 크기이다. 아군 우익의 방위 거점 역할을 충분히 할 수 있을 것이다. 그리고 왼쪽으로 1킬로미터 되는 곳에는 나무가 빽빽이 들어선 금렵 지구가 있었다. 1천5백 미터는 현재 병력으로 방어하기에는 약간 길지만 전혀 장애물이 없는 곳에서 정사각형 방진(方陣)을 짜는 것보다는 월등히 나은 조건이었다.

"적이 어젯밤에 오지 않은 것이 유감이로군." 릭은 말했다. "그랬더라면 구릉지대의 더 유리한 위치에서 싸울 수 있었을 텐데. 하지만 이곳도 나쁘지는 않아. 자, 당신 아버지한테 가서 얘기하자고. 아직 날이 밝을 때 병사들을 배치해 둬야 해."

준비하는 데는 그렇게 오래 걸리지 않았다. 릭은 전투 위치에서 야영을 할 필요성을 이전부터 되풀이해서 역설해 왔다. 이제는 아군 장병들도 그 필요성을 이해한 듯하다. 이번에는 각 연대의 대열을 조정할 필요가 전혀 없었기 때문이다.

제1파이크 연대는 전방 좌측의 숲 근처에 배치되었다. 무장한 비전투원들 일부와 그들을 보조할 소수의 궁수들이 숲속을 경비하고 있었다. 릭의 주력부대인 제2파이크 연대는 제1파이크 연대에서 우측으로 3백미터, 후방으로 2백미터 되는 지점에 포진하고 있었다. 그들을 잇는 대각선 위에는 도랑을 파고 날카로운 말뚝을 앞을 향해 비스듬하게 기울어진 각도로 박았다. 말뚝은 위에서 보면 90센티미터씩 간격을 둔 바둑판 무늬를 이루고 있었기 때문에 제1궁수대는 그 사이로 자유롭게 움직일 수 있었다. 그 후방에서는 자동소총을 든 메이슨이 대기하고 있었다.

그 위치에서 약간 후방의, 호수에 가장 가까운 지점에 제3파이크 연대가 포진하고 있었다. 그 결과 제2파이크 연대의 우익과 제3파이크 연대의 좌익을 잇는 지점, 즉 저택의 바로 전방에 해당하는 곳에 길이 8백미터에 달하는 공백 지대가 생겨났다. 릭은 이곳에 남은 궁수들을 배치했다. 또 그는 병사들에게 명해 그 앞에 도랑을 파고 짐마차와 관목들을 끌어다놓은 후, 말발굽을 빠뜨리기 위한 작은 함정들을 불규칙한 패턴으로 파게 했다.

"이 장애물들 사이를 잇는 좁은 통로가 필요해."

릭은 공병대의 장교에게 말했다. 이 통로로 적을 유인해서 궁수의 표적으로 삼을 수도 있고, 또 그럴 기회가 주어진다면 아군 기병 부대의 반격 통로로도 쓸 수 있다.

공병대는 약탈된 농장에서 해방된 노예들로 구성되어 있었다. 작업에 협력한다는 조건으로 자유와 전리품의 배당을 약속받은 자들이다. 릭이 이 조건을 내놓았을 때 당사자들은 아군의 병사들 못지않게 놀란 것 같았다. 그중에서는 그 자리에서 군대에 지원한 자들도 있었다. 그러나 릭은 그 제안을 거절했다. 전투가 시작되면 그들은 자기들의 숙사에 갇혀 있을 예정이었다. 결정적인 순간에 훈련도 받지 않고 신용도 할 수 없는 노예들이 전장에서 어슬렁거리는 것을 릭은 원하지 않았기 때문이다.

어두워진 후 릭은 다시 한 번 경기병대를 보내 적진을 관찰하게 했고, 그 이외의 병사들이 대열에서 나와 야영하는 것을 허가했다. 그러나 각자의 무기를 정해진 전투 위치에 두고 가도록 명령하는 것을 잊지 않았다.

릭은 한 시간 동안 말을 타고 야영지를 순회하며, 가끔 멈춰서서 모닥불 근처에 둘러앉은 일족의 병사들과 담소했다. 율리우스 카이사르는 파르살리아 전투 전야에 피클에 빗댄 음란한 농담을 했다고 한다. 그렇지만 피클 이야기가 사기 진작에 어느 정도 도움이 됐는지는 알 도리가 없었다. 그 대신 릭은 좀 더 전통적인 격려 연설 쪽을 택했다. 릭은 〈별의 무기〉가 적들을 말에서 떨어뜨리기 시작할 때 로마인들이 느낄 놀라움에 대해 강조했다.

이 일을 끝마친 뒤에야 비로소 그는 저택으로 돌아가 저녁식사를 할 수 있었다. 이미 자정 가까운 시각이었다.

"하나 더 명령할 것이 있네." 릭은 막료(幕僚) 한 사람에게 말했다. "내일 새벽에는 자네가 책임지고 취사 담당자들을 깨우게. 해가 뜨고 한 시간이 지나기 전에 모든 아군 장병이 뜨거운 귀리죽을 먹을 수 있도록 조처하도록."

몇 시간 전까지만 해도 이 저택의 주인이었던 사내는 탁자 너머에 앉아 릭과 그의 장교들을 노려보고 있었다.

"카이사르는 네놈들을 참수형에 처할 것이다." 사내는 릭과 그의 장교들에게 호통을 쳤다.

릭은 흥미를 느끼고 그 사내를 관찰했다. 살이 찌고 지구인의 기준으로 마흔 살쯤 되어 보인다. 그리고 중기병대가 보병군단을 닮지 않은 것처럼 릭이 생각하는 로마인을 닮지 않았다.

이 사내의 조상은 지구에서 유괴된 군대 중 어느 그룹에 속해 있었을까, 하고 릭은 생각했다. 그러나 이것은 물어본다 한들 무의미한 질문이었다.

"그게 야타르의 뜻이라면야. 하지만 카이사르가 우리 목을 치기 전에 당신 목이 먼저 날라가지 않을까?"

"나는 카이사르의 사촌이야." 사내가 반박했다. "카이사르는 내 몸 값을 치를 것이다."

"그건 두고 봐야 알겠지. 지금 내가 필요한 건 정보야. 오전 중에 우리가 상대할 로마군의 병력은 어느 정도인가?"

"내 이름은 스푸리우스 파트로클루스 셈프로니우스다. 그리고 나는 로마를 배반하지 않아." 뚱뚱한 사내가 말했다.

"웃기지 마!" 발크하인이 일어서며 단검을 뽑았다. "갈가리 찢어서 한 조각씩 카이사르에게로 보내줄까?"

셈프로니우스의 얼굴은 창백해졌지만 입술은 계속 한일자로 꽉 다문 채였다.

"그럴 필요는 없네." 릭은 온화한 어조로 말했다. "정말로 알고 싶은 일들은 이미 척후에게서 들어 알고 있으니까 말이야." 그는 다시 포로에게 몸을 돌렸다. "말해주시오. 노예들은 왜 반란을 일으키지 않는 거요? 여기엔 백 명 이상이 있는 걸로 아는데."

"3백 명 있다. 그리고 왜 그자들이 반란을 일으켜야 하지? 노예들은 좋은 대우를 받고 있어. 그런 짓을 하면 카이사르의 군단이 그들을 십자가에 못박을 걸."

그 후로는 무엇을 물어보아도 똑같거나 아니면 비슷한 대답이 돌아왔다. 카이사르의 군단이 치안을 유지하고 카이사르의 부하들이 세금을 거둔다. 카이사르의 해방노예들이 우체국을 운영하고 카이사르의 노예들이 도시의 하수구를 보수한다는 식이었다.

"원로원은 없나?" 릭이 물었다.

"물론 있어. 나도 로마 원로원의 원로 중 한 사람이야."

"흥미롭군. 그럼 회의는 언제 열리지?"

"물론 카이사르가 원할 때에 열린다."

곧 카이사르가 약 5년 간격으로 원로원의 소집을 원한다는 사실이 밝혀졌다. 회의는 짧았고 기껏해야 카이사르의 결정 사항을 비준하는 정도였다. 때로는 새로운 작위 수여에 대해 투표할 때도 있었다. 그러나 원로원은 평민회에 비하면 훨씬 더 강력한 기능을 가지고 있었다. 평민회는 통치자가 바뀔 때 단 한 차례만 소집될 뿐이었고 군대가 선택한 카이사르를 무조건 승인하는 기능밖에는 없었다. 이때를 제외하면 시민들은 정치에는 관여하지 않았고 또 그러고 싶어하지도 않았다. 카이사르의 간섭을 받지 않고 살 수만 있다면 그것만으로 행복한 것인지도 모른다. 그러는 대신 그들은 평화와 질서, 그리고 릭과 같은 악당으로부터의 보호를 보장받는 것이다.

후기 로마 제국이군, 하고 릭은 결론지었다. 군사 제도는 샤를마뉴 시대 쪽에 더 가까웠지만 정부는 로마 제국 최전성기의 그것과 똑같았다. 군대는 시민을 감시했고, 황제의 친위대는 군대의 주도권을 잡고 있었고, 카이사르는 이 친위대를 통제할 방법을 찾는 데 대부분의 시간을 보내고 있었다.

일단 정치 얘기를 하도록 셈프로니우스를 유도한 후에는 정보를 조금 더 얻어낼 수 있었다. 그중 가장 중요한 정보는 이곳에서 약 12로마마일 떨어진 곳에 성시(城市)가 있다는 것이었다.

그곳에는 곡식 창고가 있었고, 금년은 풍작이었다고 했다. 이제 그에게 주어진 임무는 성시를 지키는 로마 군단을 돌파하는 일뿐이었다.

옥상에 서 있던 틸라라는 등뒤에서 울리는 발소리를 듣고 재빨리 몸을 돌렸다.

"참모 전원에게 취침하라고 말한 걸로 아는데." 릭이 말했다.

"잠이 오지 않아서요."

"그건 나도 마찬가지야."

릭은 난간으로 다가가 그녀 곁에 섰다. 저택의 옥상에서는 장원 전체에 널려 있는 모닥불들이 한눈에 들어왔다. 크레시 전투에서 에드워드 3세는 풍차에 사령부를 설치했다고 한다. 이 저택 쪽이 사령부로서는 훨씬 더 고급이었다.

"우리가 이길 수 있으리라고 진정으로 믿고 있습니까?" 틸라라가 물었다.

"내일? 응. 질 이유가 없잖아. 병력도 우리가 더 우세하고 무기도 우리 쪽이 더 좋은 걸 가지고 있어."

"당신 무기에 쓰는 뇌전(雷電)은 조금밖에 남지 않은 것을 알고 있습니다."

"그웬한테서 들었군." 틸라라가 고개를 끄덕였다.

"그런데도 당신은 우릴 따라왔고 아버지한테도 그 사실을 알리지 않았어."

"나는 태어나서 지금까지 〈제국〉의 병사들이 세계에서 제일 우수하다고 믿고 있었습니다." 틸라라가 말했다. "하지만 이번에는 우리가 이길 것이고, 그것은 무기 때문이 아닙니다."

"무기든, 조직이든 간에 ── 틸라라, 전쟁에서 절대로 확실한 것은 없어. 하지만 전투의 결과를 확신하고 있지 않았더라면 난 당신을 여기까지 데려오지는 않았을 거야."

"확신하지 못했으면 나를 어떻게 돌려보낼 작정이었습니까?"

"필요하다면 말잔등에 묶어서라도."

"내가 그렇게 싫으신 겁니까?"

"그렇지 않아. 당신이 제일 잘 알잖아." 릭은 그녀에게 다가왔다. "난 당신을 싫어하지 않아."

"하지만 당신에게는 여자가……."

"그웬? 그녀는 내 여자가 아냐."

"그럼 그녀의 아기는 당신 아이가 아닙니까?"

"야타르의 이름에 맹세컨데, 아냐! 도대체 왜 그런 생각을 했지?"

"아무도 물어보고 싶어하지 않았습니다. 그러면──다른 사람은 아무도 없단 말입니까? 당신이 돌아오기를 기다리는 여인은 없습니까?"

릭은 그녀의 어깨 위에 양손을 얹었다. "내가 관심이 있는 사람은 지금 당신뿐이야. 그걸 아직도 몰랐어?"

"그렇게 믿고 싶었습니다." 그녀는 잠시 주저했다. "릭, 나는 앞으로도 계속 라밀을 사랑할 것입니다. 남편은……."

"그럼 다른 사람은 사랑할 수 없단 뜻이야?"

"나는 이미 다른 사람을 사랑해버렸습니다."

관습에 의하면 복상 기간은 아직 끝나지 않았다. 그러나 릭이 상관하지 않는다면 그녀도 개의치 않았다. 릭이 다가왔을 때도 그녀는 저항하지 않았다.

2

미리 명령해 놓은대로 동틀 녘에 부하가 와서 릭을 깨웠다. 그러나 기마 정찰대의 보고에 의하면 로마군의 진영에서는 아직 아무런 움직임도 없었다. 릭은 다른 척후대를 내보내고 다시 잠자리에 들려고 했다. 반 시간이 지난 후 그는 눈을 붙이려는 노력을 포기하고 그 대신 모든 병사가 따뜻한 아침식사를 제공받았는지를 확인하기 위해 밖으로 나갔다. 워털루 전투 당시 웰링턴 장군은 아침에 병사들에게 반드시 따뜻한 식사를 제공하라고 명령했고, 비스킷과 귀리죽이 승리의 필수 조건이라는 신념을 가지고 있었다고 한다.

만약 로마군이 이른 시각에 공격해 온다면 릭의 궁수들은 해를 바라보고 싸워야 한다. 그럴 가능성에 대해서는 마음을 졸이며 기다리는 수밖에 없었다.

죽음과 같은 정적이 야영지를 지배하고 있었다. 이것은 자기 능력을 신뢰하는 직업군인의 조용함이 아니었다. 병사들은 여기저기서 수군대며 보통 때라면 포복절도했을 농담이나 여자 얘기를 나누었고, 간간히 환호성을 올리기까지 했지만 결국은 다시 조용해지고는 했다.

"녀석들이 두려워하고 있는 게 느껴지는군요, 대위님." 메이슨이 말했다. "전 그걸 느낄 수 있습니다."

"나도 그런 느낌을 받았어."

"아무래도 기다리는 편이 더 견디기 힘든 법이니까 말입니다. 차라리 적이 지금 공격해 와서 결판이 났으면 하는 생각이 들 정돕니다. 해가 높이 떴을 때 그러는 편이 아군에겐 더 유리하다는 점은 물론 알고 있지만 말입니다."

"오래 기다리지 않아도 놈들은 올 거야. 지금부터 병사들 사이로 계속 돌아다니게. 보기에도 험상궂은 표정을 하고, 소총을 보여주라고."

메이슨은 씩 웃었다. "하지만 탄띠 안은 보여주지 않는게 낫겠군요."

"전투는 이번만이 아냐." 릭이 주의했다. "탄약을 아껴야 해." 그는 잠시 주저하다가 말을 이었다. "만약 모든 일이 실패로 돌아갈 경우에는 틸라라와 함께 탈출해 볼게. 로마군은 우리 퇴로를 차단하려고 할 거야. 만약 우리가 약탈했던 그 저택까지 갈 수 있다면 거기서 기다릴 수 있을 때까지 자네를 기다리겠네. 자네도 그러라고."

"알겠습니다. 하지만 그렇게까지 걱정하실 필요는 없을 겁니다. 대위님."

"걱정이 안 되나?"

"저 같은 졸병은 걱정할 필요가 없습니다. 걱정하는 건 장교들 몫이니까요."

〈진정한 태양〉이 반쯤 하늘에 오르고 〈불도둑〉이 지평선 위로 두 뼘가량 솟았을 때 기마 척후대의 전령이 와서 군단이 진군을 개시했다고 보고했다.

"군단 전체가? 어떤 진형으로 오고 있나?" 릭이 물었다.

"군단 전체입니다." 척후가 대답했다. 두 개의 커다란 진형을 펼치고, 좌측 진형이 약간 앞으로 나와 있습니다."

"그럼 틸라라님은 지금 어디 가 있나?"

"대장님이 명하신 대로 퇴각하고 있지만 언제나 적군이 보이는 곳에 계십니다. 만약 적들이 진형을 분할하기 시작하면 전령을 보내겠다고 하셨습니다."

"좋아." 릭은 이렇게 말하고 드루몰드 쪽을 보았다. "전투 개시의 뿔고동을 울리십시오."

타마에르손의 구릉족이 켈트족의 혈통이라는 점에는 의심의 여지가 없었기 때문에 릭은 그들이 백파이프를 가지고 있으리라고 기대하고 있었다. 그러나 그들의 조상은 백파이프를 쓰지 않는 일족에 속해 있었든지 아니면 트란에서 지낸 몇 세기 동안 그 기술을 잊어버렸든지 둘 중 하나인 듯했다. 대신 그들은 가는 튜바 비슷한 길고 구부러진 뿔고동을 쓰고 있었다. 드루몰드가 손을 흔들어 지시하자 뿔고동들이 일제히 울리기 시작했다. 비전투원들은 북을 두드리기 시작했다. 파이크병과 궁수들은 전투 위치에 놓인 각자의 무기를 향해 달려갔다.

릭은 저택의 옥상으로 올라갔다. 전투에 직접 참가하는 것은 병사들의 사기를 고무한다는 점에서는 유리할지도 모르지만 그에게는 개인적인 용기를 과시하고 있을 여유가 없었다. 과거에는 지휘관이 전 부대의 행동을 파악하지 못해서 진 경우가 허다했던 것이다. 그가 지명한 전령 장교들도 최전선이 아닌 지붕 위에 있고 싶어하지는 않았지만, 그가 되풀이해서 의사전달의 중요성을 강조한 결과, 최소한 그중 몇 명은 릭이 자신의 명령을 부하들에게 확실하게 실행시키기 위해서 신뢰할 수 있는 전령을 얼마나 필요로 하고 있는지를 이해하게 되었다.

나직한 구릉지대 탓에 동쪽의 시야가 부분적으로 가려져 있었지만 전망이 트인 옥상에서는 아군 경기병대의 진홍색과 노란색 삼각기를 볼 수 있었다. 그들은 언덕 꼭대기에서 멈춰 서서 전방에 있는 무엇인가를 주시하고 있었다. 릭은 틸라라를 찾아보려고 했지만 거리가 너무 멀었다. 한순간 그는 불안감에 사로잡혔다. 만약 그녀가 로마군에게 잡혔다면? 하지만 지금은 그런 걱정을 해도 아무 소용이 없었다.

제1파이크 연대는 가로 125명, 세로 8명으로 이루어진 직사각형의 진형으로 잘 전개해 있었다. 스위스인들은 파이크 연대를 완벽한 정사각형의 방진으로 편성했지만, 릭o 방어해야 할 전선은 그러기에는 너무 넓었다. 그가 보고 있는 사이 병사들은 거의 동시에 각자의 무기를 땅에 내려놓았다. 그러면 지치지 않은 상태에서 전투에 돌입할 수 있기 때문이다.

릭의 눈앞에서 파이크 숲이 생겨났다. 제2파이크 연대의 2천 명의 병사가 일제히 파이크를 세운 것이다. 쌍안경을 통해 개개의 병사 얼굴을 볼 수 있었다. 불안한 표정들이었다. 하지만 그것은 릭도 마찬가지였다. 끝을 날카롭게 깎은 말뚝을 바둑판처럼 박아놓은 방책(防柵) 안의 소정 위치로 궁수대가 진입하고 있었다. 궁수대의 대형은 파이크 연대의 기하학적인 진형이 아니었지만, 어차피 그럴 필요는 없었다. 만약 궁수대 내부로까지 적의 중기병이 돌격해와서 서로 치고 받는 백병전이 벌어지기라도 하면 이 전투는 이미 진 것이나 마찬가지이기 때문이다.

로마군은 그들을 향해 마치 갑옷을 입은 파도처럼 쇄도해 왔다. 틸라라가 경기병대에 명을 내려 공황 상태에 빠진 것처럼 가장하게 하는 것은 전혀 어렵지 않았다. 문제는 로마군의 기병대가 돌격을 감행한 후 그들을 어떻게 막느냐였다. 그 누구도 저 강철 파도를 막을 수 있을 것 같지는 않았다.

경기병대는 전속력으로 제1파이크 연대와 제2파이크 연대 앞을 지나 장원으로 통하는 방책 사이의 통로로 말을 몰았다. 말들은 아군의 전선에 도달하기도 전에 이미 땀에 젖어 있었다. 틸라라는 일부러 선두에서 말을 달렸고, 그녀가 속도를 늦추자 부하들도 말을 멈췄다. 부하들 중 일부는 멈추지 않았을 수도 있었지만 다행히 그런 일은 일어나지 않았다. 경기병 부대의 한 무리—릭은 이들을 플래툰[小隊]이라는 기묘한 이름으로 불렀다—는 남쪽의 노예 숙사

너머로 가서, 숲을 우회해서 후방을 기습할지도 모르는 로마군을 경계하라는 명령을 받고 있었다. 그러나 릭은 경기병이 진짜로 도망치는 것이 아니라는 사실을 증명하기 위해서라도 그들이 일단 한 번은 정지할 필요가 있다는 점을 특별히 강조했다.

틸라라는 릭의 세밀한 작전에 다시 한 번 감탄했다. 그에게는 신경을 쓸 필요가 없는 사소한 일이란 존재하지 않는 것 같았다. 유능한 족장이라면 누구나 다 부하의 무기를 점검하는 법이지만, 릭은 병사의 장화와 담요를 겸하는 망토까지 점검했다. 누가 전쟁에까지 삽이나 숫돌을 가져올 생각을 했겠는가? 또 따로 취사반을 편성해 땔감을 가져오게 한 것도 그의 지시였다. 릭이 없다면 그들은 전쟁에서 질 것이다. 일족과 함께 최전방에 나가 있기보다는 저택의 옥상에 머물러 있기를 택한 그의 행동은 옳았다. 일부 젊은 기사들이 뭐라고 하든 간에 그는 결코 전투를 두려워하는 겁쟁이가 아니다.

틸라라는 저택의 계단 쪽으로 가서 말에서 내렸다. 그 앞에는 몇 안 되는 중기병들에 둘러싸인 그녀의 오빠가 아버지의 깃발을 들고 안장에 앉아 있었다. 옥상으로 통하는 계단을 올라가며 그녀는 아무도 모르게 미소지었다. 이 명예를 중히 여기는 젊은이들은 그렇게도 최전방에서 싸우기를 원했지만, 로마군을 실제로 본 지금은 전투 의욕이 좀 떨어진 것처럼 보였기 때문이다.

릭은 멀리 볼 수 있는 유리알을 들여다보고 있었다. 쌍안경. 이 명칭을 기억할 필요가 있다. 틸라라는 난간으로 가서 릭 곁에 섰다. 그의 미소를 보니 기뻐서 가슴이 뛴다.

"얼마나 가까이까지 접근했어?" 릭이 물었다.

"장궁의 사정거리까지 갔습니다. 적은 단궁을 가지고 있기 때문에 그 이상은 접근하지 않았습니다."

"잘했어." 릭은 그 자신의 기묘한 언어로 뭔가 중얼거리다가 다시 그녀를 향해 말을 걸었다. 그러나 아직도 혼잣말을 하는 듯한 투였다. "장창과 장검. 방패는 없군."

"로마군은 왜 멈춰섰을까요?"

"대열을 정비하기 위해서야. 아니 그렇다기보다는 우리가 진형을 무너뜨리고 공격해오는 것을 기다리고 있다는 편이 옳겠지." 릭은 이렇게 말하고 막료 한 사람에게 말했다. "각 연대로 가서 지휘관들에게 전하게. 로마군은 돌격을 시도한 후 퇴각하는 시늉을 할지도 모른다고 말이야. 놈들은 우리가 흩어지기를 원하고 있어. 우리를 분산시킨 뒤에 단번에 격멸해버릴 속셈인 거지. 만약 명령 없이 진형을 무너뜨리는 자가 있다면 내가 거기로 직접 가서 쏴 죽일 거라고 못을 박아 둬."

"그 명령은 제가 직접 전하는 것이 낫겠습니다." 틸라라가 말했다. "일족의 장병들은 그 명령을 달가워하지 않을 것이기 때문입니다."

"아니, 그 명령은 전에도 이미 내렸고, 당신이 필요한 곳은 그곳이 아니라 바로 여기야. 둔하이그, 빨리 가게. 명령을 전한 뒤에는 다시 여기로 돌아오도록."

일족의 씨족장 중 한 사람인 둔하이그는 묻는 듯한 눈초리로 틸라라를 쳐다보았다. 그녀는 감사의 미소를 떠올리며 손짓으로 출발을 명했다.

"일족의 실력자에게 너무 난폭하게 명령하십니다." 둔하이그가 가자 그녀는 릭에게 말했다.

"그럴 생각은 없었어. 아니, 미안해. 당신 말이 옳아. 이유야 어쨌든 지면 모두 내 책임이잖아. 그래서 당신 보고 곁에 있어 달라고 한 거야. 로마군에겐 대처할 수 있지만, 내가 걱정하고 있는 건 오히려 아군 쪽이야."

로마군의 대열에서 뿔고동 소리가 울려퍼졌다. 로마군은 두 개의 거대한 집단으로 편성되어 있었고, 각 부대는 10열 횡대로 도열하고 있었다. 서로 무릎이 맞닿을 정도로 밀집해 있는 기병들은 삼각기가 달린 장창을 높게 치켜들고 있었다. 다시 뿔고동 소리가 울려퍼졌지만 그들은 아무런 움직임도 보이지 않았다.

일족의 여자들이 치는 북소리와 타마에르손의 날카로운 뿔고동 소리가 그것에 응답했다.

마르셀리우스 총독은 소리내지 않고 적을 저주했다. 그는 야만인들이 돌격해오든가, 아니면 진형을 흐트러뜨리고 도주할 것을 기대하고 있었던 것이다. 그러나 그들은 그 어느 쪽의 행동에도 나서지 않았다. 적이 로마군 장교의 지휘를 받고 있다는 의혹은 이제 확신으로 바뀌어가고 있었다. 구릉족이 질서정연한 진형을 갖추고 공격받기를 기다렸다는 말을 그는 일찍이 들어보지 못했던 것이다.

적의 창병 집단도 놀랄 정도로 질서정연해 보였다. 몇 세기에 걸쳐 로마는 어떠한 상황에도 대처할 수 있는 전술을 고안해 냈다.

우선 활의 최대 사정거리까지 접근해서 화살로 적을 괴롭힌 후, 적이 돌격해 오면 장검으로 처치하는 것이 창병 집단에 대한 표준적인 작전이었다.

그러나 그것도 여기서는 쓸모가 없었다. 도랑과 말뚝 뒤에서 대기하고 있는 궁수들의 수가 너무 많았고, 구릉족이 쓰는 장궁의 위력은 그도 경험한 적이 있었다. 장궁은 기마 궁수의 단궁보다도 사정거리가 훨씬 길다. 따라서 궁수대끼리의 싸움에서는 얻는 것보다는 잃는 것이 더 많았다.

적 궁수대에 대한 표준적 전술은 기병에 의한 장창 돌격이었다.

그러기 위해서는 중기병이 전속력으로 돌격해야 하고 그 과정에서 약간의 사상자가 나오는 것은 어쩔 수 없다. 그러나 일단 적진 돌입에 성공하기만 하면 전투는 이긴 것이나 마찬가지였다. 곧잘 볼 수 있듯이 적의 궁수와 창병이 섞여 있는 지금같은 경우에도 전술은 마찬가지였다. 만약 적이 말뚝이나 기타 장애물을 설치해 놓았다면 백인대(百人隊) 몇 부대가 말에서 내려 후속부대를 위한 돌파구를 열면 그만이다.

그러나 전술 교본의 저자들은 궁수대와 창병 집단이 몇 개의 블록을 형성하는 경우까지는 계산에 넣지 않았다. 마르셀리우스는 그런 상황에 대해 들어본 적도 없었다. 하물며 야만족이 이렇게까지 영토 깊숙이 침입해와 전투를 기다린다든지, 또 기마 전위대를 파견해서 야영지에서 전장까지 누비며 상대방을 감시한다든지 하는 일은 상상조차 하지 못했다.

"병사들이 침착을 잃어가고 있습니다." 참모장이 말했다.

"내버려 둬. 적이 공포를 느낄 시간을 주는 거야."

"말들도 지쳐가고 있습니다만."

이 지적은 사실이었다. 아무리 군마라고는 해도 갑옷을 입은 병사는 역시 무거운 짐이기 때문이다. 말에 앉아서 대기하는 시간이 길면 길수록 돌격 속도는 느려질 것이다.

"고동을 불어 거짓 진군 명령을 내리게." 마르셀리우스는 명령했다.

뿔고동이 울려퍼지자 야만족의 진지에서도 그들의 뿔고동과 북으로 응답해 왔다. 적어도 이것만은 표준적인 방식이었다. 구릉족의 여자들은 끊임없이 둥둥거리며 북을 치고 있었다. 이것은 그들 자신의 야만적인 신들에 대한 기원을 뜻한다고 한다.

마르셀리우스는 다시 상황을 검토해보았다. 야만족의 후방을 치기 위해 부하들에게 호수나 숲을 우회시키지는 않는다는 원래 결정을 재검토할 필요가 있었다. 보통 그런 공격은 적의 사기에 괴멸적인 영향을 끼치지만 이 야만인들이 그런 것을 두려워하리라고는 믿기 어려웠다. 어쨌든 장원 남쪽의 용수로투성이의 땅에서는 아군의 기병대는 전혀 쓸모가 없을 게 뻔하다. 군단을 분할하면서까지 그 작전을 감행할 가치는 없었다.

일단 후퇴한다는 선택도 있었다. 그리고 적을 추적해서 평지에 나왔을 때 공격하면 된다. 그러나 참모들은 이 작전에 찬성하지는 않을 것이다. 너무 적을 두려워하는 것처럼 보이기 때문이다. 넓은 장소에서 야만족을 쉽게 격퇴할 수 있는 것은 사실이지만, 다수의 패잔병들을 놓칠 가능성도 그만큼 많아진다. 제국에 침입하는 것이 얼마나 위험한 일인지를 놈들에게 가르쳐주는 것이 중요하다.

또 하나 고려해야 할 일이 있었다. 장원의 저택은 불에 타지 않고 멀쩡하게 남아 있었다. 따라서 지금 대담한 일격을 가한다면 장원을 셈프로니우스의 가족에게 돌려줄 수도 있을 것이다. 혹은 귀족인 셈프로니우스 본인을 산 채로 구출할 수 있을지도 모른다. 그러면 그는 카이사르의 외척에게 미움을 받기는커녕 감사를 받을 가능성도 있었다.

그리고 말이 아직 지치지 않았을 때 공격할 필요가 있었다. 더 이상 기다려보았자 아무 득도 되지 않는다. 마르셀리우스는 말등자 위에서 일어서서 명령했다.

"진격 나팔을 불어라. 장창 돌격이다."

3

강철의 파도는 처음에는 걷는 속도였다가 오다가 곧 속보로 다가오기 시작했다. 장창이 일제히 아래로 내려오며 중갑 기병들의 노도와 같은 돌격이 시작되었다. 릭은 한순간 공포감을 느꼈지만 크게 숨을 들이킨 후 곧 침착을 되찾았다.

로마군 중기병들은 4열 횡대의 밀집대형으로 돌격해왔다. 대열은 거의 숲에서 호수까지 닿을 정도로 길었다.

"우리를 그대로 깔아뭉개려는 거로군." 릭은 만약 자기가 적의 지휘관이라면 여기서 어떻게 할지를 생각해 보았다. 이대로 무작정 돌격을 속행시킬 것인가? 크레시 전투에서 제대로 통솔되지도 않은 봉건영주의 소부대들이 멋대로 공격을 하도록 내버려둔 프랑스군의 전술보다는 이쪽이 훨씬 더 효과적이라는 데에는 의심의 여지가 없었다. 눈 앞의 적은 8월의 어느 날 필립왕이 지휘했던 군대보다 훨씬 더 우수한 군대인 것이다.

이미 적군은 최대 사정거리 내로 접근해오고 있었다. 거리를 표시하는 말뚝을 미리 박아놓았기 때문에 정확한 확인이 가능했다. 궁수들이 활을 들며 활시위를 잡아당겼다. 한두 명이 기다리지 못하고 활을 쏘았다. 릭은 그런 작자들이 나중에 하사관들의 처벌을 받기를 기대했다. 화살을 쏘는 타이밍은 신중하게 계산해 놓았다. 중기병들이 시속 15마일로 움직인다고 가정하면, 화살이 최대거리를 나는 데 소요되는 시간은——

"재갈매기를 날려라!"

누군가가 외쳤다. 일제히 위로 날아간 화살들은 호(弧)를 그리며 돌격하는 중기병들의 머리 위로 떨어졌다.

그 효과는 즉시 나타났다. 궁수대의 정면에 위치한 적의 대열은 기하학적인 정확함을 잃었고, 여기저기서 상처입은 군마가 뒷다리로 일어서는 것이 보였다. 철제 화살촉에 맞은 군마와 병사들의 비명이 들려왔다.

잉글랜드의 장궁 궁수는 10초마다 한 대의 화살을 쏠 수 있었다. 타마에르손 궁수의 실력도 그것에 뒤지지 않았다. 로마군의 기병대—릭은 아직도 갑옷을 입고 말에 탄 병사의 대열을 '군단'이라고 부르는 데 거부감을 느끼고 있었다—가 마지막 250야드를 돌격해오는 동안 타마에르손의 재갈매기들은 세 번 더 날았다. 그런다음 궁수들은 말뚝 뒤로 후퇴했고, 바로 눈앞에 다가온 적을 향해 지근거리에서 수평으로 화살을 날렸다.

궁수들의 대열에 부딪친 적의 대열은 도저히 대열이라고 할 만한 것이 못 됐다. 기병들은 너무나도 빨리 움직이고 있었기 때문에 비스듬히 박힌 날카로운 말뚝의 열을 보았을 때도 정지하지 못했다. 대신 말고삐를 잡아당겨 피하려고 했지만 말들끼리 서로의 진로를 방해했다. 상처입거나 기수를 잃은 말들이 그 사이를 무질서하게 뛰어다니면서 혼란을 가중시켰다.

한편, 제1파이크 연대는 적 돌격의 첫 번째 충격을 견뎌냈다. 충격 자체가 존재했다면 말이지만. 제1열의 파이크병들은 한쪽 무릎을 굽힌 후 파이크를 말의 눈높이까지 기울이고 파이크 자루를 땅에 박았다. 그 뒤에 있던 제4열까지의 파이크병들은 무기를 높이 치켜들고, 무릎을 꿇고 앉아 있는 제1열의 병사들 머리 위로 찌르듯이 내밀었다. 이들의 무기가 날카로운 강철촉의 벽을 이루고 있는 탓에 말들이 이곳을 향해 돌진해온다는 것 자체가 무리였다. 급히 방향을 바꾸는 말도 있었고 그 자리에서 멈추는 말도 있었다. 그 충격으로 낙마하는 기병도 적지 않았다. 파이크병을 찌른 기병의 창은 결국 하나도 없었다.

"돌격한다면 바로 지금이야." 릭이 중얼거렸다. "하지만 그럴 수가 없군. 아군의 중기병은 진형을 유지할 만한 훈련이 돼 있지 않으니."

로마군의 제1열이 말을 버리고 장검으로 파이크대를 공격해왔다. 그들은 타고 온 군마들보다 더 용감했다. 몇몇은 파이크병 사이로 파고 들어올 수 있었지만 대부분은 날카로운 창촉에 찔려서 쓰러졌다. 소수의 적병이 파이크 사이를 뚫고 들어와 제일 앞줄의 파이크병 몇 명을 쓰러뜨렸지만 곧 후방에서 내민 파이크에 찔려서 죽었다. 파이크병들은 승리의 함성을 질렀고, 환호는 곧 다른 대열로도 퍼져갔다.

이 모든 일이 눈깜짝할 새에 일어났다. 사태의 진전이 너무 빨랐던 탓에 릭에게는 명령을 내릴 틈조차도 없었다. 로마군의 기병대가 장원 근처에 포진한 주력부대인 궁수대와 파이크 연대에 도달하기도 전에 좌익의 전투는 이미 끝나 있었다.

적의 기병대 제1파가 제2파이크 연대의 정면으로 다가왔을 때, 말들은 날카로운 쇠촉으로 이루어진 견고한 벽에 겁을 내고 왼쪽을 향해 갔기 때문에 적의 기병들은 궁수대의 정면에 몰리는 꼴이 되었다. 적들이 짐마차나 나뭇더미 등의 장애물 사이에 난 좁은 통로를 비집고 들어오려고 하자 밀집 상태는 한층 더 심화됐다.

재갈매기가 이 통로 위로 비처럼 쏟아지며 말과 기수들을 꿰뚫었다. 적은 이 고립지대로 더 깊숙이 들어오고 있었다. 이곳을 지키는 궁수의 대열은 제1파이크와 제2파이크 연대 사이에 포진한 궁수대에 비하면 훨씬 얇았다. 방어선이 세 배나 더 길었기 때문이다. 궁병의 화살 공격이 딴 곳만큼은 심하지 않았고 파이크촉의 견고한 벽에 비하면 비교적 안전했기 때문에 강철 갑옷을 입은 로마군은 마치 자석에 끌리듯이 이곳으로 모여들었다.

도랑과 나무에 막혀 더 이상 전진할 수 없게 되자 적군은 말에서 내려 함성을 지르며 전진해왔다.

"지금입니다!" 틸라라가 외쳤다. "〈별의 무기〉를 쓰십시오. 당장!"

"아니, 아직 때가 안 됐어."

릭은 전투 상황을 주시하고 있었다. 말에서 내려 전진해 오는 로마군은 위험한 존재였다. 그들의 갑옷이 그들을 부분적으로 화살로부터 보호해 주었다. 그러나 그들은 그만큼 느렸고 궁수들의 표적이 될 가능성이 많았다. 로마군들은 느린 속도로 짐마차나 나뭇더미로 이루어진 방책을 우회하고 도랑을 넘어 이제 말뚝밖에는 몸을 감출 곳이 없는 궁수들을 향해 전진해 오고 있었다. 궁수들은 반사적으로 뒤로 후퇴했다.

그러나 그들 뒤를 중기병과 드루몰드의 깃발이 지키고 있었다. 한순간 궁수들은 후퇴를 멈추고 그들의 최후 방위선이었던 말뚝 사이로 들어온 로마군의 정면을 향해 결연하게 화살을 날렸다.

"지금이야." 릭은 이렇게 말했고, 아래에서 대기하고 있던 기마 전령을 향해 외쳤다. "지금이야!" 그는 층계를 향해 달려가며 큰 소리로 종졸(從卒)과 전령들을 불렀다. 드디어 전투에 참가할 때가 온 것이다.

틸라라는 로마군의 가공할 만한 첫 번째 돌격을 두려움 없이 바라보았다. 그녀의 일족은 믿을 수 없을지는 몰라도 릭만은 믿을 수 있었다. 로마군이 궁수대에 의해 교란당하고 파이크대에 의해 격퇴되는 것을 보았을 때 그녀는 승리를 확신했다.

그러나 로마군은 계속해서 몰려왔다. 그들이 말에서 내려 궁수대와 그 배후를 지키는 드루몰드의 깃발을 향해 저돌적으로 돌진해 오는 것을 보고 틸라라는 또다시 공포를 느꼈다. 저 깃발이 적의 손에 들어가면 일족의 반수는 자기 몸을 살리기 위해 도망칠 것이라는 사실을 릭은 모르고 있는 것일까? 왜 릭은 천둥 무기로 그들을 죽이려고 하지 않는 것일까?

릭은 자기가 무장하고 있다는 사실을 잊고 있는 것 같았다. 그는 전령들에게 명령을 외치는 데만 정신이 팔려 있었다. 지금 그는 계단 쪽으로 달려가고 있었다. 틸라라는 의아해 하면서 그의 뒤를 따랐다.

전투의 소음이 그녀의 귀를 멍멍하게 했다. 릭이 뭔가를 외치는 소리가 들렸지만 무슨 말을 하는지는 알아들을 수가 없었다. 바로 아래의 저택 계단에서 30야드도 채 떨어지지 않은 곳에서는 비오 듯이 날아오는 화살을 뚫고 돌진해 오는 로마군과의 처절한 전투가 벌어지고 있었다. 궁수대는 아직은 질서정연한 대열을 짜고 후퇴하고 있었다. 그러나 여기저기서 병사들이 탈락하거나 도망치고 있었다.

무슨 일이 있더라도 여기서 로마군을 막아내야만 했다. 그녀를 호위하는 경기병들은 저택 근처에서 대기하고 있었다. 그녀의 부하들은 말에서 내리긴 했지만 여전히 강력한 적의 중기병을 막기에는 역부족이었다. 그러나 그녀의 오빠가 지휘하는 중기병은 지금 이 순간에도 다른 곳에 투입될지도 모른다. 릭은 그들을 향해 달려가고 있었고, 그의 종졸은 말고삐를 잡은 채로 그곳에서 그를 기다리고 있었다. 릭은 그들을 직접 지휘해서 로마군을 공격하려는 것일까?

그것은 릭의 판단에 맡겨야 했다. 그러나 경기병은 틸라라의 부대였다. 그녀는 부하들에게 말에서 내려 후퇴하는 궁수들을 엄호하라고 명령했다. 궁수들은 기꺼이 그들이 지나가도록 비켜 주었다. 틸라라는 전투용의 양날 도끼를 휘두르며 앞으로 돌진했다. 이 무기의 사용법에 숙달한 것은 아니었지만 부하들을 싸우게 하려면 지휘관인 그녀 자신이 솔선수범하는 수밖에 없었다.

로마 기병 하나가 그녀를 장창으로 찌르려고 했다. 그녀는 양날 도끼로 창끝을 밀쳐내고 상대 품으로 들어가 그대로 내리쳤다. 도끼날이 로마인의 투구에 맞았지만 그것을 깨지는 못했다. 그러나 그가 이 일격에 비틀거리는 사이 궁수 한 명이 앞으로 뛰어나오더니 말뚝을 박을 때 썼던 망치로 그를 내리쳤다. 로마군이 쓰러졌다.

다른 로마군들이 계속 전진해오고 있었다. 대다수의 궁수들은 이미 화살이 동난 상태였다. 몇 명은 칼을 뽑고 결연한 태도로 자기 자리를 지켰지만 다른 궁수들은 천천히 퇴각하고 있었다. 얼마 안 가서 전원이 도주하기 시작할 것이다.

로마군의 대열이 정지했다. 갑자기 들려온 절규와 고함 소리를 듣고 로마 병사들은 어리둥절한 표정으로 주위를 둘러보았다.

제3파이크 연대가 왼쪽으로 방향을 돌려 로마군을 공격하고 있었다. 저항 불가능한 공성용 강철촉이 되어 측면과 배후에서 로마군을 압박하기 시작했던 것이다.

고함소리는 계속 들려왔다. 제2파이크 연대의 후방 대열이 전투에 참가한 것이다. 그들은 방향을 바꿔 한 변이 30명인 정사각형 방진을 짜더니 말에 탄 군단병들과 말에서 내린 군단병들을 덮쳤다.

이제 로마군은 후퇴할 생각밖에는 하지 않았다. 아직도 말에 탄 자들은 도랑 사이의 좁은 통로로 후퇴하려고 했고 말에서 내린 병사들은 타고 갈 말을 확보하는 동시에 적들이 양쪽에서 찔러대는 파이크를 필사적으로 피하려고 했다. 고립 지대에 갇혀 독 안에 든 쥐 꼴이 된 로마군을 향해 궁수들은 지근 거리에서 다시 한 번 화살을 퍼부었다.

그러나 로마군은 아직도 위험한 존재였다. 군단병 하나가 틸라라를 향해 돌진해 왔다. 그녀는 미친 듯이 전투용 도끼를 휘둘렀다. 맞히지는 못했지만 상대방은 주춤하며 뒤로 물러났다. 그때 파이크병들이 달려왔다. 로마인은 검을 내던지고 그녀 앞에서 무릎을 꿇었다.

릭을 찾아서 고개를 돌리자, 아군 중기병들의 선두에서 오른편으로 말을 달리는 그의 모습이 눈에 돌아왔다.

릭은 저택을 뛰쳐나가면서 큰 소리로 명령했다.

"제3파이크 연대는 좌측으로 돌아 적을 공격하라."

전령이 말을 달려 떠나는 것을 보고 그는 다른 전령을 불렀다.

"제2파이크 연대의 2대대는 방진을 짜고 우측으로 돈 다음 돌격하라."

드디어 여름 내내 했던 훈련의 성과를 볼 때가 왔군. 적을 잡았어! 거의 잡은 거나 마찬가지야!

이 작전에는 약점이 하나 있었다. 제3파이크 연대가 전장에 투입되면 호수와 그들 사이에 빈틈이 생겨나고 그때까지 그들의 최전방이었던 지점은 완전히 좌측면이 노출되어 버린다. 좌측면을 공격받거나 혹은 틈새 자체를 적이 통과할 경우 아군은 괴멸적인 타격을 받게 된다.

그러나 실제로 그렇게 될 가능성은 희박했다. 공격에 나선 로마군은 후방에 예비대를 남겨놓지 않았기 때문이다. 이것은 적의 전술적인 실수였다. 예비대는 언제든 남겨둬야 하는 법이다. 예비대 없이는 적의 실수를 역이용하는 것이 불가능하기 때문이다. 승리는 언제나 실수를 최소화한 자에게 돌아가는 법이다.

릭은 자기 말을 찾아내서 안장 위로 몸을 날렸고, 중기병들에게 따라오라고 손짓했다. 그는 드루몰드와 그의 아들이 선두에 나선 것을 보고 눈살을 찌푸렸다. 군기를 적의 공격에 노출시키고 싶지 않았다. 그러나 곧 그들이 그러는 이유를 알았다. 처음에 릭의 명령에 따르지 않았던 자들도 마지못해 자기들의 족장과 군기를 따라 나섰기 때문이다. 그들이 주저하는 것도 당연했다. 그들은 전투에 참가하고 싶어하는데, 릭은 그들을 오히려 전선에서 떼어놓으려고 했던 것이다. 드루몰드는 깃발을 써서 부하 중기병들을 교묘하게 잡아놓고 있었다.

됐다. 상황이 상황인만큼 군기까지 따라오는 것도 어쩔 수 없었다. 그러나 릭은 승리를 확신할 수 있을 때까지는 예비대를 투입할 생각이 없었다. 우선 제1파이크 연대에서 무슨 일이 일어나고 있는지 알고 싶었다. 적의 돌격은 그곳에서 분쇄되었다. 대열을 재편성해서 공격 태세를 취하려면 크나큰 노력이 필요할 것이다. 하지만 로마군의 침착성은 이미 증명된 바였고 그 지휘관의 능력도 결코 경시해서는 안 된다.

릭과 그가 이끄는 중기병들은 아군의 보병에게 오인받지 않으려고 일부러 함성을 지르며 제3파이크 연대의 우측—지금은 그들의 뒤쪽—을 우회해서 전선을 향해 갔다. 등 뒤에서 말발굽소리가 울리는 것을 듣고 파이크병들이 공황 상태에 빠지는 것을 원하지 않았기 때문이다.

최전선은 조용해보였다. 후퇴한 로마군의 우익은 그 근처에서 우왕좌왕하고 있었다. 다시 한 번 돌격하기 위해 대열을 짜려면 시간이 조금 더 걸릴 것이다.

제1파이크 연대의 병사들은 편안한 자세로 서서 주(主)전선 쪽을 흥미롭게 바라보고 있었다. 선두에서 말을 달리던 발크하인이 일족의 깃발을 높이 쳐들었다. 환호성이 솟구치며 대열에서 대열로 퍼져나갔다.

제1파이크와 제2파이크 연대를 잇는 궁수대 병사들은 말뚝들 사이의 원위치로 돌아가 있었다. 그중 몇 명은 앞으로 나가서 시체의 소지품을 약탈하고, 또 약탈한 상대가 정말로 죽어 있는지를 확인하고 있었다. 이런 식의 약탈을 막을 방법은 없었다.

고립 지대에서는 살육이 계속되고 있었다. 탈출용 통로에는 시체가 쌓여 있었고 임기응변에 능한 제2연대의 장교가 소수의 파이크병을 각 통로 앞에 배치해 놓은 것이 보였다. 병사들은 시쳇더미 뒤에 서서 장원 쪽을 바라보며 단 한 명도 놓치지 않으려고 감시하고 있었다. 이 용광로 같은 곳에 갇힌 로마 병사들은 무기를 휘두를 수도 없을 정도로 밀집되어 있었다. 이제 점점 지쳐가고 있을 것이다. 갑옷이 약점으로 작용하는 것은 바로 이런 때이다. 몸을 보호받는 대신에, 그에 상응하는 값비싼 대가를 치러야 하는 것이다.

로마군의 우익이 대열을 정비하고 있었다. 릭은 쌍안경을 써서 진홍색의 망토를 두르고 황금제 완갑(腕甲)을 낀 지휘관의 모습을 발견했다. 지휘관은 말 위에서 등자를 딛고 일어서서 전투 상황을 관찰하고 있었다. 아직도 어디로 돌격할지를 결정하지 못하고 있는 듯했다. 가장 좋은 지점—제3파이크 연대의 측면—은 이제 릭의 중기병들이 지키고 있었다. 따라서 3연대를 공격하면 로마군 자신의 측면이 기병 돌격에 노출되어 버린다. 그 사이에도 로마군 지휘관은 고립 지대 속에서 자기 병력의 반수를 잃어가고 있었다.

흐음. 적의 지휘관은 제2파이크 연대와, 제1파이크 및 제2파이크 연대를 잇는 궁수대와의 접점을 공격 목표로 택한 듯했다. 만약 그들이 이 지점을 돌파할 수만 있다면 릭의 부대를 둘로 분산시켜서 주력을 격파할 수 있는 절호의 기회를 얻게 되고, 그와 동시에 용광로 속의 전우들이 받고 있는 압력을 완화할 수도 있다. 전술로서는 나쁘지 않았지만 그것을 실행하는 것은 바보짓이었다. 첫 번째 돌격 때 궁수대를 격파하지 못했는데, 말들이 지친 지금 어떻게 그걸 성공시킨단 말인가?

하지만 적의 지휘관에게는 달리 대안이 없었다. 용광로 병력을 몰아넣는 일은 백해무익했다. 만약 내가 로마군 지휘관이었다면, 나는—

"비겁자처럼 이렇게 우뚝 서 있기만 할 것인가!" 최대 씨족의 우두머리인 듀컬라스가 장검을 빼들었다. "나는 전투에 참가하지 않고 구경만 했다는 식의 치욕을 감수할 생각은 없어!"

맙소사. 하필이면 이런 때에. "멈추시오!" 릭은 외쳤다. 중기병의 반은 이미 칼집에서 칼을 뽑았고, 드루몰드조차도 그러고 싶어 하는 기색이었다. "이곳에 있는 아군을 지키는 것이 우리의 임무요. 만약 우리가 여기를 떠난다면 로마군이 공격—"

유감스럽게도 그들은 릭의 말을 전혀 듣고 있지 않았다. 릭은 45구경 마크IV 자동권총을 뽑아 듀컬라스의 왼쪽 귀 바로 옆을 겨낭하고 쏘았다.

듀컬라스는 화들짝 놀라며 몸을 뺐다. 기껏해야 1미터 정도밖에
는 떨어지지 않은 곳에서 쏘았으니 총구의 화염만으로도 피부가
떨어져나갔을 것이다.

"거기서 한 발자국만 더 앞으로 움직이면 이번에는 안장에서 쏴
떨어뜨리겠어." 릭은 말했다. "거기 당신뿐만 아니라 맡은 자리에
서 도망치는 자 모두를 말이야."

그러자 누군가가 외쳤다. "도망치다니? 우리는 싸우고 싶을 뿐
이오!"

"싸울 기회는 곧 올 거야. 헛! 저걸 보라고! 적이 움직이기 시작
했어!" 릭은 적군 쪽을 가리켰다. 로마군이 화살 모양의 긴 종대를
짜고 제1파이크와 제2파이크 연대의 중간 지점을 돌파하려 하고
있었다.

말뚝이 박힌 곳에 도달하기 전에 그들은 또다시 화살의 일제 사
격을 세 번이나 받아야만 했다. 그러나 그들은 처음 돌격 때와는
달리 피해를 무시하고 계속 돌진해 왔다. 말을 탄 적 기병들이 말
뚝이 있는 지점으로 진입하기 시작하자 그곳을 지키던 궁수대는
황급히 자리를 떴다.

로마군에게는 이것이 최후의 예비대였다. 릭은 말에 박차를 가
해 제1파이크 연대 쪽으로 향했다. 다른 자들이 뒤따라 오리라고
는 기대하지 않았다. 사실, 아무도 따라오지 않았다. 중기병들은
로마군을 향해 똑바로 돌진했기 때문이다. 그렇지만 이제는 그래
도 상관 없었다. 지금은 제1파이크 연대를 반우향(半右向) 뒤로 돌
게 해서 적을 공격하는 것이 중요했다. 1연대는 저 멍청한 작자들

보다 훨씬 더 효율적으로 로마군을 섬멸할 것이다.

일단은 씨족장들에게도 싸울 기회가 주어졌고 말이다.

저 작자들이야 그럴 수 있겠지만 난 아냐. 릭은 생각했다. 딱히 싸우고 싶은 생각이 있는 것도 아니고. 어쨌든 잔적 소탕을 제외하면 이번 전투는 한 발도 쏘는 일 없이 다 끝났군.

다음 순간, 릭은 정확하게 말하자면 딱 한 발을 쏜 것을 떠올리고는 쓴웃음을 지었다.

4

전투는 끝났다. 병사들은 어디에서든 릭을 보면 환호성을 올렸다. 타마에르손군 병사들의 사상자 수는 극히 적었고 로마군은 전멸했다. 완벽한 승리였다.

그러나 곧 릭은 그를 이때까지 지탱시켜 준 고양된 기분이 아드레날린과 함께 몸에서 빠져나가는 것을 느꼈다. 전쟁사 교과서에서는 전투는 언제나 승리와 함께 끝났다. 체스의 말들을 상자 안으로 쓸어담으면 모든 것이 조용해지는 것처럼.

그러나 현실은 전혀 조용하지 못했다. 승자가 올리는 승리의 함성과 환호성에 섞여 말과 병사들의 비명이 들려왔다. 어떤 궁수는 팔꿈치 위쪽부터 팔이 잘려나가서 피가 쏟아지는데도 멍청히 앉아서 그걸 보고만 있었다. 파이크병들이 억지로 갑옷을 벗기고 있는 어떤 로마 병사는 전리품을 피로 더럽힌다는 욕을 먹으며 고통에 몸부림치고 있었다. 그리고 도처에서 비명을 올리고, 피냄새로부터 도망치려고 하는 말과 켄타우로스가 있었다.

켄타우로스가 가장 비참했다. 죽어가는 인간들보다 더 비참했고, 말들보다 훨씬 더 비참했다. 이 짐승들은 완전히 발달되지 않은 손을 써서 화살을 뽑거나 흐르는 피를 막으려 하고 있었다. 그들은 자기들에게 무슨 일이 일어났는지 이해할 정도의 지능은 없었지만 (백만년쯤 지나면, 그들도 진화해서 인간과 같은 손과 높은 지능을 가지게 될까?) 뭔가 이상한 일이 일어났다는 것을 깨달을 정도의 지각력은 있었다. 그들은 개처럼 짖고 처량하게 울면서 인간 주인들에게 올 가능성이 없는 도움을 청하고 있었다. 정말로 다행이야, 하고 릭은 생각했다. 로마군이 켄타우로스를 조금밖에 쓰지 않았다는 사실을 신에게 감사하고 싶은 기분이다.

전투가 끝났다는 사실도.

운이 따른다면 다시는 이런 짓을 하지 않아도 될 것이다. 이제 전쟁에서 아예 손을 털 수 있을지도 모른다. 아프리카에서 경험한 전투는 이렇게까지 끔찍하지는 않았다. 부상병이 발생하면 헬리콥터가 날아와서 후송해 줬으니까 말이다. 스스로 야기한 결과를 계속 바라보고 있어야 할 필요가 없었던 것이다.

그러나 릭에게는 더 이상 생각에 잠겨 있을 여유가 없었다. 당장 처리해야 할 잡다한 일들이 산적해 있었다. 우선 살육을 멈추고 로마인들을 항복시켜야 한다. 그러는 데는 릭의 중기병들의 귀족적인 기풍이 도움이 되었다. 자기 몸을 지킬 수도 없는 적을 죽이는 행위는 스스로의 위엄을 손상시킨다는 식이다. 그중 몇몇은 적이 어차피 죽을 것을 안다면 전투에 진 뒤에도 계속 저항할 것이라고 판단할 정도의 분별력을 보였다.

노예들은 메이슨과 그 휘하의 헌병들의 감독 하에 전사한 적들의 옷과 소지품을 회수하고 포로들을 무장해제시켰다. 이것을 일족의 병사들에게 맡길 수는 없었다. 릭은 전리품을 공정하게 분배해야 한다고 씨족장들을 설득해야 했고, 씨족장들은 휘하의 궁수와 파이크병들을 설득해야만 했다. 전투는 모두 힘을 합쳐서 이긴 것이므로, 전리품 역시 전원에게 분배되어야 한다는 생각은 구릉족들에게는 생소한 것이었다.

기병 전위대를 보내서 도망친 로마군들의 동정을 살피고 또 새로운 적의 무대가 나타나지 않는지 감시해야 한다. 전장에서 화살을 회수해서 다시 분배할 필요도 있었고, 산파들과 제관들을 동원해서 부상자를 돌봐야만 했다. 흉부나 복부에 깊은 상처를 입은 포로들은 자비심에서 죽여야만 했다. 그 이상 어떻게 손을 쓸 도리가 없었던 것이다. 다른 종류의 상처는 태워서 치료하든지 아니면 씻고 붕대를 감든지 해야 했다. 다행히도 그들은 부상자를 위해 나쁜 피를 뽑아내야 한다는 예의 그 어처구니 없는 설에는 아직 감염되어 있지 않았다.

이 경우는 나도 뭔가 도울 수가 있겠군, 하고 릭은 생각했다. 그도 의학에 관해서는 어느 정도의 소양이 있었다. 깊은 지식이 있는 것은 아니지만 적어도 매균설*이나 살균법 정도는 가르칠 수 있다. 그리고 몇몇 견습 제관들에게 인체 구조나 해부학에 대한 흥미를 심어줄 수도 있을 것이다. 하지만 어떻게 하면 페니실린을 만들 수 있을까? 무리일지도 모르겠다. 그럼 설파제(劑)** 는 어떨까? 릭은

---

* 전염병은 세균이나 미생물에 의해 매개된다는 설
** 술파닐아미드(sulfanilamide) 계열의 화합물. 페니실린 등의 항생제가 보급되기 전에는 세균 감염을 막는 용도로 많이 쓰였다.

그 제조 방법에 관해서도 아는 게 없었다. 이 행성에 과학기술이 뿌리를 내린 적은 없었다. 화학 이론도 없었고, 실험주의자도, 과학적 방법론도 존재하지 않았다. 외과 의사도 없었다. 하지만 릭도 초보적인 지식 쯤은 지도할 수 있을 것이다. 어떻게 연구하는지부터 가르치는 것이다. 그런다면 언젠가는 내장 천공(穿孔)이 반드시 사형 선고를 의미하지 않는 날이 올 것이다.

마부들과 비전투원들을 시켜서 사로잡은 말들을 모았다. 중상을 입지 않은 켄타우로스들은 놓아보냈다. 구릉족들은 켄타우로스에게 익숙하지 않았고, 기르려는 자도 전무했다. 릭은 헌병들을 시켜 말을 훔쳤거나 전리품을 가지고 도망친 자가 없는지를 확인하게 했다. 전사자의 수도 확인했다.

중세의 군대에서 이것은 의전관(儀典官)들의 임무였다. 아쟁쿠르 전투*가 끝난 뒤에 프랑스군 의전관들은 전장을 조사하고 영국 측의 의전관들과 협력해서 전사자와 포로들의 명부를 만들었다. 이런 유용한 기관은 트란에서는 아직 발달하지 않았다. 릭은 승리에 따르는 각종 문제를 미리 예상하고 그것에 조직적으로 대처하려고 했다. 그러기 위해서는 모든 곳을 돌아다녀야만 했다.

그가 모습을 보일 때마다 병사들은 하던 일을 멈추고 그에게 환호를 보냈다. 이것은 자랑해도 될 만한 일이었다. 릭은 전투에서 이긴 데다가, 이번 전투는 충분히 이길 만한 가치가 있는 전투였다. 곡물이 없다면 구릉족은 파멸이었기 때문이다. 그리고 릭이 조

---

* 백년전쟁 후반기인 1415년 8월 25일에 북부 프랑스의 아쟁쿠르에서 헨리 5세가 이끄는 잉글랜드군이 프랑스군에게 대승을 거둔 전투.

금이라도 그들을 통솔할 생각이 있다면 그들의 환호 또한 중요했다. 병사들은 자기들에게 승리를 안겨준 지휘관에게 환호를 보내는 법이므로. 하지만 릭은 병사들이 하던 일을 계속하고 그가 저택 안에 틀어박혀 있을 수 있도록 놓아주었으면 좋겠다고 생각했다. 더 이상 전쟁터를 둘러보고 싶지는 않았기 때문이다.

틸라라가 포로 한 사람을 데리고 저택 안으로 들어와서 말했다.

"로마군의 사령관을 찾아냈습니다."

갑옷도 황금제의 완갑도 몰수당하고 없었지만 포로는 그녀의 허가를 받고 빨간 망토만은 아직도 걸치고 있었다. 그러나 진홍색 망토를 걸치고는 있어도, 이 사내가 최후의 돌격을 지휘한 그 당당한 장군이라고는 믿기 힘들었다.

릭은 그에게 자리에 앉을 것을 권하며 와인을 가져오라고 부하에게 명했다. 로마인은 놀란 기색이었다. 그는 주의 깊게 릭의 얼굴을 관찰하고 릭이 말하는 것을 들은 후 고개를 가로저으며 말했다.

"그대는 로마인이 아니군."

"물론 아니오." 릭이 대답했다.

"나는 이 야만……, 이 구릉족들이 로마에서 훈련받은 장교의 지휘를 받고 있다고 생각했소."

릭은 엷게 미소 지었다. 어떤 면에서는 로마인의 말은 사실이었지만, 상대방이 실제로 의미하는 바와는 크게 동떨어져 있었다.

"나는 릭 갤러웨이 경, 타마에르손군의 사령관이오."

너무 허세를 부린 건지도 모르겠군. 하고 릭은 생각했다. 그러나 여기서는 이런 허세를 부릴 필요가 있었다. 혹시 이 사내를 이용할 수 있을지도 모른다. 따라서 칭찬을 해 줘도 손해 볼 것은 없었다.

"나는 오래 전부터 로마인의 방식을 존경하고 있었소. 당신의 부하들은 당신과 마찬가지로 잘 싸웠소."

"아, 나는 서부 변경(邊境)의 총독인 카이우스 마리우스 마르셀리우스라고 하오."

"총독이라. 내가 알고 있는 로마의 총독은 군정과 민정 양쪽의 통치자인 걸로 아는데, 당신도 그렇소?"

"그렇소."

종복 한 명이 술잔에 든 와인을 가져오자 로마인 장군은 목이 말랐던지 그것을 단숨에 들이켰다. "고맙소." 그는 말했다.

릭은 로마인 장군을 관찰했다. 머리가 피투성이가 된다 해도 절대로 굴복하지 않는 유형의 인간이군, 하고 그는 생각했다. 패장이 되었어도 고개를 떨구지 않는, 자존감이 강한 사내였다. 하지만 그는 자신이 패배한 것을 알고 있었다. 분별을 가진 인물일 가능성도 있다.

"당신은 대학살을 미연에 방지할 수 있소." 릭은 말했다. "우리가 여기로 온 건 곡물과 전리품을 얻기 위해서요. 우리 군이 당신의 군단과 싸워 이긴 지금, 우리가 센티니우스의 성시를 약탈하는 것을 막을 자는 아무도 없소. 그러나 난 가급적 그런 상황만은 피하고 싶소. 만약 성시의 주민들이 도시의 부(富)와 곡물 창고의 내용물을 짐마차에 실어 우리에게로 가져오도록 하기만 해 준다면, 창고를 점검할 장교들만 제외하고 아무도 성 안에 들여놓지 않겠소. 하지만 당신이 이 제안을 거절한다면 우리는 성시를 강습하는 수밖엔 없소. 그 경우에는 병사와 비전투원을 통제하는 것은 불가능해질 것이오."

로마인의 눈빛이 날카로워졌다. "그대는 카이사르에게서 공물을 받겠다는 것인가?"

빌어먹을. 그런 뜻으로 말한 건 아니었지만 이 사내 입장에서는 그렇게 받아들여도 이상할 것이 없군.

"아니오. 나는 승자의 정당한 몫을 요구하고 있을 뿐이오. 우리는 곡물 전부와 재물의 일부분을 받아갈 것이오. 그것만은 확실하오. 다만 거기서 확실치 않은 건 센티니우스의 주민들이 그 과정에서 목숨을 부지할 수 있을까 하는 점이오. 군단이 전멸했는데도 설마 센티니우스의 주민들이 우리에게 대항할 수 있으리라고 정말로 믿고 있는 거요?"

로마인은 입을 꽉 다물고 생각에 잠겼다. 잠시 후 그는 깊게 숨을 들이마시더니 말했다. "아니오. 저항해 봤자 그들은 헛된 죽음을 맞이할 것이오. 내가 어떻게 했으면 좋겠소?"

"당신을 석방하겠소. 내 기병들이 성문을 감시하고 있을 거요. 만약 내일 일몰 때까지 곡물을 실은 짐마차가 나타나지 않으면 우리는 센티니우스를 마음대로 처분하겠소."

릭은 말을 멈췄다. 여기서 조금 외교적으로 행동해도 나쁠 것은 없었다. "그리고 우리가 카이사르의 국경을 넘어서 산으로 향하는 날에는 포로가 된 당신의 병사들을 모두 풀어주고, 우리가 가지고 갈 수 없는 모든 것을 돌려주겠소." 릭은 어깨를 으쓱해보였다. "포로가 우리에게 무슨 소용이 있겠소? 우리는 다섯 개 군단의 호위를 받고 오는 몸값을 기다릴 정도로 멍청하지는 않소."

릭의 말을 들은 마르셀리우스는 곤혹스러운 표정을 지었다. "이제는 그대가 야만인이 아닌 걸 알겠소. 그대는 누구요?"

"그건 당신이 알 바가 아니오."

"아마 그럴지도 모르겠군. 하지만 우리가 어떻게 행동하든 간에 당신들이 성시를 약탈하지 않겠다는 보장이 어디 있소?"

"타마에르손 귀족의 약속입니다." 틸라라가 차가운 목소리로 말했다.

"나는 그대가 포로들을 죽이지 말라고 명령하는 광경을 내 눈으로 보았소. 그대는 야만인이 아니오." 마르셀리우스가 말했다. 그 사실이 그를 안심시키는 듯했다. "좋소, 동의하겠소. 하지만 그대는 왜 이렇게 곡물을 중요시하는 거요? 과거에 우리 영토로 쳐들어온 구릉족은 다른 재물에 눈독을 들였는데……."

"말해 두지만 우리는 통상적인 전리품도 어느 정도 요구하고 있다는 것을 잊지 마시오." 릭은 말했다. "부피가 작은 귀중품, 장신구, 유리잔, 망토용 핀과 장식물, 그리고 보석 따위를 말이오. 물론 주민들은 가장 소중한 물건들까지는 내놓지 않겠지만, 적어도 우리 부하들이 만족할 만한 양의 번지르르한 사치품을 보내는 것을 잊지 마시오. 그리고 우리가 곡물을 중요시하는 이유에 대해서는, 만약 나의 손님 자격으로 다시 이곳에 들릴 생각이 있다면 전리품의 반출이 끝난 후에 설명해 주겠소. 충분히 들을 만한 가치가 있는 얘기요."

최후의 짐마차가 서쪽을 향해 출발했다. 매우 인상적인 광경이었다. 천 대 이상의 짐마차에 밀, 보리, 귀리 따위가 가득 실려 있었다. 릭이 본 적도 없는 곡식도 가득 실려 있었다. 거대한 해바라기를 닮은 식물의 씨였는데, 놀랄 정도로 쌀과 비슷했다. 다른 짐마차에는 겨울에 영양을 보급해 줄 양파나 시금치 따위의 온갖 채소가 잔뜩 실려 있었다. 짐마차 50대에는 무거운 귀중품인 가구, 원단, 철제 도구류 등이 실려 있었다. 가벼운 전리품인 반지와 장신구, 개인용 무기 등은 이미 병사들에게 분배되었다. 짐마차 사이로 비전투원과 해방 노예들이 양과 소떼를 몰아가고 있었다.

매우 인상적인 광경이었다. 드루몰드는 이런 광경을 본 적이 없었다. 모두가 이 정도의 식량이 있다면 두 겨울은 힘들이지 않고 날 수 있으리라고 확신했다.

그러나 이것은 말도 안 되는 오산이었다.

파이크병과 궁수들의 긴 대열이 짐마차 행렬을 지켰다. 경기병들로 이루어진 전위대는 측면과 전방 멀리까지 진출해서 로마군이 센티니우스의 전리품을 재탈환하려고 시도할 가능성을 경계하고 있었다. 릭은 후방을 지키는 메이슨의 기마 궁수대와 함께 있었다.

릭은 입고 있는 로마제 쇄자갑의 무게를 거북하게 느끼며 안장 위에서 몇 번이나 고쳐 앉았다. 갑옷 아래의 몸이 근질거렸다. 갑옷을 입고 싶지는 않았지만 그럴 필요가 있었다. 어느 씨족에도 속하지 않은 해방 노예들이 그의 개인 경호대가 되고, 메이슨이 언제나 그의 배후를 지킬 필요가 생겼던 것이다. 적의 공격을 경계해서가 아니라, 아군의 장교가 그를 암살할 가능성을 우려해서였다.

물론 군대는 릭에게 충실했다. 그는 소수의 사상자만을 내고 완전한 승리를 거둔 지휘관이었기 때문이다. 스무 명의 파이크병이 로마군이 제1열에 처음으로 접근했을 때 전사했고, 전투의 말미를 장식한 치열한 접전에서도 스무 명의 파이크병이 죽었다. 그때 파이크병과 궁수들이 끝까지 적을 소탕하도록 놓아둘 분별도 없었던 아군의 중기병들이 이미 패배한 적의 중기병들과 개인적인 전투를 벌여 무려 30명에 가까운 전사자를 냈다. 갑옷을 입은 기사들 대부분은 혈연으로 맺어져 있었고, 살아남은 자들은 동료가 죽도록 놓아두었다며 릭을 비난했다. 만약 릭이 파이크병과 함께 행동하는 대신, 중기병들의 돌격을 지휘했더라면 자식이나 아들들을 잃지 않았을 것이라는 논리였다.

또 그들은 로마의 도시를 약탈할 기회가 주어지지 않은 것에 대해서도 불평했다.

"불평하도록 내버려두십시오." 릭은 드루몰드에게 말했다. "만약 병사들을 센티니우스에 풀어놓는다면 족히 열흘은 전투 불능 상태에 빠졌을 겁니다. 어떤 종류의 습격이든 간에 그때 로마군이 우리를 친다면 우린 끝장입니다. 천 명이 넘는 로마군이 도망칠 수 있었다는 사실을 잊으면 안 됩니다. 그건 아군 병력이 분산될 경우

우릴 격파하기엔 충분한 병력입니다. 따라서 아군이 유리한 위치에 있을 때 로마인들이 우리에게 전리품을 가져오게 하는 편이 훨씬 낫습니다."

"우리는 로마의 군단을 격파했잖아." 발크하인이 말했다. "열흘 안에 새로운 군단을 급파할 수는 없을 거야. 씨족장들은 이 사실을 알고 있고, 그 동안 이 지방을 얼마든지 약탈할 수 있을 것이라고 말하고 있어. 엄청난 부가 우리 눈앞에 쌓여 있다고."

"더 이상 약탈을 해서 어쩌자는 건가?" 릭이 반문했다. "우리는 짐마차에 다 실을 수 없을 정도의 곡식과 전리품을 이미 획득했잖나. 그걸 다 산길로 가져가자면 열흘 이상 걸릴 거고, 눈이 내리기 전에 가리오크에 도착할 수 있다면 그나마 다행일 거야. 이 이상 약탈을 한다고 해도 우리에게 도움이 될 건 없고 단지 로마인의 피해만 늘어날 뿐이야. 또 〈악마의 별〉이 다가왔을 때, 그들을 친구로서 필요로 하게 될지도 모르잖나."

"카이사르는 결코 우리의 친구가 되려 하지 않을 거요." 드루몰드가 말했다.

"아마 그럴지도 모르지만, 적에게 자신을 증오할 이유를 주는 것은 바보가 하는 짓이고, 나는 바보가 아닙니다."

"당신을 바보라고 할 사람은 아무도 없어." 발크하인이 반박했다.

"그럼 맹세했던대로 내 명령을 따르게 하라고."

무익한 전투에 시간을 낭비하지 말고 곧장 구릉지대로 돌아가야 한다. 다시는 이런 전투를 할 필요가 없다는 뜻이 아니다. 한 명의 성인이 하루 먹기 위해서는 1쿼트의 밀이 필요했다. 지금 가진

5만 부셸의 밀로는 도저히 두 겨울을 날 수가 없는 뜻이다. 하지만 올해는 이 이상 할 일이 없었고, 되려 그 사실에 감사해야 한다. 승리의 미주(美酒)에 취하는 것도 좋지만, 그 술값이 엄청나게 비싸다는 걸 잊으면 안 된다.

씨족장들은 이 결정을 받아들였지만 불만이 하나 더 있었다. 릭은 전리품을 씨족장들에게 맡겨서 부하들에게 나눠주게 하지 않고, 병사들에게 직접 공평하게 분배했기 때문이다. 그들은 릭이 자신들의 권위를 실추시키려 한다고 생각하고 있었다.

물론 그들의 말은 옳았다. 릭은 사병들과 하사관들의 충성을 얻은 대신 많은 장교들의 미움을 샀다. 그 결과, 지금 그는 몸이 가려운 것을 참으면서 갑옷을 입고 있어야 하는 것이다. 그러나 그가 얻은 것을 고려해 볼 때 이쯤은 충분히 치를 가치가 있는 희생이었다.

행군을 시작한 지 사흘째 되는 날, 기병대가 로마 총독을 야영지로 호송해 왔다. 깨끗하게 수염을 깎고 청결한 옷으로 몸을 감싼 그는 릭이 처음 보았을 때와는 딴판으로 보였다. 그러나 현명하게도 장신구는 달고 있지 않았다. 검은 차고 있었지만, 뽑을 수 없도록 칼집에 끈으로 단단히 비끌어매어져 있었다.

"당신을 다시 보리라고는 생각하지 못했소." 릭이 말했다. "여기서 10마일 남쪽에 있는 당신 부대가 혹시 우리를 공격하지 않을까 하는 생각까지 했는데."

"그렇게 정확한 정보를 갖고 있다면 우리 병력이 2천 명 이하인 것도 잘 알잖소." 마르셀리우스가 말했다. "나는 그대가 약속을 지켜 포로가 된 나의 군단병들을 해방하는 것을 보려고 왔소. 또 그대가 말했던, 충분히 들을 만한 가치가 있다는 그 흥미로운 얘기도 듣고 싶었소."

"그 기대는 어긋나지 않을 거요. 하지만 카이사르가 당신의 목을 원하지는 않을까? 〈제국〉을 침범한 자들을 벌하기 위해 당신이 최선을 다하지 않았다고 할 것 같은데."

"일이 어떻게 돌아가든 간에 카이사르는 내 목을 원할 거요." 마르셀리우스가 말했다. "야만인들을—실례지만 그는 그대들을 야만인으로 간주할 거요—로마 도시의 약탈품과 함께 무사히 도망치게 놔둔 총독에게 그가 가벼운 벌을 내릴 리는 없으니까." 총독은 어깨를 으쓱해 보이고는 술잔을 들어 건배했다. "그러나 잔존 부대에게 추격을 명해 보았자 로마에는 도움이 되지 않소. 그대의 기마 척후대가 우리의 접근을 견제하고 있는 데다가, 우리가 지난번 전투에서 이길 수 없었던 그대의 장궁대와 장창대를 지금 이 상태에서 어떻게 이길 수 있겠소? 그 긴 창 같은 무기는 이때까지 한 번도 본적이 없소. 파이크라고 하는 거요?"

"그렇소."

"흥미로운 무기로군. 그런 무기에 대해서는 책에서도 읽은 적이 없소. 로마인이 도보로 싸우고 투창을 휴대했다는 얘기를 읽은 적은 있지만, 기록에도 파이크라는 무기에 대해서는 전혀 언급이 없었소." 마르셀리우스는 떠보는 듯한 눈초리로 릭을 쳐다보았다. "우리가 처음 만났을 때, 당신은 '내가 알고 있는 로마'라는 말을 한 적이 있소. 마치 그 로마가 우리의 로마와 같은 것인지 확신이 없는 듯한 말투였소. 그럼 그대는 로마의 역사에 대해 알고 있소?"

"당신보다는 많이 알고 있을 거요. 로마는 이전에는 자유민의 나라였소. 시민이 곧 군대였고, 로마 시민은 누구에게도 고개를 숙일 필요가 없었소."

"그럼 그대는 공화주의자인가?" 마르셀리우스가 물었다.

"공화정에 대해 알고 있소?" 릭이 되물었다.

"들은 적은 있소. 대부분은 책에서 얻은 지식이지만. 카이사르는 로마인들이 그런 책을 읽는 것을 장려하지 않소. 하지만 나는 그런 책들을 읽은 적이 있소. 리비우스, 클라우디우스 네로 카이사르──"

"클라우디우스 황제*가 쓴 역사서! 그게 여기 남아 있단 말이오?"

"그렇소."

"그걸 볼 수만 있다면 어떠한 대가를 치른다 해도 아깝지 않겠소."

"고대의 언어로 쓰여 있기 때문에 그걸 읽을 수 있는 자는 거의 없소."

"내 부하 중에 라틴어를 읽을 수 있는 장교가 있소." 내가 지금 어디에 있는지 잊고 있었군. 릭은 생각했다. 그만큼 중요한 보물이었다. 지구에서는 클라우디우스의 역사서는 이미 몇 세기 전에 분실되고 없었다. 이 새로운 로마에서는 이것 말고도 잊혀진 문서가 존재

---

* Tiberius Claudius Nero Caesar Drusus(10 B.C.-A.D. 54) 로마 제국 제4대 황제

할까. "당신은 클라우디우스 황제가 다른 세계에 살고 있었다는 사실을 알고 있소?" 릭은 물었다. "당신의 로마시는 모방에 불과하고, 티베르 강이 흐르는 진짜 로마는 다른 태양의 빛이 내리쬐이는 다른 세계에 있다는 사실을?"

"그대는 어떻게 그것을 알고 있소?" 마르셀리우스가 캐물었다. "전부터 그런 의심은 해왔지만, 제관들의 설명에 따르면 신은 단 하나의 세계밖에는 창조하지 않았고, 진정한 신권(神權)을 가진 왕도 카이사르 한 사람뿐이라고 했소." 그는 잠시 주저했다. "크리스트는 단 한 번 왔을 뿐이고, 그가 강림한 곳도 단 하나의 세계라고 하오. 제관들은 그렇게 확신하고 있소. 그러나 나는 그 세계가 바로 우리가 사는 이 세계라고는 확신할 수 없었소."

"이 세계가 아니었소." 릭이 말했다. 그는 이 총독에게 어디까지 말해줘야 할까 하고 망설였다. 만약 로마인들이 지금 당장 모든 농경지에서 집중적인 경작을 시작하고 거기서 생산되는 식량을 저장한다면 적어도 인구의 일부는 구할 수 있을지도 모른다. 그러지 않는다면 모두가 죽을 것이다.

그에게 우주선이나 샬누크시들에 관해 이야기해줘도 아무 의미가 없었다. 그러나 그것 말고도 설명할 일들은 많다.

"나는 여기서 남서쪽으로 몇 주나 항해해야 닿을 정도로 먼 곳에서 왔소. 그곳에는 많은 고문서가 있고, 나는 그것을 통해 세계는 단 하나뿐이 아니라는 얘기가 사실인 것을 알았소. 만약 증거가 필요하다면 하늘을 보시오. 〈악마의 별〉이 접근해오고, 얼마 안 돼서 불과 홍수 그리고 기아가 이 땅을 덮칠 거요."

마르셀리우스는 눈을 가늘게 뜨고 릭을 쳐다보았다. "그런 얘기는 나도 들은 적이 있소. 그대가 이 세계의 반대편보다 훨씬 더 먼 곳에서 왔다는 것도."

도대체 누가 그걸 입밖에 냈지? 릭은 양손을 펼쳐보였다. "오래된 전설은 사실이오. 그밖의 얘기를 부정할 생각은 없지만, 내 입으로는 그런 소리를 한 적이 없소. 그럼 지금부터 다가오는 〈때〉에 관해 말해주겠소. 제 아무리 용감한 전사도 두려움에 떨게 만들 〈때〉에 관해서 말이오."

제7부

학자들

1

타마에르손의 산길에는 눈이 수북이 쌓여 있었다. 릭은 삭풍이 날카로운 소리를 내며 건물 벽을 스치는 소리를 들었다.

타마에르손에는 궁전이라고 할 만한 건물이 없었다. 길이 30미터, 폭이 15미터에 두께가 무려 3미터에 달하는 흙과 돌로 이루어진 벽을 가진 드루몰드의 저택이 이 산악지대의 나라가 자랑하는 최대의 건물이었다. 군대가 로마 제국 침입 작전을 마치고 귀환한 후, 부족민들은 석조 요새 안에 위치한 드루몰드의 저택과 가까운 곳에 릭을 위한 저택을 건설했다. 그것은 드루몰드의 저택과 거의 맞먹을 정도로 컸기 때문에 접견용의 넓은 홀을 난방하는 것은 거의 불가능했다. 결국 릭은 대부분의 시간을 집무실용으로 설계된 작은 방에서 보냈다. 벽에는 회반죽이 칠해져 있었고, 목탄으로 그 위에 글씨를 쓸 수 있게 되어 있었다.

그는 이 방에서 일할 생각이었지만, 곧 그것이 무리임을 알았다. 이곳에는 유리가 없었기 때문에 창문에는 기름을 먹인 얇은 양피지를 붙여놓은 것이 고작이었다. 그래서 대낮에도 채광이 불충분한 탓에 어두웠다. 그는 북방 민족이 늦잠을 자고, 밤이 오면 술잔치를 벌이고, 음유시인의 노래를 들으며 시간을 보낸 까닭을 알 수 있을 것 같았다. 달리 할 일이 없었던 것이다.

시급하게 봄을 위한 계획을 세워야 했지만, 그러기는 생각보다 힘들었다. 타르 타게랄에는 양피지를 제조하는 숙련공이 없는 데다가 잉크는 너무 조잡했다. 결국 하얀 벽에 목탄으로 글씨를 쓰든지 아니면 얼마 남지 않은 귀중한 수첩의 공란에 볼펜으로 메모하는 수밖에 없었다. 그러나 펜과 수첩을 다 써버리면 그것으로 끝이었다.

처음에는 트란에 기술을 도입하는 일이 쉬울 것이라고 생각했다. 그러나 지금은 그것이 착각이었음을 깨닫고 있었다. 우선 그는 도구 제작에 전념할 필요가 있었다. 아직도 도구를 만들기 위한 도구가 필요한 단계였고, 그러기 위해서는 가장 기본적인 것부터 출발해야 하는 경우가 허다했다. 철사를 예로 들자면, 그는 고대의 보석 세공인들이 일일이 망치로 두들겨서 소량의 철사를 만들었다는 사실을 알고 있었다. 화약이 발명되었을 때를 즈음해서 베니스인들은 철판에 낸 구멍을 통해 철사를 끌어내는 기술을 개발했다. 베니스의 직공은 수차(水車)로 움직이는 그네 위에 앉아서, 체중으로 그네의 움직임을 조절하면서 집게로 철사를 끄집어냈다고 한다. 그렇지만 그 철판의 두께는 어느 정도이고, 철판에는 어떻게 구멍을 뚫는 것일까. 또 어디서 철사의 재료인 동괴(銅塊)를 구할 수 있을까.

그리고 강철의 제조법도 알아내야 했다. 강철은 철에 적당량의 탄소를 섞어 만든다는 사실은 알아도, 그 적정량이 어느 정도인지는 몰랐다. 게다가 용철로의 조작법도 모르는 판에 어떻게 대장장이의 경멸을 사지 않고 실험을 할 수 있단 말인가.

비슷한 문제가 산적해 있었고 그것을 생각하니 머리가 아팠다. 기분 전환을 위해 그는 영국식 티파티를 재현해 냈다. 물론 이곳에는 홍차가 없었지만 어떤 식물의 잎사귀를 끓여서 만든 카페인 음료가 있었다. 릭은 이 음료의 조금 쓴맛에 점점 익숙해졌다. 티타임은 오후를 보내는 데는 좋은 방법이었다. 저녁 시간에는 유감스럽지만 술에 취해 있을 때가 많았다.

손님을 스무 명이나 서른 명까지 초대할 때도 있었다. 그웬이 마음내킬 때는 그녀만 초대하는 경우도 있었다. 릭은 그녀가 넓은 홀을 사이에 끼고 그의 사무실 반대편에 있는 그녀 자신의 방에 틀어박혀 있는 편을 택한다 하더라도 개의치 않았다. 그웬은 출산일이 다가옴에 따라 점점 침울해지고 말이 없어진 데다가, 날씨까지 안 좋으면 릭조차도 견디지 못할 정도로 우울해했기 때문이다.

그러나 그는 오후에는 언제나 자기 저택의 대접견실에서 차를 마시고 있었다. 기분 전환이 되는 것이라면 무엇이든 환영이었다.

메이슨 병장은 양가죽으로 만든 방한 외투에서 눈을 턴 다음 부리나케 벽난로 쪽으로 뛰어왔다. 그는 안도의 한숨을 쉬며 양손을 불에 쬔 다음 주위에 있는 사람들을 둘러보았다.

"대위님, 정말이지 밖은 지독하게 춥습니다." 메이슨이 말했다.

틸라라가 웃었다. "이번 겨울은 그렇게 추운 게 아닙니다. 〈불도둑〉은 〈진정한 태양〉 속으로 뛰어들었지만, 호수 한복판에 언얼음은 겨우 그 위를 걸을 수 있을 정도의 두께밖에는 안 됩니다."

"엄동설한이 아니어서 그나마 다행입니다." 메이슨이 말했다.

"이제부터 겨울은 해마다 점점 따뜻해질 거예요." 그웬이 말했다. "여름은 매년 더워질 거고." 그녀는 찻잔을 꼭 쥐고 난롯불을 응시했다.

"맞습니다." 틸라라가 말했다. "이제는 해가 뜨고 나서 한 시간 후에도 〈악마의 별〉을 볼 수 있습니다. 두 개의 태양이 모두 떠 있는데도."

"여기 와서 지구 시간으로 얼마나 지났는지 잊어버렸어요." 그웬이 말했다. 그녀는 부푼 배를 가볍게 두드렸다. "8개월쯤 지난 건 확실하군요. 크리스마스인 걸 잊고 그냥 보내버렸어요."

"이곳의 로마인에게는 지금이 크리스마스 계절이라는 생각이 드는데. 아닐까?" 릭이 말했다. "옛날 가톨릭 교회가 겨울이 된 후 며칠째를 크리스마스로 정했는지 기억이 안 나는군. 어쨌든 간에 우리끼리 축하하면 되잖아."

"다른 사람들도 끼워줘야." 그웬이 말했다. "야눌프는 제사 지낼 준비를 하고 있더군요……. 아마 봄이 틀림없이 오기를 기원하는 의식인 것 같아요."

"꼭 그런 것만은 아닙니다." 틸라라가 말했다. "우리가 〈불도둑〉을 〈진정한 태양〉으로부터 떼어내든 말든 간에 봄이 온다는 사실은 물론 오래 전부터 깨닫고 있었습니다. 하지만 겨울이 끝나는 것을 감사하는 것은 당연하지 않습니까?"

메이슨은 과장된 몸짓으로 몸을 부르르 떨었다. "물론 그건 감사해야겠죠." 그는 벽난로 가까이에 있는 의자에 앉았다. "빨리 봄이 오면 좋겠습니다."

"아무리 좋아봤자 나에 비하면 새발에 피일 걸." 릭은 이렇게 말하며 틸라라를 보며 미소지었다.

그녀도 따뜻한 미소로 화답했다. "우리는 봄이 오는 것을 언제나 축하한답니다. 금년은 그 즐거움도 두 배가 될 것입니다."

"당신 아버지도 그렇게 느낄까?" 릭은 놀리듯이 말했다.

틸라라는 웃었다. "지참금 때문에 빈털터리가 되겠다고 불평하는 건 아버님의 말버릇일 뿐입니다. 우리 결혼식에서는 다른 사람보다 술을 세 배는 더 드실 겁니다."

문득 릭은 흥미를 느끼고 그웬을 바라보았다. 카라독은 로마군과 전투를 벌였을 때 스스로 귀중한 전력임을 증명했고, 지금은 릭의 근위 부대인 궁수 중대의 지휘관이 되어 있었다. 그는 릭의 저택 홀에서 시간을 보낼 때가 많았다. 보통은 용건이 있어서 릭을 찾아왔지만 가끔은 별로 중요하지도 않은 일을 의논하러 오는 적도 있었다. 그리고 돌아가기 전에는 언제나 그웬과 몇 마디 말을 나누고 가고는 했다.

이번 봄의 제전에는 결혼식이 둘 겹치게 될까. 공식적으로는 그웬은 지구인 병사의 미망인이었다. 그녀의 현재 상태를 설명하기에는 매우 적절하고 사람들이 받아들이기도 쉬운 얘기였다. 사생아는 소작농 계급에서나 볼 수 있는 일로 되어 있었기 때문이다. 그웬의 남편이 전사한 정확한 시간은 아무도 몰랐기 때문에 그녀의 복상 기간은 틸라라와 같이 끝나는 것으로 정해져 있었다.

"봄이 오려면 아직 멀었어." 릭이 말했다. "한참 더 기다려야 해. 지금은 관습대로 크리스마스를 기념하면 어떨까? 칠면조는 없지만 거위는 있으니까……."

멀리서 트럼펫이 울렸다.

"저건 아랫마을에서 부는 소립니다." 메이슨이 말했다. "무슨 일인지 제가 가서 보고 오겠습니다."

"추운데 일부러 나갈 필요는 없어. 방금 들린 건 경보도 아니었잖아."

"괜찮습니다, 대위님. 뭔가 할 일이 있는 편이 오히려 낫습니다." 메이슨이 말했다. "요즘엔 안에만 있으니 너무 답답하기도 하고." 그는 자리에서 일어나 두꺼운 외투를 입었다. 그가 밖으로 나가려고 문을 열자 밖의 눈보라가 홀 안까지 몰아쳤다.

편지는 두꺼운 양피지 위에 쓰여 있었고, 릭의 집무실로 배달되었다.

로마인들은 틸라라와 같은 언어를 썼고, 그녀의 말에 따르면 〈5대왕국〉과 루스텡고에 이르는 지역에서는 공통어가 쓰인다고 했다. 그러나 편지는 라틴어로 쓰여 있었다. 그것이 라틴어라는 것 정도는 릭도 알 수 있었다. 그는 그웬을 불러 양피지를 건넸다. "이걸 읽을 수 있어?"

"그럭저럭. 고등학교에서 3년간 공부했어." 그웬은 난롯가에 앉아서 더듬거리며 편지를 읽기 시작했다.

'서부 변경의 전(前) 총독, 카이우스 마리우스 마르셀리우스로부터 타마에르손 제족(諸族)의 전쟁 지도자 갤러웨이 경에게.

그대와 그대의 집안에 평안이 깃들기를. 이 편지는 나의 자유민이자 친구인 루시우스에게 기탁해서 보내오. 루시우스로부터……'

"이건 아마 '선물'이라는 뜻 같아."

'선물과 메시지를 받아주기 바라오. 이 메시지가 그대의……'

"이 동사는 무슨 뜻인지 모르겠어. 미래형이고 문맥상 '주의를 환기할'이라는 뜻 같긴 한데. 어쨌든 그 뒤엔 '루시우스가 하는 말은 곧 내가 하는 말이라고 믿어주시오.'라고 쓰여 있어. 그런 다음 미사여구를 늘어놓은 다음에 서명이 되어 있고."

릭은 흥미를 느끼고 편지를 훑어보았다. "이게 진짜인지는 알 수 없는 노릇이지만 아마 진짜겠지. 여기서 누가 이런 걸 위조하겠나?"

그는 옆에서 대기하고 있던 해방 노예 출신의 종졸(從卒)인 제이미에게 고개를 끄덕여 보였다. 이 젊은 하사관은 로마의 노예 막사를 탈출해서 산악지대로 도망친 후 지금은 자유민이 된 사내였다.

"사절단 단장을 이리로 보내고 남은 수행원들에게는 음식과 술을 대접한 다음 따뜻한 데로 모시도록. 그들은 내 손님이야."

"써Sir!" 제이미는 마루 위에서 한쪽 발을 굴러 차려 자세를 취한

다음 뒤로 돌아 방에서 나갔다.

그웬이 킥킥 웃었다. 릭은 얼굴을 찡그리고 그녀를 쳐다보았다.

"웃기잖아. 단지 그뿐이야." 그웬이 말했다.

"실은 나도 그렇게 느낄 때가 있어. 원흉은 메이슨이야. 그 녀석이 부하들에게 군대식 예절을 가르쳤어. 그것도 대부분 오래된 영국 육군 영화를 보고 배운 것 같아. 재미로 그러는 거겠지." 그러나 릭은 이것이 결코 웃기거나 무익한 것만은 아니라고 생각했다. 군대가 격식을 차린 예절을 중시하는 데는 그럴만한 이유가 있다. 특히 지금 같은 상황에서는 메이슨이 틀렸다고 할 수도 없다. 또다시 전투를 치뤄야 할지도 모르기 때문이다. 설령 전쟁을 회피할 수 있더라도, 그에게는 군기가 잡힌 군대가 필요했다.

안내받고 들어온 방문자는 양털로 된 옷을 완전히 뒤집어썼기 때문에 코와 눈밖에는 보이지 않았다. 그가 스카프—얼굴을 감싼 것을 포함해서 세 장이나 되었다—를 벗고 두건이 달린 망토와 두꺼운 장갑까지 벗은 뒤에야 매우 마르고 나이가 든 노인임을 알 수 있었다. 턱수염과 긴 머리는 하얗게 세었고 이는 거의 남아 있지 않았다.

치과 기술이 필요하군, 하고 릭은 생각했다. 그것도 무(無)에서부터 시작하는 수밖에 없어. 내 이는 아직 튼튼해서 천만다행이지만 언제까지나 튼튼하지는 않을 거야. 내가 충분히 장수한다면 결국은 내 이도 다 빠질 게 뻔하고. 역시 없어진 후에야 비로소 그 중요성을 깨닫는 문명의 혜택 중 하나라고나 할까.

"내 주인의 편지를 읽을 수 있었소?" 노인이 물었다.

"읽을 수 있었습니다. 노인장이 가져온 전갈은 무엇입니까?"

"그 전에 앉아도 되겠소? 내 늙은 뼈에는 이 추위가 워낙 사무쳐서."

"앉으십시오." 릭은 벽난로 근처의 의자를 가리켰다. "겨울이 시작되는 시기에 사자를 보내다니 그만큼 절박한 용건인가 보군요."

루시우스는 의자에 털썩 앉더니 불을 쬐기 위해 허리를 구부렸다. "맞는 얘기요. 하지만 우선 이것부터……." 그는 허리에 차고 있던 가죽 케이스를 열고 두꺼운 양피지 두루마리를 꺼냈다. 그는 그것을 불에 쬐서 저절로 조금 느슨하게 풀릴 때까지 기다렸다가 릭에게 내밀었다. "마르셀리우스는 그대가 이것을 소중하게 여길지도 모른다고 했소."

릭은 흥미를 느끼며 두루마리를 건네받았다. 하나하나 손으로 찍어낸 목판인쇄의 블록체 글씨였기 때문에 읽는 것은 쉬웠다. 그는 천천히 그것을 읽어내려갔다.

Ego Tiberius Claudius Drusus Nero Germanicus…….*

릭은 읽다 말고 양피지를 빤히 응시했다. "이것이 정말로 클라우디우스 황제의 위대한 역사서의 사본이란 말입니까?"

"내가 아는 한은 사실이오." 루시우스가 말했다. "그것을 의심할 이유는 전혀 없소. 그럼 그대는 이 선물이 마음에 들었소?"

"물론입니다." 릭은 대답했다. 그는 문득 눈살을 찌푸렸다. 상

* 나는 티베리우스 클라우디우스 드루수스 네로 게르마니쿠스이다…….

대가 어떤 대가를 요구해올지 불안했던 것이다. "마르셀리우스가 내 흥미의 대상을 기억해줘서 기쁘군요."

"그는 당신이 한 말 전부를 글로 옮겨썼소." 루시우스가 말했다. "내가 직접 그것을 받아썼기 때문에 잘 알고 있소."

"보여줄래?" 그웬이 말했다.

릭은 그녀에게 양피지를 건네기 전에 잠시 망설였다. 물론 바보스러운 감정임은 잘 알고 있었다. 그는 라틴어로 쓰여진 이 문서를 읽을 수 없었고, 결국 그녀에게 부탁해야 하지 않는가. 그는 그웬에게 두루마리를 건네주고 그녀가 행여나 실수로 그것을 찢지나 않을까 걱정하며 주시하고 있었다. 그러나 그웬은 마치 갓난애라도 안듯이 조심조심 두루마리를 받아들었다.

"그것 말고도 다른 기록들도 있소." 루시우스가 말했다. "그중 하나에는 병사의 한 무리가 다른 세계에서 이 세계로 온 경위가 기록되어 있소."

"그런 기록들은 어디 있습니까?" 릭이 물었다.

"마루셀리우스 총독이 가지고 있소. 그는 그것들도 그대에게 선물할 용의가 있다고 했소."

"당신 친구는 매우 친절하군요."

"이러는 대가로 그가 원하는 게 뭐죠?" 그웬이 물었다.

릭은 그녀를 보며 얼굴을 찌푸렸지만, 루시우스는 당황하지 않았다.

"당신들의 우정이오. 그리고 그는 동맹을 맺고 싶어하오."

"동맹?"

"우선 그대가 떠난 후 무슨 일이 일어났는지를 밝히는 게 좋을 것 같군." 루시우스는 의자에 고쳐 앉았다.

"제이미! 차를 부탁해." 릭이 외쳤다.

"써."

"무슨 일이 일어났습니까?" 릭이 물었다.

"서부 속주들의 전 군단이 마르셀리우스를 카이사르로 받들었소. 그대는 이 소식을 듣고도 놀라지 않는군. 사실, 불가피한 선택이었소.마르셀리우스가 로마로 소환되어 처형당하지 않으려면 그 방법밖에는 없었던 것이오. 당신이 포로로 잡았다가 해방한 병사들도 밝은 장래를 기대할 수는 없었고, 마르셀리우스는 다른 병사들에게도 인기가 있었소 ── 게다가 그들 또한 〈악마의 별〉을 보았오. 병사들은 전설에 관해 들어본 적이 있소. 사실, 모르는 사람이 없을 정도요. 그래서 재앙의 시대가 다시 찾아왔다는 당신의 얘기를 마르셀리우스가 병사들에게 전했을 때, 병사들도 그의 말을 믿었던 것이오. 서부 속주 사람들은, 시민이든 군인이든 간에 현재의 카이사르가 재앙에 제대로 대처할 수 있다고는 믿고 있지 않소. 사실, 관심을 보일지조차 의문이오.

당연히 마르셀리우스는 먼저 자기 가족들부터 데려왔소. 그의 아들과 손자들은 로마 근교에 있는 가문의 영지에서 살고 있었소. 나는 30년간 마르셀리우스 일가의 후견인으로 일해왔고, 최근 몇 년은 마르셀리우스와 그 아들 친구들의 도서실에서 일하고 있었소. 젊은 푸블리우스를─그대보다도 나이가 많지만 나는 그를 젊은 푸블리우스라고 부르오─부친인 마르셀리우스가 있는 곳으로 소환한 편지에는 나더러 클라우디우스의 역사서를 비롯한 많은 문서들을 가져오라는 명령도 포함되어 있었소."

루시우스는 한숨을 쉬었다.

"결과적으로 그 과정에서 많은 사람의 신뢰를 배신한 것이 아닌가 하는 생각도 들지만, 마르셀리우스는 다가오는 재앙에서 살아남는 소유자들에게는 모든 문서들을 반환할 것이라고 약속했소."

제이미가 차 주전자와 돌로 된 찻잔 세 개를 가지고 왔다. 그가 쟁반을 내려놓았을 때 릭은 그웬의 표정을 관찰했다. 기록 얘기를 듣고도 그리 기뻐하는 기색이 아니었다. 릭은 그녀를 이 방에서 나가게 할 좋은 구실은 없을까 하고 생각했다. 그냥 나가라고 명령할 수도 있었다. 그 누구에 대해서든 그는 예의를 차릴 필요가 없는 것이다. 물론 틸라라와 그녀의 아버지는 예외다. 도대체 그웬은 내게서 뭘 숨기고 있는 것일까.

"제이미."

"써."

"메이슨 소령한테 가서 새로 도착한 손님들이 중요한 문서들을 가져왔다고 전하고, 내가 나를 제외한 누구에게도 그걸 보이지 말라는 명령을 내렸다고 전하게. 내게 와서 직접 허가를 받지 않는 한 그 누구도 볼 수 없다고 말이야. 알겠나?"

"써!" 제이미는 발을 구르고 차려 자세를 취했다.

"좋아. 그럼 나가보게. 루시우스, 당신 얘기는 매우 흥미롭군요. 하지만 마르셀리우스가 정말로 성공할 가능성이 있다고 생각합니까? 카이사르가 다른 군단을 보내오지는 않을까요?"

"물론 보내올 거요. 그러나 카이사르도, 군단도 겨울에 출정하는 것을 좋아하지 않소. 그들은 봄까지 기다릴 거요. 그러나 봄까지는 마르셀리우스도 카이사르를 깜짝 놀라게 할 만한 것을 준비해 두고 있겠지." 루시우스는 이가 없는 입으로 씩 웃었다. "마르셀리우스는 많은 노예를 해방해서 그대가 파이크라고 부르는 긴 창을 쓰는 방법을 훈련시키고 있소. 그는 그대의 전술을 잘 연구했고, 노궁 궁수들도 훈련시키고 있소. 장궁을 쓰는 것은 그대들 구릉족뿐이니까 말이오."

"정말로 카이사르를 깜짝 놀라게 하겠군."

"당신도 깜짝 놀라게 될지 몰라." 그웬이 끼어들었다. "그럼 이제는 어느 쪽이 우위에 설 것 같아?"

"그걸 걱정할 필요는 없소." 루시우스가 말했다. "마르셀리우스는 그대와 동맹 관계를 맺을 것을 제안했소."

"우리를 다시 평지로 유인하려는 함정이야." 그웬이 말했다.

릭은 영어로 바꿔 말했다. "그웬, 부탁이니 쓸데없는 말은 하지 말아줘. 대화를 중단시키지도 말고. 나는 현재의 정세에 대해 될 수 있는 한 많은 정보를 얻고 싶어. 그런데 지금 당신은 그걸 방해하고 있어."

"미안해." 그웬이 말했다. "나는──나는 요즘 계속 뭔가를 두려워하고 있는 것 같아. 방해할 생각은──알았어 릭. 입을 다물게. 정말로 미안해."

"그대가 마르셀리우스를 신뢰할 하등의 이유도 없다는 것을 알고 있소." 루시우스가 말했다. "그러나 마르셀리우스는 그대들에게 군대를 보내서 도와달라고는 하지 않았소. 단지 그는 그대들이 지금부터 서부 변경을 습격하지 않겠다는 보증을 원할 뿐이오. 그대가도 충분히 지불할 생각이오. 마르셀리우스는 다수의 공원 지역과 수렵 보호 구역에 곡식을 심을 작정이오. 높은 언덕들을 골라 저장고도 세울 것이오. 수확한 곡식 대부분은 그 저장고들을 채우는 데 쓰이겠지만, 적어도 그대들이 제국령을 약탈해서 얻는 것보다는 더 많은 곡식을 보내줄 수 있소."

"그것들을 저장할 동굴은 있나요?" 그웬이 물었다.

"몇 개 안 되지만 있소." 루시우스는 생각에 잠긴 듯이 보였다. "가장 오래된 기록들에 의하면 불과 죽음의 비가 하늘에서 내릴 때 유일하게 안전한 장소는 동굴이라더군. 동굴은 북부 산악지대에도 있고 로마 근교에도 있소. 그것들을 사용할 수 있을지도 모르오. 그러나 우리가 당신들 구릉족들과도 싸워야 한다면 이쪽의 계획이 성공할 가망은 없소."

성공할 수 있어. 릭은 생각했다. 내가 할 수 있는 일은 그뿐만이 아냐 마르셀리우스가 일단 내전을 일으키면 나도 거기 참전할 수 있어. 군대는 나를 따를 것이고, 제국 내부의 동맹자와 함께라면 로마 자체를 탈취하는 것도 불가능하지 않을 거야. 크나큰 잠재력을 가진 문명화된 도시, 로마를 말이야. 그 누가 나를 막을 수 있겠어? '그 자가 나아가서 이기고, 또 이기려고 하더라.'*

정복왕 윌리엄은 더 작은 군대를 가지고서도 잉글랜드 전체를 정복했고, 그의 승리는 결과적으로 잉글랜드인들에게 오히려 더 나은 결과를 가져왔다. 적어도 긴 안목에서 보자면 말이다. (당시 사람들의 의견은 릭과는 달랐다.) 그의 연대기에는 그가 '지극히 가열(苛烈)한 인물이었다'고 기록되어 있다. '워낙 가차없고 격한 기질의 인물이었기에, 그의 의지에 반한 일을 시도하는 자는 아무

* 요한계시록 6장 2절

316

도 없었다.' 그러나 그의 적들조차도 금을 잔뜩 지닌 사내가 아무 위험 없이 잉글랜드를 횡단할 수 있을 정도였다고* 인정하지 않았던가. 그리고 나는 현재의 카이사르보다 더 유능한 통치자가 될 수 있다…….

아니, 나는 정복자의 그릇이 아냐. 그리고 전투의 진짜 모습은 결코 아름답지도 않아. 난 차라리 교사가 되고 싶어 —— 그러면 싸울 필요도 없겠고.

"나 혼자서는 결정할 수가 없군요. 하지만 드루몰드에게 이 제안을 받아 들이라고 권고하겠습니다. 그리고 이쪽에서도 제안이 하나 있습니다. 이 산악지대 아래쪽의 구릉지대에는 경작이 가능한 땅이 있습니다. 로마인들은 다른 곳에 더 양질의 경작지를 갖고 있으니까 거기까진 거의 손을 안 댄 것 같군요. 하지만 타마에르손에는 땅이 없는 소작농들이 얼마든지 있고, 우리가 보유한 제일 좋은 땅이라고 해 봤자 그 구릉지 정도입니다. 그 땅에서 우리 농민들이 안심하고 일하게 해줄 수는 없을까요? 그렇게 하면 마르셀리우스의 선물에 우리의 선물로 보답할 수도 있을 겁니다."

"릭, 마르셀리우스가 제안한 조공을 받아들이지 않을 작정이야?' 그웬이 영어로 말했다.

"물론 받아들일 생각이야." 릭은 말했다. "하지만 교역 쪽이 조공보다는 훨씬 더 영속성이 있어." 그는 루시우스를 돌아보았다. "세부적인 협의를 할 필요가 있지만 서로 합의에 도달하는 건 어렵지 않을 겁니다. 〈악마의 별〉이 더 가까워지면 어차피 살육과 죽음이 모든 땅을 지배할 텐데, 우리가 그 위에 또 살육을 덧칠할 필

* 치안이 좋다는 뜻이다

요는 없습니다."

2

릭은 흰 회벽에 써놓은 목록에 또 하나의 방정식을 목탄으로 써넣었다. 물리학을 좀더 열심히 공부했더라면 하는 생각이 들었다. 그는 조화운동의 기본적 방정식조차도 기억해낼 수가 없었고 또 방정식들을 정확하게 끌어냈는지도 확신할 수가 없었다.

"뉴튼은 정말이지 지독히도 머리가 좋은 친구였군." 그는 중얼거렸다.

벽은 방정식과 메모 등으로 뒤덮여 있었다. 한쪽에는 당장 필요한 물건들의 일람표가 적혀 있었다. 종이, 질이 더 좋은 램프, 필요한 만큼의 펜과 잉크. 이 모두가 릭의 휴대용 전자계산기의 전지가 닳기 전에 대수표를 베껴놓기 위한 물건이었다. 다른 부분에는 곡물의 생산량에 대해 그가 얻을 수 있었던 가장 정확한 데이터가 쓰여 있었고 그 옆에는 쟁기의 설계 도안과 윤작(輪作)계획의 도표가 보였다.

해야 할 일은 끊임없이 생겨났다. 영원히 끝나지 않을지도 몰랐다. 그러나 그것은 군대를 육성했을 때보다 훨씬 더 만족할 만한 일이었다. 로마 제국 침입 작전은 시간적 여유를 얻기 위한 것이었지만, 이제 그는 뭔가 영속적인 일을 하고 있었다. 타마에르손을 학문의 중심지로 만들어서 군사력보다도 더 확실한 종류의 안전 보장을 확보하는 것도 가능했다. 그러나 우선 그 일에 착수하려면 제대로 된 램프가 하나라도 필요했다.

문 두드리는 소리가 들리자 릭은 안도감을 느끼며 돌아다보았다. 일하는 것은 만족스러웠지만 때로는 대화를 통한 기분 전환도 필요했다.

카라독이 문가에서 망설이고 있었다.

"들어오게. 탁자 위에 좋은 와인이 있네."

"감사합니다." 카라독은 잔에 와인을 따르고 나서 릭이 목탄으로 써놓은 방정식과 트란 성계의 운행 도표를 신기한 듯이 쳐다보았다. 릭은 그웬이 카라독에게 글자 읽는 법을 가르쳐주고 있다는 것을 알고 있었고, 카라독은 과거에도 릭이 하는 일에 큰 관심을 보여왔었다. 그러나 오늘은 아무 말도 하지 않았다.

릭은 눈썹을 추켜올랐다. "뭔가 문제라도 있나? 말해보게."

"레이디 그웬의 일이 걱정돼서 왔습니다. 한 자리에 앉아서 불을 바라보고만 있고, 아무도 가까이 오지 못하게 하십니다. 혼자 있고 싶어한다는 것은 좋지 못한 징조입니다."

"맞아. 혼자 있게 하면 안 돼. 자네가 함께 있어 줘."

"저도 그러려고는 했습니다만 요즘은 기분이 안 좋으신 것 같습니다."

"그런 것 같더군."

최근 그웬에게는 물건을 내던지는 버릇이 생겼다. 릭은 이미 오래 전에 그녀와 대화하려는 노력을 포기하고 있었다. 그는 목탄으로 쓴 달력을 쳐다보았다. 틸라라도 갈수록 침울해지고 있었다. 물론 긴 겨울의 영향도 있겠지만 그것 말고도 뭔가 다른 일 때문에 괴로워하고 있는 것 같았다. 게다가 그걸 다른 사람과 의논할 생각도 없는 듯했다.

난 불행한 여자들에게 둘러싸여 있는 것 같군, 하고 릭은 생각했다. 모든 일이 순조롭게 되어가고 있는데도.

틸라라의 문제가 뭐든 간에, 그웬의 기분이 언짢은 이유는 간단하게 설명할 수 있었다. "해산일이 다가오고 있네." 릭은 말했다. "개인적인 경험은 없지만, 출산일이 가까워오면 여자는 날카로워진다고 들었어. 특히 초산일 때에는."

그리고 그웬의 경우는 특히 더 힘들겠지. 릭은 생각했다. 애가 언제 태어날지도 모르는 판이니. 트란의 하루는 21시간을 조금 넘었고, 임신 기간은 지구에서는 270일인데 비해 트란에서는 290일이었다. 하지만 그것을 그대로 그웬에게 적용시킬 수 있을까? 아무도 정확한 해답을 몰랐다. 그대로 계산해보자면 270에 24를 곱해서 21로 나누면 300일이라는 해답이 나왔다. 그러나 릭은 인간의 생리가 시간의 경과에 어떻게 반응하는지도 몰랐고, 밤과 낮의 주기에 얼마나 영향을 받는지도 알 수 없었다. 또 지구의 경우 달의 영향을 주는 것인지도 모른다. 여성의 월경 주기는 달의 그것과 일치하는 듯했지만, 트란에 있는 두 개의 달은 지구의 달에 비교하면 작았고 거리도 훨씬 더 가까웠다. 그 영향도 고려해야 할까?

"자네는 그웬을 사랑하는군, 안 그런가?" 릭이 물었다.

"예, 대장님. 그리고 침입 작전 전에는 그분도 저를 사랑하고 있다고 생각했습니다. 그러나 지금은 어떤지 잘 모르겠습니다."

"레이디 그웬은 남편의 죽음을 애도하고 있다네. 하지만 자네 말도 옳아. 그녀는 너무 혼자서만 지내고 있어. 내가 가서 얘기를 좀 해 볼게."

"당신 남자친구가 당신 일을 걱정하고 있어." 릭이 말했다.

그웬은 벽난로 가까이에 앉아 있었다. 그녀는 무표정한 얼굴로 그를 올려다보았다. "제발 혼자 있게 해 줘!"

"부탁이야, 그웬. 그 태도 말인데, 좀 어떻게 할 수 없을까?"

"왜?"

"당신 문제가 당신에게만 국한된 특별한 것이라고 생각해?" 릭이 힐문했다.

"그렇게 생각해."

"좋아. 그럼 내가 그걸 반박해 보지. 들어봐. 난 산파들과도 얘기했고, 야눌프 하고도 얘기했어. 그들 모두 이 모든 것이 정상이라고 말하고 있어."

"의학 전문가들께서 말이지." 그웬은 빈정대는 투로 말했다.

"그래, 어쨌든 그들은 수없이 분만을 도운 경험이 있으니까 말이야."

"맞아. 그러는 동시에 많은 산모들도 잃었지. 릭, 난 지금 두려워 미치겠어!"

"그건 나도 이해해. 앉아도 될까?"

"응."

"고마워. 내 말을 좀 들어봐. 최근에 난 현지 인구의 폭발적인 증가에 기여했을지도 몰라. 그들에게 매균설의 초보적 이론을 가르쳐 줬거든."

"성공했을 리가 없어. 나도 시도는 해보았지만."

"당신은 방법이 안 좋았던 거야. 난 질병은 조그만 악마들 탓에 일어나는 거고, 축복받은 비누와 펄펄 끓인 성수(聖水)를 사용하면 그 악마들을 쫓을 수 있다고 가르쳤어. 이런 식으로 말하니까 그들도 이해할 수 있었던 거야." 릭은 잠시 생각에 잠겼다. "방금 한 출산율 얘기 말인데, 사실이 될지도 몰라. 지구에서도 같은 일이 일어났거든."

19세 이전에 여성들은 종종 산욕열(産褥熱)로 사망했다. 그리고 산욕열은 의사의 불결한 손이 원인이라는 이그너츠 젬멜바이스의 설이 등장했다. 그의 동료들은 의사의 명예를 실추시킨 그를 결국 폐업시켰다. 젬멜바이스는 만년을 정신병원에서 보내야만 했지만 결국 많은 의사들이 그의 말을 믿게 되었다. 그의 방식대로 출산한 대부분의 여자가 살아서 아이를 키웠고 그 후에 더 많은 아이를 낳았던 것이다.

"우리는 싫어도 이 세계에 영향을 끼치지 않을 수가 없는 거야. 쉬운 일은 아니지만 나는 긴 안목을 가지고 행동하려고 해. 아마 지구에서 발생한 문제의 일부분은 회피할 수 있을 거야."

"아마 피할 수 없을지도."

"이봐, 그런 식으로 말하지는 말아줘. 당신은 자신을 점점 막다른 골목으로 몰아넣고 있어. 그럴 필요는 없는데도 말이야. 계속 그러다간 나까지 우울증에 걸릴 것 같아."

"미안해 릭. 당신에겐 정말로 미안하게 생각하고 있어. 하지만 모든 것이 너무 하찮게만 느껴져서."

"그건 왜? 우리가 고향으로 돌아갈 수 없기 때문인가? 우린 여길 고향으로 삼을 수 있어. 그리고——그웬, 우린 지구에 살고 있었을 때 보다 여기 있는 쪽이 훨씬 쓸모 있는 존재야. 지구에서 우리가 역사를 바꿔놓았을 가능성은 거의 없지만 여기서는 그럴 수 있잖아. 우린 이미 이곳의 정치사를 바꿔버렸어. 우리는 〈제국〉과 평화 협정을 맺고 경작할 농토를 손에 넣었어. 설령 마르셀리우스가 내전에서 지더라도 우리는 수확을 거둘 때까지 국경의 구릉지대를 충분히 방어할 수 있어. 내가 대장장이들에게 만들게 한 신형 쟁기를 쓰면 세 배의 수확을 기대할 수 있겠고. 우린 이미 이곳의 주민들에게 도움을 줬고, 앞으로도 할 일은 얼마든지 있어. 물론 난 지금 모호한 지위밖에 가지고 있지 않아. 음유시인들은 그 침입 작전을 주제로 발라드를 작곡하려고 하는 것 같지만, 내가 누구와도 직접 검을 맞대고 싸우지 않았다는 사실 때문에 난처해 하고 있어. 내가 전쟁 지도자인지, 아니면 단순히 마법사에 불과한지 판단을 못 내리는 거지. 하지만 내 정체가 무엇이든 간에, 그들이 우리에게서 배우고 싶어 한다는 사실에는 변함이 없어. 그웬, 우린 대학을 시작할 수도 있어! 물론 처음엔 초등학교 수준부터 시작해야 하겠지만, 나중에는 이 행성의 역사를 정말로 바꿔놓을 학문의 중심지를 세울 수도 있는 거야. 우리가 얼마나 많은 것을 가르쳐줄 수 있을지 생각해 봐! 과학적 방법론과 실험 과학의 개념만 가지고도 우린 혁명적인 변화를 이룰 수 있어. 수학의 경우도 마찬가지야. 우린 천재가 아니지만 지구에서 근대 이전에 알려져 있던 것보다 훨씬 더 많은 기하와 대수법을 알고 있어. 의학, 치과 위생학, 물리학. 전기조차도 불가능하지 않아. 트랜지스터까지는 무리지만 난 축전지와 진공관을 만들 거고, 또 —— 도대체 왜 그래 그웬? 마치 유령이라도 본 것 같은 얼굴이잖아."

"릭, 제발…… 당신 설마 무전기를 만들 생각은 아니지?"

"아직은 아냐. 동선(銅線)을 만드는 데도 악전고투하고 있으니. 하지만 ——"

"하지 말아! 제발, 그러지 말아줘." 그웬의 목소리에는 진짜 공포가 깃들어 있었다.

"알았어." 릭은 말했다. 그는 자리에서 일어나 그녀에게로 다가갔고, 그녀의 양손을 잡고 말했다. "이제 내게 말해줄 시기가 되지 않았어? 제발 부탁이야, 그웬. 도대체 레스가 당신한테 무슨 얘기를 했지? 왜 내게 그걸 얘기해줄 수 없는 거야?"

그웬의 눈에서 눈물이 솟구쳤다. "우린 지금 안전하잖아. 아무것도 변화시키지 말아. 오! 릭, 난 정말 두려워……."

"당신이 두려워하는 건 나도 알아. 하지만 그 이유를 모르겠어. 그웬, 제발 내게도 얘기해 줘."

그녀는 양손으로 얼굴을 감싸고 그 이상 아무 말도 하지 않았다.

사흘 후 서쪽에서 사자(使者) 한 명이 도착했다. 드루몰드는 그의 보좌관들을 대접견실로 소집하고 사자가 가지고 온 소식을 들었다.

사자는 일족의 젊은이였고 이런 임무를 맡았다는 사실을 명예로 여기고 있었다. 그는 드루몰드에게 인사한 다음 틸라라에게 말했다.

"엿새 전 타 카르토스로 드란토스의 귀족과 기사가 열두 명 도착했습니다. 워낙 급하게 길을 떠나온 탓에 더 이상은 들어올 수가 없었던 겁니다. 귀족 하나가 레디 틸라라는 살아 계시는지를 물었습니다. 틸라라님이 아버님의 집에 무사히 계시다는 말을 듣고 그들 모두가 몹시 기뻐했습니다. 그리고 그들은 제 씨족장에게 사자를 파견해 달라고 부탁을 했고, 제가 뽑혀서 그날 밤 떠나왔습니다. 그들은 제게 위대한 귀부인이자 첼름의 에키타사이신 틸라라님의 안부를 물을 것을 부탁했고 그들이 이 이상 여행할 수 없는 것이 유감이라고 했습니다. 그러는 대신 틸라라님이 와달라고 간원하고 있습니다."

"첼름의 에키타사? 하지만 나는 그 땅에서 쫓겨났어. 그 일행이란 누구지?" 틸라라가 말했다. 사자는 대답하는 대신 인장이 새겨진 반지를 내밀었다.

"카미손? 하지만 난 그가 죽는 것을 보았는데." 틸라라가 말했다. "흉벽에서 아래로 내던져지는 광경을 똑똑히 봤어."

"너를 유인하기 위한 함정일지도 모른다." 드루몰드가 중얼거렸다. "사라코스는 아직도 그대를 증오하고 있으니까 말이다."

사자는 기분이 상한 기색이었다. "에볼로스 씨족이 맥 클라란뮤어의 적을 도우리라고 생각하십니까?"

"아니, 그런 뜻으로 말한 것이 아니네." 드루몰드가 말했다. "나는 그들이 나의 딸에게 무엇을 원하는지 알고 싶을 뿐이야."

"그건 저도 모릅니다. 그렇지만 우리 족장인 칼라드는 오랫동안 그들의 얘기를 듣고 있었습니다. 그리고 그는 제게 이렇게 전하라고 명령했습니다. '나는 타마에르손의 모든 씨족에게 매우 중대한 의미가 있는 얘기를 들었다. 그러므로 맥 클라란 뮤어와 에키타사께서는 최대한 빨리 타 카르토스로 와주시기를 바란다' 라고."

"이 한겨울에 말인가? 아냐, 산길의 눈이 녹을 때까지 기다려야해."

"우리 족장은 지금 당장이라고 했습니다만."

"아버님, 아버님은 기다리셔도 됩니다. 하지만 저는 칼라드가 그럴만한 이유 없이 경고를 발했다거나, 산길에 눈이 지금 얼마나 많이 쌓여 있는지를 모른다고는 생각하지는 않습니다. 그러니까 저는…… 그대는 지금 돌아갈 작정인가?" 그녀는 사자에게 물었다.

"이곳을 나서는 즉시 돌아갈 겁니다." 그는 대답했다.

"그럼 그대의 족장에게 에키타사가 될 수 있는 한 빨리 떠날 작정이라고 전해주시오."

"틸라라, 그게 과연 현명한 선택일까?" 릭이 물었다.

"이 경우 무엇이 현명하단 말입니까? 사라코스는 드라반 성에 있는 나의 회의실에 앉아 있을지도 모르지만 그곳의 주민들은 아직도 나의 신민(臣民)입니다."

염병할. 릭은 생각했다. 물론 틸라라는 갈 거야. "그럼 나도 준비할게. 내일 아침에는 떠날 수 있을 거야."

드루몰드는 한숨을 쉬었다. "그대의 족장 칼라드에게 맥 클라란 뮤어가 레이디 에키타사와 함께 열흘 안에 도착할 것이라고 전하라."

타마에르손을 형성하는 산악 고지대의 서쪽 끄트머리에 자리잡은 타 카르토스는 몇 세기에 걸쳐 만들어진 견고한 성시(城市)였다. 얼어붙은 호수들을 닷새 동안이나 가로질러야 했던 릭의 눈에는 그 음울한 요새도 천국으로 보였다.

에볼로스 씨족의 족장 칼라드는 명목상으로는 맥 클라란 뮤어인 드루몰드보다 지위가 낮았지만, 그 점을 굳이 강조하려는 사람은 아무도 없었다. 드루몰드 일행이 칼라드의 회의실로 안내되었을 때도 드루몰드는 칼라드의 정면에 앉는 것으로 만족했고, 회의용 탁자의 어느 쪽이 상석이고 또 어느 쪽이 말석인지는 개의치 않았다.

회의실에는 칼라드와 그의 심복들 말고도 드란토스의 귀족과 베로멘이 대여섯 명 더 있었다. 아직 소개가 시작되기도 전에 틸라라는 그들을 통괄하는, 거칠고 우락부락한 얼굴에 길고 흉한 흉터가 있는 나이든 군인에게 달려갔다.

"카미손!" 틸라라가 외쳤다.

"그대의 반지를 보고 그대에 관한 얘기를 들었는데도 나는 믿을 수가 없었습니다. 그자들이 그대를 드라반 성의 흉벽 아래로 내던지는 것을 두 눈으로 똑똑히 보았는데."

"아니, 놈들은 저를 내던지지 않았습니다. 그러기 전에 놈들을 뿌리치고 뛰어내렸죠. 물이 찬 해자(垓字)가 성벽에 가장 가까워지는 지점을 제가 모르리라고 생각했습니까? 드라반 성에서 벗어나 섭정 도리온과 젊은 와낙스와 합류할 때까지는 백성들의 도움을 받았습니다……. 그런데 아직 모르시는 것 같군요. 지금은 제가 드란토스의 섭정입니다."

"섭정……."

"그렇습니다. 섭정인 도리온은 사라코스와 전투를 벌였을 때 전사했습니다. 그뿐만이 아닙니다. 그는 천둥소리를 내는 무기에 갈가리 찢겨져서 죽었습니다. 그렇습니다. 바로 제 곁에서, 전선에서 1리그나 떨어져 있던 곳에서 말입니다."

"박격포로군." 릭이 말했다.

카미손은 흥미로운 표정으로 릭을 바라보았다.

"릭 경은 우리의 전쟁 지도자요. 그는 그 무기들에 관해서 알고 있소." 드루몰드가 설명했다.

"와낙스 갠턴은 어디 계십니까?" 틸라라가 물었다.

"열병에 걸렸습니다. 그래서 이 성에서 쉬고 계십니다." 나이든 장군은 여기서 잠시 말을 멈췄다. "우리는 빈손으로 왔습니다. 사라코스와 싸우기 위해 타마에르손의 원조를 얻으러 온 것입니다. 그러나 실은 아주 빈손으로 온 것은 아닙니다. 그대들이 환영할 만한 소식을 가지고 왔습니다."

"그 환영할만한 소식이라는 걸 빨리 좀 들려주시오." 드루몰드가 으르렁거렸다. "난 거의 얼어죽을 지경이오. 그대들이 우리에게 올 수 있을 때까지도 기다리지 못하고 꼭 전해야 한다는 소식이란 도대체 뭐란 말이오?"

"끝까지 들으시오." 칼라드가 말했다. "중요하지도 않은 일 때문에 여기까지 여러분을 부른 게 아니오. 섭정, 드란토스에서의 전쟁에 관해 맥 클라란 뮤어에게 얘기해 주시오."

"드라반 성이 함락된 후 나는 도리온의 군대로 갔습니다." 카미손이 운을 뗐다. "도리온과 저는 불리한 지형에 와 있던 사라코스를 포착했고, 전장에서 그를 격파할 수 있다고 생각했습니다. 그날의 승리자가 누가 될 것인지는 확실치가 않았지만 말입니다. 그러나 갑자기 아군 기사들이 큰 낫으로 밀을 베듯이 쓰러지기 시작했습니다. 사라코스는 사악한 무기를 가진, 〈별에서 온 자들〉과 동맹을 맺었습니다." 그는 말을 멈추고 드루몰드의 표정을 살폈다. "이것에 대해 궁금하신 점은 없습니까?"

"이미 알고 있었소." 드루몰드가 말했다.

"묘하군요." 카미손은 의아해하는 눈치였다. "그러나 이미 알고 있다니 설명하기가 더 쉬워졌습니다. 사라코스와 그의 동맹자들에게 패배한 후, 우리는 산악지대로 도망쳐 계속 싸우려고 했습니다. 사라코스군이 우리 땅을 약탈하고 황폐화시킨 탓에 우리의 임무는 더 쉬워졌습니다. 그는 드란토스의 베로멘들을 모두 자기 심복으로 대체했고, 우리의 평민들조차도 노예화했습니다. 그 결과 신분의 높낮음을 막론하고 백성 모두가 완전히 우리 편으로 돌아섰습니다. 우리는 큰 전투는 벌이지 않았습니다. 싸워봤자 이길 수 없다는 것을 알고 있었기 때문입니다. 하지만 우리는 쉴 새 없이 적을 괴롭혔습니다. 수확물을 불태우고, 사라코스의 사자를 죽이고, 새로 마을에 부임해 온 베로멘과 기사들을 암살했습니다. 사라코스는 드란토스에서 한시도 편안한 마음으로 있지 못했습니다. 그의 군마의 상당수는 굶어 죽거나 아니면 도살당해서 잡아먹혔습니다. 그뿐만 아니라 그자 휘하의 많은 병사들도 기아나 역병으로 죽었고, 그보다 더 많은 수가 탈영했습니다. 〈5대 왕국〉으로 이어지는 도로는 눈이 쌓여 통과가 불가능해진 데다가, 우리가 드란토스의 수확물을 불태워버린 탓에 봄이 오기 전에 그는 더 많은 부하들을 잃을 것입니다.

겨울이 온 뒤에 우리는 당신들이 로마 군단과 싸워 위대한 승리를 거뒀다는 소식을 들었습니다. 타마에르손 궁수들의 실력은 전장에서 직접 보아서 익히 알고 있습니다. 그래서 제 휘하 병력과 앞으로 모을 수 있는 병력, 그리고 당신들의 궁수 몇 천 명의 힘을 빌릴 수만 있다면 사라코스를 드란토스에서 몰아내고 틸라라님을 돌아가신 에키타로부터 정당하게 상속한 영지로 복귀시킬 수도 있을 것이라고 생각했습니다. 제가 간청하고 싶은 것은 바로 그것입니다.〃

드루몰드는 릭 쪽으로 몸을 기울이고 물었다.

"그대는 이것에 대해 어떻게 생각하오?"

"카미손 경." 릭이 물었다. "당신은 〈별에서 온 자들〉과 그들의 무기에 대해 잊었습니까?"

"아니, 잊지 않았습니다. 제가 가져온 환영할만한 소식이란 바로 그것입니다. 〈별에서 온 자들〉은 분열했습니다. 대다수가 사라코스에게서 도망쳤고, 뒤에 남은 자들은 열두 명이 채 되지 않습니다. 열두 명은 로마군을 분쇄한 그대들이 두려워할 만한 숫자가 아니지 않습니까."

"그들이 분열한 것을 어떻게 알았소?"

카미손은 차갑게 웃었다. "맥 클라란 뮤어와 그의 영애를 위해 선물을 가져왔습니다." 그는 부하 장교에게 명령했다. "포로를 데려오라."

방에서 나간 장교는 잠시 후 농부가 입는 양털 바지와 두터운 윗옷을 입은 사내를 데리고 들어왔다. 몇 주일 동안이나 수염을 깎거나 다듬지 못해 텁수룩했고 30센티미터 길이의 쇠사슬로 이어진 쇠고랑을 양손에 차고 있었다. 그는 찌무룩한 태도로 선 채로 회의용 탁자 쪽을 반항적인 눈초리로 쳐다보다가 릭이 있는 것을 보았다. 사내는 한순간 릭을 빤히 쳐다보다가 외쳤다

"대위님! 오 하나님. 대위님! 접니다, 살려주십쇼!"

워너 일병이었다.

벽난로 불이 활활 타오르고 있었는데도 릭의 숙소는 추웠다. 릭은 이것이 찬 공기 탓만은 아니라고 생각했다. 난롯가에 앉아 있는 틸라라 근처에서 냉기가 발산되고 있는 듯한 기분이었다.

"당신도 기뻐할 줄 알았습니다." 그녀가 말했다. "당신의 적은 곧 나의 적이 아니었던가요? 사라코스를 죽일 수가 있고, 그러면 나는 그자를 향한 이 불타는 듯한 증오에서 해방될 수가 있습니다."

"아직 그렇게 단정하기는 일러, 틸라라……. 틸라라, 사라코스가 당신에게 한 짓을 생각할 때마다 나는 당신 못지않은 증오를 느

껴. 당신을 사랑하니까!'

"내게는 그렇게 보이지 않는군요."

"당신이 생각하는 것 이상으로 사랑하고 있어. 끝없는 전쟁이 아닌 다른 방법으로 타마에르손을 강력하게 만드는 것이 내 소원이야. 하지만 복수를 위해서 이 모든 것을 위험에 빠뜨릴 가치가 있을까?'

그녀가 대답하기 전에 문을 두드리는 소리가 들렸다.

"들어오게." 릭은 안도감을 느끼며 말했다.

워너는 수염을 깎고 아까보다는 나은 옷을 입고 있었다. 제이미가 그를 데리고 들어왔을 때 그는 거의 애처로워보일 정도로 고마워하는 기색이 역력했다.

"대위님이 여기에 계신 걸 얼마나 감사하고 있는지 모릅니다. 정말로……."

"자리에 앉게." 릭은 말했다. "제이미, 이 사내에게 와인을 따라주게."

워너는 고마운 듯이 의자에 앉았다. 그가 단숨에 와인을 들이키자 릭은 그의 잔을 다시 채워주었다.

"천천히 마셔. 취해버리기 전에 자네 얘기를 들어야 하니까 말이야." 릭은 이렇게 말하고 씩 웃었다. "실은 며칠 전에 자네가 있었으면 했어. 1주도 채 안 됐군. 뉴튼의 방정식을 몇 개 기억해 보려던 참이었지. 대학에서 배운 물리학을 기억하고 있나?'

"예, 대위님. 아…… 탄도학 쪽 말입니까?'

"그것도 있지만 필요한 건 대부분 일반적인 과학 지식이야." 릭은 여기서 트란어로 바꿔 말했다. "워너, 이분은 레이디 틸라라야.

우리 두 사람 모두 자네 얘기를 듣고 싶어."

"알겠습니다. 그 전에 와인을 좀더 마셔도 되겠습니까?" 워너는 열심히 와인을 들이켰다. "자, 어디서부터 시작하면 될까요?"

"파슨즈가 사라코스와 손을 잡았다는 것은 알고 있어. 그리고 너희들이 그자를 도와 드란토스군과의 전투에서 승리하게 했다는 것도. 그 다음에 무슨 일이 일어났지?"

"처음에는 모든 것이 잘 돼갔습니다." 워너가 말했다. "대위님, 저는 영어 쪽이 더 말하기가 쉽습니다만."

"좋아, 틸라라에게는 내가 통역해주지."

"예, 대위님. 그러니까 아까 말한 대로 처음에는 모든 일이 순조로웠습니다. 우리는 전쟁에서 이겼고 그 나라를 손에 넣었습니다. 파슨즈는 우리에게 그 지방 여자를 두 명씩 보내줬습니다. 노예를 소유한다는 것은 좀 이상한 기분이었지만 그게 여기 관습이라면 할 수 없죠. 여자, 보석, 호화로운 요리, 그리고 꽤 괜찮은 와인, 이 모두가 파슨즈가 예언한 대로였습니다. 마치 왕 같은 생활이었죠. 전투시에도 종복이 딸려오는 판이니. 우린 제일 좋은 집만 골라 숙소로 접수했습니다. 그렇게 자주 싸울 필요도 없었습니다. 군대가 자기들 힘만으로는 처리하기 힘든 일이 생겼을 때만 가서 도와주면 됐습니다. 그럴 때는 기관총과 박격포로 끝장을 봤습니다.

처음 몇 개월간은 만사가 순조로웠지만 그 후로는 일이 엉망으로 되어가기 시작했습니다. 게릴라전이 시작된 겁니다. 대위님, 그건 마치 베트남 같았습니다. 아니, 그보다 더 나빴다고 할 수도 있겠죠. 왜냐하면 헬리콥터나 트럭 따위는 없었기 때문입니다. 어딜 가든 우린 말을 타고 가야만 했고, 도착할 때쯤이면 베트콩들은 이미 산으로 도망친 후였습니다. 한 발짝이라도 성 밖으로 나가면 안전한 장소란 없었습니다. 말을 타고 숲을 지나가기라도 한다면 언제 어디서 활이나 노궁으로 쏜 화살에 맞아 죽을지도 모르는 일이었습니다.

그런 상태는 끝날 것 같지가 않았고 더 나아질 것 같지도 않았습니다. 주민들은 우리를 증오하고 있었지만 그들 모두를 죽일 수도 없는 일입니다. 이윽고 우리 부대원들까지 배고픔을 느낄 정도가 됐습니다. 그래도 함께 있던 가엾은 놈들보다는 더 먹을 수 있었습니다. 그리고 파슨즈! 파슨즈는 갈수록 성격이 나빠졌고 나중에는 아예 가까이 갈 수조차 없었습니다. 이 모든 것이 우리 잘못이고, 군기가 안 잡힌 탓이라는 겁니다. 그래서 그걸 고쳐주겠다면서 우리를 위협했습니다. 그래서 거기 넌더리를 낸 부대원들이 말을 타고 탈주했습니다."

"몇 명이나?" 릭이 물었다.

"스물두 명입니다. 갱그리치와 제가 주도했죠. 우리들은 남쪽의 도시국가 쪽으로 갔습니다. 먹고 살 필요가 있었기 때문에 클레이스티노스 도시 공화국으로 가서 용병으로 고용됐습니다. 그걸로 우리들과 아내들—우리들 대부분이 같이 살고 있던 여자들을 한두 명 데리고 갔죠—은 먹고 살 수 있었던 데다가, 싸울 필요조차 없었습니다. 내년 봄이나 되어서 남쪽으로 가는 큰 대상(隊商)을 호위하면 된다고 하더군요. 그건 파슨즈가 우리에게 시킨 일에 비하면 훨씬 수월한 일 같았습니다."

"그럼 여기엔 어떻게 오게 된 건가?"

워너는 좀 창피한 듯한 표정을 지었다. "선술집에서 술에 취해 인사불성이 된 겁니다. 깨어나 보니 이 수갑 같은 걸 차고 있었습니다. 선술집 주인이 저를 드란토스의 반역자들에게 판 겁니다."

"그랬었군. 잠깐 기다려줘. 틸라라에게 일의 경위를 설명해주는 게 나을 것 같군." 릭은 워너가 말한 것을 요약해서 틸라라에게 들려주었다.

"그들은 반역자가 아닙니다." 틸라라는 릭이 얘기를 마치자 차갑게 말했다. "그들은 역적들을 상대로 그들의 조국을 위해 싸우고 있는 겁니다."

"알겠습니다." 워너가 말했다. "그렇게 말씀하신다면……."

"그래, 그렇게 말씀하셨어." 릭은 맞장구치고, 다시 영어로 워너에게 말했다. "내가 자네라면 입을 조심하겠어. 워낙 성격이 날카로운 데다가, 그보다도 더 날카로운 단검을 가지고 있으니까 말야." 그는 자기 잔에 와인을 따랐다. "겡그리치는 무슨 무기를 가지고 나왔나?"

"박격포 1문. 물론 각자의 소총과 권총도 가지고 나왔습니다."

"그럼 앙드레한테 남은 건 박격포 1문에 무반동포가 1문이군. 박격포탄은 얼마나 남았지?"

"아마 십여 발쯤 될 겁니다." 워너가 말했다.

"〈별에서 온 자들〉은 상당히 약체화됐습니다." 틸라라가 말했다. "그리고 사라코스도 많은 병사를 잃었습니다."

"예전에 비해 많이 약해졌죠." 워너가 동의했다. "대위님은 그들과 싸울 작정이십니까?"

"아직 몰라."

틸라라는 릭을 차가운 눈으로 바라보았다.

"이봐, 당신은 모르고 있어. 우리가 로마군을 그렇게 쉽게 이길 수 있었으니까 파슨즈도 별 볼일 없을 거라고 생각하고 있는 모양인데 그건 착각이야. 박격포의 포탄이 한 발만 명중해도 파이크 연대는 무질서한 오합지졸이 돼버릴 거야. 또 우리 궁수들이 기관총에 대항할 수 있다고 생각해?"

틸라라는 자리에서 일어나 문 쪽으로 갔다. "제이미, 이자를 숙소로 데려가." 그녀는 워너를 가리키며 말했다.

"좋게 대우해 줄 필요가 있지만 도망치게 놓아두면 안 돼." 릭이 덧붙였다. "워너, 이렇게 만나게 되어서 정말로 반갑군. 만약 우리 모두가 살아남는다면, 자네는 트란에 있는 유일한 대학의 교수 자리를 꿰찬 거나 마찬가지야."

"그거 희소식이군요." 워너가 말했다. "먹기 위해서 싸우는 것보다는 훨씬 낫습니다."

릭은 제이미와 워너가 방에서 나가기를 기다렸다가 한숨을 쉬며 틸라라를 돌아다보았다.

"좋아, 틸라라. 얘기를 계속하지."

3

틸라라의 차가운 표정은 불행한 표정으로 바뀌었다.

"당신과 말다툼을 하고 싶지 않습니다."

"그건 나도 마찬가지—"

"제발, 끝까지 말하게 해 주십시오. 겨울 내내 아버님과 나는 당신이 아버님께 우리들의 장래에 대해 정식으로 말을 꺼내 주기를 기대하고 있었습니다."

"나는 당신이 그걸 원하고 있는지 확인하려고 기다리고 있었어. 언제 말을 꺼내는 게 적당한지도 알지 못했고 또……."

"나는 당신이 그래 주기를 원하고 있었어요."

"원하고 있어. 원하고 있었어. 당신을 사랑해."

"나도 마찬가지입니다. 당신이 생각하고 있는 것 이상으로. 우리의 관습은 당신들과는 다릅니다. 일찍이 여자가 원수를 갚지 않고 혼인한 적은 없었습니다. 하지만…… 하지만 나는 그럴 생각이었습니다. 릭, 우리 눈에는 당신의 관습이 기묘하게 보입니다. 당

신은 내 남편과는 다릅니다. 당신은 전사인데도 싸우는 것을 좋아
하지 않습니다. 나는 당신을 다른 자들이 무례한 언동으로 모욕하
는 것을 보았지만 당신은 가만히 있었습니다. 그보다 훨씬 덜한 모
욕도 피를 부르는 법인데······."

"그게 당신이 원하는 거야? 내가 수급(首級)이라도 수집하면 좋
겠다는 건가?"

타마에르손의 일족이 적의 목을 베어 전승 기념물로서 보존하
는 일은 더 이상 없었지만, 실제로 그렇게 했던 영웅들의 전설은
많이 남아 있었다.

"그런 뜻이 아닙니다. 피를 봐야 한다는 뜻도 아닙니다. 당신은
사람을 죽이는 것에 기쁨을 느끼지는 않지만, 결코 비겁자가 아니
라는 것을 나도 이해하게 되었습니다. 나는 대전투에서 당신 모습
을 보았고, 또 당신이 세우고 싶어하는 학교 얘기도 들었습니다.
어느 쪽이 당신에게 만족감을 주는지도 잘 알고 있습니다. 당신이
가르치고 싶어하는 것이 무엇인지도 알았고, 그것이 어떻게 모든
사람들, 타마에르손의 일족뿐만 아니라 이 세계의 모든 사람들을
도울 것인지도 알게 되었습니다. 당신에 관해서 내가 아직 이해하
지 못하는 것들도 많지만, 이미 알고 있는 것들도 많습니다. 그리
고 나는 그런 당신을 사랑하게 되었습니다. 그러나 라밀을 사랑한
것같이는 사랑할 수 없습니다. 라밀의 추억의 무게는 내겐 거의
견디기 힘들 정도이고——아니, 내게서 눈을 돌리지는 말아 주십
시오. 그리고 슬퍼하지도 마십시오. 당신이 나를 가지는 것을 기다
리는 마음은 라밀과의 초야(初夜)를 고대하던 마음보다 결코 덜하
지 않습니다. 당신과 나 사이에는 내가 라밀과 공유했던 것 이상의

것이 있습니다. 라밀은 미남이었지만, 젊고 경박했습니다. 그에게는 당신을 행동으로 몰아넣는 강력한 동기가 없었습니다. 그건 나도 마찬가지였지만, 곧 자기 책임이 무엇인지를 깨닫게 되고 나서는 나 자신의 동기에 사로잡혔습니다. 우리는 서로 떨어질 수 없는 존재일지도 모르지만, 그와 동시에 각자 야심을 가지고 있습니다. 단순한 부(富)가 아닌, 그보다 더 위대한 것을 원하고 있는 것입니다.”

릭은 틸라라에게 다가가서 그녀의 어깨 위에 양손을 얹었다. “그럼 왜 우린 이렇게 선 채로 있는 걸까······.”

틸라라는 그의 손을 조용히 떼어놓고 한 걸음 뒤로 물러났다. 걱정과 슬픔이 깃든 표정이었다. “제발, 이 말만은 들어주세요 릭, 사라코스가 드란토스를 완전히 장악했다고 믿고 있었을 무렵, 나는 불타는 듯한 증오에도 불구하고 그것을 억눌렀습니다. 그리고 당신도 같은 마음이라고 믿었습니다. 나에게 ── 신이시여! 나에게 그런 짓을 한 자가 아직까지 살려 두어야 한다니!’

“내가 그자에 대해 어떻게 느끼고 있는지 ── 당신은 상상도 할 수 없을 거야.”

“아직도 그 자의 가죽을 산 채로 벗기는 꿈을 꿉니다.” 틸라라가 말했다. “하지만 당신이 타마에르손, 아니, 이 세계 전체에 주려고 하는 도움의 중요성을 믿었기 때문에 나는 사라코스가 영영 벌을 받지 않을지도 모른다는 가능성을 받아들이고 살아왔습니다. 아버님과 오라버니도 같은 생각이었습니다. 우리는 당신이라는 존재가 타마에르손에게 얼마나 중요한지를 알고, 또 우리가 당신에게 어떤 구속력도 가지지 않는다는 사실을 알고 있습니다. 당신이 타마에르손에 계속 머물 이유는 없지만—나를 위해 그럴 것이라고 믿지 않는 한은 그렇지만—우리에겐 당신이 필요합니다. 그래서 나는 복수를 위해 죽음을 무릅쓰지 않았던 겁니다. 사라코스를 증오하는 것 이상으로 당신을 사랑하게 됐으니까요. 예전에는 그자에 대한 증오만으로 살아갔던 적이 있었습니다. 그러나 지금은 당신이라는 존재가 있습니다."

"하지만 이번에는 내가 당신을 위해 사라코스를 죽여줬으면 하고 있어."

"지금은 가능해졌기 때문입니다."

"그건 사실이 아냐. 대체 뭐가 바뀌었단 말이지?" 릭이 반문했다. "앙드레 파슨즈는 많은 부하를 잃었지만 아직 우리를 전멸시키기에 충분한 무기가 있고, 또 파이크 부대가 사라진다면 타마에르손은 파멸이야. 마르셀리우스를 신용할 수 있나? 그가 우리 파이크 부대를 두려워할 동안에야 신용해도 좋겠지만, 그렇지 않다면 그가 어떻게 나올지도 알 수 없어. 그리고 마르셀리우스가 정권 탈취에 실패하는 경우에는 카이사르와 싸워야 할지도 몰라."

"미래의 내 배우자여, 정말로 아무것도 바뀌지 않았다고 믿습니까?" 틸라라가 물었다. "〈별에서 온 자들〉은 분열되어 있습니다. 사라코스는 군대의 반을 잃었습니다. 그런 사실이 아무 의미도 없단 말입니까?"

"하지만 그것만으로 충분할까?"

"그건 나도 모릅니다. 그건 당신만 알고 있는 일이니까요. 하지만 이 사실만은 알고 있습니다. 첼름은 나의 것입니다. 라밀은 다른 상속인을 남기지 않았습니다. 그곳에서 영민들이 어떤 꼴을 당하고 있는지 들었을 겁니다. 그들은 죽어가고 있습니다. 끝없는 전쟁이 벌어지는 와중에서, 〈때〉가 다가오고 있습니다. 그런 그들에 대한 책임이 내게 없다고 말하는 겁니까? 또 당신에게는 더 큰 책임이 있지 않습니까?"

"내가? 난 그곳에 가본 적도 없는데……."

"당신은 이곳으로 〈별에서 온 자들〉을 데려왔습니다. 그리고 지금, 그들은 그 땅을 위협하는 늑대 무리와도 같은 존재가 되었습니다. 그런데도 아무런 책임이 없다는 겁니까?" 그녀의 눈에서 눈물이 솟구쳤다. "아버님도 나와 같은 생각이십니다. 만약 당신이 그곳에서 그 사악한 자들을 제거할 방법이 없다고 진심으로 믿고 있다면 우리는 카미손을 빈손으로 되돌려보내겠습니다. 하지만 부탁입니다. 다시 생각해주십시오."

그녀 입장에서 보면 맞는 말이다. 내 책임이 맞아. 내가 그들을 여기로 데려왔으니까. 그러고 싶어서 그런 건 아니고 또──아니, 구차하게 변명해 봤자 무슨 소용이 있단 말이지? 내가 데려온 건 사실이잖아. 빌어먹을.

"대학은 당신이 상상하는 것 이상으로 중요해." 릭은 말했다. "우리는 이 세계를 변혁시킬 수 있어. 단지 사라코스를 죽이기 위해 이 모든 것을 위험에 빠뜨릴 수 있을까?"

"내 사랑, 당신 같은 분은 단 하나뿐이라는 것을 압니다." 틸라라가 말했다. 그 목소리에 조롱하는 기색은 전혀 없었다. "하지만 레이디 그웬과 그 워너라는 사내가 있으면, 대신 가르칠 수도 있지 않을까요?"

아무래도 막다른 길에 몰린 것 같군. 릭은 생각했다. 빌어먹을.

"맞아, 그들이라면 그럴 수 있겠지."

그녀 말은 사실이야. 그리고 파슨즈와 사라코스를 막을 사람은 나 밖에는 없어. 아니, 막을 수 있을까? 사라코스는 문제가 되지 않아. 그의 중(中)기병과 중기병 부대는 로마군의 중기병만큼 강력한 것 같지도 않았고, 아군의 파이크병들은 전보다 더 자신에 차 있고 강하지 않는가. 하지만 난 아직도 밀집 대형을 전개할 필요가 있고, 파슨즈에게는 박격포 1문에 적어도 십여 명의 소총병이 있어. 파이크 연대를 뿔뿔이 흩어지게 해서 사라코스의 중기병들의 밥이 되게 하기에는 그것만으로도 충분하잖아.

사정거리 내로 유인할 수만 있다면 궁수들이 파슨즈를 저격하는 것도 가능했다. 그러나 그는 그런 수법으로 잡기에는 너무 빈틈이 없고 기민하다. 그는 언제나 충분한 수의 기병에게 주위를 경계시키고 궁수대로부터 거리를 둘 것이다. 결국 문제는 지구인 병사들을 사라코스군으로부터 떼어놓을 수 있는지의 여부이다…….

"뭔가 계획이 있군요." 틸라라가 말했다. "그런 표정을 전에도 본 적이 있습니다."

"워너가 한 말에서 힌트를 얻었어. 틸라라, 모든 것이 계획대로 된다고 해도 많은 사람이 죽게 될거야……."

"아무 일도 하지 않을 때보다 더 많은 사람이 죽을 것이라고 생각하십니까?"

"아니, 그 정도로 많지는 않겠지." 릭은 한숨을 쉬고는 그녀를 끌어안았다. "나는 백 명의 여자들 중에서 누구든 마음대로 선택할 수 있었어. 백 명 모두를 내 것으로 만들 수도 있었어. 결국 나는 당신과 사랑에 빠져 있다는 얘기가 되겠지." 릭은 그녀에게 입을 맞췄다. 두 사람은 한참을 그렇게 포옹한 채로 있었다.

이윽고 그녀는 그를 살짝 밀어냈다. "봄이 오면…… 하지만 지금은 카미손이 더 많은 병사와 군마를 기아로 잃기 전에 식량을 보내 줘야 합니다."

"응."

그것 말고도 할 일은 무수히 많았다. 서부 구릉지대의 씨족들을 소집해서 새로운 전술 훈련을 시작해야 한다. 또 더 많은 파이크와 화살이 필요했다. 군수품과 곡물 운반용의 짐마차들도 준비해야 했다. 정치적인 고려를 할 필요도 있었다. 모든 씨족들을 서로 협력하게 하는 것도 어려웠지만, 이제는 섭정 카미손과 소년 와낙스 일까지 걱정해야 한다.

그 이외에도 할 일이 있었다. 순찰대를 보내 산길을 봉쇄하고, 타마에르손이 전쟁 준비를 하고 있다는 사실을 될 수 있는 한 오랫동안 비밀에 부쳐야 했다. 스파이가 들어와서 릭이 각 씨족을 동원하고 있다는 것은 알아도 파이크로 훈련받고 있다는 사실은 절대로 알아차리지 못하도록 제2의 철의 장막을 칠 필요가 있었다. 그리고 그 장막 깊숙한 곳에 자리잡은 은밀한 장소에는 가장 중요한 극비 계획을 숨겨 둘 것이다.

"왜 웃죠?" 틸라라가 물었다.

"설명하자면 길어." 릭은 대답했다. 그것에 왜 '맨해튼 계획'*이라는 이름을 붙일까 생각했는지를 어떻게 설명하란 말인가. 물론 그 이름을 정말로 쓸 수는 없었다. 그것이 파슨즈 귀에 들어간다면 누군가가 타마에르손에서 퇴비와 황을 톤 단위로 모으고 있다는 정보만큼이나 확실한 단서를 그에게 주게 된다.

* 2차대전시 미국의 원폭 개발 프로젝트의 암호명

퇴비에서 질산칼륨을 걸러내기 위해서는 안전한 장소가 필요했다. 그가 가진 지식은 설파제나 페니실린을 제조할 수준에는 못 미쳤지만, 이 정도로 간단한 물질을 만드는 데는 아무 문제도 없었다. 질산칼륨 75퍼센트, 목탄 15퍼센트, 그리고 황 10퍼센트······ 15대 3대 2의 공식은 몇 세기에 걸친 실전을 통해 이미 증명된 것이다. 그리고 그것들을 갈기 위해서는 금속으로 된 부품을 전혀 사용하지 않은 제분(製粉)장치가 필요했다.

그밖에도 해야 할 일은 산적해 있었다. 전쟁은 비즈니스다. 음유시인들의 발라드는 영웅들에 관해 노래하지만, 실제로 전쟁을 승리로 이끄는 것은 세심한 사전 준비인 것이다.

패배하는 경우도 마찬가지다.

제8부

예니체리

1

그웬의 분만은 난산이었다. 태아 크기에 비해 모체가 작았기 때문이다. 그녀는 장시간에 걸친 산고를 겪었고 그후 몇 주 동안이나 몸져 누워 있었다. 그녀는 상세하게는 기억하고 있지 않았다. 다만 한 가지 사실만이 마음에 선명히 남아 있었다. 야눌프가 갓난애를 그녀의 가슴 위에 올려놓은 순간의 기억이었다. 사내아이가 태어난 지 몇 초 지나지도 않았을 때의 일이다.

그녀는 야눌프에게 사내아이를 '레스'라고 불러달라고 한 기억이 없었다. 하지만 그것을 후회하지는 않았다. 언젠가는 아이에게 아버지 얘기를 해줄 때도 올 것이고, 조종사인 아버지가 남긴 메시지도 전해줄 수 있을 것이다.

체력이 회복될 때까지는 많은 시간이 걸렸다. 몇 주 동안은 하루에 겨우 한 번만 젖을 먹일 수 있을 뿐이었다. 다행히도 레스가 태어나기 며칠 전에 아이를 낳은 일족의 여자가 두 명 있었고, 레스는 이 튼튼한 어머니들의 젖을 먹을 수 있었다. 그웬은 혹시 이것이 고대의 대부모(代父母) 제도의 기원이 아닌가 하고 생각했다. 다른 여자들의 도움이 없었더라면 레스는 죽었을 것이다.

그웬은 점점 집 밖에서 일어나고 있는 일들을 의식하기 시작했다. 처음에는 릭과 메이슨이 타 카르토스에서 돌아오지 않았고, 또 카라독을 돌려보내지도 않은 사실을 원망하는 정도였고 다른 일에는 크게 신경을 쓰지 않았다. 나중에 그녀가 받은 릭의 편지에는 만약 평화가 이대로 유지된다면 다음 여름에는 대학을 열 수 있을 것이라고 적혀 있었다. 그웬은 그 소식을 듣고 기뻐했다. 모든 일이 순조롭게 진행되고 있는 것 같았다.

그리고 그녀는 많은 젊은이들이 사라졌다는 사실을 깨달았다. 릭의 새롭게 편성된 군대의 모든 장교와 하사관들, 그리고 대장장이들까지도 타 카르토스로 소집되어 가고 없었다. 그녀는 그 이유를 알아보려고 했지만 아무것도 알아낼 수가 없었다. 남편들이 왜 서쪽 산맥으로 파견되었는지를 아는 여자들은 아무도 없었다. 호수와 산길의 얼음이 녹을 때 다시 침략이 시작될 것이라고 생각하는 사람들도 있었지만, 아무도 그것을 확신하지는 못했다. 그것을 확인해 볼 방법조차도 없었다. 그웬은 트란에 온 후 처음으로 주위 상황을 파악하지 못할지도 모른다는 불안을 느꼈다.

태양이 30도 각도로 뜨고 저지대 산길의 눈이 녹은 후에야 처음으로 야눌프는 타 카르토스를 방문해도 좋다는 허가를 얻었다. 거기서 돌아온 그는 릭이 틸라라를 첼름으로 복귀시키기 위한 전쟁을 계획하고 있다는 정보를 그녀에게 은밀히 이야기했다.

"그렇소. 그들은 내가 하지(夏至) 이전에 드라반 성으로 귀환할 수 있을 것이라고 말했소. 이렇게 얘기하고 있는 사이에도 불타는 도끼가 가리오크 지방을 돌고 있을 것이오."

그웬은 그 말을 듣고 전율했다. 그런다면 그녀의 모든 계획은 물거품이 되고 만다.

"하지만 —— 이건 미친 짓이에요! 릭은 〈별에서 온 자들〉과 전쟁을 벌일 작정인가요?"

"그렇소. 릭 경이 무엇을 의도하고 있는지는 아무도 모르지만 아무래도 〈별에서 온 자들〉과 사라코스를 동시에 섬멸할 계획을 가지고 있는 것 같소. 그는 이 땅의 모든 짐마차를 동원해서 타 카르토스 근처에 그가 세운 물방앗간으로 퇴비를 운반시키고 있소."

퇴비.

"그렇다면 황도 모으고 있나요?"

야눌프는 깜짝 놀란 기색이었다.

"그렇소. 퇴비와 황을 모으고 있소. 하지만 그가 그것들을 써서 어떤 마법을 행할지 나는 모르오."

"나는 알아요."

그웬이 말했다. 화약이다. '이 땅의 모든 짐마차' 라는 표현은 아마 과장이겠지만 릭이 대량의 흑색 화약을 만들고 있다는 사실에는 의심의 여지가 없었다. 그는 왜 기관총에 흑색 화약으로 대항하는 전쟁에 나설 결심을 한 것일까.

"야눌프, 나는 그를 만나야 합니다." 그웬이 말했다.

"그건 현명하다고는 할 수 없소. 아직 그대는 체력을 회복하지 못했소. 게다가 씨족들이 타 하스티가에 도착하자마자 군대는 진격을 개시한다고 들었소. 그대는 전쟁이 시작되기 전에 그곳에 도착할 수 없을지도 모르오."

"무슨 일이 있더라도 그를 만나야 해요."

"그대가 뭔가를 두려워하고 있다는 것을 나도 잘 알고 있소. 그대는 릭 경이 〈별에서 온 자들〉을 이기지 못할 것이라고 생각하시오? 드루몰드는 이길 것이라고 생각하던데……."

"그건 나도 몰라요." 그웬이 말했다. 릭의 계획이란 무엇일까. 그는 절대로 무모한 도박은 하지 않는다. 그렇다면 승산이 있다고 믿고 있는 것이다. 만약 그가 이긴다면…….

"그가 전투에 참가하기 전에 반드시 알아야 할 일들이 많습니다. 그래서 그를 만나러 가야 해요."

야눌프는 주의 깊게 그녀를 관찰했다. "그대에게 이것은 아주 중요한 일인 것 같군."

"이 세계의 모든 사람들에게 중요한 일입니다. 이 세계뿐만이 아니라 다른 세계들을 위해서도."

"그에게 전갈을 보낼 수는 없소?"

"전갈만으로는 믿으려고 하지 않을 거예요. 그리고 다른 사람에게는 절대로 그걸 발설할 수가 없어요. 하물며 그것을 종이에 적는다는 것은 그보다 더 현명하지 못한 일입니다. 무슨 일이 있더라도 내가 직접 가야겠어요. 지금 당장."

"그대의 말을 믿겠소. 최대한 준비를 해보겠지만 빨리는 갈 수 없을 것이오. 그런 짓을 하면 그대의 목숨이 위태롭소. 그대의 갓난애를 위한 유모와 그대를 호위할 병사들도 필요하오. 그러기 위해서는 시간이 걸릴 거요."

"시간이 거의 없어요." 그웬이 말했다.

"최선을 다해보겠소."

"좀 더 기다리는 편이 나을 겁니다." 카미손이 말했다. "봄비는 이제 막 끝났을 뿐이고 진흙탕도 깊으니. 어차피 빨리 행군할 방법이 없습니다."

회의용 탁자 주위에서 웅성거리며 찬성하는 소리가 들려왔다. 릭은 드루몰드와 발크하인이 아무 말도 하지 않고 그가 발언하기를 기다리는 것을 보고 만족했다.

"그건 사라코스도 마찬가지입니다." 릭이 말했다. "하지만 그보다 더 중요한 이유가 있습니다. 이 이상 기다리다가 전장으로 가져갈 수 있을 정도의 충분한 식량이 우리에겐 없습니다. 그리고 새로운 병사들은 이미 메이슨이 충분히 훈련시켰습니다."

"저로서는 더 훈련시키고 싶습니다." 메이슨이 말했다. "하지만 꽤 쓸만한 수준에는 달해 있습니다."

"이 이상 기다린다고 해서 득이 되지는 않을 겁니다." 릭은 회의용 탁자 위에 놓인 지도를 가리켰다. "내일 모레 정오에 진격을 개시하겠습니다. 도로를 따라 똑바로 진격할 작정입니다. 우리의 진격로를 드란토스가 미리 알아차리는 일이 없도록 내일 새벽에는 척후대를 내보내겠습니다. 그밖에도 다른 문제들이 있습니다." 릭은 양피지 몇 장을 펼치고 탁자 끝에 앉아 있는 소년왕 갠턴에게 고개를 숙였다.

"폐하, 이것들은 포고령입니다." 릭은 말했다. "이중에서 가장 중요한 것은 금년 봄 이전에 이루어진 모든 행위에 대한 일반 사면

(赦免)과 상속권을 무조건 보장한다는 문서입니다. 아군이 드란토스의 국경에 도착하면 이 포고령을 될 수 있는 한 빨리 전국에 퍼뜨리겠습니다."

"부왕을 배신한 반역자들을 용서하라는 건가?" 갠턴이 말했다. 그의 목소리가 커졌다. "절대로 그럴 수는 없소!"

"그러서야 합니다." 릭은 참을성 있게 말했다. "그러지 않는다면 어떻게 백성들로 하여금 사라코스에 대항해서 반란을 일으키게 할 수 있겠습니까? 잘 생각해보십시오, 폐하. 부왕의 왕좌에 앉으시겠습니까, 아니면 타향에서 왕국을 멀리 바라보시는 쪽을 택하시겠습니까?"

"만약 드란토스에서 누구나 그 아버지의 유산을 상속하게 된다면 우리 일족과 동맹자들에게는 어떤 보상을 할 생각인가?" 칼라드가 물었다.

"사라코스가 만든 빈 자리가 충분히 남아 있습니다." 릭이 대답했다. "타마에르손의 일족에 남아 있기보다는 드란토스의 베로멘이 되고 싶다는 자들에게는 상속자가 없는 토지가 기다리고 있습니다. 이 서류 중 하나는 두 나라 안에 있는 주인 없는 토지를 맥클라란 뮤어가 마음대로 처분할 권리를 준다는 내용입니다. 또 하나는 첼름 국내에서 레이디 틸라라에게 같은 권리를 부여하고 있습니다."

"릭 경, 그대의 원조 대가는 매우 비싸군." 갠턴이 말했다.

릭은 아무 말도 하지 않았다. 잠시 후 카미손이 입을 열었다. "그리 비싼 것은 아닐지도 모릅니다. 우리는 타마에르손에 빈손으로 왔지만, 이제 승리의 희망을 가지고 돌아갈 수 있지 않습니까.

서명하십시오, 폐하. 이 이상 유리한 거래 조건은 없습니다."

릭은 서류를 탁자 끝으로 가져갔다. 몇 주 동안 함께 지내면서 그는 이 어린 와낙스에게 호감을 품게 되었다. 소년왕에게는 필요할 경우 자신의 의견을 철회하는 도량이 있었다.

"여기 있는 다른 서류들은 무엇이오?" 갠턴이 물었다.

"하나는 타마에르손과 드란토스 간의 동맹 조약에 관한 것입니다." 릭은 말했다. "카이사르가 원한다면 로마도 이 동맹에 참가할 수 있다는 부수 조항이 포함되어 있습니다."

카미손과 드루몰드를 설득해서 이 조항을 받아들이게 하기까지는 며칠 동안이나 밤을 새가며 논쟁을 벌여야 했다. 릭 입장에서는 논쟁보다는 전투 계획을 세우는 데 쓰고 싶었던 시간을 허비한 꼴이다. 결국은 릭의 어떤 설득보다도 점점 커지는 〈악마의 별〉의 존재가 일동을 수긍하게 만들었다. 이 침략적인 별이 더 접근한다면 남쪽 지방의 기후는 인간이 살기에는 너무 뜨거워질 것이다. 그럴 경우 대량의 피난민이 발생하겠지만, 난민들의 유입을 받아들일 여유가 그들에게는 없었다. 게다가 난민들은 무장하고 쇄도해 올 것이다. 이것은 율리우스 카이사르의 시대에 일어났던 부족 대이동과 마찬가지였다. 그들을 딴 곳에 강제적으로 정착시키려면 강력한 동맹이 필요했다.

"또 하나의 서류는 전하께서 미성년기를 레이디 틸라라의 성에서 함께 지내실 것을 규정하고 있습니다."

그러자 갠턴은 미소 지었다. "응, 좋은 생각이오. 그녀는 훌륭한 에키타사요." 그는 카미손을 올려다보며 정식으로 언명했다. "섭정께서 찬성했으므로 짐도 여기에 동의하는 바이오." 그는 펜대를 쥐고 각각의 양피지에 서명했다.

걱정거리가 하나 줄었군, 하고 릭은 생각했다. 적어도 우리가 전쟁에 이긴 뒤에 직면할 혼란에 대처하기 위한 교두보는 마련된 셈이니까.

우리가 이긴다면 말이다.

그웬이 타 카르토스에 도착해보니 성채에는 카라독과 기마 궁수대 1개 중대를 제외하고는 아무도 남아 있지 않았다.

"릭 경은 틸라라님이 오신다는 전갈을 받으셨습니다. 기다릴 수는 없었지만 대신 제가 여기 남아서 틸라라님을 맞이하라고 하셨습니다. 그리고 이걸 남기고 가셨습니다." 카라독은 그웬에게 양피지를 건넸다.

그웬은 편지를 펼쳤다. 다음과 같은 내용이었다.

그웬, 나는 이미 카미손을 통해서 드란토스 내의 저항군에게 진격 명령을 내렸어. 이 작전은 신중하게 타이밍을 맞출 필요가 있고, 그들과 합류하려면 지금 떠나야 하기 때문에 당신을 기다릴 여유가 없어.

만약 아직도 나를 만나고 싶다면 카라독이 당신을 호위할 거야. 하지만 당신은 위험을 각오해야 할 거야. 나는 될 수 있는 한 빨리 전투를 개시할 생각이고, 그렇게 되면 당신은 전투중에 도착할 가능성이 있어. 아마 우리가 이길 것이라고 생각하지만 전쟁에서 확실한 건 아무것도 없는 법이지.

나는 당신이 타마에르손에 머물 것을 충고하고 싶군. 설령 우리가 진다 해도 전멸하는 일은 없을 거야. 어떤 일이 일어나더라도 타마에르손을 방어할 정도의 병력은 충분히 남겠지. 대학은 그 어떤 전쟁보다도 더 중요한 존재야. 나는 래리 워너를 가리오크로 돌려보냈어. 그 친구는 병사로서는 별볼일 없었지만 교수로서는 상당한 재능을 발휘할 거야. 만약 내가 돌아오지 않는다면 지난 번 침공 작전에서 얻은 내 분배금은 전부 당신 것이 될 테니, 학교의 운영자금으로는 충분할 거야.

나는 당신을 타 카르토스에 붙잡아두라고 명령할 생각이었지만, 당신이 뭘 알고 있는지에 대한 불안감을 억누르지 못하겠기에 그 선택은 당신에게 맡기기로 했어. 하지만 당신은 가급적 그곳에 머무르면 좋겠군.

양피지에 서명은 없었다.

그웬은 카라독을 올려다보았다. "그들을 따라잡으려면 어느 정도 걸릴까요?"

"출발한 것은 아흐레 전입니다. 게다가 아군은 강행군을 예정하고 있었습니다. 그들보다는 우리가 더 빨리 움직일 수 있지만 열흘 안에 따라잡을 수 있을지는 의문입니다."

어떻게든 될 거야, 하고 그녀는 생각했다. 그래, 나는 어떻게든 그를 따라잡아서 때가 늦기 전에 이 전쟁을 중지시킬 수 있어.

그러나 따라잡지 못할 가능성도 물론 있었다.

"유모들과 내 아기의 숙소를 마련해놓은 후 기마 궁수대와 함께 출발하겠어요." 그웬이 말했다. "릭이 〈별에서 온 자들〉과 전투를 시작하기 전에 그를 찾아야 합니다."

그들은 7일 후 릭 부대의 후위를 따라잡았다. 전위 부대까지 가는 데는 하루가 더 걸렸다. 이 지방에는 숲이 많고 기복이 심했다. 게다가 하나밖에 없는 도로는 짐마차와 비전투원으로 혼잡스러웠다. 저녁 때가 다 되어서 일행은 전망이 트이며 도로가 넓은 들판을 가로지르기 시작하는 지점에 도달했다. 군대는 전투 대형을 펴고 폭이 3마일에 달하는 전선에 산개하고 있었다. 그들은 최전선까지 가기 전에 도로상의 방책에서 저지당했다. 그웬이 큰소리로 항의하고, 카라독이 자기 계급을 내세웠는데도 불구하고 그들은 전선에서 1킬로미터 떨어진 사령부의 큰 천막까지 엄중하게 호송되었다.

사령부에는 종졸과 참모들이 모여 있었다. 다음날의 큰 전투에 대비하기 위해 전령들이 바쁘게 들락거리고 있었다. 릭이 여기서 30킬로 미터가량 떨어진 곳이 있는 인근의 유일한 마을을 향해 경기병대와 함께 무거운 짐이 실린 짐마차 몇 대를 인솔하고 도로를 나아갔다는 말을 들었지만, 그 이유를 아는 사람은 아무도 없었다.

그웬은 저녁이 되기 직전 고함소리를 들었고 중기병의 몇몇 무리가 도로를 따라 북서쪽으로 말을 달리는 것을 보았다. 그들이 돌아왔을 때는 해가 지고 있었다. 그 뒤를 따라 아군의 기마 궁수대가 전속력으로 질주해 왔고, 몇 분 후에는 릭과 그의 호위병들이 모습을 나타냈다.

릭은 일단 멈춰서서 전령들에게 명령을 하달한 다음 큰 천막 안으로 들어왔다. 그가 말하는 것을 듣지 않았더라면 그웬은 그를 알아볼 수 없었을 것이다. 그는 쇄자갑과 마르셀리우스가 선물로 보낸 진홍색 망토를 입고 있었다. 중기병용의 코가리개가 달린 전형적인 탄환형 투구를 쓰고 있었고, 장화 대신 강철제의 신발을 신고 정강이받이를 대고 있었다. 천막에 들어온 후 그는 제이미의 도움을 받으며 투구와 목가리개를 벗었지만, 나머지 갑옷은 그대로 입고 있었다. 그는 탁자를 사이에 두고 그웬과 마주앉았다.

"당신이 여기에 와 있다는 얘기를 들었어. 유감스럽게도 최악의 시기에 도착했군."

"왜?"

"왜냐하면 난 지금 당장 전투 계획을 세워야 하기 때문이야. 내일 새벽이 되기 전에. 그러니까 오늘밤에는 할 일이 산적해 있어. 그웬, 만약 하고 싶은 말이 있다면 빨리 해 줘. 전투가 시작되기 전에 당신을 타마에르손으로 돌려보내고 싶으니까."

"내 몸을 그렇게 걱정해 주다니 정말 고마워."

"그게 무슨 뜻이지? 당신은 타 카르토스에 머물 수도 있었잖아. 나도 당신이 그래 주길 원했어. 내일 전투에 질 거라고는 생각하지 않지만 만약 질 경우에도 당신이 대학을 시작해 줬으면 좋겠어. 지금도 나는 그것이 우리가 이 행성을 위해 해 줄 수 있는 가장 중요한 일이라고 생각해."

"당신이 할 수 있는 가장 중요한 일은 이 전쟁을 중지하는 거야."

"드디어 내게 진실을 말해줄 생각이야?" 릭이 물었다. "그렇다면 그걸 기념하기 위해서 축배를 들어야겠군." 릭은 천막 입구를 돌아다보고 말했다. "제이미, 와인을 가져다 줘. 그리고 레이디 틸라라가 도착하면 여기로 와 달라고 전하고."

"각하, 틸라라님의 척후대가 돌아오는 소리가 들립니다."

"좋아. 그런데 그웬, 그 일이 그토록 중요하다면 왜 지금까지 내게 말하지 않았어?"

"그건 내 비밀이 아니었거든." 그웬이 대답했다. "왜 당신은 현상을 유지하지 않는 거야? 모든 일이 그렇게 잘 되어가고 있었는데. 우리에겐 완벽한 피난처가 있었고, 또 먹을 것도 충분했잖아. 파슨즈는 예의 그 쓸데없는 마약을 재배할 거고⋯⋯."

"그 점에는 논쟁의 여지가 있어." 릭이 말했다.

그녀는 깜짝 놀란 얼굴로 그를 올려다보았다. "왜?"

"파슨즈와 사라코스는 이 나라에서는 그렇게 큰 지배력을 가지고 있지 않아. 수천 에이커나 되는 지역에서 광초(狂草)를 재배하기는커녕 자기들의 부하도 먹여살리기 힘들 걸." 릭은 어깨를 으쓱했다. "어쨌든 그런 일은 이젠 아무래도 좋아. 일이 잘 풀리면 파슨즈와 사라코스 둘 다 내일 아침까지는 고인이 되어 있을 테니까."

"어떻게?"

그웬이 묻자 릭은 무표정한 미소를 지어보였다. "난 이 장소를 심사숙고해서 골랐어. 파슨즈가 도착할 즈음 해서 우리도 도착하도록 시간을 맞췄지. 진흙투성이의 벌판이 있는데, 사라코스의 기병대보다는 아군의 보병 쪽에서 훨씬 유리한 전투를 전개할 수 있는 이상적인 지형이라고 할 수 있겠지. 물론 비슷한 지형을 가진 곳은 다른 곳에도 있지만 이곳만의 특징이 하나 더 있어. 이 도로의 30킬로미터 전방까지는 마을이 하나밖에 없어."

"무슨 뜻인지 모르겠어."

"질퍽질퍽한 습지대 벌판. 하나뿐인 마을. 우린 그 마을을 어젯밤부터 오늘까지 점령하고 있었지만, 오후에는 사라코스가 우리를 그곳에서 쫓아내도록 유도했어. 급하게 도망쳐야 했지. 마을을 불태울 시간적 여유가 없었던 것처럼 위장하기 위해서야. 워너 얘기로는 파슨즈와 그 부하들은 야외에서 자는 걸 좋아하지 않는다고 했어. 그치들이 오늘 어디에 사령부를 설치할지 상상할 수 있지 않나?"

"어떻게 할 생각이야?" 그웬이 힐문했다.

릭은 손목시계를 보았다.

"제일 어려웠던 건 기폭 장치였어. 확실하게 타는 도화선을 만드는 데 몇 주일이나 걸렸고 아직도 정확하게 시간을 맞출 정도는 못 돼. 12배럴의 화약을 만드는 것은 그리 어렵지 않았고 그걸 마을에 묻는 일은 전혀 힘들지 않았어. 동이 트기 한 시간쯤 전에 앙드레 파슨즈는 놀랄 겨를도 없이 고인이 되는 거야."

"그 사람들을 모두 죽일 생각이야? 장비도 모두 함께 파괴해버리고?"

"아무쪼록 그렇게 되기를 바라고 있어. 물론 다른 방법도 찾을 수 있으면 좋겠지만, 그것 말고는 딱히 대안이 떠오르지 않는군. 그들과 교섭할 수도 없어. 만약 싸움 상대에 나도 포함되어 있다는 사실을 앙드레 파슨즈가 알면 훨씬 조심스러워질 가능성이 있거든. 도대체 그놈의 와인은 어디 있지?" 릭은 큰 소리로 제이미를 불렀다.

"당신은 별로 기쁜 것 같지 않군. 난 당신이 파슨즈가 우리를 발견해서 샬누크시에게 보고할 가능성을 언제나 두려워하는 줄 알았어. 하지만 이제 더 이상 걱정할 필요는 없어."

"세상에! 난 그 일에만 신경을 쓰고 있었어. 당신이 이길 수 있으리라는 생각은 미처 하지도 못했고, 또 ——"

"나를 신뢰해줘서 고맙군."

"릭! 이건 게임이 아냐. 만약 당신이 이긴다면—이긴 후에는—외계인들을 위해 수리노마즈를 재배할 수 있어?"

이건 또 무슨 말일까, 하고 릭은 생각했다. 파슨즈는 수리노마즈를 재배할 수 없을지도 모른다고 그가 말했을 때 그녀는 크게 동요하는 기색을 보였다. 그런데 지금 와서 이런 소리를 하다니.

나는 그 일을 할 수 있을까? 아마 가능할 것이다. 내게는 협력자들이 충분히 있기 때문이다. 우리가 충분한 양의 식량을 수입할 수만 있다면 카미손과 왕을 설득할 수도 있을 것이다. 그렇지만 내가 외계인들과 접촉하는 것을 아예 기피하는 데는 충분한 이유가 있다. 왜 그웬은 수리노마즈에 대해 저렇게까지 신경을 쓰는 걸까? 도대체 어떻게 하면 그녀의 비밀을 알아낼 수 있을까.

릭은 어깨를 으쓱해 보였다. "파슨즈가 가진 그런 장비 없이? 쉽지 않을 걸. 광초는 사람들이 기르려 하지도 않을 거고, 또 곡물을 재배할 수 있는 좋은 경작지를 광초 재배용으로 징발하기는 힘들거야. 하지만 그웬, 난 하늘에서 내려온 신들과 교역하는 위험을 강조한 전설에 귀를 기울여 왔어."

제이미가 와인과 백랍(白鑞)제 컵을 가지고 들어왔다. "틸라라님이 무사히 돌아오셨습니다. 발크하인님을 만난 후 오시겠다고 했습니다." 이렇게 말한 후 그는 잠시 망설였다. "틸라라님은 레이디 그웬이 여기 계신 것을 그다지 달가워하지 않는 눈치였습니다."

릭은 웃었다. "그럴 거라고는 나도 생각하지 않았어. 아무튼 고맙네." 그는 잔에 와인을 따랐다. "하여튼 간에, 도대체 당신은 뭘 그렇게 두려워하고 있지?"

"어디서부터 시작해야 할지 모르겠어."

"그럼 내가 먼저 시작해 주지. 나도 좀 생각을 해보았어. 이런 건 어때? 방랑하는 태양은 600년 주기로 트란에 접근하고 샬누크시들이 트란에 흥미를 가지는 건 이때뿐이야. 그때란 대략 서기 1400년, 800년, 200년, 그리고 기원전 400년, 1000년, 1600년이 되는군. 이 행성의 언어는 인도유럽 어족에 속해 있고, 당신이 이미 몇 번 지적한 대로 미케네어, 그리고 크레타어와 유사한 점이 많아. 이것들은 기원전 1600년이나 그것보다 약간 후대의 언어야. 그리고 방랑성의 주기는 정확하게 600년은 아냐. 여기까지는 맞지?"

릭의 말에 그웬은 고개를 끄덕였다. "기원전 1600년이란 숫자는 확인이 가능했던 가장 오래된 시기였어. 지구의 고고학자들은 지금도 이 시기의 지중해 지역의 언어에 관해 격렬한 논쟁을 벌이고 있어."

"우리가 발견한 것을 가르쳐주면 얼마나 기뻐할까." 릭이 말했다. "그리고 기원전 1000년의 원정이 그것과 섞이게 돼. 아마 그들이 켈트족을 데려온 것도 그때일 거야. 그때가 아니라면 기원전 400년이겠지. 그리고 서기 200년에 관해서는 의문의 여지가 없어.

그건 셉티미우스 세베루스의 제정 로마 시대야. 루시우스의 기록을 봐도 그건 확실해. 그러고 나서 샤를마뉴의 시대에 또 지구인들을 데려왔고, 그것에 대한 증거는 얼마든지 있어. 샤를마뉴가 신성 로마 제국의 황제로 등극한 것은 서기 800년의 크리스마스이고, 그것보다는 조금 전에 그의 중기병 일부가 이리로 온 거야. 그럼 남는 건 서기 1400년이야. 그 시대의 인간이 트란을 방문한 흔적은 전혀 남아 있지 않아. 그 이유가 뭐지?'

그웬은 아무 말도 하지 않았다. 릭은 몸을 숙이고 토탄(土炭) 덩어리 하나를 작은 난로에 던져넣었다.

"샬누크시들이 그 시대를 빼먹지 않았다는 것은 알고 있어." 릭이 말했다. "당신은 내게 600년 전의 트란의 언어를 연구해 보겠다고 말했어. 그런데도 장궁 전술을 알고 있는 자는 아무도 없어. 그렇다면 그때 온 자들이 잉글랜드인이나 스코틀랜드인, 그리고 웨일즈인이었을 가능성은 없다는 얘기가 되지. 아마 프랑스인이었을지도 모르겠군. 프랑스군은 크레시에서 대패에서도 아무것도 배우려 하지 않았으니까 말이야. 스위스의 파이크에 대해서도 무지한 것 같아. 1400년경 유럽에서는 이미 쓰이고 있었는데도 불구하고, 판금 갑옷의 제조법도 트란에서는 알려져 있지 않아. 그럼 도대체 누구를 데려온 걸까? 인종이 혼혈된 흔적은 발견할 수 없었어. 동양인도 흑인도 인도인도 이곳에 오지는 않은 거야. 그리고 1400년이라고 하면 지구에서는 이미 화약의 시대가 되어 있었어. 그 또한 여기서는 알려져 있지 않아. 그걸 설명할 수 있나? 무기만 그런 것이 아냐. 1215년의 마그나 카르타(大憲章)을 생각해 봐. 아무도 그런 걸 들어본 사람이 없어. 토마스 아퀴나스, 로저 베이컨,

말라테스타는 모두 13세기의 인물이야. 1400년대에는 그렇게도 많은 천재들이 살고 있었는데도 여기서 그들 이름을 알고 있는 사람은 아무도 없어. 고문헌을 발굴하는 데 생애를 바친 루시우스 같은 인물도 모르고 있는 거야. 호메로스의 한 버전을 알고 있을 정도로 오래된 서사시에 통달한 야눌프조차도 들어본 적이 없다는 거야. 따라서 1400년의 원정대는 아무런 흔적도 남기지 않고 사라져버렸다고 보는 수밖에 없어.

도대체 무슨 일이 일어난 거지, 그웬? 누군가가 그들을 몰살시키기라도 했어?"

그웬은 고개를 들었다. 침울한 표정이었다.

"레스는 그렇게 생각하고 있었어. 그 이유는 당신이 지금 말한 것과 거의 같아. 왜 트란에서는 아무런 진보가 없었을까? 그걸 모두 불안정한 기후 탓으로 돌릴 수는 없어. 하지만 레스는 정확한 이유를 모르고 있었어. 컴퓨터에 아무 기록도 남아 있지 않았거든."

"하지만 당신이 전기를 원하지 않은 이유도 바로 그 때문이 아니었어? 그밖의 다른 것들도 마찬가지였고. 당신은 파슨즈를 그리 두려워하지는 않았어. 당신이 정말로 두려워하고 있던 것은 샬누크시들이야."

"물론 당신 말이 맞아. 하지만 만약 파슨즈가 우리가 있는 곳을 알았다면 샬누크시들에게 가르쳐줬을 거야." 그웬은 깊게 숨을 들이쉬었다. "릭, 다른 일들도 이미 알아차린 거야? 비밀 동굴, 하늘에서 떨어지는 불, 그리고 사악한 하늘의 신들과 교역하면 악운을 만난다는 내용의 서사시. 신들은 경이로운 선물을 주지만 다시 그것을 빼앗아간다는 경고. 하늘에서 불이 떨어지고, 유일한 피난처는 깊은 동굴이라는 이야기. 그것 말고도 또 있어. 당신은 들어보지 못했겠지만──아무것도 자라지 않는 금단의 장소, 그리고 유리 바닥을 가진 호수라든지…….”

릭은 심각한 표정으로 고개를 끄덕였다. “놈들은 어정쩡한 짓은 안 한단 말이지? 놈들은 원자폭탄을 써서…….”

“그건 모르겠어. 야눌프의 서사시에 관해서는 모르던 레스도 그랬을 가능성이 높다고 믿고 있었지만 말이야. 그래서 나더러 도망치라고 했던 거야. 파슨즈에게서 될 수 있는 한 멀리 떨어져 숨어 있으라고.”

“그래서 파슨즈의 반란 계획을 나한테 미리 경고하지 않았던 거군. 당신에게는 함께 동행해 줄 사람이 필요했어.”

“맞아. 릭, 미안해.”

“괜찮아. 하지만 당신이 왜 이 사실을 내게 빨리 털어놓지 않았는지 이해 못하겠어.”

“왜냐하면 난 당신이 어떤 태도를 보일지 확신할 수가 없었기 때문이야. 당신에게 사실을 숨긴 건 미안하지만 어쨌든 모든 걸 순조롭게 처리할 수 있었잖아. 우리는 안전한 피난처와 충분한 식량, 그리고 대학을 세울 장소도 찾았어. 실은 난 당신보다도 먼저 대학을 설립할 생각을 했지만 그때는 당신의 제안을 받아들이는 모양새를 취하는 게 나을 거라고 생각했어. 모든 게 잘되어가고 있었어. 당신 힘으로는 어쩔 수 없는 문제를 당신에게 알려서 일을 더 복잡하게 만들고 싶지 않았던 거야. 그리고 난 당신이 파슨즈에게 경고할 것이 두려웠어. 어쨌든 예전에는 모두 당신 부하들이었으니까……."

"그랬을지도 모르겠군. 어차피 다 죽일 생각만 아니라면 지금도 그럴지 몰라." 릭은 와인을 단숨에 들이켜고 화난 듯이 말하기 시작했다. "만약 내가 이 사실을 처음부터 알았더라면 이 전쟁을 일으킬 필요가 없었는지도 모르겠군. 앙드레가 사라코스에게 호감을 가지고 있다고는 도저히 생각할 수 없으니까 말야."

"당신은 아직도 이해 못하는 것 같아. 릭, 우린 지금 당장 그에게 경고해야만 해. 내일 싸움에서 누가 이기든 간에 승자는 수리노마즈를 재배해야만 한다고 말이야."

"왜 그런 짓을 해야 하는 거지? 방금 당신 입으로 샬누크시들과 접촉하는 것은 현명한 일이 못 된다고 하지 않았나? 우린 그냥 사라져버리면 그만이야. 놈들이 나타날 때쯤이면 동굴 안에 숨는 거지. 놈들에게 마약 재배 자체를 단념시키는 거야."

"릭, 그건 그렇게 간단한 일이 아냐. 당신은 대학이 트란의 주민들에게 중요한 도움이 될 거라고 했잖아. 그들을 걱정해주는 것 같았어."

"그야 그렇지. 난 뭔가 하나라도 유익한 일을 성취하고 싶으니까."

"수리노마즈는 당신의 대학보다 더 중요해. 그건 트란에 있는 사람들을 위한 것만은 아냐. 전 인류의 운명이 거기에 달려 있어."

2

릭은 자기 잔에 다시 와인을 따랐다. "지금 한 말을 설명해줬으면 하는데." 그는 신중한 어조로 말했다. "수리노마즈가 샬누크시들에게 그 정도까지 가치 있는 것이 아니란 말을 당신에게서 여러 번 들었어. 그런데 그게 어떻게 모든 인류의 운명과 상관이 있을 수 있나?"

"설명하자면 길어." 그웬이 대꾸했다.

릭은 손목시계를 보았다. "화약이 폭발할 때까지 아직 네 시간에서 여섯 시간 남았군. 그 정도면 충분하겠지. 이번만은 내가 수긍할 수 있을 때까지 모두 설명해 줘. 암중모색하는 데는 이미 지쳤어."

"당신은 지금까지 꽤 잘해왔어. 좋아. 만약 샬누크시들이 우주선을 보내서 수확이 전혀 없고 또 앞으로도 기대할 수 없다고 판단하면 우주선은 다시는 오지 않을 거야. 하지만 반대로 장래에 많은 수확이 있을 것이라고 판단하면 수리노마즈가 풍작인 해마다 우주선을 보낼 거야. 결국은 레스를 여기로 보내야 한단 뜻이지."

"하느님 맙소사. 그웬, 당신 아직도 그 자식과 사랑에 빠져 있는 거야?"

"나도 모르겠어. 가끔은 그렇게 생각될 때도 있지만. 하지만 그런 건 아무래도 좋아." 그웬은 도전적인 말투로 말했다. "날 그런 눈으로 보지는 말아 줘. 당신이 뭘 생각하고 있는지 알아. 하지만 그건 틀린 생각이야 릭, 그이는 단순히 나를 버린 게 아냐. 난 그이와 함께 갈 수도 있었어."

"그럼 왜 함께 안 간 거야?"

"왜냐하면 그자들이 우리 아기를 살려둘 리가 없었기 때문이야."

"그자들? 그자들이 누구지? 또 왜 아이를 살려두지 않는다는 거지?"

"〈연맹〉 얘기를 하고 있는 거야. 그들은 인간을 종복으로 사육하고 있어. 설령 우리 아기를 살려둔다 하더라도 내가 기르게 놓아두지는 않을 걸. 인간 아이들은 모두 학교에서 생활하거든."

"그웬, 당신 지금 무슨 얘기를 하고 있는 거야? 인간을 사육하다니?"

"충성심을 심기 위해서야. 하지만 혈통의 활력을 유지하기 위해 가끔 지구에서 '야생' 인간을 데려와 교배시킬 때도 있어. 레스의 할머니는 '야생' 인간이었기 때문에 그들은 더 이상의 '야생' 유전자가 레스의 혈통에 주입되는 것을 허락하지 않았어. 릭, 황당무계하게 들릴지도 모르겠지만, 사실이야."

"황당무계하다고? 그래, 바로 그 말이 맞아. 그런 일이 얼마나 오래 계속됐는데?"

"적어도 5천 년 동안 계속됐어."

5천 년.

"그럼 당신은 그걸 믿어?"

"믿어. 내가 우주선의 데이터뱅크에서 찾아낸 자료도 모두 그 사실을 뒷받침해 줬어. 그리고 그들이 얼마나 오래 전부터 트란에 오고 있었는지를 생각해 봐."

"하지만 5천 년 동안이나? 그웬, 그 긴 세월 동안 그들은 지구의 어떤 정부도 정식으로 방문하지 않았다는 얘기가 돼. 그 긴 세월 동안 공식적으로 접촉하는 일 없이 지구인들과 교섭을 가져왔다는 게 사실이라면⋯⋯."

"그들은 접촉할 수도 없고 그럴 생각도 없어. 미개 종족이 〈연맹〉에 가입하는 것은 허용되지 않아. 〈연맹〉은 백 개에 가까운 종족으로 이루어진 안정된 조직이야. 가입 종족 대부분은 무제한적인 성장의 시기를 거친 적조차도 없어. 만약 그들이 공격적이고 불안정한 종족과 마주치면 보통 전쟁이 일어나지. 그들은 구제 불가능할 정도로 야만적이라고 판단한 몇몇 종족을 이미 멸망시켜버렸어. 그 결과 그들은 지구의 철학자들이 언제나 꿈꿔왔지만 정말로 실현되리라고는 아무도 믿고 있지 않았던 상태에 도달했지. 전 우주적인 보편적 평화와 질서, 그리고 안정."

"놈들이 그토록 평화를 사랑한다면 왜 트란을 계속 침략하는 거지? 왜 전에 온 지구인들 머리 위에 원자폭탄을 투하했느냐 말야?"

"샬누크시들은 평화 애호자가 아냐. 다만 그 일에 대해서는 아무런 선택권이 없을 뿐이야. 그들은 장수 종족이고 그들에게 트란은 일종의 —— 레스는 그게 그들의 가업이라고 했어. 샬누크시들은 트란이 공업화되는 것을 원하지 않고, 〈연맹〉은 트란에 대해 아무것도 모르고 있어."

"하지만 아그자랄이라는 경찰관이 있었잖아. 그자는 모든 걸 알고 있었어."

"아그자랄과 다른 몇몇 인간들은 사실을 알고 있지만 그것을 정부에는 숨기고 있는 거야."

5천 년의 역사를 가진 관료 제도라면 부패하지 않는 쪽이 오히려 이상할지도 모른다.

"그럼 당신 친구 레스도 그 비밀을 지키는 데 협력하고 있다는 거야?"

"응." 그웬은 눈물을 흘리지 않으려고 애쓰고 있었다. "릭, 이건 당신이 생각하는 것과는 달라. 어떻게 설명하면 좋을지 모르겠어요! 예니체리에 대해 들어본 적이 있어?"

"들은 적이 있어. 오스만 제국의 노예 병사를 말하는 거 아냐? 그중엔 행정관도 있었어. 그들은 실질적으로 터키인들을 대신해서 제국을 운영했지. 어릴 적에 기독교권의 속국에서 공물로 바쳐진 후, 학교에서 자랐고 막사에서 살았으며 결혼을 금지 당했던 —— 하느님 맙소사! 그웬, 당신 지금 무슨 말을 하려는 거지?"

"이미 알고 있지 않아? 지구인은 〈연맹〉의 멤버가 아니지만, 아그자랄 같은 인간들이 병사나 경찰, 또는 관리로서 〈연맹〉의 정책을 집행하고 있는 거지. 그렇기 때문에 지구는 특별 취급을 받고 있어. 〈연맹〉에 귀속되는 일도 없고, 간섭도 받지 않아. 이미 길들여진 예니체리의 혈통을 가끔 야생 인간의 그것과 섞을 필요가 있으니까 말이야."

"노예 병사들. 충성심을 기르기 위한 사육, 탁아소에서의 양육──그웬, 당신은 그 얘길 정말로 믿어?"

"믿어. 레스가 그런 거짓말을 할 필요가 어디 있어? 왜 자기를 노예라고 할 필요가 있다는 거지?" 그웬은 힐문했다. "그 사실을 내게 털어놓으면서 그이는 울고 있었어. 주인을 물어뜯는 개가 된 것 같은 느낌이라고도 했어. 마치 배신자가 된 듯한……."

"그 친구의 충성심이 그토록 깊다면 왜 주인을 배신하는 거지? 전부 당신 때문에?"

"아냐. 조금은 그 때문일지도 모르겠군. 하지만 진짜 이유는 그런 것이 아냐. 릭, 그이는 〈연맹〉이 절대로 트란에 대해 알면 안 된다고 했어. 왜냐하면 〈연맹〉을 통치하는 〈평의회〉는 지금 지구의 인간들이 우주로 진출하고 있는 것에 대해 걱정하고 있기 때문이야. 〈평의회〉의 일부는 지구를 다시 석기시대로 되돌려보내고 싶어하고 있어. 아그자랄은 이미 과거에 한 번 그런 일이 있었다고 생각하고 있어. 그게 무슨 뜻인지 짐작할 수 있어? 〈연맹〉의 인간들은 지금 당황하면서 갈피를 못 잡고 있다는 뜻이야! 〈연맹〉에 충성을 다하도록 키워졌지만 그들도 역시 인간이거든. 그들은 무엇을 어떻게 해야 할지, 또 누구를 믿어야 할지를 몰라서 혼란에 빠져 있어."

"이 평의회라는 조직은 인류 병사들이 정말로 지구를 폭격하라는 명령에 따를 것이라고 믿고 있는 거야?"

"〈평의회〉 또한 무엇을 해야 할지 또 누구를 믿어야 할지 갈피를 못 잡고 있다는군. 하지만 그것이 최선책이라고 주장하는 인간들도 존재해. 지구의 미개인이 무제한의 성장이라든지 영속적인 진보라든지 하는 말도 안 되는 이상을 우주로 나와 제멋대로 추구하도록 내버려둘 수는 없다는 식이지. 그들은 지금까지 〈연맹〉 내부에서 몇 천 년 동안이나 평화를 유지해왔고, 한 번도 살아본 적이 없는 지구 따위를 걱정하는 것보다 평화 유지가 더 중요하다고 느끼고 있는 거야. 지구를 구하고 싶어하는 인간들도 있어. 그래서 〈평의회〉는 어떻게 해야 할지를 모르는 것 같고, 아그자랄과 그 동료들도 그 점에선 다르지 않아.

예니체리 일부는—이제 이렇게 불러도 상관없겠지—〈연맹〉이 지구를 강제적으로 편입해야 한다고 생각하고 있어. 그럴 경우에는 〈평의회〉가 지구의 내정에 간섭하게 돼. 지구인들은 싫든 좋든 간에 〈연맹〉의 정책을 받아들여야만 하는 거야. 안정. 제한적인 성장 따위를. 즉 우리가 진보라고 간주하는 것은 모두 끝난다고 보면 돼."

"무슨 말인지 알겠어." 릭은 말했다. "그자들은 그걸 '안정'이라고 부르지만 몇 천 년 동안이나 변화가 없는 사회는 다른 말로 표현할 수도 있어. 정체된 사회. 또는 퇴폐적인 사회."

"레스도 거의 똑같은 얘기를 하더군. 그이가 속한 그룹은 단순히 지구를 파멸로부터 구하는 것만을 원하고 있지는 않아. 그들이 원하는 건……. 릭, 진부하게 들릴지도 모르지만 그들은 인류가 자유로워지기를 원하고 있어."

"하지만 그게 트란과 무슨 상관이 있지?"

"만약 그들이 지구를 폭격하거나, 지구를 〈연맹〉의 퇴폐적인 멤버의 하나로 만들어버려도, 트란의 인간들은 계속 자유로울 수 있어. 행운이 따라준다면 아그자랄의 동료 중 한 명이—그건 레스가 될 가능성도 있는데—마약을 수령하기 위해 여기로 보내질 거야. 그리고 그때는 지난 번처럼 그렇게 빨리 떠나지는 않을 거야. 그때는 〈연맹〉의 교과서를 번역한 것과 과학 장비를 가지고 올 수도 있어. 그리고 5천 년간의 정체로 인해 부패할 대로 부패한 관료기구를 이용하는 수도 있어. 아그자랄은 우주선이 서류상으로 한 척 실종된 것으로 하고 샬누크시들이 떠난 뒤에 이리로 그것을 보낼 수 있을지도 모른다고 생각하고 있었어."

"트란이 철기시대 수준 이상으로 진보하는 것을 돕는 자들을 샬누크시들이 말살하지 않으면 말이지만."

"그래. 샬누크시들은 그럴 생각이야. 그들이 교역하던 상대를 폭격할 건 거의 확실해. 하지만 그자들은 그 임무를 레스나 그의 동료 중 하나에게 맡길지도 몰라. 샬누크시들은 오랜 시간을 들여 변경까지 여행하는 걸 좋아하지 않거든. 어쨌든 우리가 생존할 수 있는 기회가 하나는 주어지는 거지. 또 하나의 가능성은 숨는 거였어. 그자들은 트란에 있는 모든 인간을 죽이려 하지는 않을 거야. 그럴 수가 없는 거겠지. 600년 후에 또 마약 거래를 하려면."

릭은 고개를 가로저었다. "놈들은 우주를 손에 넣었잖아. 왜 마약 거래 따위에 집착하는 거지?"

"당신은 진짜 퇴폐가 뭔지 몰라. 지구에서 어떤 종류의 인간이 마약을 상용하는지 알아? 억압받고 가난한 사람이 아냐."

"하지만 샬누크시들은 많은 돈을 벌고 있지 않아? 돈 같은 것이 존재한다면 말이지만. 어쨌든 마약 장사로 이익을 얻고 있는 것만은 틀림없어."

"아마 그렇겠지. 하지만 이익을 위해서 그러는 것 같지는 않아. 그자들에게는 이게 게임일지도 몰라. 자극을 즐기고 있는 거지." 그웬은 잠깐 생각에 잠겼다. "마피아를 예로 들면 어떨까. 마피아 두목들이 이미 엄청난 부자라는 데는 의심의 여지가 없어. 은퇴하거나 아니면 합법적인 사업을 시작할 수 있을 정도로 말이야. 그렇지만 아무도 그러는 자는 없어. 샬누크시들도 마찬가지일지 몰라."

"만약 우리가 마약을 재배하지 않는다면 당신 친구들이 여기에 올 정당한 사유가 없어진다는 얘기군."

"맞아. 그리고 아직 우리가 준비 태세를 갖추지 않았을 때, 처음 온 우주선이 행성을 폭격할지도 몰라."

"당신이 숨어 있던 이유도 바로 그거야?"

"응. 그때는 그런 안 밖에는 떠오르지 않았거든. 레스는 내게 충분히 설명해줄만한 시간이 없었고 도청당하는 것을 두려워하고 있었어. 그래서 얘기 전체를 침대에서 내게 속삭여주는 수밖에는 없었지. 그이는 나를 여기에 두고 가고 싶어하지 않았지만 난 그 기계가 내 아기를 유산시키게 할 수는 없었어. 따라서 이러는 수밖에 없었어. 그이는 내게 수리노마즈의 재배 지역에서 도망쳐서 될 수 있는 한 먼 곳에 숨어 있으라고 했어. 파슨즈가 당신을 축출할 음모를 꾸미고 있다는 것을 알았을 때, 우리는 내가 당신과 함께 있는 것이 좋을 거라고 판단했지. 레스는 나더러 당신과 결혼하라고까지 하더군. 만약 당신이 그 칠흑의 머리카락을 가진 미인과 만나지 않았더라면 실제로 그랬을지도 몰라."

릭은 이 부분에 대해서는 딱히 뭐라고 할 말이 없었다. 만약 그가 틸라라를 만나지 않았다면 그웬에게 매력을 느꼈을까? 그러나 지금 그 질문은 아무 의미도 없었고, 어차피 그런 일에 신경을 쓰기에는 이미 때가 늦어 있었다.

그것은 어떤 일에도 해당되는 얘기다. 릭은 시계를 보았다. 최대한 길게 잡아도 이제 다섯 시간 밖에는 남아 있지 않았다. 게다가 아침이 되면 전투가 기다리고 있다. 전투는 이제 그다지 중요하다는 생각이 안 들었다. 그럼 뭐가 중요한 것일까? 그웬의 말이 사실이라고 가정해보자. 그는 무엇을 해야 할까?

"좀 더 빨리 얘기해줬으면 좋았을 텐데." 릭은 말했다. "방금 들은 얘기에 비하면 우리가 지금까지 해온 일들은 하찮은 시간 낭비로밖에 보이지 않아."

"그건 사실이 아냐. 지금까지 당신은 아주 잘해왔다고 생각해."

"난 살아남았어. 사실 앙드레의 군사 장비가 꼭 필요한 것만은 아냐. 당신은 통신기를 가지고 있겠지? 다시 레스를 만날 생각이라면 틀림없이 가지고 있을 거 아냐."

그웬은 고개를 끄덕였다. "트랜시버를 하나 가지고 있어. 그이는 내가 언제 거기 귀를 귀울여야 하는지를 알려줬고, 특정한 암호를 듣지 않는 이상 절대로 응답하지 말라고 했어."

"그래. 우린 샬누크시들을 위해서 그 얼어죽을 마약을 재배할 수 있을 거야. 아마 놈들이 그 빌어먹을 폭탄으로 너무 많은 사람들을 죽이는 것도 막을 수 있겠지. 틸라라의 말로는 드라반 성 밑의 동굴은 가리오크에 있는 것보다 더 깊다는군. 하지만 우리가 그럴 수 있는 건 순전히 운이 좋은 탓이야. 당신은 지금까지 내게 현명한 계획을 세울 만한 정보를 주지 않았으니까 말이야."

"지금 생각해 보면 나도 후회 돼. 하지만 그땐 당신의 능력을 믿고 있지 않았어. 레스하고 나는 파슨즈 말이 맞다고 생각했어. 당신은 경험 부족이고 파슨즈 쪽이 훨씬 성공 가능성이 많다고 생각했던 거야.

하지만 릭, 당신이 성공한 건 결코 요행이 아니었어. 물론 당신은 살아남기 위해 그랬다고 주장하지만 당신은 본질적으로 윤리적인 사람이야. 절대로 운이 좋아서 여기까지 온 게 아냐. 결국은 윤리적인 행위가 살아남기 위한 최고의 방법인지도 몰라. 나도 그런 식으로 행동했으면 좋았을 텐데. 그러는 대신 난 파슨즈를 선택했고, 그가 무자비한 방법을 쓸 것이란 사실도 잘 알고 있었어. 그리고 그가 완전히 실패하는 꼴을 봤지. 우리는 그의 반란 계획을 사전에 경고하고, 당신에게 모든 사실을 알렸어야 했어."

"나도 동감이야."

릭은 그녀가 한 말에 대해 생각해보았다. 그는 정말 윤리적으로 행동해 왔을까? 언제나 그랬던 것은 아니었다. 그러나 그러려고 노력했던 것은 사실이니 거기서 뭔가 의미를 찾는 수밖에 없다.

충분한 정보도 없으면서 윤리적으로 행동하는 것이 정말로 가장 우수한 생존 전술이라고 할 수 있을까? 지금까지는 사실이었다고 해도, 이것을 일반 명제로 간주해야 할지는 의문이었다. 그가 단 하나 확신을 가지고 말할 수 있는 것은, 윤리적으로 행동해서 살아남았다면 그 뒤에도 편한 마음으로 살아갈 수 있으리라는 사실이다.

이런 생각을 한 탓에 또 해야 할 일이 생각났다. 릭은 한숨을 쉬고 출입구를 돌아다보았다.

"제이미."

"써." 종졸인 제이미가 천막으로 들어왔다.

"오늘 오후에 포로로 잡은 사라코스군의 장교가 있었지. 그자를 여기로 데려와. 양피지와 펜, 그리고 잉크도 가져오고."

"옛, 알겠습니다."

"그자를 왜 데려오는 건데?" 그웬이 물었다.

"윤리 때문이야. 가장 실용적인 행동은 윤리적인 거라고 아까 당신 입으로 말했잖아. 그걸 곧이 곧대로 믿는 건 아니지만, 여기 그대로 죽치고 앉아서 내가 이 행성까지 데려온 열두 명의 부하가 폭사하는 걸 마냥 기다리고 있을 수도 없는 일이잖아."

그웬은 눈을 크게 떴다. "무슨 일을 할 생각이야?"

"내가 가장 먼저 했어야 할 일. 앙드레 파슨즈에게 편지를 보내서 협상하자고 할 생각이야."

3

"그대는 지금 제정신인가? 우리는 이겼어. 그런데 그걸 이제 와서 내동댕이치겠다는 건가?" 드루몰드는 경멸하듯이 릭을 보았다. "나는 그대의 충성심을 한시도 의심하지 않았는데."

"그들은 그의 동포입니다." 틸라라가 말했다. "그웬도 마찬가집니다. 그러나 우리는 아닙니다."

"그게 어쨌단 말이지?" 릭은 화난 어조로 말했다. "그렇습니다. 그들은 나의 동포가 맞습니다. 틸라라가 말한 대로 그들을 여기로 데려온 사람은 납니다. 만약 내 부하들에게 학대받고 억압당한 사람들에 대한 책임이 내게 있다고 한다면, 부하들에 대한 내 책임은 어떻게 된다고 생각하시는지?"

릭은 이렇게 말하고 신랄한 어조로 덧붙였다.

"당신들에게 위험은 없습니다. 듀퀼라스가 몇십 번, 몇백 번 말했듯이, 나는 전쟁터에서 직접 싸운 적이 한 번도 없습니다. 당신들에겐 내가 필요없습니다."

"만약 듀퀼라스가 그대를 모욕했다면 나는 그자의 목을 그대에게 바치겠소." 드루몰드가 말했다. "화를 풀고 이제 사리에 맞는 말을 하시오. 그대가 우리에게 얼마나 귀중한 존재인지를 그대 자신도 잘 알고 있지 않소? 물론 우리도 잘 알고 있소. 그대의 지도 없이는 우리는 그대가 오기 전에 그랬던 것처럼 오합지졸로 싸우는 수밖에 없소. 로마군을 이긴 것은 그대의 지혜였으니까 말이오. 만약 우리가 그대의 가치를 충분히 찬양하지 않았다면 지금 이 자리에서 그렇게 해 주겠소. 생각 없이 내뱉은 말에 기분을 상하지 마시오. 나는 그대의 충성심을 추호도 의심하고 않고, 동포들을 구하고 싶다는 그대의 마음도 잘 알고 있소. 하지만 그러기 위해 그대가 무릅써야 할 위험을 생각해 보시오!"

"이미 생각해 보았습니다." 릭이 말했다. "그 위험은 대부분 내 것입니다. 전투 계획은 이미 완성해 놓았습니다. 노포(弩砲)도 투석기도 이미 배치했고, 그것들을 담당하는 장교들도 그 사용법에 관해선 나만큼 잘 알고 있습니다. 당신들은 파슨즈가 사용할 무기에 대해서도 잘 알고 있지 않습니까. 그들이 살아남는다면 말이지만. 나는 파슨즈에게 마을의 땅속에 묻어놓은 화약에 대해서는 아무말도 하지 않았고, 내가 그를 설득하는 데 실패하면 그는 다시 마을로 돌아갈 것이 틀림없습니다."

"그래도 나는 도저히 찬성할 수 없소." 드루몰드가 말했다.

"나도 마찬가집니다." 틸라라는 손가락으로 그웬을 가리켰다. "릭, 도대체 이 여자가 무슨 말을 했기에 그토록 분별을 잃었습니까?"

"난 릭에게 이런 일을 하라고 부탁하지 않았어요!" 그웬이 항의했다.

"그걸 설명하자면 너무 시간이 걸립니다. 그러나 이것만은 뚜렷하게 말해두겠습니다. 만약 내가 오늘이나 내일 중에 죽을 경우, 당신들이 〈때〉에서 살아남는 유일한 방법은 그웬의 말을 듣고 그녀의 명령에 따르는 길 밖에 없습니다."

릭은 시계를 보았다. "이제 갈 시간이군요. 나는 양군 진영의 중간 지점에 있는 도로상에서 파슨즈와 엘리엇을 포함한 세 사람과 만나기로 했습니다. 메이슨——"

"싫습니다, 대위님."

"뭐라고?"

"싫다고 했습니다. 이건 정식 임무가 아니고, 저는 거기 지원할 생각이 없습니다."

"알겠네. 아마 그것이 현명한 선택인지도 모르겠군. 좋아, 혼자 가겠네."

"그대를 보낼 수는 없소." 드루몰드가 말했다.

"나를 막을 수 있을지는 의문이군요." 릭은 권총집에 든 45구경 마크IV 권총 가까이에 손을 갖다댔다. "나를 죽일 수 있다는 건 의심하지 않습니다. 하지만 내 목숨을 구하기 위해 그런 일을 한다는 것은 좀 이상하지 않습니까?"

드루몰드는 옆으로 비켰다.

"그럼, 한 시간 안에 돌아오겠습니다." 릭이 말했다.

전초(前哨)는 매우 조용했다. 릭은 전방의 암흑을 응시했다. 트란의 바깥쪽 달은 거의 빛을 내지 않았고, 눈앞의 도로에서는 아무것도 보이지 않았다. 릭은 등 뒤에서 나는 발자국 소리를 듣고 돌아보았다. 메이슨이었다.

"자네가 따라온다면 내 마음도 편하겠지만, 자네 판단이 옳아. 자넨 여기 남아 있는 편이 나아. 만약 내가 돌아오지 않거든 노포의 지휘를 맡게. 열두 대를 모두 써서 수류탄을 날려보내면 파슨즈의 기관총을 없앨 수 있을 거야."

"예, 아마 그렇겠죠, 대위님이 만약 이번 일을 그만두신다면 제 마음도 훨씬 편하겠지만 그럴 필요가 있다는 건 잘 알고 있습니다. 파슨즈를 설득할 수 있을 것 같지는 않지만, 제 생각이 틀렸기를 바라겠습니다. 파슨즈에겐 우수한 부하들이 몇 명 있으니까요. 엘리엇이나 맥클리브, 캠벨……."

"나도 동감일세. 좋아. 그럼 가겠네."

그때 등뒤에서 들린 목소리에 그는 깜짝 놀랐다. "기다리십시오. 나도 같이 가겠습니다." 틸라라가 말했다.

터무니없는 소리다. 릭은 멈춰서 뒤를 돌아보고 말했다. "안 돼."

"아니, 가겠습니다. 당신은 아무 위험이 없을 거라고 했습니다. 그게 사실이라면 나에게도 위험은 전혀 없을 겁니다."

"당신이 따라오더라도 우리가 무슨 말을 하는지 이해를 못할 거야. 우린 영어로 얘기할 거고……"

"그래도 가겠습니다. 내가 아직 한 번도 신부가 되어보지 못한 채로 두 번이나 미망인이 되어 살기를 원한다고 생각하십니까?"

틸라라는 작게 미소 지었다. "당신이 아버님께 한 것과 똑같은 대답을 해 드리겠습니다. 당신은 나를 죽이기 전에는 나를 막을 수는 없습니다. 하지만 그건 내 목숨을 구하는 방법 치고는 좀 이상하지 않습니까?"

염병할. 게다가 그녀의 말은 진심이었다. "알았어. 그럼 가자고."

길 앞쪽에서 발자국 소리가 들렸다. 릭은 걸음을 멈췄다. "앙드레?" 릭은 이름을 불러보았다.

"그래. 오래간만이군, 릭."

그 조롱하는 듯한 목소리가 누구 것인지는 의심의 여지가 없었다.

"누구하고 왔나?"

"엘리엇 상사하고 빗소 병장." 파슨즈가 대답했다.

"목소리를 들려줘."

"저희가 맞습니다, 대위님." 엘리엇의 목소리가 어둠 속에서 들려왔다. "다른 사람은 없습니다."

"자네는 누구하고 왔나?" 파슨즈가 물었다.

"틸라라 도 타마에르손." 틸라라가 대답했다.

아니, 언제 대답할지를 알다니, 틸라라는 영어를 어디서 배웠지? 릭은 생각했다. 메이슨인가?

"여자를 데려왔어?" 파슨즈가 물었다.

"그래, 앙드레. 이건 휴전 회담이잖아. 경호원이 필요하다고는 생각하지 않았어."

낮은 웃음소리가 돌아왔다. "아직도 천진난만하군, 젊은 친구. 그러나 이번만은 자네가 옳았어. 나도 방금 얘기한 두 명밖에는 데려오지 않았으니까 말이야. 그런데, 어둠 속에 선 채로 서로 외쳐댈 작정인가?"

"아니, 왼쪽으로 100야드쯤 가면 작은 언덕이 하나 있어. 언덕 정상에는 아무것도 없네. 거기로 올라가서 앉기로 하지. 각등(角燈)도 가져왔어."

"나도 가져왔네. 그럼 거기로 가지."

그들은 둥그런 언덕의 정상에 함께 도착했다. 릭은 양초 각등의 셔터를 잡아당겨 불을 밝혔다. 파슨즈가 땅바닥에 앉으며 씩 웃는 것이 보였다.

"솔직히 말해서 깜짝 놀랐네. 구릉부족이 로마 군단을 상대로 대승리를 거뒀다는 얘기를 들었을 때 의심했어야 하는 건데. 하지만 그때는 눈치채지 못했어." 파슨즈는 벨트에서 술병을 빼냈다. "와인 마시겠나?"

"나중에 그러지."

파슨즈는 낮고 조롱하는 듯한 웃음소리를 냈다. "아, 내가 먼저 마시겠네." 그는 술병을 기울여 와인을 마셨다. "정말로 마실 생각이 없나?"

"와인이라면 내게도 있어. 나도 자네에게 좀 권할 참이었네. 내걸 마시겠나?"

"서로 자기 것을 마시는 편이 나을 지도 모르겠군. 그럼 서로를 의심할 필요도 없으니까." 파슨즈의 목소리가 딱딱해지더니 더 진지한 말투로 변했다. "왜 나를 만나자고 했나? 항복할 생각인가?"

"아니, 자네가 모르는 일을 가르쳐주려고 왔어. 우선 자넨 이곳의 전설을 들은 적이 있나? 동굴이라든지, 하늘에서 내리는 불에 관해서?"

"없어."

"아마 그럴 거라고 생각했어. 하지만 자네도 동굴에 관해서는 알고 있을 거야."

"많은 성의 지하에 동굴이 있다는 것은 알아. 현지의 종교에서는 중요한 의미를 갖고 있는 걸로 알고 있네. 내 친구 사라코스는 자기 소유의 어떤 성 아래에 있는 동굴로 들어가는 방법을 몰라서 매우 안타까워하더군. 그래서 예의 암모니아를 어떻게 할 수 없을까 하고 내게 도움을 요청해왔지만 난 그런 일에 시간을 허비할 생각은 없었어."

"동굴에 대해서는 알고 있는 게 좋을 거야. 그것도 자네와 만난 이유 중 하나야. 내가 만약 내일 전투에서 진다면──"

파슨즈가 웃음을 터뜨렸다.

"난 '만약'이라고 했고 실제로 그런 뜻으로 말했어." 릭이 말했다. "그 일에 대해선 있다가 얘기하기로 하지. 하여튼 간에, 자네가 이길 경우에는 동굴에 관해서 더 알 필요가 있어. 방사능 낙진에서 대피하기 위해서는 동굴이 필요할 테니까."

"무슨 얘기를 하고 있는지 잘 모르겠군."

"일단 내 얘길 들어 봐." 릭은 1400년의 원정대의 운명에 관한 그의 추론과 그웬이 품고 있는 의혹에 관해서 설명했다. 엘리엇도 파슨즈와 함께 이 얘기에 귀를 귀울이도록 신중하게 확인하는 것도 잊지 않았다.

"흥미로운 얘기로군, 고맙네." 파슨즈가 말했다. 깊은 생각에 잠긴 듯한 목소리였다.

"물론 자네와는 상관없는 일인지도 몰라." 릭은 말했다. "내가 아는 한 자네는 샬누크시들을 위해 수리노마즈를 재배할 수 없을 테니까 말이야." 그는 웃었다. "자네는 내가 그 임무를 달성하기에는 너무 경험이 없다고 했지. 하지만 지금은 내가 자네보다 더 크고 우수한 군대를 가지고 있는 것 같군. 게다가 내가 살고 있는 곳에선 게릴라전 따위는 존재하지 않아. 그렇다면 도대체 누가 더 유능하다는 얘기가 되지?"

"그건 좀 심하잖나." 파슨즈가 말했다.

"미안해. 실은 수리노마즈는 자네가 생각하는 것보다 더 중요하다네. 훨씬 더."

"어떻게 해서 이 일을 알게 됐나?"

"그웬이야. 그녀를 기억하나? 조종사의 애인이었던 여자 말이야. 그녀가 우리를 여기로 데려온 자들에 대해서 여러 가지 일들을 알아냈어. 저기서는 많은 일들이 벌어지고 있어." 릭은 밝게 빛나는 별들과 그것들이 이루고 있는 기묘한 별자리들을 가리켰다.

"자넨 왜 수리노마즈가 중요한지에 대해서는 아직 얘기해 주지 않았어."

"자네를 신용해야 할지 확신할 수가 없기 때문이야." 릭은 말했다. "그 일엔 많은 사람들이 관여되어 있어. 지구에 있는 일부도 포함해서 말이야. 하지만 내가 거짓말을 하고 있다고 가정해 보게.

그 경우에도 수리노마즈는 자네에겐 중요한 거야. 그것을 수확하지 않고서는 샬누크시들에게서 멋진 교역품을 얻을 수가 없으니까 말이야. 솔직히 말해서 앙드레, 자넨 그 우수한 능력과 경험으로 지금 도대체 뭘 성취하고 있나?"

"이런 식의 대화에 무슨 의미가 있기라도 한 건가?" 파슨즈가 힐문했다.

"물론 있네. 자네가 우리 편이 되라고 설득할 작정이야."

파슨즈는 웃음을 터뜨렸다.

"그러지 못할 이유가 뭔가? 우리들은 함께 그 농작물을 재배하고 샬누크시들과 교역할 수 있어. 우주선을 탈취해서 이 행성에서 도망칠 수도 있다고! 우리가 힘을 합친다면 말이야. 아니면 싸우는 방법도 있어. 그럴 경우 누가 이기든 간에 결과는 마찬가지야. 자넨 그 농작물을 기를 수 없을 거야. 사라코스는 자기 군대도 제대로 못 먹이고 있잖아! 그자가 이 나라에 눌러앉아 있는 한 현지인들은 결코 저항을 포기하지 않을 거야. 자네도 이미 우리가 해방자로서 환영받고 있는 걸 알잖나? 난 정통성을 가진 왕과 동맹을 맺었고, 대부분의 귀족들도 내 편이야. 그러니까 난 농작물을 심고 수확할 수가 있어. 하지만 자네는 그럴 수 없어.

우리 편이 된다면 자네는 명예로운 지위를 보장받을 거야. 부와 권력도 얻을 수 있고. 게다가 싸울 필요도 없어. 우리 모두가 이기는 거지. 그러는 대신 나와 싸우면 둘 다 지는 거고."

"그래, 너무 자신만만하다는 점만 제외하면 자네 말은 꽤 설득력이 있군. 하지만 이해가 안 되는 점이 하나 있어. 자네 편지를 받았을 때부터 줄곧 생각해 봤는데, 자네가 여기서 뭘 할 수 있다는 건가? 화약? 머스킷총? 그런 것들을 만들 시간 여유는 없었을 것 같은데. 그럼 수류탄? 이건 틀림없이 가지고 있겠지. 그리고 투석기로 발사하는 폭탄도 있겠군. 그 사정거리가 어느 정도인지 말해 주겠나?"

"충분한 거리야. 그리고 난 그런 무기를 잔뜩 가지고 있어. 그러니 앙드레, 제발 이 빌어먹을 놈의 전쟁을 여기서 지금 끝내자고. 둘이서 협력하는 편이 낫다는 걸 아직도 이해하지 못하겠어?"

"자네가 내가 직면한 문제의 원흉이라는 사실은 이해하고 있어. 그 게릴라전만 봐도……."

"그건 현지인들이 자발적으로 시작한 거야." 릭은 말했다.

"믿을 수가 없군. 자네가 없으면 이 저항운동은 무너지겠고, 내일 아침이면 우리는 자네의 그 야만적인 군대를 때려부술 수 있을 거야." 파슨즈는 엷게 웃었다. "도대체 내가 자네나 자네의 그 구릉족과 권력을 나눠 가질 거라는 생각은 어디서 나온 건가?"

"지금도 사라코스와 그러고 있지 않나?"

"그건 일시적인 거야. 지금은 그자가 필요하지만 영원히 그러진 않을 걸."

"앙드레, 자네 돌았군. 도대체 자네가 원하는 게 뭐야?"

"우리가 달을 떠나기 전에 내가 말했던 거야." 파슨즈가 말했다. "왕이 되는 것. 그걸 자네가 제공해 줄 수 있을 것 같지는 않군. 릭, 자넨 멍청이야. 자네가 없으면 대의 자체가 사라져 버릴 걸. 자네 군대도 내 수중에 넣을 수 있겠고." 파슨즈의 손이 윗옷 밑으로 쑥 들어갔다.

릭에게는 모든 것이 슬로모션으로 움직이는 것처럼 보였다. 파슨즈의 손이 권총을 쥔 순간, 릭은 재빨리 옆으로 몸을 내던지며 자기 권총을 뽑으려고 했다.

그러자마자 고함소리가 들렸다. "안 돼! 빌어먹을, 안 돼!" 엘리엇의 고함소리에 놀란 파슨즈의 손이 주춤했다. 그러나 릭의 동작은 아직도 너무 느렸다. 그는 안전장치를 푼 45구경을 손에 쥐고 있었지만 그 총구가 상대방을 향하기 전에 이미 파슨즈의 권총은 릭의 머리를 노리고 있었고—

바로 옆에서 세 발의 총성이 울렸다. 발사시의 충격파가 릭의 귀를 먹먹하게 만들었다. 고함소리가 들렸지만 귀가 울리는 통에 무슨 소리인지 알아들을 수가 없었다. 이윽고 릭은 자기가 아직도 살아 있고, 충격도 아픔도 느끼지 않는다는 사실을 깨달았다.

앙드레 파슨즈가 풀썩 쓰러졌다. 깜짝 놀란 표정을 하고 있었다. "존경하는 나의 젊은 친구⋯⋯." 파슨즈는 헐떡였다. 그가 그 뒤에 무슨 말을 하고 싶었든지 간에, 그는 더 이상 아무 말도 하지 못했다.

"진정해." 엘리엇 상사가 트란어로 말하고 있었다. "우리 모두 항복하겠어." 엘리엇은 두 손을 높이 들었다. 빗소도 곧 상사의 예를 따랐다.

"무슨 일이 일어났지?" 릭이 물었다. "대체 누가—"

"저도 그를 막으려고 했습니다." 엘리엇이 말했다. "저는 대위님 일로 이미 한 번 과오를 저질렀습니다. 그래서 파슨즈 대령에게 또 다른 과오를 저지르게 하고 싶지는 않았습니다. 하지만 그의 동작이 너무 빨랐습니다. 저는 권총을 뽑지도 못했습니다. 쏜 사람은 저기 있는 대위님의 여자친구입니다."

엘리엇은 틸라라를 가리켰다. 틸라라는 꼼짝도 않고 앉아서 메이슨의 권총을 군대식으로 양손에 쥐고 있었다. 그녀의 망토의 헐렁한 소매 한쪽은 검게 타 있었고, 그곳에 난 총알 구멍에서 가는 연기가 피어오르고 있었다.

얼마 후 메이슨이 언덕 위로 올라왔다. "괜찮으십니까?" 그가 물었다.

"응……." 릭의 귀는 아직도 멍멍하게 울리고 있었다. 틸라라는 그의 배후에서 30센티미터도 채 떨어지지 않은 곳에서 발포했던 것이다. 머리는 점점 맑아지고 있는 듯했지만 원 상태로 돌아가려면 한참이 걸릴 듯했다. 틸라라도 멍한 기색이었다. 그런 와중에 메이슨까지 나타났던 것이다.

"도대체 어디 있다가 왔나?" 릭이 힐문했다.

"언덕 주위에 있었습니다. 파슨즈가 저격병을 데려왔을 경우를 생각해서 정찰을 하고 있었죠. 지금은 아무도 없지만 아까 난 총소리를 듣고 누가 올지도 모릅니다. 빨리 여기를 떠나야 합니다. 여어, 오래간만이군, 상사."

"도대체 뭐가 어떻게 된 거지?" 릭이 다시 물었다.

"대위님, 전 처음부터 대위님을 혼자 오게 할 생각은 없었습니다. 적들의 눈이 미치지 않는 곳에 숨어 있는 편이 더 유리할 거라고 생각했던 겁니다. 그런데 하필 대위님은 제가 충분히 접근할 수 없는 곳을 골랐던 겁니다! 틸라라가 제 권총을 빌릴 생각을 한 건

행운이었습니다. 실은 그녀는 지난 몇 주 동안 총알을 뺀 권총으로 사격하는 훈련을 받고 있었습니다. 자, 대위님, 이제 빨리 여기를 떠나야 합니다."

"알았네." 릭은 일어섰지만 몸이 자꾸 흔들리는 통에 엘리엇에게 그의 어깨를 부축받아야만 했다. "틸라라⋯⋯."

그녀는 천천히 몸을 일으켰다. 아직도 권총을 쥐고 있었지만 총구가 다른 사람을 향하지 않도록 주의하고 있었다. "몰랐어요." 그녀는 나직한 목소리로 말했다. "난──한 번만── 쏠 작정이었는데."

"이해합니다. 자, 가시죠. 양 방향에서 사람들이 오는 소리가 들립니다. 먼저 가십시오. 저는 잠시 뒤에 남아서 따라오려는 손님들을 돌려보내겠습니다." 메이슨은 애정이 담긴 손길로 자신의 H&K 자동소총을 가볍게 두드려 보였다.

"이제 자네는 어떻게 할 셈인가, 엘리엇?" 릭이 물었다.

"대위님의 제안을 받아들이겠습니다. 아직도 그 제안이 유효하다면 말입니다."

"유효해. 하지만 시간이 별로 없군." 릭은 손목시계를 보았다. "앞으로 두 시간 내에 마을로 돌아가서 오고 싶다는 부대원들을 모두 데리고 오게. 빗소는 여기 남아 있도록."

"옛, 대위님. 두 시간 내에 돌아오겠습니다." 엘리엇은 이렇게 말하고 문득 어색한 자세로 멈춰섰다. 하고 싶은 말이 있지만 무슨 말을 해야 할지 몰라 고민하는 투가 역력했다. "어떻게 사죄의 말씀을 드려야 할지 모르겠지만, 저는 우리가 처음 이곳에 착륙했을 때 옳은 일을 하고 있다고 생각했습니다. 하지만 지금은──"

"사죄할 필요는 없네." 릭은 말했다. "부하들을 모두 데리고 돌아오기만 하면 돼. 부득이한 경우에는 장비를 버리고 와도 되지만, 휴대할 수 있는 무기는 모두 가지고 오게. 두 시간 이내에 말이야."

"옛, 대위님. 두 시간 내에 다시 뵙겠습니다."

흑색 화약이 폭발한 것은 엘리엇이 열두 명의 부하를 인솔하고 경기관총과 함께 릭의 천막에 도착한 지 40분 뒤의 일이었다.

에필로그

틸라라는 만족감을 곱씹으며 드라반 성의 흉벽 위에서 아래를 내려다보았다. 사라코스가 성을 공격하기 위해 만든 토벽의 잔재는 깨끗이 제거되고 정리되었다. 이제는 그 흔적조차도 찾아볼 수 없었다. 드라반 성은 다시 과거의 위용을 되찾았다.

그것은 당연한 일이었다. 사라코스는 죽었다. 그러나 비단옷을 입은 그 시체는 정말로 사라코스였을까. 그의 얼굴은 폭발에 휘말린 탓에 형태도 알아볼 수 없을 정도로 짓뭉개져 있었다. 그게 누구였든 간에 어쨌든 사라코스는 죽었다. 그리고 자기들을 지휘할 왕도, 〈별에서 온 자들〉도 잃은 사라코스의 군대는 릭의 파이크 부대와 궁수대의 견제 공격만으로 궤멸했다. 드란토스가 해방된 것이다. 그러나 북쪽에서는 전쟁의 소문이 나돌고 서쪽에서는 방랑 부족의 침공이 임박했다는 소문이 들려오고 있었다.

〈악마의 별〉은 지평선 위에서 빛나고 있었다. 정오인데도 뚜렷이 볼 수 있다. 벌써부터 그 열기를 느낄 수 있을 듯한 기분이었다. 〈때〉가 다가오고 있었고, 그날에 대처하기 위해서 첼름의 에키타와 에키타사가 해야 할 일은 수없이 많다. 틸라라는 흉벽에서 몸을 돌려 릭과 그웬이 서 있는 쪽을 바라보며 희미한 웃음을 머금었다. 릭은 그웬을 이곳에서 떠나보내려 하고 있었다. 이제는 남편이 저 동포 여성에게 어떤 감정을 느끼고 있는지 걱정할 필요가 없다.

"앞으로 일 년은 수확을 기대할 수 없을 거야." 그웬이 말했다. "침입해 온 〈방랑성〉이 충분히 밝지 않기 때문이지. 정말로 내가 여기에 더 있을 필요가 없어?"

그웬이 말하자 릭은 고개를 끄덕였다. "어떻게든 해보겠어. 틸라라는 당신이 여기 있는 걸 좋아하지 않으니……."

"나도 알아."

"하지만 정말로 중요한 것은 될 수 있는 한 빨리 대학을 시작하는 일이야. 당신에겐 워너와 캠벨이 있어. 맥클리브도 파상풍 예방접종 작업이 끝나면 곧바로 당신에게 보낼 작정이야."

의료 담당인 맥클리브 중사는 이미 천연두 예방 접종법을 개발했고 야눌프의 견습 제관 몇몇에게 해부학을 가르치고 있었다. 이 지식은 조금 있으면 샬누크시의 핵폭탄으로도 근절할 수 없을 정도로 널리 퍼져나갈 것이다.

"당신도 여기 머물 필요가 없었으면 좋았을 텐데." 그웬이 말했다. "아니, 틸라라를 질투하는 건 아냐. 단지 혼자 힘으로는 벅찰 정도로 할 일이 너무 많아서."

"언젠가 나도 방문할 생각이야. 마르셀리우스를 면밀하게 주시할 필요가 있어. 그는 지금까지는 평화를 유지하고 있지만 나중에 어떻게 돌아설지 모르니까 말이야. 솔직하게 말해서 난 당신이 부러워. 내가 여기서 해야 할 일을 생각하면 조용한 대학 생활은 아주 매력적으로 느껴지는군."

할 일은 많았다. 수리노마즈 재배를 위해 들판을 개간해야 했다. 유사시에 주민들이 재빨리 동굴로 대피할 수 있도록 경작지를 신중하게 배분할 필요도 있었다. 동굴에는 식량을 저장해야 했고, 새로 개발한 보습을 써서 더 많은 경작지를 갈아야 했다. 그러는 동시에 전쟁의 위협에도 대처해야 했다.

틸라라가 그들과 합류했다. 릭은 그녀 곁으로 다가가 손을 잡았다. 그녀와 함께 산다는 것은 마치 열두 명의 아내와 함께 사는 것과 같았다. 그녀는 씩씩하게 군대를 지휘하다가도 다음 순간에는 부끄럼을 타는 연약한 여성으로 변하곤 했다. 지금 그녀는 갑옷을 입고 있었다. 무인 귀족 계급의 귀감 같아 보인다.

그들이 결혼한 지 이미 두 달이 지났지만 릭은 처음 만났을 때보다 한층 더 그녀를 이해할 수가 없었다. 다만 한 가지만은 확실했다. 그녀 없는 생활은 이제 상상할 수도 없었다.

아니, 또 하나 더 확실한 것이 있다. 그웬이 여길 떠나면 마음이 한결 편해질 것이다. '트러블'을 의미하는 중국의 표의문자는 한 지붕 아래 두 명의 여자가 있는 것을 표현한 것인데, 과거 몇 개월 동안의 경험은 그 표현의 적절함을 증명하고 있었으니까 말이다.

"당신이 가기 전에 하나 물어보고 싶은 것이 있어." 릭은 말했다. "대답하고 싶지 않을지도 모르지만 말야. 당신은 이전에 레스가 아들에게 남긴 메시지가 있다고 했어. 괜찮다면 그것이 뭔지 알고 싶은데."

"응. 별로 길지는 않아. 레스가 우리 아이에게 해주고 싶었던 말은 이거야. '인류는 5천 년 동안이나 변하지 않았다는 사실을 자랑으로 생각하고 있는 소위 문명이라고 하는 기구의 노예 병사가 되어 있지만, 그들의 운명은 결코 그 상태에서 끝나지 않고 더 위대한 미래를 향해 열려 있음을 이 아버지는 확신하고 있다.'"

그웬의 〈악마의 별〉을 올려다보았다. "나도 그이의 말이 옳았으면 좋겠어."

"옳고 말고. 설령 레스가 우주선을 몰고 약속한 교과서를 갖고 오지 못한다고 해도 말야. 우리에게 필요한 건 시간이지만, 우리에겐 그게 있어. 적어도 6백 년쯤은 여유가 있잖아. 지구가 증기기관에서 스페이스 셔틀까지 가는 데는 그 반도 걸리지 않았어. 우린 더 많은 지식을 가지고 시작하니까 한 세대 안에 그것을 이룩할 수도 있어."

그웬은 고개를 끄덕이며 그의 말에 동의했다. "맞아. 우리에겐 훨씬 더 많은 양의 지식이 있어. 항성간 우주선을 만드는 것이 가능하다는 사실도 알고."

"그래. 그게 큰 도움이 되어 줄 거야. 당신은 대학을 창설하고, 나는 샬누크시들을 상대하겠어. 언젠가는 당신의 자식도 우주로 나가게 되겠지."

"우리의 자식들도."

틸라라가 말했다.

| 역자 강수백 |

본명 김상훈. SF 및 판타지 평론가이자 번역가이며, 시공사의 '그리폰북스'와
열린책들의 '경계 소설', 행복한책읽기의 'SF 총서', 현대문학의 '필립 K. 딕
걸작선'과 '미래의 문학' 시리즈, 은행나무의 '조지 R. R. 마틴 걸작선' 등을
기획했다. 주요 번역 작품으로는 로저 젤라즈니의 『전도서에 바치는 장미』,
『신들의 사회』, 『드림 마스터』, 『별을 쫓는 자』, 로버트 A. 하인라인의 『스타
십 트루퍼스』, 조 홀드먼의 『영원한 전쟁』, 『헤밍웨이 위조사건』, 에드거 앨런
포의 『잃어버린 편지』, 코난 도일의 『잃어버린 세계』, 『제라르 준장의 회상』,
로버트 홀드스톡의 『미사고의 숲』, 크리스토퍼 프리스트의 『매혹』, 이언 뱅크
스의 『말벌공장』, 앤 맥카프리의 『퍼언 연대기』 3부작, F. 폴 윌슨의 『다이디
타운』, 로버트 J. 소여의 『멸종』, S. S. 밴 다인의 『파일로 밴스의 정의』, 버너
빈지의 『심연 위의 불길』, 필립 K. 딕의 『유빅』, 『화성의 타임슬립』, 『작년을
기다리며』, 『파머 엘드리치의 세 개의 성흔』, 스타니스와프 렘의 『솔라리스』,
그렉 이건의 『쿼런틴』, 새뮤얼 R. 딜레이니의 『바벨-17』, 콜린 윌슨의 『정신기
생체』, 테드 창의 『당신 인생의 이야기』, 『소프트웨어 객체의 생애 주기』, 데
이비드 웨버의 『바실리스크 스테이션』, 『여왕 폐하의 해군』, 카를로스 카스타
네다의 『돈 후앙의 가르침』 3부작, 조지 R. R. 마틴의 『GRRM: 조지 R. R. 마틴
걸작선』 등이 있다.